KB167659

그 개들의
목줄을 손에 쥐고

차한나 장편소설

-2-

동아

그 개들의 목줄을 손에 쥐고 2

초판 1쇄 인쇄일 | 2022년 02월 09일
초판 1쇄 발행일 | 2022년 02월 18일

지은이 | 차한나
펴낸이 | 박성면
펴낸곳 | (주)동아

출판등록 | 제406-3960100251002007000071호
주소 | 경기도 파주시 문발로 115, 세종대학교출판부 206호
전화 | (031)8071-5201
팩스 | (031)8071-5204
E-mail | bear6370@hanmail.net

정가 | 12,800원

ISBN 979-11-6302-562-7 (04810)
      979-11-6302-560-3 (set)

Z
ZERO
Romantic Fantasy

-2-

그 개들의 목줄을 손에 쥐고

차한나 장편소설
ZERONOVEL

동아

목 차

Chapter 9. 내 가이드가 되어라 (2)

율리아나가 깨어난 것은 그로부터 몇 시간 뒤였다.

마지막 기억이 연무장에서 쓰러진 것이었기 때문에 눈을 떴을 때 화려한 천장이 보이자 놀라 몸을 일으켰다.

"으윽."

벌떡 일어난 반동으로 골이 띵하게 울리고 시야가 빙글빙글 돌았다.

"깨어나셨습니까. 포션을 탄 물입니다. 드시면 힘이 나실 겁니다."

"아, 네."

침대 옆에서 대기하던 궁인에게서 물을 받아 마셨다. 시원한 허브 차에 꿀과 회복 포션을 타서 마시자마자 굳었던 근육이 풀어지고 온몸에서 힘이 솟는 기분이었다.

꼴깍꼴깍.

물을 그대로 한 컵 비우고 주변을 둘러보던 율리아나는 한숨이 절로 흘러나왔다. 얼른 집에 가고 싶어졌다.

'기절하기 전에 폐하의 목소리를 들은 게… 착각이 아니었나 봐.'

황궁인 게 분명한 방을 보니 기분이 착잡했다. 땀에 절었던 몸은 말끔히 씻겨 뽀송했고 기분 좋은 향기까지 나고 있었다. 기절한 동안 마사지도 받았는지 아직 팔다리가 저릿저릿하긴 했지만 그럭저럭 버틸 만했다.

"몸은 좀 괜찮으신가요?"

"우선 옷을 입으시는 게 좋겠습니다."

율리아나의 기분이 착잡하거나 말거나 궁인들은 얇은 잠옷만 입은 율리아나의 옷을 벗기고 외출복을 입혔다.

연한 하늘빛의 드레스였다. 코르셋을 하지 않는 편안한 엠파이어 라인이지만 그저 집에 가서 푹 쉬고픈 율리아나로서는 다 귀찮았다.

"너무 피곤해요…….'

"그럼 잠시 누워 계세요."

피곤하다고 말해 보았지만 궁인들은 아예 율리아나를 눕힌 채 얼굴에 화장을 했다. 본전도 찾지 못한 율리아나는 결국 모든 치장을 마치고 황제의 방으로 불려 갔다.

"제국의 태양을 뵙습니다."

"우리 사이에 그런 인사는 되었다. 이리 와 앉거라."

테이블에는 식사를 하지 못한 율리아나를 위해 간단한 음식이 차려져 있었다.

고기 전병과 수프, 샌드위치 등 먹기 편한 음식들이었지만 황궁 요리사의 솜씨인지 어딘가 때깔이 달랐다.

맛있는 냄새에 홀린 듯이 자리에 앉자 황제는 율리아나를 위로했다.

"어서 먹거라. 얼마나 힘들었으면 얼굴이 반쪽이 되었을까. 알베르토 자작, 그놈이…….'

황제는 알베르토가 졸렬한 인사라는 것을 욕하고, 그가 같은 가이드로서 미하일 발라고프를 질투하는 것을 알려 주었다.

"난 능력이 없는 자를 싫어하지 않아. 능력이 없으면서 주제 파악도 하지 못하는 자를 싫어하지."

황제가 차를 마시며 차갑게 눈을 빛냈다. 빵을 수프에 적셔 먹던 율리아나는 수프가 잘 넘어가지 않는 기분이 들었다.

이렇게 생각하는 황제가 전생의 자신을 어떻게 생각했을까. 겉으로는 위로해도 뒤에선 경멸하지 않았을까?

'그래도 열심히 먹어야지. 이러다 또 쓰러질라.'

고된 훈련으로 주린 배를 채우기 위해 테이블의 음식들을 열심히 먹어 없애던 때. 황제가 본론을 꺼냈다.

"그런데, 알렉산더를 어떻게 생각하니?"

"예?"

입 안의 음식을 잘못 삼켜 후추가 목 뒷구멍으로 넘어가 기침이 날 뻔했다. 율리아나는 필사적으로 기침을 참고 음식을 씹어 넘긴 뒤 물을 마셨다. 그리고 최대한 아무런 사감이 드러나지 않는 얼굴로 답했다.

"아무런 생각도 하지 않습니다. 제 가치 판단 위에 계신 분이니까요."

황제는 레온하르트와 알렉산더, 두 남자와 똑 닮은 금색 눈으로 율리아나를 꿰뚫듯이 바라보았다.

"그럼 남자로서는 어떻게 생각하지?"

"네?"

율리아나의 동공이 흔들렸다. 황제는 그 맑은 하늘색 눈에 어린 감정에서 설렘과 기대를 찾아내지 못했다. 아쉬움을 삼키며 말했다.

"알렉산더. 나오거라."

흡, 율리아나가 놀라서 숨을 삼키는 사이, 파티션에 가려진 곳에서 대기하고 있던 알렉산더가 나왔다.

뚜벅, 뚜벅.

느긋하게 걸어 나와 모습을 드러낸 알렉산더는 예전과 느낌이 달랐다.

전에는 얼굴에 여유가 없었다. 제국의 황태자이자 황제의 유일한 자식인데도 센티넬로서의 능력이 개화하지 못해서였다.

그러나 지금은 얼굴에 여유가 넘쳤고 한동안 아팠던 탓인지 약간 더 턱선이 날카롭고 코가 우뚝해 보였다. 어딘가 나른하고 관능적인 얼굴이 되었다.

'역시. 내 아들이지만 잘난 놈이란 말이야. 이제 제대로 된 짝만 있으면 완벽하겠지.'

알렉산더가 자리에 앉는 걸 보며 황제는 흡족하게 웃었다.

황제가 알렉산더에게 바라는 것은 딱 하나였다.

능력 있는 센티넬 황제가 되는 것.

센티넬 능력이 제대로 개화한 지금, 알렉산더에게 부족한 것은 능력 있는 가이드뿐이다.

그리고 그 능력 있는 가이드는 바로 눈앞에 있다.

황제는 미래의 며느리를 보는 듯 다정한 눈빛으로 율리아나를 보며 자리에서 일어났다.

"늙은이는 이만 빠져 주마."

"폐, 폐하!"

"젊은 애들끼리 통하는 게 있겠지. 편하게 얘기 나누거라."

황제는 허허 웃으며 얼른 나갔고, 문이 닫힌 순간 율리아나는 긴장하여 몸을 의자 등받이에 바짝 붙였다.

'물론 전생과 같은 일은 없겠지만……. 싫어. 알렉산더와 둘이 있는 건 무서워.'

폭주가 아니고선 알렉산더가 자신을 억지로 취할 일이 없다. 사랑하는 안젤리카가 있으니까.

그렇지만 본능적인 공포심이 온몸으로 퍼져 나갔다. 손끝부터 차갑게 얼어붙는 기분에 율리아나는 숨을 할딱거렸다.

제 앞에서 얼음처럼 꽁꽁 얼어 버린 율리아나를 본 알렉산더가 입을 열었다.

"단도직입적으로 말하지."

알렉산더가 손을 뻗었다.

흠칫, 율리아나가 뒤로 물러나려 했지만 더 뒤로 물러날 곳이 없다. 알렉산더는 손끝으로 율리아나의 턱을 들어 올려 시선을 맞추었다.

황금빛 눈동자. 그러나 단단하면서도 온화한 레온하르트의 색과는 전혀 다르다. 어딘가 호전적이고 잔인한 빛깔.

율리아나는 눈을 질끈 감는 순간, 알렉산더가 말했다.

"내 가이드가 되어라."

쿵.

절대로 듣기 싫었던 말이, 그녀의 인생을 파괴했던 남자의 입에서 나왔다.

"……."

율리아나가 반응이 없자 알렉산더는 천천히 말을 이었다.

"지위로 너를 찍어 눌러 품어도 되겠지. 그러나 그건 서로에게 모두 불행한 일 아니겠느냐."

여전히 눈을 감은 채 자신을 보지 않는 율리아나. 알렉산더는 품에서 상자 하나를 꺼내 뚜껑을 열었다.

커다란 블루 다이아몬드가 가운데에 박힌, 비단 초커였다. 마치 애완견에게 채워 주는 목줄처럼 생긴.

초커를 손에 든 알렉산더는 자리에서 일어나서 율리아나의 의자 뒤로 갔다. 그는 아주 매혹적이고 달콤한 목소리로 율리아나에게 설명했다.

"걱정 마라. 네게 많은 것을 원하는 게 아니다. 폐하와 발라고프 백작의 관계처럼, 내가 너의 가이딩을 필요로 할 때만 내게 와 주면 된다."

알렉산더의 손끝이 율리아나의 쇄골 위를 쓰다듬을 듯 말 듯 스치다가 그녀의 목에 초커를 채우려 했다.

탁!

초커가 채워지기 전에 그의 손을 뿌리치며 일어난 율리아나가 알렉산더를 노려보았다. 내팽개쳐진 초커가 바닥에 떨어지기 전에 알렉산더가 잡아 채었다. 알렉산더는 당황한 눈빛으로 율리아나를 보았다. 설마 그녀가 거절할 줄은 몰랐다는 듯.

"율리아나."

"제가 싫다면요?"

그리고 율리아나는 그런 알렉산더에게 환멸이 났다.

치욕스럽고 불쾌했다. 이번 생에도 알렉산더가 자신에게 같은 것을 요구한다는 사실이.

'서로에게 불행한 일? 많은 것을 원하는 게 아니야? 하! 궤변도 이런 궤변이 없어.'

알렉산더는 눈을 끔뻑거리며 율리아나와 자신이 손에 쥔 초커를 번갈아 보았다.

초커의 가운데에 박힌 커다란 블루 다이아몬드는 10캐럿도 넘는 귀물이었다. 게다가 블루다이아몬드를 감싼 작은 다이아몬드들도 1캐럿짜리였고, 그 이하의 자잘한 다이아몬드는 세지도 않았다.

'건방진…! 이런 높은 수준의 선물은 안젤리카에게도 주지 않았던 건데.'

나름대로 최대한 신경을 써서 준비한 선물이 단칼에 거절당하자 자존심이 상했다. 알렉산더는 미간을 찌푸리고 다시 확인했다.

"지금 뭐라고 했느냐?"

"싫습니다. 전하의 가이드가 되기 싫다고 말했습니다."

"…지금 제대로 된 판단을 하지 못하는 모양인데, 잘 생각하는 게 좋을 거다. 다시 묻겠다. 내—."

그를 거절하는 일이 어째서 제대로 된 판단이 아니란 말인가? 율리아나는 속으로 알렉산더를 비웃으며 그의 눈을 바라보고 또박또박 눌러 말했다.

"아니요. 몇 번을 물으셔도 제 대답은 같습니다. 아직 소속은 확실히 정하지 않았지만, 저는 가이드로서 종군하고 싶습니다. 전하의 가이드가 아니라요."

알렉산더의 얼굴이 구겨진 종이처럼 와그작 일그러졌다.

"뭐? 방금 그딴 일을 당하고 와서도 그런 말이 나와? 그리고, 왜 굳이 힘든 길을 가려는 거지? 전쟁이라면 황제의 가이드로서도 종군할 수 있다."

"제가 뛰어난 가이드라는 건 알고 있습니다. 그러나, 그렇기 때문에 전장에서 더 많은 기사들을 돕고 싶습니다."

"철없는 소리군. 황제의 가이드야말로 제국민의 목숨을 구하는 고귀한 자리다!"

'철없는 소리? 그건 내가 하고 싶은 말이야.'

율리아나는 씩씩거리며 자신을 노려보는 알렉산더가 어이가 없었다.

황제가 제국민을 모두 구할 수 있는가? 그럴 수 없다. 특히 요즘은 더 그렇다.

모두들 쉬쉬하고 있지만 마족들이 제국의 결계에 구멍을 내는 방법을 찾아내었다는 소문이 돌고 있다. 아니, 소문이 아니라 거의 확실한 이야기다.

그게 아니라면 어떻게 마탑에서 살아 있는 마물을 대상으로 한 연구를 할 수 있는가? 살아 있는 마물이 어떻게 끊임없이 공급되겠는가?

'머르딘이 이야기해 주진 않았지만 분명 마족들이 결계에 구멍을 낼 방법을 알아낸 거야.'

전생에서도 이런 일이 있었는지 모르겠다. 전생의 율리아나는 소문에 어두웠고 인맥이 없었으며 알렉산더의 가이드가 된 후에도 그의 뒤를 따라 전장에 나갔을 뿐이니까.

전장에선 전장의 일이 가장 중요하지, 제국 내의 일에 관해서는 알 길이 없었다.

어쨌거나 율리아나는 확실히 알았다.

황제는 제국민 모두를 구할 수 없다. 그리고 자신은 더 많은 사람을 구하는 가이드가 되기로 결정했다.

게다가.

'그렇게 고귀한 자리라면 왜. 왜 전생에서 나를 그렇게 대했어?'

눈앞의 알렉산더에게 묻고 싶었다. 전생의 알렉산더와는 다른 기억을 지닌 사람이라는 것을 알면서도, 묻고 싶었다.

왜. 대체 왜 그랬냐고.

자신은 그때나 지금이나 똑같은 능력을 지녔는데, 어째서 그때는 창부 같은 가이드이고 지금은 그 고귀한 자리에 오를 만한 가이드라고 하느냐고.

기억이 없는 저 남자에게 따져 묻고 싶었다.

"하!"

알렉산더는 거칠게 머리를 쓸어 올리며 율리아나를 노려보았다.

'저 괘씸한…!'

어쩐지 원망하는 것처럼 자신을 노려보는 하늘색 눈이 괘씸했다.

'지가 거절해 놓고 왜 저렇게 봐? 아, 설마 내가 가이드 자리만 제안해서 화가 났나?'

그렇게 생각하니 약간 귀여운 것도 같다.

'하긴. 첫 만남 때부터 야심을 드러냈던 여자인데……. 황후의 자리를 노렸을 수도 있겠군.'

6년 전 황제가 주선했던 첫 만남에서 율리아나는 황족 여성의 예법으로 인사를 올렸었다.

황족이 아닌 귀족이 황족이 되는 방법은 황족과 결혼하거나, 황가에 입양되는 것뿐. 황태자의 옆자리를 노리는 야심만만한 여자에게 '단순한 가이드'가 되라고 했으니 얼마나 자존심이 상했을까.

'야심이 큰 여자는 싫지 않아. 게다가…….'

즉흥적으로 생각한 것이지만 아주 좋은 아이디어가 떠올랐다.

'안젤리카와 율리아나. 둘 다 가질 수 있는 방법이 꼭 이것만은 아니잖아?'

율리아나가 자신의 여자가 되고 싶어서 제안을 거절했다고 생각하니 구겨졌던 자존심이 쫙쫙 펴졌다. 마음이 너그러워지고 입가엔 저절로 미소가 피어났다.

"이제 알겠군. 그렇지만, 너도 알다시피 내겐 오랜 연인이 있지."

"……?"

율리아나가 자신을 의아하게 바라보는 줄도 모르고 알렉산더는 부드러운 목소리로 율리아나를 달랬다.

"안 그래도 폐하께서 그 아이를 탐탁지 않아 하셔서 약혼이 미뤄지고 있어. 더 미루는 것도 얼마든지 가능해."

'무슨 소리를 하는 거지?'

율리아나가 눈을 가늘게 뜨고 알렉산더를 보는데, 알렉산더가 충격적인 말을 뱉었다.

"너는 후작 영애지. 게다가 뛰어난 가이드고, 대단한 업적을 이뤘어. 그에 비해 안젤리카는 평범한 백작 영애야. 그렇지만 그 애가 평생 나만 바라본 것을 모르는 사람은 없지. 네가 약간의 자비를 베풀어 준다면 안젤리카를 황비로 만들고 너를 황후 자리에 앉혀 주겠다."

'뭐?'

이제는 황당함을 넘어서서, 충격적이었다.

'안젤리카를 황비에, 나를 황후에 올려 준다고?'

나름 파격이라면 파격이다. 전생에서 내린 결론과 반대가 되었으니까.

전생에서는 자신에게 황비 첩지를 보냈었다. 안젤리카를 황후로 올리기 위해서.

그런데 이번 생에는 반대가 되었다.

'그렇지만…… 하나도 기쁘지 않아.'

그저 자신이 한 말을 알렉산더가 그저 '황후의 자리를 갖기 위한 흥정'으로 여긴 것이 화가 난다.

모두 진심이었는데, 빈말 따윈 하지 않았는데 말이다.

율리아나는 한숨을 내쉰 뒤 다시 설명했다.

"전하. 정말 죄송하지만, 아니. 사실 죄송하진 않습니다만 저는 정말로 평범한 가이드로서 종군하고 싶습니다. 그래서 아카데미를 졸업한 것이기도 합니다."

"……뭐?"

알렉산더가 아까보다 더 믿기지 않는다는 얼굴을 하자 율리아나는 다시 쉽게 설명했다.

"전하의 가이드도, 황후도 되고 싶지 않습니다."

그 말에 알렉산더가 폭발했다.

"감히 지금! 나를 우롱한 것인가?"

알렉산더의 분노에 반응하여 주변의 공기가 확 뜨거워졌다. 율리아나는 그 열기에 흠칫 놀랐으나 최대한 태연한 얼굴을 했다.

"네겐 황후의 자리가 그리 쉬운 자리로 보이나? 황태자의 가이드가 쉬운 자리로 보이냐 말이다!"

뒤틀렸던 회로가 정상화되어 가는 알렉산더의 이능이 거센 분노를 연료로 삼아 타올랐다. 그의 적금발이 타는 것처럼 붉게 이글거렸다.

"아닙, 니다. 다만 제가 목표로 하는 바를 말씀드린 겁니다."

이제 공기는 화상을 입을 정도로 뜨겁다. 율리아나는 숨을 헐떡이지 않기 위해 노력하며 차분히 설명했다.

"궁에는 뛰어난 가이드가 많은 줄로 압니다. 그들을 등용하시고 저는 전장을 떠돌게 해 주시길 부탁드립니다."

율리아나는 그 말을 하고 깊이 고개를 숙였다. 알렉산더는 여전히 화가 난 상태였기에 율리아나의 진심을 받아들이지 못했다.

'황후 자리를 거절하다니, 진심일 리 없어. 여자로서 제일 높은 자리에 올라가는 건데 거절할 리가. 그럼……. 아!'

알렉산더는 모든 귀족을 자신의 아래로 보았다. 단 한 명, 자이거 대공을 제외하고.

알렉산더의 눈이 한층 더 날카롭게 빛났다.

"혹시, 쟤는 건가?"

"네?"

"자이거 대공과 나. 둘 중에 쟤는 거냐고 물었다."

율리아나는 깜짝 놀라 숙였던 고개를 들었다. 이 대화의 흐름에서 왜 자이거 대공이 나온단 말인가?

"여기서 자이거 대공이 왜……? 그런 의미가 아닙니다!"

"전쟁에 나간다는 말이 내게는 꼭… 자이거 대공과 함께하고 싶다는 뜻으로 들리는군."

"대체 그게 무슨─!"

아니다. 절대 아니다.

그러나 알렉산더의 눈은 분노와 열등감으로 잔뜩 얼룩져 있었고, 다시한번 아니라고 외치려던 율리아나는 입을 다물었다.

아니라고 필사적으로 부정할 필요는 없다. 이미 몇 번을 설명했는데도 알아듣지 못했거니와, 알렉산더는 율리아나가 설명할 필요도 없는 상대이기 때문이다.

아니, 더 이상 그럴 가치가 없다.

그래서 율리아나는 되물었다.

"만약 제가 자이거 대공과 함께하고 싶다고 해도, 그게 전하와 무슨 상관이 있죠?"

"뭐? 무슨 상관이냐고? 그걸 말이라고 해?"

"네. 전하와는 상관없는 일입니다. 제가 누구와 함께할지를 정하는 건 제 자유입니다."

푸욱.

그 말이 마치 날카로운 칼처럼 알렉산더의 가슴을 찔렀다. 알렉산더는 말문이 막혔다.

'이건 말도 안 돼. 율리아나가?'

자연스럽게 든 생각이었다. 율리아나는 자신의 옆에 있어야 한다. 정해진 운명을 거스르면 안 되는 것처럼, 그녀가 자신의 곁에 있는 것은 순리를 따르는 일이다.

그 이유는 알 수 없지만, 알렉산더는 율리아나가 제 옆에 있는 것이 맞다고 본능적으로 느꼈다.

그리고 레온하르트에 대한 적개심이 더욱 커졌다.

'내 것을 빼앗아 가다니.'

율리아나를 가진 적도 없으면서, 알렉산더는 그렇게 생각했다. 그리고 제 손을 벗어나려는 율리아나에게도 화가 났다.

'언제나 내 말에 순종했으면서 왜 반항하지?'

알렉산더는 겪은 적 없는 전생의 기억이 제 의식을 침투하는 줄도 모르고 화를 냈다.

"너는 황제의 결계 아래에서 살아가는 제국민이다! 내 말을 들어야 해!"

"네, 저는 황제 폐하의 은혜를 입은 제국민이죠. 그리고 아직 전하께선 황제가 아니십니다."

"너와 내가 이어지길 바라는 것은 황제 폐하의 뜻이다!"

"황제 폐하가 제게 강권한 것은 아닙니다. 정말 원하셨다면 황명을 내리셨겠지요. 그리고."

황제의 뜻이라서 자신을 황후로 들이겠다니, 그럼 전생에선 왜 황제의 뜻을 따르지 않았나? 황제는 알렉산더에게 율리아나를 아껴 주라고 몇 번이나 말했었다.

율리아나는 어이가 없어서 헛웃음을 터트리며 말했다.

"원래 전하께서 그렇게 황제 폐하의 말씀을 잘 따르셨나요?"

"네가 감히 나를 비웃느냐!"

황후가 되고 싶어 하는 줄 알고 가장 고귀한 자리를 약속했는데 돌아온 것이 비웃음이라니. 알마예르 후작도 자신에게 공손한 태도를 보이는데 감히 사생아 따위가!

분을 이기지 못한 황태자가 손을 들어 올렸다.

휘익!

커다란 손이 얼굴을 향해 날아오는 것을 보며 율리아나가 눈을 질끈 감았다.

'맞는다.'

하지만 후회하지는 않는다.

후회는커녕, 알렉산더에게 한 방 먹여 준 기분이라 오히려 속이 시원하기까지 했다.

맞으면 아프겠지만 아무 말도 하지 못하고 맞았던 예전보다, 지금은 뭐라도 대꾸하고 맞으니 이득이라는 생각이 들었다.

'그런데, 왜 아프지 않지?'

손이 날아오던 속도를 생각하면 진작 맞아야 했는데 고통도, 충격도 없어서 의아했다.

살그머니 눈을 뜨자 눈앞에는 의외의 사람이 있었다.

"소후작님?"

알렉산더의 손을 붙잡은 휴렌이 눈을 부릅뜨고 그를 노려보고 있었다.

"휴, 휴렌. 네가 여긴 어떻게?"

"그게 중요합니까? 지금 전하께서…… 율리아나를 때리려 한 게 맞습니까?"

휴렌의 짙은 남색 눈동자가 물빛으로 일렁거렸다. 방은 이미 알렉산더의 이능으로 온도가 올라 후끈거렸는데, 휴렌의 감정이 요동치며 공기에 습기가 더해지고 있었다.

휴렌은 자신의 등장에 안도하는 율리아나를 보자 더 빨리 나타나지 못해 미안한 마음이 들었다. 손을 올리기 전에 뭐라고 언성을 높이며 이 아이를 핍박했을지. 벌벌 떠는 몸을 보니 절로 마음이 미어졌다.

'전에는 내가 같이 있어 줬는데 오늘은 늦었어.'

명명식 전에 황제가 율리아나를 불렀을 때부터 이상했다. 그 후로 알렉산더가 율리아나에게 호기심을 갖는 것 같았으나 딱히 별말 없이 안젤리카와 잘 지내기에 단순한 호기심인 줄 알았다.

그런데 율리아나가 가이드석을 발명한 후로 이렇게 나오다니?

휴렌은 알렉산더를 믿었다.

황태자와 소후작.

신분상의 격차는 있지만 어릴 적부터 알아 온 절친한 친구 사이라고 생각했다. 이 우정이 평생토록 유지될 것이라고 믿었다.

황제가 율리아나를 눈여겨보는 것은 알았지만, 휴렌은 알렉산더가 안젤리카를 사랑하기 때문에 율리아나에게 손을 뻗지 않으리라 예상했다. 만약 어떤 이유로 율리아나에게 손을 뻗게 되더라도 당연히 정중하리라고 예상했다.

알마예르 후작가의 영애이자 친한 친구의 사촌 여동생이며 가이드가 아닌가. 친절하고 정중하게 대하는 게 당연하다.

그런데 이건 대체 뭔가?

'아무리 자기가 황태자라 해도 율리아나를 때리려고 해? 이건 율리아나를 무시하는 처사일뿐더러 알마예르를 우습게 보는 거다.'

자신보다 어리고 약한 여자를 때리려 하다니. 시정잡배나 하는 짓을 황태자가, 그것도 강력한 센티넬이 하려 했다.

휴렌은 알렉산더에게 엄청나게 실망했다.

황태자를 공격할 수는 없으니 그의 손을 놔주었지만, 화는 쉬이 가라앉지 않았다.

심호흡하며 표정을 정돈한 휴렌이 알렉산더의 답에 뒤늦게 답했다.

"율리아나가 쓰러졌다는 이야기를 듣고 왔습니다. 폐하께서 두 분이 이야기하고 있으니 들어가도 된다고 하셔서 들어왔는데……. 놀랍군요, 전하."

"오해야, 이건—!"

"무슨 말씀을 하셔도 전하께서 율리아나를 때리려 하신 건 변하지 않습니다."

휴렌이 알렉산더의 말을 자르고 또박또박 말했다.

"실망입니다, 전하. 율리아나. 가자."

"네, 소후작님."

벌벌 떠는 율리아나를 본 휴렌이 혀를 차고 조심스럽게 그녀의 어깨를 감싸 안았다. 그리고 방을 나섰다.

방 밖에는 궁인들이 있었고 아마 방 안의 일도 궁인들의 입을 통해 황제에게 전달됐을 터였다.

'황제 폐하께서 어떻게 나올지 궁금하군.'

아들 대신 사과할까? 아니면 모른 척 넘어갈까?

황제가 어떻게 행동하는지에 따라 알마예르의 행동도 달라질 것이다.

아무리 알마예르 후작가가 황제에게 충성한다 해도 황제와 귀족은 일종의 계약 관계에 가깝다.

황제가 제국을 지켜 주기에 귀족도 황제를 위해 검을 든다.

알마예르 후작은 지금도 전쟁에 나가 결계 주변의 마물을 격퇴하고 있다. 이토록 충성스러운 기사를 명예롭게 대하지 않는다면 그건 황제의 부덕이다.

'부덕한 황제에겐 지금처럼 열과 성을 다할 필요는 없지.'

안 그래도 후작이 수도에 더 오래 머물며 자신에게 가르침을 주기를 바라는 휴렌이다. 휴렌은 황제의 후속 조치를 기대하며 율리아나를 내려다보았다.

파리하게 질린 얼굴은 군인으로 종군하기에 너무 연약해 보인다. 품에 안긴 몸도 가녀렸고 그래서 더욱 알렉산더에게 화가 났다.

'군대에서 가혹한 훈련을 받고 쓰러졌다고 들었는데, 제대로 쉬지도 못하고 또 무서운 일을 당하다니.'

알마예르로서 자존심이 상할 정도로 화가 나는 일이었다.

그 알베르토라는 작자를 부숴 버리는 것은 당연지사. 어디에서도 얼굴을 들고 다니지 못하게 그 작자의 과거를 먼지 하나까지 낱낱이 털어서 사회적으로 매장하고 짓밟을 것이다.

그러나 알렉산더는.

알렉산더에게 화가 나고 실망하긴 했지만 그건 어디까지나 알렉산더의 친구로서였다.

휴렌은 율리아나를 안타까워하면서도 알렉산더에게 더 매정하게 굴지는 못했다.

'……그러게 왜 군인이 되겠다고 해서.'

휴렌은 한숨을 내쉬며 율리아나를 보았다.

알마예르라는 안락한 울타리 안에서 보호받으면 되는데 왜 굳이 위험한 곳으로 가겠다고 하는지 이해가 되지 않았다.

비틀. 휴렌의 품에 편히 기대지 못하고 어떻게든 제 몸에 힘을 주려던 율리아나가 휘청였다.

"걷기 힘든가 보군."

하긴 오늘 너무 힘든 일을 많이 겪었을 터. 휴렌은 비틀거리는 율리아나를 그대로 번쩍! 안아 들었다. 율리아나가 팔을 파닥거리다가 그의 어깨에 어설프게 손을 얹었다.

"소, 소후작님? 제가 걸을 수 있어요!"

"괜찮다. 힘을 빼고 편히 기대거라."

휴렌은 그대로 율리아나를 안은 채 마차가 있는 곳까지 걸어갔다. 궁인들은 물론, 황궁을 오가는 관료나 귀족들도 힐끔거리며 그 모습을 지켜보았다.

율리아나는 부끄러움에 얼굴이 빨개져서 휴렌의 어깨에 얼굴을 묻었다. 휴렌은 목 언저리를 간질이는 숨결에 흡족함을 느꼈다.

그리고 곧 깨달았다. 닿은 곳에서부터 따스한 기운이 퍼져 나가는 것을.

"그럼 출발하겠습니다."

율리아나와 휴렌을 태운 알마예르의 마차가 출발했다.

두 사람 사이에는 딱히 공통된 이야깃거리가 없어서 마차 안은 적막했다. 그러다 휴렌이 말을 꺼냈다.

"가이드석…. 써 보았다."

너무 조용해서 쿠션에 기댄 채 잠들 뻔했던 율리아나가 눈을 또렷이 떴다. 제작자로서 사용자의 후기가 궁금했다.

"네."

"가이드석이란 마나석처럼 인도력을 담은 돌이라지?"

"네. 마나석처럼 처음부터 인도력을 담고 있는 것은 아니에요. 우선 원석에 마법을 써서 인도력이 잘 담길 수 있게 에테르를 활성화해야 해요. 그렇게 활성화한 다음에 인도력을 담는 거죠."

그래서 가이드학을 전공하면서 마법학을 부전공한 것인가. 휴렌은 고개를 끄덕이며 정말 묻고 싶었던 질문을 했다.

"그럼 가이드석을 쥐고 있으면, 네게 가이딩을 받는 것과 같은 건가?"

"완전히 같지는 못해도 거의 흡사할 거예요."

그 말에 휴렌은 작은 욕망이 꿈틀거리는 것을 느꼈다.

아주 오래된 욕망이었다.

예전에, 명명식 전에 황제의 부름으로 황궁에 왔을 때부터 생겨났던 욕망이다. 그때도 율리아나에게 말하고 싶었으나, 차마 자존심이 상해 지금껏, 6년이란 세월이 지나도록 말하지 못했던 말이다.

휴렌은 최대한 태연한 척하며 장갑을 벗고 손을 내밀었다.

"…비교해 볼 수 있게, 나를 가이드해 줄 수 있을까?"

"네? 아, 네."

눈을 동그랗게 뜬 율리아나가 얼떨떨하게 고개를 끄덕였다.

'가이딩이 뭐 별거라고.'

생판 남에게 가이딩을 부탁하면 무례한 일이긴 하지만 어쨌거나 휴렌은 같은 알마예르 사람 아닌가.

회귀 직후라면 모를까, 몇 년의 세월을 거치며 예민했던 부분이 많이 둥글어진 율리아나다. 그러니까 휴렌과 알마예르 후작에게 가이드석을 건넨 것이기도 했다.

흔쾌히 장갑을 벗은 율리아나가 휴렌의 손을 덥석 잡았다.

"……!"

옷과 천 너머로 느껴지는 것과 달랐다. 맨살과 맨살이 닿자, 그 느낌이 강렬했다. 휴렌은 저도 모르게 눈을 감고 그 감각에 집중했다.

율리아나 역시 눈을 감고 인도력을 불어넣기 시작했다.

'평온한 상태가 아니네. 요동치고 있어.'

친우인 황태자에게 반발한 탓인지 휴렌의 이능은 소란스럽게 술렁이고 있었다. 율리아나는 휴렌의 이능 회로로 천천히 제 인도력을 밀어 넣었다.

괜찮아. 괜찮아. 화내지 않아도 돼. 이제 나쁜 일은 없을 거야.

속상하고 화난 아이를 달래듯 부드럽게 다독이며 가라앉혔다.

휴렌의 표정이 부드럽게 풀어졌다. 물에 설탕이 닿은 것처럼 사르르 녹았다.

"하……."

어딘가 야릇하게 들리는 짙은 신음에 율리아나가 놀라서 눈을 깜빡였다. 눈앞의 휴렌의 표정은…… 지독히 만족스러워 보였고, 율리아나는 약간 안도했다. 전생에서 그에게 가이딩을 해 주었을 때는 언제나 무표정이었으니까.

"괜찮으셨나요?"

율리아나가 조심히 손을 떼며 묻자 휴렌은 저도 모르게 율리아나의 손을 낚아챌 뻔했다. 그는 허전한 손을 등 뒤로 숨기며 말을 골랐다.

"괜찮은 정도가 아니라 이건……."

뭐라 칭찬의 말을 해 주려던 휴렌은 입을 다물었다.

칭찬할 말이 없었다. 그 어떤 단어를 가져다 대도, 지금 이 순간의 감정을 표현할 수 없었다.

희열, 기쁨, 환희.

처음 맛보는 진정한 휴식에 온몸의 세포 하나하나가 기뻐하는 게 느껴졌다.

그러나 그 뒤로 이어지는 감정은…… 이상했다.

그리움, 애틋함. 이제 다시는 헤어지고 싶지 않다는…… 열망.

'어딘가 그리운 느낌이 들어. 이건… 뭔가 이상해.'

"……고맙다."

지금 느끼는 감정을 백분의 일도 표현할 수 없는 단어 한 마디만을 내뱉을 뿐이었다. 그리고 그 한마디에도, 율리아나는 기쁘게 웃어 주었다.

"별말씀을요."

이렇게 환하게 웃어 주는 율리아나를 본 적이 있던가? 이상할 정도로, 가슴 안쪽이 아팠다.

휴렌은 왜인지 율리아나에게 사과하고 싶어졌다. 기억도 나지 않는 모든 것들에 대해.

Chapter 10. 성녀 안젤리카

그날 후작저에서 잔 율리아나는 새벽같이 일어나 부대로 복귀했다. 사실 휴렌은 율리아나에게 부대에 말해 둘 테니 하루 더 쉬고 가라고 했지만 동기들이 너무 괴리감을 느낄까 봐 서둘러 복귀했다.

'이미 느끼고 있겠지만. 하. 하필 황제 폐하께서 그때 와서…….'

차라리 그때 쓰러진 것으로 훈련이 마무리가 되었다면, 역시 여자라서 군인을 하기가 힘들다는 말을 듣고 말았을 것이다. 아니면 동정표를 샀을 수도 있다.

쟤는 귀족인데도 저런 일을 당하는구나. 귀족이라고 크게 다르지 않구나.

'이런 생각을 갖게 된다면……. 좋은 건가? 아닌가?'

율리아나는 고개를 갸웃거렸다.

회귀 전에 따돌림과 괴롭힘을 당했어도 귀족 무리 내에서였다. 전쟁에 나갔을 때도 황태자의 가이드로서 종군했기에 일반 군인들과의 관계를 어떻게 맺어야 할지 모르겠다.

'엠마도 동기들과 사이가 다 좋은 건 아니었다고 했고.'

평민 여자 가이드인 엠마도 잘 지내지 못했다는데, 상급 귀족인 율리아나는 더욱 이질적일 것이다.

'에휴. 동기들과 위화감 없이 잘 지내는 건 포기하자.'

부대장에게 복귀 신고를 하기 위해 건물로 들어갔는데, 건물을 돌아다니는 선임 병사들이 율리아나를 보고 움찔거렸다. 꼭 못 볼 사람을 본 것처럼.

'뭐지?'

율리아나는 고민하다가 한 병사를 붙잡고 물었다.

"신병 율리아나입니다. 혹시 부대장님께서는 어디 계십니까?"

"아……. 음, 지금 상황이 복잡합니다. 우선 숙소로 가 계시면 따로 말씀 전달하겠습니다."

"네? 네. 감사합니다."

상황이 복잡하다는 말이 뭘까? 율리아나는 의아해하며 숙소로 갔다.

숙소는 한 건물을 쓰지만 남녀 층이 분리되어 있다. 마침 1층 로비 의자에 월터가 앉아 있어서 반갑게 인사했다.

"월터. 옆에 앉아도 돼?"

"그래."

"혹시, 내가 어제 쓰러지고 나서 무슨 일이 있었어? 부대장님께 인사하려고 했는데 상황이 복잡하다는 이야기를 들었거든."

"……무슨 일이 있었지."

월터는 복잡한 얼굴을 했다. 조금 뜸을 들이던 월터가 물었다.

"황제 폐하와 친분이 깊어 보이던데."

"응? 딱히? 후작님 때문에 신경을 쓰시는 거겠지."

"…다른 세계 사람이란 건 알았지만, 새삼 격차를 느끼게 되어 놀랍군."

"……."

비꼬는 말인가 싶어서 월터의 얼굴을 보았으나, 그렇다기엔 월터의 얼굴은 침울했다.

율리아나는 할 말이 없어졌다. 같이 훈련받다가 쓰러졌는데 마침 지나가던 황제가 그 모습에 화를 내고 궁으로 데려갔으니. 위화감을 느끼고도 남을 상황이었다.

율리아나가 뭐라 말을 걸기 전에 월터가 짧게 설명해 주었다.

"알베르토 부대장은 어제부로 직위 해제되었다. 필요 이상의 가혹 행위 때문이라고 하더군. 그래서 새로운 부대장이 발령 날 때까지는 기본적인 체력 훈련과 응급 처치 훈련만 받는다고 한다."

"직위 해제?"

"그래. 직위 해제되도록 힘을 쓴 분이 황제 폐하인지 후작인지 백작인지 알지는 못하지만."

보통의 가이드병은 일반 백작의 후원만 받아도 대단한 대접을 받는다. 그런데 율리아나의 뒤에는 보통 백작도 아니고 발라고프 백작이 있다. 그런데 알마예르 후작에다가 황제까지.

감히 질투할 수조차 없는 격차에 월터는 피어나지도 못한 마음을 접었다.

"숙소로 가면 바뀐 일과표가 전달되어 있을 거다. 그럼 조금 뒤 훈련에서 보자."

월터는 씁쓸한 얼굴을 하고 일어서서 숙소로 돌아갔다. 율리아나는 자신의 숙소가 있는 층으로 올라가며 생각했다.

'다른 세계 사람이라. 그건 아닌데……'

귀족이나 평민이나 다 같은 사람이다. 마족과 마물 앞에서 귀족이나 평민이나 계급이 무슨 차이겠는가.

'마물이 귀족만 골라 죽이는 것도 아니고.'

그렇지만 특혜 속에서 자란 것은 사실이니 마음이 어려웠다. 게다가 어제 알렉산더가 했던 말도 있어서 기분이 가라앉았다.

'왜 굳이 힘든 길을 가려는 거지? 전쟁이라면 황제의 가이드로서도 종 군할 수 있다.'

알렉산더만이 이런 말을 한 것은 아니었다.

'율리아나, 가이드로 태어났다고 해서 꼭 가이드로 살아야 하는 것은 아니란다. 특히 귀족 영애는.'

아버지인 발라고프 백작도 그렇게 말했었다. 그렇지만 율리아나는 더 많은 사람을 구하는 가이드가 되고 싶었다.

'차라리 가이드석을 대량 생산 하는 게 나은 걸까? 후방 지원을 하는 쪽이 나은가.'

그렇지만 둘 다 할 수 있다면 둘 다 하는 쪽이 낫지 않을까? 총량을 따진다면 말이다.

제 방에 들어온 율리아나는 일과표를 보았다. 자신이라는 변수 때문에 바뀐 일정을 보니 기분이 더 묘했다. 알베르토는 부대장까지 올라온, 그리 나쁘지 않은 상관이었을 것이다. 그런 사람이 자신 때문에 바로 경질되는 게 맞는 걸까? 글자가 하나도 눈에 들어오지 않았다.

'뭐가 정답일까? 나는 뭘 해야 하는 걸까?'

생각은 흘러 흘러 이제는 하지 않던 원초적인 고민으로 닿았다.

'나는 왜 회귀하게 된 걸까?'

회귀를 인정한 후부터 '왜'라는 질문은 잘 하지 않았다. 어차피 회귀는 일어났고, 새 삶을 얻은 이상 죽고 싶지 않았기 때문이다.

그렇지만 지금 같은 상황에 이르자 조금 더 이 고민을 일찍 할 걸 그랬나, 후회가 되기도 했다.

그러다 떠올랐다.

신전!

'혹시 신전에 가면 회귀에 관한 정보를 알 수 있을까?'

시간을 다루는 센티넬은 없는 것으로 알고 있다. 시간은 센티넬이 다룰 수 있는 물리적인 것이 아니라 신의 영역이기 때문이다.

그렇다면 시간 회귀나 시간을 역행하는 것과 같은 이적(異跡)에 관해 기록이 있지 않을까?

'역대 성자와 성녀들의 기록을 보면 뭔가 알 수 있을지도 몰라.'

율리아나는 일과표를 확인하고 일정이 비는 주말에 신전에 가기로 마음먹었다.

하루, 이틀이 지나고 주말이 되었을 때.

"아, 가기 싫다."

외출 준비를 마친 율리아나는 침대에 누운 채 한숨을 쉬었다. 그리고 인정했다.

'……지금껏 내가 왜 신전에 가지 않았는지 알겠어.'

직시하고 싶지 않았던 것이다.

사실은, 회귀에 대해서 알고 싶지 않았다.

'내 기억이, 사실이 아니길… 바라니까.'

지금 생이 너무 행복했다.

엄마가 깨어나지 못했지만, 일단 전생의 기억과는 다르게 죽지 않았다. 살아 있다. 그리고 알마예르 후작이며 휴렌, 바이델, 비앙카. 루시와 하이디, 발라고프 백작과 파벨.

자신을 둘러싼 모든 사람들이 달라졌다. 전생과 달리 모두 자신에게 호의를 보이고 좋아해 준다.

너무 좋았다. 하지만 너무 좋은 만큼, 자괴감이 들 때도 있었다.

왜? 왜? 전생과 내가 그렇게 다른 사람이야?

한 조각의 사랑도 받지 못했던 내가, 지금은 이렇게 넘치도록 사랑받는 게. 말이 돼?

'……차라리 회귀라는 게 그냥 내 착각이면 좋겠어.'

모순인 걸 알면서도 그랬다.

전생을 기억하고 있기에 전생과 다른 선택지를 골랐다. 전생과 다른 행동을 했다. 그래서 사랑받았다.

아니, 사랑까지는 아니어도 최소한 미움을 받지는 않았다.

그렇지만……. 사랑받을수록 불안해졌다. 얼음 위를 걷는 것처럼 바닥이 언제 깨질지 몰라 두려웠다.

'그래서 내 능력을 키우려고 한 거였잖아. 마음을 단단히 먹자.'

사랑과 관계없이 능력을 키우려고 했지만, 그래도 사랑을 갈구했기에 아주 초연할 수 없었다.

그래서 벌써 자신을 막대했던 알마예르 남자들을 어느 정도 용서한 것이 아닌가.

'……그래도, 나만 기억하고 있는데. 언제까지 용서하지 않을 순 없잖아.'

차라리 모두에게 기억이 있다면 소리 내어 원망이라도 할 수 있을 텐데 그것도 아니니 자신만 더 바보가 되는 기분이었다. 그래서 포기하고 마음이 편해지는 길을 택했다.

'……어쨌거나 다 나를 위해서야. 회귀를 인정하는 것도, 신전에 가는 것도. 뭐든 알아서 나쁠 건 없어.'

"으싸!"

무기력하게 침대 위에서 누워 있던 몸을 일으켰다. 봉헌물을 챙긴 율리아나는 숙소 밖에서 대여 마차를 타고 신전으로 향했다.

* * *

신전에 간 율리아나가 향한 곳은 신전 도서관이었다. 신관과 약속을 잡

성녀 안젤리카 31

은 시간까지 2시간 정도 남아 있었다.

신전은 모든 사람에게 개방되어 있지만, 도서관은 아니었다. 책은 사치품이며 신전의 책들은 일반서가 아니었기에 신분 확인이 필요했다.

"알마예르의 율리아나입니다."

도서관 사제는 신분 패를 꺼내자마자 바로 입장시켜 주었다. 신분 확인은 평민을 대상으로 한 것이지 귀족을 거르기 위함이 아니기 때문이었다.

신전 도서관의 도서들은 신학서와 역사서가 대부분이다. 카를 제국 이전 시기의 역사서가 많았고 카를 제국 시기의 역사서도 성자와 성녀를 중심으로 쓴 책이라 보통 역사서와는 전혀 달랐다.

카를 제국은 황제와 다른 센티넬들, 즉 인간의 힘으로 세운 제국이기 때문에 신의 이름이 유명무실했다. 그러니 그 이전 번영 시대의 역사서를 중요시할 수밖에.

'이런 책은 서점에서 안 파는 것 같던데. 신전에 있는 책들은 자체적으로 발행하나?'

하긴, 이런 책들을 서점에 갖다 놓아 봤자 잘 팔릴 리가 없다. 요즘 평민들 사이에 유행하는 책은 <가이드가 되는 법>, <내 아이의 자질 알아보는 법> 등의 센티넬과 가이드에 관련한 책들이라고 하니까.

율리아나는 납득하면서 카를 제국이 세워진 이래로 등장한 성녀와 성자의 이야기를 쭉 읽었다.

그때, 대신관은 아래 신관에게 보고를 받고 있었다.

"율리아나 알마예르가 신전에 왔다고?"

"예. 지금 도서관에서 책을 읽는 중입니다. 2시간 뒤 제임스 신관과의 면담이 예정되어 있습니다."

"흠. 알마예르의 영애라."

대신관 피에트로는 턱에 난 수염을 쓰다듬었다.

제국 내에서 황제의 총애에 힘입어 센티넬 귀족 가문의 기득권으로 득세

할수록 신전의 힘이 약해진다.

황제는 스스로를 인신(人神)이라 생각하며 신전은 그에 반대한다.

황제도 어차피 신이 만든 한낱 인간. 아무리 강력한 센티넬이라 하더라도 신의 뜻을 수행하는 그릇일 뿐인 것이다.

그러나 아무리 신관들이 그렇게 생각한다 한들 실제로 제국민이 황제를 신처럼 여긴다면 신전의 세력이 약해질 수밖에 없다.

이미 신전의 힘은 쇠퇴할 대로 쇠퇴했다.

성자와 성녀가 나타나 센티넬이 일으킬 수 없는 이적을 보이던 때도 너무 오래전이다.

성자와 성녀가 보여 주는 이적은 다양한 것이 있지만 그중에 제일은 대규모 전염병 치료와 죽은 자를 살린 것이 있다.

그래서 '치유'는 성인(聖人)의 대표적인 능력이다. 사실 성인들이 일으킨 기적은 '치유'라기보다는 '시간을 되돌린 것'에 가깝지만, 기록이 불분명하여 정확히 정의하기가 어렵다.

시간을 다루는 능력은 필수가 아니며 오히려 기록된 성인들 중에서도 시간을 다루는 능력을 가진 이는 손에 꼽는다.

'교황 성하께서 알마예르를 언급하셨지만……. 알마예르 영애는 가이드지, 다른 능력은 없어 보이는데.'

6년 전, 교황이 오랜 잠에서 깨어났을 때 그는 여러 일을 했다.

지금까지 한두 마디만 예언하고 잠들었던 것과 달리 한 달여를 깨어 있으면서 예언서를 집필하였고 앞으로 신전이 해야 할 일에 관하여 강론을 펼쳤다.

교황이 펼친 강론의 내용은 아래와 같았다.

1. 사교도 박멸에 힘을 쓸 것
2. 전염병이 일어나지 않도록 살피며 수도 외 지역 교구를 지원할 것
3. 성녀를 도울 것

피에트로를 놀라게 한 것은 세 번째 지침이었다.

'성녀에 관해 말씀하시긴 했지만, 이렇게 금방 성녀가 나타난단 말인가?'

피에트로는 교황에게 성녀를 알아볼 수 있도록 성녀의 특징에 관해 알려 달라 했지만 교황은 고개를 내저었다.

'내 힘이 미령하여 깨어난 순간부터 보았던 미래를 잊게 된단다……. 그러나 너도 알게 될 것이다. 성녀님께서는 그 누구보다 곧고 선하신 분이시니 신께서 네 귀에 속삭여 주실 것이다. 사특한 자들에게 속지 말아라.'

잠들기 전, 교황은 알쏭달쏭한 얼굴로 어떤 말을 하려다가 삼켰다.

'알마예르가…… 변수가 될 것 같구나. 그러나 확신할 수는 없구나. 내가 보는 미래는 고정된 미래가 아니라 바꿔야 할 최악의 것들이니.'

교황이 잠든 후 피에트로는 여러모로 생각해 보았으나 알 수 있는 것은 없었다.

알마예르는 황제의 총애를 받는 대표적인 센티넬 공신 가문. 알마예르가 변수가 된다는 게 무슨 뜻일까?

그래도 뭔가 변수가 된다면, 알마예르의 남자들보다는 갑자기 튀어나온 율리아나일 가능성이 높다는 생각을 했다.

'알마예르와 발라고프의 딸이고, 어쩌면…… 황제의 견제책이 될 수 있지.'

보통 사람들은 신전이 귀족 정치와 멀다고 착각하지만 신전이야말로 귀족 정치에 가장 신경 촉각을 곤두세우는 집단이다.

황권이 약해지는 쪽으로 정치 세력이 개편되는 것을 가장 바라는 게 신전이니까.

'알마예르 영애가 황태자와 결혼하는 게 최악의 시나리오다. 알마예르 영애가 자이거 대공과 결혼해서 귀족 세력이 분산된다면 좋을 텐데, 자이거 대공의 속을 모르겠으니. 쯧쯧.'

자이거 대공이 황권을 노린다면 좋을 터인데, 자이거 대공은 어릴 적 형제자매를 잃은 트라우마 탓인지 황제에게 납작 엎드리는 경향이 있었다.

'자이거 대공은 신전에 우호적인 편이건만, 이번에 황태자의 이능이 세졌다고 하니 더욱 아쉽군.'

선황제가 서거한 후 신전에 몸을 의탁한 적이 있는 자이거 대공은 친분이 있는 신관들도 있고 신전 우호적인 인물이다. 그를 다음 황제로 추도하고 싶지만 교황이 자이거 대공이 황제가 되어야 한다는 예언을 하면 모를까, 그것도 아니라서 아쉬웠다.

일단은.

"제임스 신관에게는 내가 대신 영애를 만난다고 전해 두거라."

"네? 네. 알겠습니다."

우선 율리아나 알마예르가 어떤 사람인지부터 파악해야 했다.

신전의 정보망을 통해서 알아본 바에 의하면 학구적이고 욕심이 없는 편이라고는 하는데, 소문과 실제 성격이 같은지는 직접 보면 알 수 있을 것이다.

* * *

율리아나는 상담실에 앉아 있었다.

상담실은 작았고 내부 인테리어도 소박했다. 그 소박함이 의도된 것인지는 알 수 없으나 벽에 신을 상징하는 조각상이 걸려 있는 것을 제외하면 아무 장식도 없었다.

율리아나는 어쩐지 굉장히 마음이 편해지는 것을 느꼈다.

똑똑, 노크 소리가 들린 뒤 사제가 들어오는 문이 열렸다. 율리아나는 벌떡 일어났다.

신관의 얼굴들을 잘 기억하는 편은 아니지만 저 얼굴은 기억했다. 일흔이 넘은 나이에도 허리와 어깨가 꼿꼿한 꼬장꼬장해 보이는 노인. 명명식의 축문을 읽었던 교황의 대리인, 대신관 피에트로였다.

피에트로가 부드럽게 웃으며 자신이 온 이유를 설명했다.

"제임스 신관에게 심부름을 시켰는데 영애와 면담 일정이 있으셨다 해서 제가 대신 들어왔습니다. 혹시 제임스 신관에게 개인적으로 부탁할 거리가 있으신 건 아니셨겠지요?"

"아, 네. 그런 건 아니었습니다. 면담도 시간이 되시는 신관님이면 된다고 말씀드려서 잡은 것이랍니다."

신관에게 부탁할 일이 뭐가 있겠는가? 율리아나는 어쩐지 피에트로가 자신을 떠본다는 생각을 지울 수 없었다.

"다행이군요. 그럼 뭐든 편히 물어보시지요."

'그래. 떠봐도 뭐 어때. 내가 원하는 것만 다 물어보면 돼.'

"그럼 정말 편히 묻겠습니다. 평소 이적에 관해 궁금한 것들이 많아서 도서관에 와서 책을 읽어 보았는데요, 그래도 의문이 해결이 되지 않아서요."

심호흡을 한 율리아나가 도서관에서 책들을 읽으며 궁금한 점을 적어 둔 종이를 꺼냈다. 그리고 속사포처럼 질문을 내뱉었다.

"성인들께서 일으킨 기적에 대한 기록을 보니 치유에 관한 일화가 많은데요, 혹시 치유 이능이 있는 센티넬과의 차이점이 무엇일까요?"

"……보통 성인들은 평범한 사람으로 태어나 성년이 넘어서 성인이 되는 경우가 많습니다. 센티넬들은 날 때부터 보통 사람과 다르기 때문에 구분할수 있지요. 물론, 성인 중에 센티넬이신 경우도 있습니다."

피에트로가 얼떨떨한 얼굴로 답하자 율리아나는 바로 다음 질문으로 넘어갔다.

"그렇군요. 센티넬에게 시간과 관련한 이능이 없는 이유가 시간을 다루는 능력은 신의 능력이기 때문이라고 알고 있는데요, 혹시 성인 중에 시간을 되돌리는 이적을 쓰신 분도 계실까요?"

"예. 계십니다."

"그렇군요! 제가 본 책에는 없어서…. 혹시 그 기록을 저도 볼 수 있을까요? 볼 수 없다면, 성인께서 10년도 넘는 시간을 되돌리는 것도 가능한지 물어보고 싶습니다."

눈을 반짝이며 묻는 율리아나를 보며 피에트로는 당혹스러움을 느꼈다.

무슨 의도로 신관과의 면담 약속을 잡았나 했더니, 정말 궁금한 것을 쏟아 내고 있지 않나!

피에트로는 율리아나의 하늘색 눈 안에 이글거리는 호기심에 압도되어, 신도에게 말해도 되는 선 안에서의 답변을 해 주었다.

이상하게도, 그 호기심 어린 하늘색 눈에서 절박함을 본 것 같기도 했다.

* * *

"오늘 면담은 정말 유익했습니다."

"크, 크흠. 그렇습니까. 다행입니다."

목이 아플 정도로 말을 많이 한 까닭에 피에트로는 약간 기침을 했다. 율리아나는 피에트로의 옆에 선 신관에게 봉헌물을 건네며 꾸벅 인사했다.

"그럼 언제나 은총 속에서 웃으시기를."

"영애의 걸음마다 은총이 깃드시기를."

율리아나는 신전을 나와서 그 앞에서 대기하던 마차를 탔다. 마차 문이 닫히자 억지로 웃던 얼굴이 시무룩하게 흐려졌다.

'성인들도 10년까지는 돌린 기록이 없다니.'

피에트로 대신관에게 들으니 성인들이 시간을 돌린다 해도 수해를 입은 마을의 시간을 돌린다든가, 전염병이 퍼지기 전으로 돌린다든가 하는 국지적인 수준이라고 한다.

게다가 그렇게 시간을 돌려도 죽었던 사람은 살아나지 않는다고.

'나는 분명… 죽었는데. 사실 죽은 게 아니었나?'

치유 이능을 지닌 센티넬이 성인이 되기도 한다는 이야기를 들었을 때는 '그럼 비앙카가 성녀로 추대될 수도 있나?' 하는 생각을 하기도 했다. 그러나 소득은 그것뿐.

자신의 회귀에 관한 단서를 얻을 수는 없었다.

다그닥다그닥.

신전을 떠나는 마차를 피에트로가 주시했다.

'갑자기 성인이나 이적에 관해서는 왜 묻는 거지? 설마 저 소녀가…. 아니, 아니야. 이미 성녀 후보는 있으니까.'

피에트로는 얼마 전에 찾아낸 성녀 후보를 떠올리고 한숨을 쉬었다. 신전에서 고이 모시고 있는 그녀는 아직 외부에 알리지 않았다.

'조금 석연찮은 구석은 있지만……. 후. 아니야. 감히 내가 판단할 건 아니니까.'

그렇게 황금 같은 주말이 지나고 다시 훈련의 시간이 돌아왔다.

새로운 부대장이 임명되었고 그 부대장의 지시 아래 새로 만들어진 훈련표는 합리적이었다.

율리아나와 동기들이 점심식사를 하러 식당에 갔을 때, 한 병사가 호들갑을 떨며 식당으로 들어왔다.

"이거 봐! 서, 성녀님이 나타났대!"

병사는 손에 신문을 들고 있었다. 신문에는 큰 글씨로 신전에서 성녀를 발표했다고 적혀 있었다.

다들 놀라워하면서 그 병사에게 몰려들었다. 율리아나는 성녀 출현에 놀라워하면서도 우선 밥부터 배식받았다. 훈련을 받고 나면 너무 배가 고팠다.

신문을 가져온 병사의 주변에서 웅성거리는 소리가 들렸다.

"마지막으로 성인이 나타난 건 100년도 넘지 않았어?"

"150년 만이래."

"성녀님은 얼마 전에 성력이 발현되셨대. 근데 그 성녀님이 바로……."

신문을 읽어 주던 병사의 입에서 의외의 이름이 흘러나왔다. 곧 흥미롭게 듣던 이들의 얼굴에 경악과 떨떠름함이 퍼졌다.

아예 모르는 이름이라면 이런 반응도 나오지 않을 터.

한 병사가 미간을 찌푸리며 고개를 갸우뚱했다.

"채텀 영애 안젤리카가…… 성녀라고?"

"황태자의 연인이?"

"조금 공교롭지 않나?"

애매한 반응에 소식을 가져온 병사가 불퉁한 얼굴을 하며 신문 첫 면을 펼쳐 보여 주었다.

"이거 봐 봐. 시간의 이적을 행했다고 나온다고!"

병사의 말대로 신문 첫 페이지에는 종탑이 무너지며 광장 위로 떨어지는 거대한 종을 그대로 멈춘 채 수많은 인명을 구한 안젤리카의 성스러운 모습이 찍혀 있었다.

사진 위로 적힌 타이틀은 아주 노골적으로 성녀의 출현을 축하하고 있었다.

<분홍 장미의 레이디, 신의 선택을 받다!>

* * *

쾅, 콰앙!

커다란 파공음과 함께 목검이 산산이 부서졌다. 파벨은 인상을 찌푸리며 새 목검을 들었다. 호흡과 함께 오러의 흐름을 정돈했다.

"하아⋯⋯."

내면을 물이라 생각하며 요동치는 수면이 잠잠해지길 기다렸다. 그러자 목검의 표면에 금빛 오러가 깃들어 은은하게 빛났다. 그러나 아주 균일하지는 않았다.

'아직 부족해.'

모든 만물의 깃들어 있는 기운, 에테르.

이 에테르를 체내로 흡수하여 검기, 즉 오러로 바꾸어 검술에 운용할 수 있는 자가 바로 소드 마스터다.

마찬가지로 에테르를 마나로 바꾸어 마법에 사용하는 사람은 마법사이며, 선천적으로 내제된 특별한 에테르인 이능을 사용하는 자는 센티넬이다.

파벨은 이론상으로는 소드 마스터지만 아직 오러를 자유자재로 사용할 수 있는 단계는 아니었다.

물론, 15살이라는 어린 나이에 소드 마스터의 경지에 오른 것도 대단한 것이지만 파벨은 이 정도로 만족하지 못했다.

'누님 곁엔 더 대단한 놈들이 많은걸. 더 강해져야 해.'

가이드는 센티넬의 이능을 고요하게 만들 수 있는 능력이 있기 때문에 보통 사람보다 에테르 감지 능력이 뛰어나다.

그래서 미하일은 가이드이면서 마법을 사용하기 위하여 오래 마법을 배웠으나 마법사가 되는 것에는 실패했다. 대신 마탑주 머르딘을 돕는 쪽으로 노선을 틀었다.

다행히 파벨은 검술로 파고들어 소드 마스터가 되었으나 이렇게 미숙한 실력으로는 알마예르의 남자들에게 견주기엔 턱도 없었다.

"하아⋯⋯. 흡!"

파벨은 다시 한번 검 끝에 온 정신을 집중한 뒤 허수아비를 향해 검을 휘둘렀다. 허수아비에 닿는 순간 목검이 다시 쾅! 큰 소리를 내며 부서졌다.

"아, 진짜!"

손에 남은 잔해를 바닥에 던지며 땀에 젖은 머리를 쓸어 넘기는데 저편에서 키득키득, 낭랑한 웃음소리가 들렸다.

"백날 화내 봐라. 그런다고 되나."

"신경 꺼!"

벤치에 엎드려서 파벨의 훈련을 구경하며 종아리를 달랑달랑 흔드는 소녀는 바로 비앙카였다.

벤치는 거의 비앙카의 아지트나 다름없이 변모해 있었다. 비앙카의 하녀가 가져온 커다란 그늘막이 그녀를 햇빛으로부터 안전하게 지켜 주었고 벤치엔 자수를 놓은 예쁜 리넨 피크닉 매트를 깔아 두기까지 했다.

게다가 피크닉 바구니를 꽉 채운 푸짐한 간식들까지.

알마예르의 막내 영애는 발라고프 연무장에 매일같이 소풍을 나오고 있었다.

'쟤는 왜 맨날 발라고프의 연무장에 와서 저러는 거야?'

파벨은 신경질을 내면서도 비앙카 쪽으로 터벅터벅 걸어갔다. 신경질이 난다고 무시하면 다음 날 더 지랄맞게 구는 것을 아는 탓이다.

비앙카가 자연스럽게 아이스티를 내밀었다. 아이스티는 엄청나게 차가웠다. 미리 얼려 온 것이 아닌, 방금 비앙카가 차게 식힌 것이었다.

"어쭈? 이젠 맘대로 쓰네?"

"언니가 준 팔찌가 있거든."

비앙카는 가느다란 손목을 뻗어 자랑했다. 율리아나가 비앙카를 위해 만든 가이드석 팔찌였다. 색이 옅고 불순물이 없는 아름다운 로즈 쿼츠를 한 알 한 알 금장식으로 감싸서 엮어 미관상으로 보기에도 아름다웠다.

비앙카는 반각성 상태라서 가급적 이능을 쓰지 않으려 했지만 율리아나가 준 팔찌를 차고 다니자 이능을 편하게 쓸 수 있게 되었다.

'항상 율리아나 언니의 손을 잡고 다니는 기분이야.'

후훗, 웃으며 햇볕에 팔찌를 비춰 보는 비앙카를 흘겨본 파벨은 약간 질투심을 느꼈다. 자신은 센티넬이 아니니 가이드석을 받을 필요가 없다고 애써 생각했지만, 그래도 괜히 아쉬웠다.

털썩, 비앙카의 옆에 앉은 파벨이 근처에 놓인 손수건으로 땀을 닦으며 아이스티를 벌컥벌컥 마셨다.

비앙카는 벤치에 벌러덩 누워서 읽고 있던 신문을 파벨에게 내밀었다.

"이거 봐. 안젤리카가 성녀래."

"안젤리카? 그 분홍 머리를 말하는 거지?"

"어. 소문이 별로야. 언니를 질투한다는 말도 많아."

"누군지 알아. 그 여자가 성녀? 말도 안 되지. 차라리 누님이라면 모를까."

그 말에 비앙카가 눈을 동그랗게 떴다. 율리아나와 비슷한 하늘색 눈과 마주치자 파벨은 괜히 심장이 덜컹 내려앉는 기분이었다.

"율리 언니가 천사 같기는 하지만 성녀까지?"

퍼뜩 정신을 차린 파벨이 괜히 큰 소리로 말했다.

"그래. 누님은…… 다른 사람과 달라."

아무에게도 말하지는 않았지만, 가이드이면서 소드 마스터인 파벨에게는 한 가지 특별한 능력이 있었다.

바로, 사람의 아우라가 보인다는 것.

아우라는 사람들이 가진 고유의 기운인데, 평민들은 다 고만고만한 아우라를 지녀서 딱히 구분도 되지 않는다.

그러나 센티넬이나 마법사는 다르다.

황제와 황태자에게선 붉은 기운이 보였고 마찬가지로 알마예르 남자들에게선 물처럼 푸른 기운이 일렁이는 게 보였다.

다른 사람들을 보아도 그들이 지닌 이능과 관련한 색이 보였다.

가이드들에게서도 약간의 색깔이 보였는데, 아마 상성이 좋은 이능에 따라 색이 다른 것 같았다. 아버지인 미하일에게서도 붉은 기운이 보이니까.

'그런데 안젤리카? 그 여자에겐 아무런 색깔도 없었어. 이능이 없는 평범한 사람이야.'

신관들에게서는 성스러운 아우라가 보였다. 평신관은 아우라가 약하고 대신관은 강한 것을 보면 그들에게 있는 신성력의 크기를 볼 수 있다는 뜻일 터.

그런데 안젤리카에게선 아무것도 보이지 않았다.

신문 속 사진으로는 알 수 없지만, 아마 신전에서 착각을 했을 것이다.

파벨은 확신하며 율리아나를 떠올렸다.

'누님의 아우라는……. 보통 가이드에게서 볼 수 있는 색이 아니야, 누님은 특별해.'

그리고 특이한 아우라를 지닌 사람이 또 한 명 있다. 바로.

'자이거 대공도 특이해. 불의 이능만을 지닌 게 아닌가?'

아우라를 볼 수 있다고는 하지만, 그게 꼭 말로 표현할 수 있는 색깔인 것은 아니다.

비앙카가 작게 인상을 쓰며 고민에 빠진 파벨의 입에 휘낭시에를 처넣었다.

"으읍! 뭐야!"

"레이디를 앞에 두고 다른 생각을 해? 이거나 먹어!"

"웃기는 소리. 네가 어딜 봐서 레이디야?"

"내가 레이디가 아니면 누가 레이디야?"

비앙카와 파벨이 투닥거리는 소리가 발라고프 저택의 연무장을 소란스럽게 채웠다.

멀리서 그 모습을 지켜보던 비앙카의 하녀는 비앙카의 솔직하지 못한 태도에 작게 웃음을 터트렸다. 직접 만든 휘낭시에니까 얼른 먹어 보라고 하면 좋을 텐데, 라고 생각하면서.

* * *

"대체 이게 어찌 된 일인가!"

대신관 피에트로가 주신관들을 모아 놓고 호통을 쳤다. 주신관들이 아무

말도 하지 못하고 침묵을 지키자 피에트로의 흰 눈썹이 꿈틀거렸다.

"뭐라 말을 해 보란 말일세!"

씩씩거린 피에트로가 손에 쥐고 있던 신문을 테이블에 던졌다. 구겨진 신문의 첫 면은 안젤리카가 신전이 인정한 성녀라는 것을 선전하고 있었다.

한 주신관이 어렵게 입을 떼었다.

"이렇게 말씀드리긴 면구스럽지만……. 제가 신문사에 알아보니 안젤리카 님께서 직접 제보하신 것이라고 합니다."

"뭐라?"

"네. 물론 제보자를 통해서 소스를 제공한 것이긴 하나, 제보자가 채텀 백작가의 사람인 만큼 안젤리카 님께서 직접 움직이신 것으로 보시는 게 맞을 것 같습니다."

"허어. 이런 일이……. 아직 검증도 끝나지 않았거늘."

마른 손으로 피에트로는 이마를 짚으며 한숨을 터트렸다.

안젤리카 채텀.

신전은 안젤리카 채텀이 성녀인 것 같다는 신실한 신도의 제보를 받아 여러 차례의 검증 절차를 진행하는 중이었다.

'안젤리카 채텀처럼 20살도 넘은 성인이 센티넬로 발현되는 경우는 없는 데다가 발현한 이능이 시간과 치유 이능이라니. 다른 때 같으면 분명 성녀라고 여겼을 터.'

그렇지만 이상하게도 느낌이 좋지 않았다. 고작 느낌으로 성녀 공표를 미루는 것은 옳지 않지만, 교황 성하께서 다시 잠들기 전에 하신 말씀이 계속 떠올랐다.

'사특한 자들에게 속지 말아라.'

안젤리카 채텀이 사특한 자일 리 없다. 그 뱀처럼 간교한 황제가 사특한 여자를 제 아들의 곁에 그리 오래 둘 리가 없으니 말이다.

'그래. 내 기우일 것이다.'

그렇게 자신을 다독이는데 몇몇 주신관들이 변명하듯 안젤리카를 옹호하기 시작했다.

"어차피 성녀 공표만 남은 상황이지 않았습니까. 성녀님도 초조하셨겠지요."

"맞습니다. 황제도 이 기사를 보고 놀랐을 겁니다. 감히 150년 만에 나타난 성녀님을 괄시했다니, 분명 후회하고 있겠지요!"

"황제를 압박할 절호의 기회입니다!"

주신관들의 말들은 흠잡을 구석이 없었다. 피에트로는 마지못해 고개를 끄덕였다.

'이제 와 돌이키는 것도 우습겠구나.'

"신전이 레이디 안젤리카를 성녀로 인정한다는 성문(成文)을 내도록 하라."

신전의 권위가 땅에 떨어진 만큼, 대신관의 권위도 그리 높지 않았다. 안젤리카는 성녀라는 이름과 적당한 선물 공세를 통해 아주 손쉽게 신전 내부까지 들어와 회의실의 대화를 엿듣고 있었다.

'후훗, 그래. 황후가 되었을 때 너희가 내 편을 든 그 공을 내가 잊지 않을게.'

안젤리카의 연둣빛 눈동자가 어둡게 빛났다.

* * *

수도에 있는 대신전에서 황궁과 제국 각지에 있는 모든 신전으로 안젤리카 채텀이 성녀라는 선언문을 보냈다.

그러나 따로 즉위식에 관한 이야기는 하지 않았다.

150년 만에 등장한 성녀인데 즉위식을 하여 신전의 위용을 떨쳐야 한다는 의견도 많았으나 대신관 피에트로는 고개를 내저었다.

"역사상 즉위식을 올리지 않은 성인이 더 많았네. 성녀가 되자마자 즉위식을 하는 경우도 없었고."

보통 성인들은 백성을 위해 전 생애를 바친다. 즉위식 같은 겉치레를 하기보다는 직접 제국 곳곳을 돌며 도탄에 빠진 백성들을 구하기를 원했다.

전쟁에 나가는 경우도 많았다. 부상자를 치유하고 마족에 대항하기도 했다. 성녀가 고위 마귀족을 죽이고 힘이 다해 죽은 경우도 있었다.

즉위식을 하는 경우는 성인으로서 수년간 활동을 하여 스스로를 증명한 뒤, 귀족들의 후원금을 받기 위한 경우가 많았다. 받은 후원금을 백성들에게 쓰기 위함이었다.

'신관들이 즉위식에 열 올리는 이유도 알지만, 너무 급하지 않은가.'

알브레히트 황제가 강력한 센티넬로서 이름을 떨치는 만큼 신전의 세력이 정말 약해졌다. 헌금이 모이지 않고 신도들도 점점 줄고 있다.

예산이 없다고 신전의 수를 너무 줄일 수도 없으니 신관들이 허리를 졸라매야 하는 상황인 만큼, 신관들이 신전의 이름을 널리 떨칠 수 있는 즉위식을 부르짖는 것도 이해가 갔다.

'하지만 너무 일러. 너무도…….'

대신관 피에트로가 지금이 포교의 기회라며 목소리를 높이는 주신관들을 달래는 사이.

안젤리카는 수습 신관들과 함께 빈민가의 신전으로 향하고 있었다.

보통 신전은 고아원을 함께 운영하곤 하는데, 빈민가는 특히나 고아가 넘쳐 나서 고아원과 신전이 하나로 합쳐진 형태였다. 신전 건물을 팔아 고아원에 다 쏟아부어도 만성 적자와 물품 부족에서 벗어나질 못했다.

성녀가 신전을 방문했다는 소식에 신관 요한이 신발도 제대로 신지 못한 채 허겁지겁 달려 나왔다.

신전 하나를 총괄할 정도면 지위가 낮은 신관이 아니지만, 빈민가의 신전과 고아원을 맡을 정도로 검박한 신관이었다. 수습 신관보다 더 헌 신관복을 입고 있을 정도로 말이다.

수습 신관이 존경 어린 얼굴로 요한을 보며 그에게 안젤리카를 소개했다.

"안젤리카 성녀님이십니다."

"성녀님을 뵙습니다. 오, 제가 살아생전에 성녀님을 뵙게 되다니."

요한이 안젤리카의 앞에 한쪽 무릎을 꿇고 그녀의 옷자락에 입 맞추었다.

'그래. 이거지!'

안젤리카는 짜릿할 정도로 기분이 좋았으나 최대한 평정을 유지했다.

"일어나세요. 요한 신관님의 말씀 많이 들었습니다. 이곳이 언제나 적자로 힘들다고 하더군요. 많이 부족하겠지만 도움을 드리고 싶어 왔습니다."

"신의 종이 힘들 게 뭐 있겠습니까. 다만 죄 없는 아이들을 배불리 먹이지 못해 한스러울 따름입니다."

눈가가 촉촉해진 요한을 보며 안젤리카가 집에서 데려온 하인들에게 턱 짓했다. 하인들이 수레로 실어 온 물자를 건물 안으로 날랐다. 요한의 눈이 휘둥그레졌다.

"이, 이게 다 무엇입니까?"

"아이들이 먹을 빵과 옷가지들입니다. 제가 부유하지는 않아서 많이 가져오진 못했습니다."

"아닙니다! 마음이 중요하지요. 어쩜 이리도 고운 마음씨를 지니셨을까."

요한은 눈물을 글썽이며 감격했다. 귀부인들이 기부나 봉사를 많이 하지만 그것도 보통의 가난한 마을에 하는 것이다. 빈민가는 온갖 범죄자들이 모여 있어 아무도 도와주려 하지 않는다. 차라리 이 범죄 소굴을 없애 버려야 한다는 말도 많다.

그렇지만 아이들이 무슨 죄가 있겠는가. 아무리 범죄를 저지른 부모라도 아이를 사랑하는 마음은 있다. 자식들만은 자신처럼 크지 않기를 바라는 마음으로 고아원에 버리고 간 아이들이다.

가난한 신전이지만, 자신마저 빈민가를 떠나면 이 아이들이 모두 죽거나 범죄자로 자랄 것이 분명하여 요한은 마음이 맞는 사람 몇 명과 이 신전과 고아원을 꾸려 오고 있었다.

안 그래도 요즘 나이가 들어 몸도 너무 힘들고 계속되는 적자와 가난에 지쳐 가고 있었는데 때마침 이렇게 도움의 손길을 보내 주시다니.

'신의 안배로구나. 역시 신께서도 이 아이들을 버리지 않으셨어.'

덥석, 감격하는 요한의 손을 안젤리카가 잡았다.

"서, 성녀님. 제 손이 더럽습니다."

"더럽긴요. 아름다운 손입니다. 신이 깃든 손이지요."

안젤리카는 온화한 미소를 지으며 요한의 손에 입을 맞추었다.

그 순간.

파아앗!

안젤리카가 입을 맞춘 손등에서 밝은 빛이 뿜어져 나왔다. 그리고 요한은 점점 기운이 차오르는 것을 느꼈다.

"아……!"

"모든 아이들에게 해 줄 수 있다면 좋겠지만, 제 힘이 미약하여……. 죄송합니다."

"아닙니다! 아닙니다. 제가 성녀님의 치유를 받다니. 정말… 영광입니다."

그렁그렁 맺혀 있던 눈물이 결국 뚝뚝 아래로 흘러내렸다.

"아, 이렇게 문 앞에서 이야기할 것이 아니지요. 누추하지만 안으로 드시지요."

눈물을 닦아 낸 요한은 호들갑을 떨며 안젤리카를 원장실로 모셨다. 고아원의 아이들이 안젤리카를 훔쳐보며 소곤거렸다.

"성녀님이래."

"빵을 가져오셨대!"

"새 옷도! 정말 최고다!"

안젤리카는 비누가 부족하여 깨끗이 씻지 못한 아이들을 보며 생긋 웃었다.

"와! 웃어 주셨어!"

"나한테 웃어 주신 거야."

"정말… 천사 같다."

귀족을 본 적 없는 아이들은 윤이 나는 분홍 머리의 곱게 꾸민 안젤리카가 천사와 다름없다고 생각했다.

'그래. 너네가 빨리 주변에 소문을 내. 빈민가에 강림한 성녀님이라고 소문을 내라고! 뭐, 딱히 기대하진 않지만.'

오늘 안젤리카가 이곳에 온 것은 소문을 목적으로 온 것은 아니었다. 소문은 검사겸사다. 어차피 빈민가 사람들은 다른 마을 사람과 교류도 적으니까.

다만 오늘 고아원 방문의 목적은 바로—.

'요한이지.'

요한 신관은 수십 년간 빈민가 사람들에게 헌신한 신관으로, 신전 내에서 그의 성품을 칭송하는 이들이 많았다.

요한을 포섭한다면 다른 신관들도 자연스럽게 자신을 좋게 볼 것이 분명했다.

'하, 그것 때문에 왔지만 정말 누추하고 더럽군.'

자의로는 절대로 방문하지 않을 것 같은 더러운 건물에, 더러운 사람들. 아니, 같은 사람이 맞긴 한가? 너무 더럽고 냄새나는데.

심지어 요한 신관마저도 그렇게 깨끗하지 않아서 안젤리카는 코를 틀어막고 싶은 것을 참아야 했다.

"대접할 게 없어서 송구합니다. 싸구려 차지만 이거라도……."

"싸구려라니요. 이렇게 대접해 주시는 것만으로도 감사합니다."

안젤리카는 입가에 경련이 날 정도로 웃으면서 차를 홀짝 마시는 시늉만 했다. 이걸 차라고 볼 수 있을까? 걸레 빤 물 같아서 입도 대고 싶지 않다. 그리고 조금 대화를 나누다가, 훌쩍! 우는 척을 했다.

"왜, 왜 그러십니까? 어디 불편한 데라도…….""

"아니에요. 이곳 상황이 제 생각보다 열악하여서요. 만약 제가 즉위식을 올려서 헌금을 받는다면 이곳에 써 달라고 말할 수 있을 텐데."

훌쩍훌쩍. 우는 척을 하며, 안젤리카는 요한의 반응을 살폈다.

'벌써 솔깃한 얼굴인데?'

안젤리카는 손수건 아래로 웃는 얼굴을 감추며 더 크게 우는 소리를 냈다.

* * *

그 시각 황궁.

"안젤리카 채텀이 진짜 성녀라니. 이걸 믿어야 하나, 말아야 하나."

황제는 신전에서 보낸 선언문을 보며 비죽 웃었다.

타이밍이 정말 공교롭다.

'내가 약혼을 반대하고 있는데 홀로 성녀로 등극을 해?'

안젤리카에게는 이보다 더 좋을 수 없는 최고의 타이밍이다.

성인이 미혼이어야 한다는 규정은 없다. 역사에서도 성인의 배우자들은 성인과 함께 신께 헌신한 경우가 많다.

'알렉산더와 헤어지지 않은 상태로 성녀가 되었으니, 지금 와서 헤어지면 그것도 문제야.'

끄응, 황제는 골이 아파서 신음했다. 대기하던 시종장이 얼른 차갑게 식힌 차를 대령했다.

"역시 시종장이야. 내 마음을 잘 알지."

벌컥벌컥 차를 들이켠 황제가 선언문을 은쟁반으로 휙 던졌다.

"한번 피에트로와 이야기를 해 봐야겠군. 사교도가 기승일 때 성녀가 등장한 게 다행인지, 뭔지 모르겠군."

황제는 한숨을 내쉬며 시종장에게 물었다.

"알렉 그 녀석은 지금 어쩌고 있나? 안젤리카 이야기를 듣자마자 나에게 달려와서 이것 좀 보라며 화낼 줄 알았더니."

"알렉산더 전하께서는 지금… 이상할 정도로 조용하십니다."

"그래? 율리아나에게 차이고 상심한 건가."

킬킬 웃는 황제에게 시종장은 애매하게 웃어 보였다. 모든 일에 관해서 이성적으로 행동하는 황제가 알렉산더의 문제에 관해서만큼은 감정적으로 굴기에 조심해야 했다.

"율리아나가 알렉산더를 찼다는 말에 화가 났었는데 이렇게 되니 차라리 잘됐다는 생각도 드는군."

황제는 혼잣말을 하며 고민했다.

한참을 고민하던 황제가 시종장에게 말했다.

"레온하르트를 불러라."

* * *

성녀의 출현은 제국을 떠들썩하게 만들었다.

마지막으로 성인이 나타났던 것은 약 150년 전. 강력한 황권과 외부에 확실한 적이 있는 카를 제국은 언제나 가십에 목이 말랐고, 그런 사람들의 호기심을 채워 준 존재가 바로 성녀였다.

성녀 안젤리카의 이력과 황태자 알렉산더와의 러브스토리는 들불처럼 뻗어 나갔다.

"황태자 전하께서 그토록 사랑하던 여인이시라며?"

"역시, 전하께서도 성녀님을 알아보신 거지."

"황제 폐하께서 반대하셨다는 이야기도 있던데."

"이제 성녀님이신데 반대하시겠어? 금방 결혼시키시겠지."

이야기가 진행되면서 황제에 대한 여론이 나쁘게 흘러가기도 했다.

"그런데 아무리 황제 폐하라도 그렇게 오래 사귄 연인을 갈라놓으려 하시다니 조금 그렇구만."

"예끼, 이 사람아! 폐하께서 뭘 모르셨으니 그러신 게지."

"그럼 그럼. 아들을 좋은 여자와 결혼시키고 싶은 아비 마음이 그렇지. 이젠 성녀님이신 걸 알았으니 금방 좋은 소식이 들릴 걸세."

차기 황제인 알렉산더와 성녀 안젤리카가 이루어지기를 기대하는 여론이 점점 커지기 시작했고, 이를 부채질하듯 안젤리카의 선행도 널리 퍼졌다.

<성녀 안젤리카, 지역별 빈민가에 따뜻한 손길 내밀어>
<치유의 기적을 행한 성녀! 눈먼 아이를 고치다!>
<성녀의 치유를 받고 걷게 된 라이턴 자작 부인을 인터뷰하다!>

안젤리카를 비웃던 신문사는 언제 그랬냐는 듯이 태세를 전환하여 안젤리카의 찬양 기사를 내었고, 다른 신문사들도 마찬가지였다.

여러 종류의 신문마다 하루에 하나씩은 꼭 안젤리카의 기사가 있었다. 1면이 아니면 2면에라도 있었다.

황제도, 대신관 피에트로도 언론과 국민의 격한 반응에 당황했다.

특히 당황한 것은 피에트로였다.

'신문사가 왜 이렇게까지 성녀를 띄워 주는 거지?'

신문사는 황궁과 대귀족의 투자를 받기 때문에 그들에게 우호적인 기사를 쓴다. 신전은 신문에까지 투자할 여력이 없어서 신전과 관련된 일이 신문에 나는 일은 별로 없었는데, 아무리 화제가 된다 해도 성녀의 이야기가 이렇게까지 계속 신문에 보도되는 것은 기이한 일이었다.

'대체 뭐지? 황태자가 힘을 쓰고 있는 건가?'

피에트로는 그렇게 생각할 수밖에 없었다. 그리고 황제도 똑같은 생각을 했다.

'신전이 힘을 쓰고 있는 건가? 하긴. 성녀가 나타난 지금처럼 신권을 높일 수 있는 때가 없지.'

그렇지만 별로 달갑지는 않았다.

황제는 국민의 지지 없이도 황제지만, 알브레히트는 지금껏 평생 국민의 지지를 받아 왔다. 그로서는 자신의 뜻에 따르던 국민들이 그의 의지에 반하여 '성녀와 황태자를 결혼시켜라.'라는 말을 하는 것이 당황스러울 수밖에 없었다.

'이런 것까지 포함하여 안젤리카가 마음에 안 드는군.'

차라리 성녀가 되자마자 자신에게 달려와 알렉산더와 결혼을 허락해 달라고 읍소했다면 지금보다는 기분이 나았을 것이다.

그런데 이렇게 여론으로 압박을 받자 황제는 제 권위를 침범당한 것처럼 굉장히 기분이 나빠졌다.

황제가 시종장에게 물었다.

"레온은 지금 뭘 하고 있지?"

"폐하의 명을 받아 사교도를 쫓고 있지만 큰 수확은 없다고 합니다."

"그런가. 흠……."

안젤리카가 성녀가 되었다는 기사를 본 날, 황제는 레온하르트를 불러 말했다.

'내가 신앙심이 부족해서겠지만, 안젤리카가 성녀가 된 게 의아하구나. 신전에 사교도가 침범해 있진 않은지 알아보거라.'

'예. 명 받들겠습니다.'

사실 황제의 정보망이 레온하르트의 정보망보다 훨씬 넓고 깊었다. 그런데도 레온하르트에게 이런 말을 하는 이유는 하나다.

'나는 안젤리카를 황후감이라고 생각하지 않으니 다른 생각 하지 마라.'

황제는 아직도 율리아나에 대한 미련을 버리지 못하고 있었다.

알렉산더가 못나게 군 탓에 알마예르 측에서 정식으로 항의하기도 했지만, 그래도 황후의 자리가 아닌가.

다른 센티넬 가문에게 율리아나를 뺏긴다고 생각하면 뼈아팠다.

'알렉산더와 결혼시키지 못할 바에야 차라리……'

아니지. 아니야.

황제는 생각을 멈추고 오늘 발행된 신문들을 눈앞에서 치우도록 했다.

'그러고 보니 알렉산더가 별 말이 없군.'

예전 같았으면 안젤리카가 성녀가 되었을 때 바로 결혼시켜 달라고 떼를 썼을 텐데 그러지 않는 것을 보니 그 녀석도 나름 고민이 깊은 모양이었다.

* * *

라이턴 자작 부인은 몇 달간 절룩거리던 다리가 말끔히 나아 기쁘다는 소회를 밝혔다.

팔락.

신문을 덮은 율리아나는 고민에 빠졌다.

'왜 갑자기 안젤리카가 성녀가 된 거지?'

안젤리카가 성녀가 된 게 나쁘다는 게 아니다. 싫다는 것도 아니다.

다만, 알고 있던 미래가 바뀌어서 의아한 것이었다.

원래 안젤리카는 황제가 서거할 때까지 아무런 능력을 발현하지 못했다.

뭔가 특별한 계기로 성력을 각성했다고 하면 하루가 멀다 하고 쏟아지는 신문 기사에서 언급되지 않았을 리 없는데.

보통 율리아나가 기억하는 미래가 바뀌는 경우는 율리아나가 뭔가를 했기 때문인 경우가 많았다. 그리고 율리아나는 엄마와 비앙카를 구하는 것 외엔 딱히 미래를 바꿀 일을 하지 않았기 때문에 안젤리카의 변화가 의아했다.

'그리고…… 성녀 발현 때를 제외하면 다 치유력에 관한 이야기뿐이네.'

안젤리카가 성녀의 능력을 각성했을 때에는 광장으로 떨어지던 종을 멈추는 기적을 일으켰다고 했다.

사실 그런 염동력을 지닌 센티넬은 많아서 그녀가 진짜로 시간을 멈추었는지조차 의문이다.

피에트로 대신관도 성인이면서 센티넬인 경우도 있다고 했고 말이다.

그러나 후속 기사들을 보면 전부 치유력을 쓴 내용이라서 의아했다.

'치유력이라면 비앙카의 치유 이능이랑 뭐가… 다른 거지?'

자신에게 성녀를 인정하고 말고 할 자격 따윈 없지만, 성녀가 나타나면 회귀에 관해 묻고 싶었는데. 안젤리카는 그 질문에 답을 해 주지 못할 것 같아 아쉬웠다.

Chapter 11. 욕심을 자각하다

"단장. 단장!"

자이거 기사단의 부단장 칼로스가 레온하르트를 부르다가 포기했다.

"단장이 요즘 왜 이러지."

요즘 레온하르트는 통 예전 같지 않았다.

빠릿빠릿은 기대도 하지 않는다. 주머니에 손을 넣고 뭔가를 계속 만지작대다가 "아껴 써야 하는데……." 하고 중얼거리질 않나. 뭔가에 홀린 것처럼 멍하니 있다가 한숨을 푹푹 쉬질 않나.

게다가 며칠 전에 황궁에 불려 갔다 온 뒤로는 아예 정신을 빼놓고 있었다.

"황궁에 다녀오신 뒤부터 저러시지?"

기사단의 책사 역할을 하는 여기사 바네사가 물었다. 칼로스는 고개를 끄덕였다.

"대체 폐하께서 무슨 말을 하신 건지 모르겠네. 근데 황궁 다녀오시기 전에도 좀 이상하시긴 했어."

"그래?"

'성녀가 나타나자마자 사교도에 관해 더 철저히 조사하라고 하기에 신전을 견제하려는 건가 했더니, 무슨 다른 이야기가 더 있었나?'

레온하르트는 부관들에게 모든 것을 공유하는 상관은 아니었고, 바네사는 레온하르트가 말해 준 것 이상의 것을 짐작하기 위해 애를 써야 했다.

칼로스는 단순 무식하니 도움이 안 되고, 다른 기사들도 딱히 머리를 잘 쓰지 못하니 자신밖에 없다.

'에휴. 안주인이 계시면 딱 좋을 텐데.'

바네사는 한숨을 내쉬며 기사들을 불렀다. 이번에 발견한 사교도의 거점을 습격하기 위해 모두 어두운 옷을 입고 로브로 얼굴을 가리고 있었다.

작전을 다시 한번 말해 주고 최종 점검을 했다.

"다 준비는 됐지?"

고개를 끄덕인 기사들의 면면을 살핀 바네사가 레온하르트를 불러 왔다. 레온하르트는 나사가 하나 빠진 것처럼 굴었지만, 중요한 임무 앞에서까지 그러진 않았다.

"그럼 모두 작전대로 움직인다. 각자 위치에서 보자."

"존명!"

기사들은 빠르게 흩어졌다. 각자 맡은 바에 따라서 사교도의 시선을 끌고 보안 담당들을 유인하고 숨어들어서 거점을 소탕할 것이다.

레온하르트의 황금빛 눈이 또렷이 빛났다.

얼마 뒤, 약속한 시간이 되었을 때 레온하르트가 움직였다.

마을에서 외따로 떨어진 곳에 위치한 이 사교도의 아지트는 겉으로 보기엔 가축을 기르는 축사처럼 보였다. 실제로 활동비를 모으기 위해 가축을 기르기도 했으니 축사라는 말이 꼭 틀린 말은 아니었다.

그러나 조사한 바에 따르면 가축의 수는 적고 마을에서 도망쳐 나온 농노들을 모아 가두고 있는 것이 분명했다.

달칵. 미리 건물 안으로 숨어든 기사가 안에서 문을 열어 주었다.

"대부분 제압되었으나 몇 명이 저항하고 있습니다. 센티넬도 아닌데 이상한 힘을 지니고 있어서 기사들이 고전하고 있습니다."

"알겠다."

아마도 마물의 피를 이용하여 신체를 개조한 자들일 터였다.

'대체 왜 마족을 섬긴단 말인가? 다른 사람들이 마족에게 죽어도 자신만 살면 그뿐이란 말인가?'

레온하르트가 분노하자 그의 분노에 공명하여 이능의 불꽃이 거세게 타올랐다.

화르륵!

온몸에 불을 내뿜는 레온하르트가 성난 사자처럼 사교도를 덮쳤다. 제아무리 신체를 개조한 사교도라 하더라도 마물조차 순식간에 녹이는 레온하르트의 불길을 당해 낼 수는 없었다.

"이 악마! 크아악!"

"악마를 섬기는 자가 할 소리인가."

단말마의 비명을 내지르며 쓰러지는 사교도에게 싸늘하게 뇌까렸다. 레온하르트는 나머지 한 명의 숨이 남아 있는 것을 확인했다. 이자는 심문을 위해 살려 둔 것이었다.

그때, 먼저 숨어들어 집무실 깊은 곳을 털던 바네사가 다급히 외쳤다.

"단장님! 이쪽으로 와 보셔야겠습니다!"

집무실로 가자 바네사가 굳은 얼굴을 하고 있었다.

"특별한 게 있나?"

"네. 아주 특별하죠. 여길 보십시오."

바네사가 뭔가를 조작하자 책장이 옆으로 밀려나며 비밀 문이 드러났다.

레온하르트는 미간을 찌푸렸다. 뛰어난 센티넬은 강한 이능을 담기 위하여 뛰어난 신체 능력과 오감을 타고난다. 그는 닫힌 문 틈 사이로 비릿한 피 냄새를 맡을 수 있었다.

"위험한 요소는 부단장이 이미 정리하였습니다만, 비위가 상하실 수 있다는 부분을 미리 말씀드립니다."

"비위는 내가 더 좋은 편이지. 열어라."

비밀 문을 열자 그 안은 지옥이었다.

레온하르트의 뒤를 따르던 몇몇 기사들은 다급히 몸을 돌려 구역질을 참아 내었다.

비밀 문 안은 인체 실험실이었다.

그곳에는 어떻게 구한 것인지 모를 살아 있는 마물들이 묶여 있었고, 이 마물들을 이용하여 인간의 신체를 개조한 흔적들이 전시되어 있었다.

마물들의 신체를 인간의 신체와 결합하려다가 실패한 시체들의 박제는 물론, 결합이 일부만 성공했는지 유리로 된 통 안에서 부글거리며 반쯤 살아 있는 실험체도 있었다.

목은 마물, 몸통은 인간인 실험체. 혹은 그 반대. 팔과 다리를 마물로 교체한 실험체와 나이와 성별이 다른 수많은 실험체들.

왜 축사라는 공간을 아지트로 택했는지 알 것 같았다. 축사에선 도축도 함께 이루어지곤 하기에 피 냄새가 나도 이상하지 않다. 또한 전염병이 돌거나 하여 땅을 파서 가축들을 파묻는 경우도 많다.

그러니 인체 실험을 하는 데 있어서 딱일 수밖에.

"……지옥에 떨어질 겁니다. 어떻게 인간으로서 이런 짓을."

드물게 칼로스도 얼굴을 굳히고서 연신 성호를 그었다. 신앙심이 투철하진 않지만 이런 소름끼치는 광기의 현장에서는 어쩔 수 없이 신을 찾게 되는 모양이었다.

"이 실험과 관련된 자료는 다 확보했나?"

"네. 아주 상세히도 기록해 두었더군요."

"그래. 그럼 이곳은 태우도록 하자."

레온하르트가 등을 돌려 나가려는 순간, 칼로스가 머뭇거리며 말했다.

"단장, 그런데……. 아직 살아 있는 실험체들이 있습니다."

"뭐?"

"저 안에……."

칼로스가 가리킨 구석에는 작은 철창들이 있었다.

닭장보다 작은 철창에 비쩍 마른 사람들이 갇혀 있었다. 레온하르트가 다가가자 그들은 기이한 비명 소리를 내며 구석으로 숨어들었다.

레온하르트가 빠르게 사람들을 훑었다.

"이 두 개의 철창 외엔, 모두 가망이 없다."

"네?"

"이미 실험당한 사람들이다."

"그건 어떻게……."

"마물의 냄새가 난다."

이미 마물의 피가 섞였다면 다시 온전한 인간이 될 가능성은 없다고 봐야 했다. 레온하르트의 판단 아래에 기사들이 움직여 진짜 인간이 있는 철창만 들고 바깥으로 옮겼다.

돌아가는 분위기를 느낀 나머지 철창 안에 있는 사람들이 아우성을 치기 시작했다.

"우, 우리도 인간입니다!"

"구해 주세요! 저희는 그냥 잡혀 온 거예요!"

"제발…! 집에 가게 해 주세요!"

그들이 기사들에게 애원하였으나 기사들은 묵묵히 레온하르트의 명을 따랐다.

"아아악! 가만 안 둬! 죽여 버릴 거야!"

그 와중에 주입받은 마물의 피가 각성하여 광분 상태에 빠진 사람이 생겨났다. 마른 몸이 크게 부풀고 동공이 확장되어 흰자가 사라져 눈이 새까맣게 물들었다. 근처에 있던 인간들을 해치며 그들의 피를 마셨다. 좁은 철창 안이 아수라장이 되자 레온하르트가 손을 뻗었다.

'공간 제한.'

속으로 읊조림과 함께 그들의 얼굴 주변에 보이지 않는 막이 생겨 공간이 제한되었다. 그들은 산소가 부족하게 되어 모두 의식을 잃었다. 그러고 난 뒤에도 레온하르트는 그 제한을 풀지 않았다. 산 채로 불에 태울 수는 없었으므로.

"……나가자."

기사들은 레온하르트를 따라 비밀의 방을 나갔다.

모든 처리가 끝난 뒤 레온하르트는 그 축사를 태웠다. 부정한 축사를 태우는 불은 온종일 타올랐고 그곳에 남은 것은 재밖에 없었다.

* * *

<자이거 대공, 사교도 무리를 소탕하다!>

드디어 성녀 안젤리카의 기사를 밀어낼 만한 의미 있는 기사가 신문 앞면을 채웠다.

신문에는 최근에 있던 행사에서 찍은 레온하르트의 사진이 실렸는데, 비앙카는 작은 손으로 요리조리 그 신문 사진을 잘라 스크랩북에 붙이고 있었다.

"와. 스크랩북이 꽤 두껍네?"

2주간의 훈련 기간을 마치고 출퇴근을 시작한 율리아나는 저녁을 먹고 비앙카의 놀이방에서 차를 마시는 중이었다.

"그럼! 내가 몇 년을 모은 건데."

뿌듯하게 외친 비앙카는 스크랩북을 쫙 펼쳐서 페이지 별로 보여 주며 자랑했다.

"이건 저번에 승전 기사고, 이건 개선식 때, 또 이건……."

율리아나의 눈엔 크게 달라 보이지 않는데 비앙카의 눈에는 엄청나게 다른 모양이었다.

그리고 레온하르트의 사진 스크랩들 뒤로, 아주 조금.

율리아나의 사진이 보물처럼 소중하게 스크랩되어 있었다.

아카데미 입학과 졸업 사진이 크게 박혀 있었고 졸업 후에 시내에 나갔다가 찍은 사진과 2주 훈련이 끝났을 때 찍은 사진들이었다.

레온하르트의 사진보다 양은 적지만, 사진이 두 장씩 보관이 되어 있었다. 설마 신문을 2부씩이나 산 걸까?

"헤헤. 이건 언니야. 얼마 안 나왔었지만, 그래도 잘 나왔어!"

비앙카가 볼을 붉히며 자랑했다.

"이번에 생일 선물로 사진기를 사 달라고 할까 봐. 초상화야 주기적으로 그리지만 사진기랑은 느낌이 또 다르니까."

"그래. 언니도 비비 사진이 있으면 좋겠다."

율리아나는 목걸이에 가족의 사진을 넣어 다니던 병사들을 떠올리고 고개를 끄덕였다.

귀족들에게 초상화를 그리는 전통이 있는 것을 따라하여 요즘 평민들은 가족사진을 찍는다고 했다. 사진을 찍고 인쇄하는 비용이 그리 싼 것은 아니지만 초상화에 비하면 상대적으로 저렴하기 때문에 기념으로 사진관에 가는 것이 유행이 되었다.

'나도 목걸이에 비비와 파벨 사진을 넣고 다닐까.'

사실, '가족사진'이라 했을 때 알마예르 사람들과 사진을 찍어야 할지, 발라고프 사람들과 사진을 찍어야 할지 조금 머뭇거리게 된다. 알마예르로서 살아온 게 너무 길어서인 것 같다.

"비비, 혹시 파벨과 같이 사진을 찍어 줄 수 있어?"

"파벨이랑? 가, 갑자기 왜?"

뭔가 숨기던 것을 들킨 사람처럼 비앙카가 파르르 떨며 당황했다.

"다른 사람들이 목걸이에 가족사진을 넣고 다니는 게 좋아 보여서. 나는 너랑 파벨 사진을 넣고 싶어. 안 될까?"

'친해진 줄 알았는데 아니었나?'

율리아나는 고개를 갸웃거리며 속으로 생각하는데, 비앙카가 발그레하게 볼을 붉히며 고개를 끄덕였다.

"그런 거라면 뭐 한번 찍을 수 있지!"

그 뒤로 작게 중얼거리는 소리는 제대로 들리지 않았다.

"나도… 걔 사진 있으면 좋고……."

"응? 비비, 제대로 못 들었어."

"아니야! 그럼 내가 사진관 좀 알아볼게! 친구들한테도 물어보고!"

비앙카는 스크랩북을 들고 자신의 침실로 달려갔다. 아마도 친구들에게 보낼 편지를 쓸 모양이다.

주인 없는 방에 있어 봐야 할 것도 없어서, 율리아나도 자신의 방으로 가려고 나왔다. 그때 집사가 율리아나를 찾았다.

"아가씨. 지금 로비에 아가씨를 찾는 손님이 있는데 어떻게 할까요?"

"손님이요? 누가 온다는 얘기는 못 들었는데. 뭐, 나온 김에 같이 가죠."

"아닙니다. 방에 계시면 제가 응대하겠습니다."

"아니에요. 친구들 중에 평민도 있어서 거리감 느낄지도 몰라요. 아, 그런데 누구라던가요?"

"친구분은 아니시고……. 자이거 대공저의 집사장이라고 합니다."

"네? 자이거 대공요?"

지크나 다른 누가 찾아왔나, 가볍게 생각하던 율리아나는 깜짝 놀라서 걸음을 빨리했다.

로비로 나가자 흐트러진 옷매무새를 만지는 나이 지긋한 노신사가 있었다.

자세가 좋고 꼿꼿해 보이는, 겉으로는 무뚝뚝해 보이지만 율리아나의 눈에는 주인을 닮아 다정할 것 같다는 느낌을 주는 노신사였다.

집사장이 계단을 내려오는 율리아나를 발견하고 그녀에게 다가갔다.

"이렇게 약속도 잡지 않고 찾아와 정말 죄송합니다, 레이디 율리아나."

집사장의 다급한 태도에 율리아나가 눈을 동그랗게 뜨고 나섰다.

"괜찮습니다. 무슨 일이신가요?"

"실례를 무릅쓰고 움을 요청하러 왔습니다."

"대공님께 무슨 일이 있나요?"

집사장은 입술을 깨물며 고개를 끄덕였다. 율리아나는 고민하지 않고 답했다.

"자세한 이야기는 가면서 듣죠."

율리아나가 바로 문으로 나가려고 하자 집사장의 눈에 감격이 차올랐다.

"가, 감사합니다!"

그리고 알마예르의 집사는 아가씨의 갑작스러운 외출에 놀라 부산을 떨기 시작했다.

"아, 아가씨! 겉옷이라도 챙겨서 가시는 게……! 잠시만요. 이봐! 루시를 불러 아가씨의 겉옷을 가져와!"

"한시가 바빠 보이는데 지체할 수 없어요. 다녀올게요!"

"아가씨! 아가씨, 잠시만…!"

발을 동동 구르는 집사를 뒤로 한 채 율리아나는 문 앞에서 대기하고 있는 자이거 대공저의 마차에 올라탔다.

대공저의 집사장이 직접 달려와 도움을 요청할 정도라니, 레온하르트의 상태가 걱정되었다.

$$* \quad * \quad *$$

다그닥다그닥.

마차가 빠르게 달려 도착한 자이거 대공저의 안으로 들어서자마자 후끈한 열기가 느껴졌다. 공기부터 달아올라 있다는 뜻이다.

"이건……."

자신에게 도움을 청할 일이 가이딩밖에 없다고 생각하긴 했지만, 이건 상태가 예상보다 더 심각하다.

"이쪽으로."

집사장의 안내를 따라 걸음을 옮길수록 점점 열기가 더해졌다.

"대공저의 가이드들은요?"

"그들은 이미 있는 힘껏 가이딩한 후입니다. 탈진할 만큼 가이딩을 했지만……. 어찌된 일인지 상태가 나아질 기미가 보이지 않았습니다."

집사장이 우울한 얼굴로 말을 이었다.

"이런 상태가 지속된다면……. 폭주할 수도 있다고, 겁을 먹는 가이드도 있었지요."

"……겁먹을 만하네요."

황제에 비견될 만큼 강력한 센티넬 레온하르트의 폭주라.

센티넬이 한 번 폭주상태에 빠지게 되면 정상으로 되돌리는 것은 거의 불가능하다.

'알렉산더라면 모를까, 자이거 대공님의 폭주는……. 아니야. 아직 폭주하지도 않았는데 지레 걱정할 필요는 없어.'

집사장이 율리아나를 데려간 곳은 벽난로 5개를 켠 것처럼 절절 끓고 있는 방이었다. 방에 들어간 것뿐인데도 땀이 주르륵 흘렀다.

방의 창문이란 창문은 다 열어 놓았는데도 시원한 공기가 전혀 들어오질 못했다.

그 커다란 방 한가운데의 침대 위에서 레온하르트가 의식을 잃고 열에 들떠 허덕이고 있었다.

"대공님!"

처음 보는 약한 모습. 율리아나가 놀라서 그에게로 뛰어갔다.

문가에 서 있던 집사장은 그 모습을 보고 놀라움을 금치 못했다.

폭주 직전의 센티넬이 이능을 조절하지 못하면 주변 공기 자체가 무거워진다. 에테르의 밀도가 달라지는 것이지만 보통 사람은 그게 어떤 현상인지 정확히 알지는 못했다.

다만, 집사장은 다른 가이드들은 이 공기 속에서 견디는 것조차 힘이 든다고 말했던 것을 기억했다.

자신도 물수건으로 레온하르트의 이마라도 닦아 주고 싶은데 숨을 쉬기가 힘들어서 가까이 다가가지 못했었다.

주인을 보살펴야 할 집사가 먼저 쓰러지기라도 하면 자격이 없다는 것을 증명하는 셈이니 안쓰러운 마음을 억누르고 근처만 빙빙 돌았다.

'그런데 저 아가씨는 저렇게 쉽게…….'

마치 레온하르트의 이능이 율리아나를 환영하는 것처럼, 율리아나는 아주 손쉽게 그의 곁으로 다가갔다.

율리아나는 침대 옆에 주저앉아서 레온하르트의 상태를 살폈다. 우선 손이라도 잡기 위해 그의 주먹을 보는데.

'이건…….'

꽉 쥐어진 주먹 안에, 자신이 선물했던 가이드석이 있었다.

얼마나 간절하게 쥐고 있던 걸까.

가이드석에 있던 인도력은 이미 다 사라진 후인데도, 레온하르트는 그 가이드석이 목숨 줄이라도 되는 것처럼 꽉 쥐고 있었다.

"그걸 쥐셨을 때는 조금 괜찮아지셨었는데……."

문가에서 집사가 말하자 율리아나는 고개를 끄덕였다.

"가이드석에 한계는 있으니까요. 그래도, 제가 왔으니까 괜찮을 거예요."

폭주 상태가 아니라면 그래도 진정시킬 수 있을 것이다. 최소한, 위험한 상태는 벗어날 수 있겠지. 율리아나는 불안해하는 집사장을 안심시켰다.

"그러면… 아가씨께서는 괜찮으실까요? 너무 무리하게 되신다면……."

"대공님이 폭주하시면 그게 더 큰일인걸요? 너무 걱정하지 마세요. 그리고……."

율리아나는 머뭇거리다가 말했다.

"쑥스러우니까 문은 닫아 주시겠어요? 별일은 없겠지만 그래도 혹시나……."

가이딩은 센티넬과 가이드 사이에서 이루어지는 내밀한 행위이기에 남들 앞에서 잘 하지 않는다.

물론 폭주 전의 센티넬은 위험한 존재이지만, 자이거 대공은 기사 중의 기사이며 신사 중의 신사이니 불미스러운 일은 없을 것이다.

"네. 밖에서 대기할 테니 편하게 불러 주십시오."

문을 닫기 전, 집사장이 눈물이 그렁한 얼굴로 이마가 무릎에 닿을 정도로 머리를 깊이 숙였다.

"정말…. 정말 감사드립니다."

목이 메어 잘 들리지 않는 목소리로 하는 감사 인사. 율리아나는 깊은 책임감을 느끼며 마음을 다잡았다.

탁.

문이 닫히고, 율리아나는 바닥에 앉은 몸을 일으켜 침대에 걸터앉았다.

레온하르트의 얼굴은 열이 올라 달아오른 볼을 제외하면 병자처럼 창백했다. 눈 밑도 검었고 입술도 부르텄다. 이렇게 아파 보이는 모습은 처음 본다.

식은땀에 젖은 붉은 머리칼이 평소보다 한층 더 어두워 보였고 파르르 떨리는 속눈썹은 처연하기까지 했다.

언제나 강인해 보이기만 하던 남자의 약한 모습에 율리아나의 심장이 불온하게 요동쳤다.

'전쟁 때도 이렇게 약한 모습은 아니었는데.'

전쟁 때 이능을 너무 많이 사용하여 폭주 직전의 상태였던 레온하르트도 이렇지는 않았다. 그때의 그는 힘든 상황에서도 부하들을 진두지휘하고 마지막까지 마족과 마물을 몰아내기 위해 최선을 다했었다.

마치 장렬하게 산화하기 직전에 더 밝게 타오르는 불꽃처럼.

'그런데 지금은 꼭…… 바람에 흔들리는 여린 촛불 같아.'

한 번도 그렇게 생각해 본 적 없었는데, 레온하르트가 안쓰러워졌다. 바람에 흔들리는 여린 촛불을 손바닥으로 막아서 지켜 주고 싶다는 생각이, 무심코 들었다.

레온하르트의 고통 어린 신음이 상념을 깨트렸다.

"으윽…… 하아……."

'무슨 생각을 하는 거야. 대공님을 진정시키는 것에만 집중하자.'

고개를 저어 상념을 털어 버린 율리아나가 레온하르트의 두 손에 자신의 두 손을 겹쳤다. 맨살과 맨살이 닿고, 하얀 손가락이 커다랗고 두꺼운 손가락 사이로 파고들었다.

콱!

자신을 살리는 손길을 아는 것인지, 레온하르트의 손이 율리아나의 가느다란 손을 억세게 잡아 왔다.

"아……!"

훅, 인도력이 빠져나가는 느낌에 순간, 피가 빠져나가는 것처럼 어지럼증이 일었다. 율리아나의 몸이 휘청이다가 앞으로 푹 쓰러졌다.

레온하르트의 몸 위로.

레온하르트의 폭주 전조 증상은 주변의 온도를 올리는 것뿐만이 아니라 본인의 몸도 불덩이처럼 뜨겁게 만든 상태였다. 집사는 그가 계속 뜨거워지다가 종국엔 죽어 버릴까 봐 걱정되어 알몸에 얇은 가운만 입힌 상태였다.

그래서 레온하르트의 몸 위로 쓰러진 율리아나는 거의 그의 맨 가슴팍과 맞닿아 버렸다.

원래도 레온하르트는 장갑조차 뚫고서 가이딩을 받아 가던 센티넬이었는데, 이런 얇디얇은 가운과 맨가슴이라니.

두 손이 맞닿은 것만으로도 몸이 휘청일 정도로 인도력을 소모한 율리아나는 레온하르트의 위로 쓰러진 순간 눈앞이 일그러졌다. 맞닿은 곳으로부터 대량의 인도력이 빠져나갔다. 공기는 뜨거운데 몸은 차갑게 식는 기분이었다.

'그래도…… 대공님은 살려야…….'

가물거리는 의식 속에서도 그 생각만큼은 확고했다.

자이거 대공을 살리고 싶다. 자신이 아니라면 죽을 거라고 판단하는 것 자체가 오만한 것일 수도 있지만, 그래도 자신의 손으로 더 낫게 만들고 싶었다.

율리아나는 그 순간 자신의 마음을 깨달았다.

'나 사실, 자이거 대공님한테 인정받았을 때…… 너무 기뻤나 봐. 그래서 이번에도 인정받고 싶나 봐.'

레온하르트는 전생에서 율리아나를 깎아내리지 않고 있는 그대로, 아니. 오히려 주변의 악평에 반박하면서 그녀를 드높여 준 유일한 사람이었다.

'알마예르 영애는 단순한 숙녀가 아니라 황태자 전하의 가이드이시다. 승전을 축하하는 연회에서 승리의 주역을 웃음거리로 만들 셈이었나?'

'사과를 받지 않으셔도 됩니다, 영애. 상대가 사과를 한다 해서 용서해야 할 의무는 없는 거니까요.'

'영애는 내 생명의 은인입니다.'

율리아나는 바이델과 비앙카가 자신과 레온하르트 사이를 의심하며 했던 말들을 단칼에 부인하곤 했었다.

'야, 너 혹시 이상한 생각하는 거 아니지? 선물 하나 받았다고 막, 대공

비가 될 꿈 같은 거 꾸면 안 돼!'

'저 오빠, 언니 남자 친구야?'

말도 안 된다고 생각했다. 자이거 대공은 너무너무 대단한 존재이기 때문에.

강한 힘을 지녔음에도 공명정대했으며 잔인한 전쟁 가운데서도 악에 휩쓸리지 않고 선함을 유지했고 자신의 목숨과 안위보다 제국민을 위하는 희생정신까지 가진 남자다.

사실, 황제보다 더 대단하다고 생각했다.

황제는 가장 안전한 곳에서 보호받는데 자이거 대공은 자신보다 강한 이 없는 전쟁터를 돌아다니며 제국을 지키고 있었으므로.

그래서 자신의 마음을 부정했었다. 아니, 그 마음의 존재조차 인정할 수 없었다.

'내가 감히 그런 사람을 마음에 품어도 될까?'

누군가 이 마음을 알면 침을 뱉고 욕을 할 것 같았다.

'회귀 전과 지금의 내 위치가 전혀 달라졌는데도, 자이거 대공님은 너무 대단해서……. 여전히 내가 하찮은 것처럼 느껴져.'

그래서 본능적으로 의식하지 않으려고 했다. 그런 욕심 따위는 티끌도 없는 것처럼 굴었다. 그렇지만 이렇게 레온하르트의 약한 모습을 보자, 그 틈을 파고들고 싶은 욕심이 들었다.

가이딩을 해 주었다고 브로치나 감사 인사를 받는 게 아닌, 더 대단한 존재가 되고 싶다.

예를 들면 생명의 은인 같은 것.

약혼녀 같은 허울뿐인 자리보다는 차라리 그게 더 확실해 보였다.

그래서 율리아나는 몸속의 마지막 남은 인도력을 박박 긁어모아 레온하르트에게 흘려보냈다.

맞닿은 곳에서부터 스며들어 간 자신의 인도력이, 용암이 흐르는 것처럼 뜨거웠던 그의 이능 회로를 식히는 게 느껴졌다.

'아…. 다행이다…….'

시야가 흐려지며 의식이 멀어졌다.

초옥─.

눈을 감던 순간에 입술에 뭔가가 닿았다. 닫히는 눈꺼풀 사이로 아름다운 금색을 본 것도 같았다.

* * *

레온하르트의 상태가 이상해졌던 건 그날 새벽별이 뜰 무렵부터였다.

그 전날 레온하르트는 황제에게 칭찬을 받고 큰 상을 받았다. 사교도의 거점 하나를 파괴하고 그들의 인체 실험 연구 결과를 황제에게 가져갔기 때문이었다.

아무리 마탑에서 마물에 관한 연구를 한다 해도 그들은 마법사다. 마법사는 마법을 파고드는 학자이고 연구 윤리를 지킨다. 인체 실험은 절대 하지 않고 기껏 해 봐야 동물 실험을 한다.

그런데 사교도들은 납치하거나 인신매매를 해서 사들인 부랑자와 빈민가의 어린아이들로 수 없는 인체 실험을 자행했다.

게다가 마물을 제공 받은 지 얼마 안 된 마탑에 비해 사교도들은 대체 언제부터인지 모를 만큼 긴 시간동안 연구를 해 왔을 터. 그러니 같은 연구를 해도 결과가 남다를 수밖에 없다.

'역겨워.'

황제에게 보고서를 올리기 전에 사교도의 연구 결과들을 훑던 레온하르트는 속에서부터 구역질이 치밀어 올랐다. 몇 번 토악질을 하기도 했다. 같이 자료를 정리하던 바네사는 아예 옆에 구토용 양동이를 가져다 둘 정도였다.

사교도는 사람의 연령대별로 실험을 했고, 어릴수록 마물의 피를 주입하였을 때 마물화 진행이 빨라지는 것을 발견하였다.

그러나 마물화가 진행된 아이들은 오래 살지 못하는 경우가 대부분이었다. 성인들은 마물의 피를 주입하면 미치거나 죽었다.

그래서 그들은 다른 방향으로 시도했다. 레온하르트는 창백해진 얼굴로 탄식했다. 사교도의 연구 방향은 참혹하고 끔찍했다.

'……식인을 하다니.'

수 없는 인체 실험을 통해 도출한 방법으로 성공적으로 마물화를 이루어 내자, 사교도들은 이 방법을 여러 거점에 공유했다. 이게 사교도들이 비약적으로 강해지고 수많은 신도를 모을 수 있던 이유였다.

강한 힘을 원하는 자, 사교도가 되어라.

센티넬이 되지 못한, 혹은 너무 미약한 센티넬이라 신분 상승을 하지 못한 이들을 사교도로 꾀어냈다.

레온하르트는 탄식할 수밖에 없었다.

'제국이 너무 강한 힘을 숭배하였기 때문인가.'

초대 황제는 가장 강력한 센티넬이었다. 그렇기에 카를 제국은 강한 센티넬을 숭배하는, 강자지존의 원칙을 숭배하는 나라인 것이다.

강한 센티넬이 강한 힘과 권력을 갖는 게 당연한 나라라면.

'그 나라의 국민이 더 강한 힘을 좇고 그 강한 힘을 손에 넣고자 욕망하는 것을 막을 명분이 있는가?'

물론 인간과 마족의 적대 구도에서 마족을 택하는 것은 인류에 대한 배신이다. 그러나 더욱 강한 힘을 좇는 원리 자체를 비웃을 수는 없다.

예전에 사교도를 다 찢어 죽이고 싶다고 했던 레온하르트였으나, 연구 결과를 보자 처참한 기분이 들었다.

그러나 이때의 그는 이보다 더 처참한 기분이 되리라는 것을 알지 못했다.

뜬눈으로 며칠 밤을 새워 연구 결과를 정리하여 황제에게 올렸을 때, 황제가 보인 반응은 레온하르트가 예상하던 것과는 전혀 달랐다.

"호오. 이거 정말 흥미롭구나."

예? 라고 반문할 뻔했던 것을 입 안쪽 살을 깨물어 가며 참았다.

순식간에 요약 보고서를 다 읽은 황제는 아예 원본 연구 자료를 가져오게 하여 읽기 시작했다.

연구 자료에는 사진과 흡사한 수준의 사실적인 삽화가 곁들여져 있었고 레온하르트는 이것 때문에 몇 번이나 구역질을 했었다. 그러나 황제는 연신 감탄하며 그 내용에 즐거워할 뿐이었다.

"오호라. 호오. 이렇게 신통할 데가 있나. 대체 무슨 원리지?"

"……."

"레온, 사교도 한 명을 살려 두었다고 했지? 지금 어디 있나?"

"……황궁 지하 감옥에 있는 것으로 알고 있습니다."

"그래그래. 생포해 오다니 잘했다. 아주 잘했어. 역시 나의 충성스러운 검이로다."

황제는 진심으로 기뻐 보였다. 레온하르트는 머리카락이 쭈뼛 솟을 정도로 소름이 돋았지만 티를 내지 않으려 애를 썼다.

눈앞의 황제가 괴물 같은 사교도보다 더 괴물처럼 보였다.

'아니. 알브레히트는 괴물이야.'

레온하르트는 마귀족을 상대로 이길 수 있다. 아마도 고위 마귀족과 비슷한 수준일 터다.

알브레히트 황제라면 마왕급이다. 레온하르트는 황제의 다음 가는 강한 센티넬이기에 동급 이상의 센티넬인 황제의 수준을 더 세밀하게 가늠할 수 있었다.

'마왕급이 아니라……. 어쩌면, 마왕 그 자체다.'

알브레히트는 인간의 편에 선 마왕일 지도 모른다는 생각이 들었다. 차남으로 태어나 피를 나눈 형제들을 죽이고 황위에 오른 매정한 인간.

아니, 이런 황제는 역사상 얼마든지 있었다. 그렇지만.

'제국민이 수없이 희생당한 이 사건에, 저런 반응이 가능한가? 황제로서가 아니라, 같은 인간으로서?'

이해가 가지 않았다. 그러나 알브레히트는 레온하르트의 이해 따위가 필요 없는 존재였다.

'두렵다.'

레온하르트는 어릴 적 알브레히트에게 목숨의 위협을 당하던 때에 느꼈던 공포를 느꼈다. 알브레히트는 레온하르트에겐 사신이나 마찬가지였다. 언제든 그에게 죽음을 선고할 수 있는.

그나마 몸이 커지고 시간이 흐르며 공포심이 흐려졌었는데 이번 사건으로 다시 그 공포가 되살아났다.

"그럼 이만 가 보거라."

"예."

황제는 레온하르트에게 큰 상을 내리고 진심을 담은 상찬의 말을 해 준 뒤 그를 얼른 내보내고 싶어 했다. 혼자서 연구 자료를 정독하고 싶은 모양이었다. 그러고 싶은 게 생생하게 느껴졌다.

"아, 그리고."

황제가 싱글벙글 웃으며 연구 자료를 가리키며 웃었다.

"이런 연구실을 또 발견하게 되면 태우지 말고 그대로 두거라. 내 두 눈으로 직접 보고 싶으니까."

보는 것뿐만 아니라 직접 실험까지 하지 않을까? 이런 생각을 하는 것 자체가 불경하지만, 도무지 그 생각을 안 할 수가 없었다.

"……예."

으득.

이를 너무 악무는 바람에 잇새로 듣기 싫은 소리가 새어 나갔다. 그러나 드물게 기분이 좋은 황제는 아무 말도 하지 않았고, 레온하르트는 고개를 숙인 채 알현실을 빠져나왔다.

그리고 대공저로 돌아가 잠든 후부터 앓기 시작했다.

대규모 인간 학살이 일어난 곳은 결계가 얇아진다. 레온하르트는 얇아진 결계를 통해서 마기에 노출된 상태였다. 게다가 아무리 뛰어난 이능과 신체를 갖고 있다 해도, 정신에 과부하가 일어나면 다른 기능들도 이상을 일으키게 되는 것이다.

'더워. 괴로워…….'

잠에서 깨어났지만 계속 괴로웠다. 아니, 반대였다. 괴로워서 잠에서도 깨어난 것이었다. 레온하르트는 새벽에 일어나 끙끙 앓았다.

집사장이 와서 그를 손수 간호하고 다른 고용인들도 애를 쓰는 것이 느껴졌지만 귀찮기만 할 뿐 하나도 도움이 되지 않았다.

'차라리 이대로 죽으면 편할까.'

그렇게 고민하던 중에, 익숙하면서도 언제나 새로운 감각이 두 손바닥을 통해서 흘러 들어왔다.

레온하르트는 사막을 헤매던 이가 오아시스를 발견하고 환호하는 것처럼 기뻐했다. 온몸의 세포 하나하나가 환희의 비명을 지르는 것이 느껴졌다.

곧 몸 위로 가벼운 게 쓰러졌고, 맞닿은 면적이 넓어지며 흘러들어 오는 인도력이 더 많아졌다.

'기분 좋아. 행복해…….'

평생에 몇 번 맛본 적 없는 행복감이 맞닿은 곳에서부터 몽글몽글 솟아났다.

이런 행복감은 부친이신 선황이 살아 계셨을 때 이후론 느껴 본 적이 없는 것이었다.

'더. 더 맛보고 싶어. 더.'

레온하르트는 이 행복감을, 고양감을 더 느끼고 싶었다. 몸이 본능적으로 움직였다.

센티넬들은 본능적으로 안다. 어떻게 하면 더 효율적으로 가이딩받을 수 있는지. 어떻게 하면 자신들이 살 수 있는지.

레온하르트의 입술이 율리아나의 입술에 닿았다.

벌어진 입술 사이로 시원한 생명수가, 다디단 꿀물이 흘러나오는 것 같아서. 그는 간절하게 그녀를 끌어안고 숨결을 마셨다.

* * *

기분 좋은 곳에서 몽롱하게 둥둥 떠다니다가 깨달았다.

'이거 꿈이구나.'

자신이 꿈을 꾸는 것을 자각한 율리아나가 눈을 반짝 떴다.

주변을 둘러보니 온통 캄캄했다. 고개를 내려다봐도 자신의 몸조차 인식할 수 없을 정도로 짙은 어둠이 모든 것을 삼킨 상태였다.

'여기가 어디지? 난 뭘 하고 있지?'

제대로 기억나는 게 없어서 율리아나는 계속 둥둥 떠다녔다.

그때, 저 멀리서 붉은빛이 일렁였다. 왜인지 그 빛이 무척 그립고 또 아련해서……. 율리아나는 그 빛을 향해 천천히 몸을 움직였다.

그 빛으로 가까이 다가가자, 빛무리에 둘러싸인 사람의 실루엣이 드러나기 시작했다.

'저 사람은…….'

익숙한 실루엣을 보며 그에게 다가가려는데, 그쪽에서 먼저 율리아나를 발견했는지 빛의 일렁임이 멈추었다. 그런데 어쩐지, 지금 알고 있는 모습과 좀 다른 것 같은데…….

'……아나! …리아나!'

빛이 자신을 향해 뭐라 소리쳤다.

'…지 마, 제발! ……줘!'

뭐라고 하는 거예요? 잘 안 들려요.

그가 하는 말이 듣고 싶어서 붉은빛으로 더 다가가는데. 갑자기 누가 팔을 확 잡아당겼다.

물속에 잠겨 있다가 밖으로 휙 끌려 나가는 것처럼, 쑤욱! 의식이 빠져나갔다.

"율리아나!"

꿈에서 빠져나와 본 것은 금빛 눈동자였다. 걱정을 가득 담은 그 금빛은 사랑스러울 정도로 아름다웠다.

두근두근두근.

그래서일까. 심장이 세차게 뛰었다.

"레이디 율리아나. 정신이 드십니까?"

걱정스레 다가오는 얼굴이 너무 가까웠다. 율리아나는 흠칫 뒤로 물러나다가 자신이 지금 침대에 누워 있다는 것을 깨달았다.

낯선 침구와 낯선 방.

"여기는……."

"기억나십니까? 제게 가이딩을 해 주시다가 혼절하셔서 다른 방으로 모셨습니다."

"아, 네. 기억나요."

자이거 대공저로 와서 레온하르트에게 가이딩을 해 줬던 것이 마지막 기억이다. 손을 잡는 순간 인도력이 훅 빠지고 그대로 쓰러졌던 것 같다.

혼절해서 그런가. 두통이 심해서 눈 주변과 이마를 꾹꾹 누르는데 시선이 느껴졌다.

"……?"

레온하르트를 보자 그가 황급히 시선을 내렸다. 왜인지 귀가 붉은 것 같다.

'뭐지? 일단은, 몸 상태는 괜찮아 보이시네.'

마지막으로 봤을 때 그는 가운만 입고 제대로 옷도 입지 못한 상태였는데 지금은 평상시와 같았다.

집이라 그런지 밖이나 연회장에서 봤던 것처럼 각 잡힌 외출복은 아니지만, 부드러운 소재의 셔츠에 고급스러운 자수가 빼곡히 수 놓인 실내용 가운을 걸치고 있었다.

땀에 흠뻑 젖었던 모습은 온데간데없고 청결하고 깨끗한 얼굴이다.

'물론 땀에 젖었을 때도……. 아, 무슨 생각을 하는 거람.'

율리아나가 고개를 도리질 치는데 레온하르트가 걱정된다는 듯 입술을 꾹 사리물었다.

"정말 괜찮으신 겁니까? 표정이 좋지 않으신데요."

"네. 머리가 조금 아프긴 한데 괜찮아요."

"그럼 두통에 좋은 차를—."

"괜찮아요. 지금 몇 시죠? 제가 얼마나 잤나요?"

"그……. 지금은, 새벽 4시 경입니다."

"네?"

"집사장이 알마예르로 사람을 보내어 사정을 말해 두었고, 영애의 하녀가 곁방에서 대기 중입니다."

"아……."

새벽 4시라니, 얼떨떨했지만 혼절했다는 것을 생각하면 무리도 아니다.

"그럼 이만 가 볼게요. 내일 출근도 해야 하니까요."

허둥지둥 침대에서 내려와 일어나려는데 땅을 디딘 다리에 힘이 들어가지 않았다.

"아!"

앞으로 고꾸라지는 몸을 레온하르트가 받쳐 안았다. 단단한 팔과 가슴이 율리아나를 안정적으로 받쳤다.

'아……. 좋은 향기.'

불 냄새와 머스크 향이 절묘하게 뒤섞인 체향에 율리아나는 저도 모르게 숨을 크게 들이마셨다. 레온하르트가 율리아나를 조심히 부축하여 다시 침대에 앉혔다.

"조금 더 쉬다 가시지요. 하녀가 군복도 챙겨 왔습니다. 조금 더 주무시고 바로 부대로 출근하시는 게 나을 것 같습니다."

"……네. 그래요."

두통 외에는 괜찮다고 생각했는데 머리가 핑 돌아서 서 있을 수가 없었다. 다시 침대에 눕자 레온하르트가 이불을 덮어 주고 침대 시중을 들어 주었다.

"대공님도 가서 쉬세요."

"그러겠습니다."

말은 그러겠다고 하는데, 전혀 그럴 것 같지 않은 태도였다. 고집이 세기도 하지.

"일어난 지 얼마나 됐다고. 몸은 괜찮으세요?"

"예. 영애께서 가이딩해 주신 덕분입니다."

"제 덕이라기엔 전 중간부턴 기절해서 기억도 안 나는걸요."

"……"

배시시 웃는 율리아나를 보자 레온하르트는 죄책감을 느꼈다. 그는 무의식중에 자신의 입술을 쓰다듬다가 화들짝 놀라서 손을 내려놓았다.

"그, 그럼 쉬십시오."

"네. 대공님도 쉬세요. 제 하녀에게도 대기하지 말고 푹 자라고 말씀해 주세요."

"네."

훅―

레온하르트가 이능을 쓴 것인지, 침대맡에 있는 것 외의 등불이 한 번에 꺼졌다. 빛이 사라지자 어둠이 그 자리를 차지했다.

새근새근, 율리아나의 고른 숨소리를 확인한 레온하르트가 등을 들고 방을 나갔다.

탁, 닫힌 문에 기대서서 한참을 입술을 만졌다.

'기억, 못 하시는 건가.'

사과를 하려 했다. 아무리 제정신이 아닌 상태였다지만 영애의 마음대로 입술을 취해 버려서 정말 미안하다고, 사죄드린다고 하려 했다.

책임……을 질 수 있는 방법이 있다면 그 무엇이든 하려 했다.

그런데 상대가 기억을 하지 못할 땐 어떻게 해야 할까?

'없는 셈 칠 수 있도록, 말을 안 하는 게 나은 걸까.'

마음에도 없는 상대와의 키스라니, 차라리 기억을 하지 못하는 게 율리아나의 입장에서 나은 것인지도 모른다.

'……왜 기분이 가라앉는 거지.'

레온하르트는 제 머리를 헤집으며 한숨을 내쉬었다.

이런 일은 처음이라 갈피를 잡을 수가 없었다. 그렇다고 고민을 털어놓고 해결책을 함께 강구할 상대도 없었다.

"하아."

몇 번째인지 모를 한숨을 내쉰 레온하르트는 집사에게 율리아나의 하녀가 편히 쉬게 하라고 말을 전한 뒤 자신의 방으로 갔다.

방에 들어가자 평소와는 달랐다.

'…영애의, 냄새.'

센티넬의 예민한 오감으로 감지할 수 있었다. 방 안에 미약하게나마 남은 율리아나의 향기를.

레온하르트는 희미하게 율리아나의 향기가 남아 있는 침대 위에 누워서 그대로 뜬눈으로 밤을 지새웠다. 무슨 이유 때문인지 잠이 오지 않았다.

* * *

레온하르트의 제안대로 율리아나는 자이거 대공저에서 아침 식사를 하고 바로 부대로 출근했다.

레온하르트와 함께 아침 식사를 하나 했는데, 그건 아니었다. 집사장의 말에 따르면 매일 아침, 기사단과 함께 아침 훈련을 한다고 한다.

율리아나는 레온하르트를 기다릴까 했지만, 그만두었다.

'너무… 의식하는 사람 같아.'

레온하르트에 대한 마음을 자각하고 나니 자신의 행동 하나하나가 어색한 것 같았다.

가족도 아닌데 아침을 같이 먹으려고 기다리나? 알마예르에서도 매일 같이 식사한 건 아니니 말이다.

그래서 루시와 함께 아침을 먹고 출근했다.

부대로 출근해서 자리에 앉자 뒤늦게 외박에 대한 걱정이 들었다.

'외박……이긴 하지만 어쩔 수 없지 뭐.'

지금까지 외박을 하지 않은 것도 아니었으니 괜찮을 것이다.

비록 이번은 발라고프저에서 잔 것이나, 아카데미에서 졸업 연구를 위해 숙식을 하던 것과는 조금 궤가 다르긴 하지만.

'자이거 대공님이니까 괜찮겠지. 집사가 가서 설명도 했다고 하고, 루시도 함께 와 있었고.'

약혼도 하지 않았는데 남자의 집에서 잤다는 게 조금 마음에 걸렸지만 애써 고개를 저었다.

'외박이고 뭐고, 진짜 아무 일도 없었는데 내가 왜 찔려야 해? 차라리, 무슨 일이 있었으면 모를까.'

구깃구깃.

생각이 이리저리로 튀자 손에 힘이 들어가는 바람에 종이가 구겨졌다.

"아. 이건 못 쓰겠네."

새 종이를 꺼내며 율리아나는 한숨을 내쉬었다.

2주간의 훈련이 끝나고 시작된 가이드병 생활은 정말 무난하고 평범했다. 아니, 무료할 정도였다.

'분명 새 부대장이 내 눈치를 보는 게 틀림없어.'

아무도 그렇게 말하진 않았지만 그게 아니라면 말이 안 된다. 왜냐하면.

'일이 없으니까!'

다른 가이드병들의 사무실을 가 보면 매일 한 두 명씩은 가이딩을 받으러 오는 사람들이 있던데, 자신에게는 아무도 오지 않는다.

분명 황제의 눈치를 보는 것일 터.

'아니, 황제 폐하가 그렇게 할 일 없는 분도 아니고. 나를 그렇게까지 신경 쓰지 않을 것 같거든?'

그때는 훈련 첫날이었으니 황제로서 한 번 와 볼 수도 있지 않은가. 실제로 그 뒤로 황제를 본 적은 단 한 번도 없다.

그래도 알베르토 부대장이 경질당해서 일약 승진하여 부대장이 된 새 부대장으로선 율리아나를 신경 쓸 수밖에 없을 것이다.

'그래. 그건 이해해. 그러면 다른 일이라도 줘.'

센티넬 병사가 오지 않는다고 서류 업무가 많이 오느냐? 그것도 아니다. 한 30분만 투자하면 끝나는 서류 작업이 이틀에 한 번꼴로만 들어왔다. 남들이 들으면 꿀보직이라고 하겠지만 율리아나는 불만이 많았다.

'이게 뭐냐구!'

율리아나는 화가 나서 팔다리를 버둥거리다가 책상 위로 엎어졌다.

평범한 가이드로 살아가겠다고 했는데 이렇게 특혜를 받다니. 너무 쉽게 생각한 걸까.

'차라리 발라고프 가이드 부대에 가면 이거보단 일을 더 시켜 줄 것 같은데. 그것도 아니려나?'

발라고프의 백작의 눈치를 보느라 여기보다 더 일을 안 시킬 수도 있을 터.

'어휴. 어렵다.'

그래도 가이드 부대에는 엠마며 다른 여성 가이드들도 있을 테니 좀 낫지 않을까.

율리아나는 손에 든 서류를 정말 천천히 작업하여 30분이면 끝날 것을 2시간에 걸쳐서 처리했다. 그러고도 시간이 남았다.

"가이드석이나 만들까."

너무 무료해서 가이드석을 만들다 보니 벌써 두 주머니째 만들었다. 원래 가이드석으로 사업할 생각은 없었는데, 이러다간 정말 가이드석 사업을 하게 될지도 모른다.

"머르딘이 그만 좀 만들라고 하던데. 천천히 만들어야지."

가이드석은 모든 광물에 인도력을 집어넣는다고 만들어지는 것이 아니다. 마법으로 정제하는 과정을 거쳐야 하기 때문에 율리아나 혼자서 만들 수 있는 물건이 아니다.

머르딘에게 정제 과정을 부탁하고 있는데, 율리아나가 빠른 속도로 가이드석을 만들어 내니 그만 좀 만들라며 불평하는 것이었다.

"사업하면 머르딘한테 지분을 반 정도 줘야겠어."

고개를 끄덕이고 있는데 똑똑, 노크 소리가 들렸다.

'핫, 센티넬인가? 일이다!'

책상에 엎드려 있던 율리아나는 얼른 일어나서 머리와 옷차림을 정돈했다.

"들어오세요!"

달칵. 문을 열고 들어온 사람의 얼굴에 율리아나의 눈이 커졌다.

"바이델?"

성큼성큼 큰 보폭으로 율리아나의 작은 사무실에 들어온 바이델은 험악한 얼굴로 그녀를 노려보았다.

"너 진짜 뭐 하는 거야?"

"내가 뭐?"

"내가 뭐? 야. 너 진짜…!"

바이델은 한숨을 내쉬려다가 삼켰다. 거칠게 머리를 쓸어 리며 화를 참
더니 다시 쏘아붙이기 시작했다.

"너 어제 자이거 대공저에서 외박했다며. 대체 무슨 생각이냐고!"

"그거 때문에 그래? 아무 일도 없었어. 가이딩만 했어."

"아무 일도 없는 건 당연한 거고! 내가 무슨 일이 있었을까 봐 이러는 것
같아?"

"그럼 뭔데?"

"지금 네 행동이 오해하기 딱 좋잖아!"

"무슨 오해를 말하는 건데? 좀 제대로 말해! 네가 아는 얘기만 하지 말고."

화가 난 율리아나가 외치자 바이델이 더 어이없다는 얼굴을 했다.

"지금 네 행동은 황태자가 아니라 자이거 대공을 택하는 것처럼 보인다
고! 적어도 황제 폐하의 눈에는 그렇게 보여!"

"……!"

황제 폐하라니. 그 생각은 못 했다.

"황제 폐하도 사람이야. 그분이 너를 황태자에게 붙여 주려고 했는데 네
가 자이거 대공을 택하면 기분이 어떨 것 같아?"

"……설마, 보복이라도 한다는 거야?"

"너한테는 안 할 수도 있겠지. 그렇지만 자이거 대공에게는 또 모르지."

"……뭐?"

율리아나가 당황하여 되물었다.

"대공님은 폐하의 동생이잖아?"

"이복동생이지. 아들의 자리를 위협할 수도 있는."

율리아나의 입이 벌어졌다. 가족을 소중히 여기는 율리아나로서는 한 번
도 생각해 본 적 없는 방향이었다.

"……그렇게는 생각 안 해 봤어."

"그런 것 같았어."

충격받은 율리아나를 보며 바이델은 속으로 쓴웃음을 삼켰다.

처음에 율리아나가 대공저로 가서 돌아오지 않았다는 말에 속이 부글부글 끓었다.

대공저에서 보내 온 사람에게 율리아나의 하녀 루시를 보냈다. 자신도 함께 갈까 고민도 했지만 종국엔 가지 않기로 했다.

그 뒤로 시간이 더디게 갔다. 아무것도 할 수 없었다. 눈앞에 자이거 대공과 율리아나가 오붓하게 있는 장면이 떠오르면 자리에서 벌떡 일어났다가도, 다시 속으로 화를 삼키며 앉아서 생각을 지워냈다.

그렇게 수없이 고민하면서도 가지 않은 까닭은.

'진짜 둘이 뭐라도 있으면……. 견딜 수 없을 것 같으니까.'

혹시 새벽에라도 돌아올까 싶어서 잠도 자지 못하고 율리아나를 기다리다가 아침 훈련에 나갔다. 아무리 사관학교의 마지막 학년이라고 해도, 필수 일과에는 빠지면 안 된다.

일과를 마치고 율리아나의 부대로 달려간 바이델은 율리아나를 보자마자 소리를 지르고 싶었다. 자이거 대공과 무슨 관계냐고.

그러나 자신을 보는 율리아나의 눈에서 일말의 미안함도, 설렘도 없어서. 가족을 앞에 둔 사람의 눈빛 그 이상도 이하도 아니라서. 바이델은 쓴 물을 삼키듯 제 추한 질투와 조바심을 목구멍 안으로 욱여넣었다.

그리고 포장해서 꺼냈다.

"네가 상관하지 않더라도 자이거 대공은 다를 수 있어. 자이거 대공이 다른 귀족들과 친교를 다지지 않는 이유가 뭐라고 생각해?"

"…폐하 때문이었어?"

"아마도 그렇겠지. 만약 자이거 대공이 일찍부터 여러 가문과 친분을 쌓았다면 지금 후계자 구도가 달라졌을 수도 있지."

"……그렇구나."

율리아나는 충격을 받았다. 그녀가 아는 미래에서 황제의 후계는 알렉산더인 게 당연했고 자이거 대공은 그저 자이거 대공이었다.

고착화된 구도가 사실은 유동적이며 바뀔 수도 있는 것이란 걸 상상하지 못했다.

'생각해 보면 자이거 대공님의 계승 서열도 높은데 왜 그 생각을 못 했을까.'

그리고 생각보다 자신이 이미 지나가 버린 미래에 매몰되어 있다는 생각도 들었다.

'내가 황제 폐하를 너무…… 좋은 분으로만 생각했나 봐.'

바이델의 말을 들으니 황제에 관해 다시 생각하게 된다.

이전 생에서 황제가 자신에게 잘해 주었다는 이유로 황제를 무조건 좋게만 생각했는데, 하나하나 따져 보니 그렇지 않다.

'일부러 공식 석상에서 나에 관한 말을 해서 곤란하게 만들고. 내가 알렉산더를 거절했다는 걸 알렉산더나 궁인에게 전해 들었을 텐데도 계속 엮으려고 하고.'

이것만 보아도 그리 좋은 사람이 아닌데 바이델이 말한 것들을 생각하면 더더욱 그렇다.

'자이거 대공이 기사로서 전쟁에 나가기 시작한 게 몇 살이었지? 14살인가? 알렉산더가 전쟁에 처음 나간 건 20살이었나 그랬을 텐데.'

레온하르트가 강한 센티넬이었기에 망정이지, 아니었다면 진작 목숨을 잃었을 것이다.

'그게 목적일 수도 있지. 알렉산더에게 탄탄한 황위를 물려주려고.'

오소소, 소름이 돋았다.

'지금까지는 폐하께서 그저 날 좋게 봐서 알렉산더를 자리에 부르는 거라고 생각했는데, 다음엔 제대로 거절해야겠어.'

그렇게 다짐하는데 바이델이 우려 섞인 목소리로 말을 이었다.

"솔직히, 안젤리카 채텀이 성녀가 되었는데도 황실에서 약혼 얘기도 안 꺼내는 게 이상해."

이건 율리아나도 알고 있는 이야기였다.

성녀 안젤리카의 기사를 쓰던 신문들은 황태자 알렉산더와 성녀 안젤리카의 로맨스를 엄청나게 포장해서 올리곤 했었다. 안젤리카가 매일매일 기적을 일으키진 않았던 탓이다.

어느 한 신문사가 황태자가 아직도 안젤리카와 약혼식을 올리지 않은 이유가 황제의 반대 때문이라는 추측성 기사를 내보냈다. 사실 이 기사는 문제될 게 없다. 예전에 율리아나와 안젤리카를 비교한 가십지에서도 같은 말을 한 적이 있기 때문이다.

그러나 안젤리카가 성녀가 된 후로 제국민들 사이에서 '성녀와 황태자의 약혼이 언제 이루어질 것인가.'가 화두였기 때문인지 그 파장은 전과 달랐다. 사람들이 황제를 부정적으로 언급하기 시작한 것이다.

그 결과 그 기사를 실은 신문은 전량 폐기되었고 며칠 뒤 그 신문사가 문을 닫았다. 새 신문사가 빈자리를 메꿨지만, 황실의 입김이 닿은 신문사인 것이 너무 빤히 보였다.

그 뒤로 신문사들은 비슷한 논조의 기사는 절대 기사화시키지 않았다. '황제가 황태자와 성녀의 혼사를 두고 고민하고 있다'는 게 정론이 되었다.

사실 객관적인 사실만 두고 따지면 성녀는 최고의 황후감이다. 성녀만큼 국민의 지지를 받는 여성은 없으며, 현재 카를 제국의 후계 구도는 황태자로 확고하게 정해져 있어 다른 귀족 가문의 협력을 위해 정략결혼을 할 필요가 없는 상황이니 말이다.

그런데도 황제가 성녀를 두고 고민한다는 것은.

'짝지어 주고 싶은 상대가 따로 있다는 거지. 그건 아마도 나일 테고.'

확신의 근거가 너무 많다는 것이 소름 끼쳤다. 알렉산더와 엮이지 않기 위해 최선을 다했다고 생각했는데, 좋은 사람이라고 여겼던 황제가 자신을 지옥으로 빠트리려 하고 있었다니.

'그렇다고, 자이거 대공님과 오해를 받는 것도 좋지 않아. 그분은 황제의

견제를 피하기 위해 계속 애를 써 온 분이니까.'

욕심 같아서는 황제가 자신과 레온하르트의 사이를 오해하길 바란다. 그러면 더 이상 알렉산더와 엮지 않을 테고, 레온하르트에게도 다른 혼처를 소개하지 않을 테니까.

그렇지만 고작 이런 욕심 때문에 레온하르트를 곤란하게 해서는 안 된다.

'어제도 사교도 소탕 때문에 폭주할 뻔하셨는걸. 가뜩이나 힘든 사람에게 더 짐을 얹어 줄 수는 없지.'

그런데 약간 위화감이 느껴졌다. 율리아나가 고개를 갸웃거리며 생각했다.

'회귀 전에도 이렇게까지 사교도가 기승을 부렸었나?'

* * *

안젤리카는 초조했다. 그녀는 방 안에 가득 쌓인 선물들을 발로 차며 하녀에게 물었다.

"오늘도 없어? 황실에서 온 거. 편지나 선물."

"네, 아가씨."

"정말 없는 거 맞아?"

"네……."

하녀는 죄인처럼 고개를 조아리며 뒷걸음질 쳤다. 안젤리카가 눈을 부릅떴다.

"왜 도망가? 내가 때릴 것 같아?"

"아니, 아닙니다. 그저 죄송스러운 마음에……."

"너는 죄송하면 뒷걸음질을 치나 보지? 웃기지도 않은 변명할 거면 꺼져!"

안젤리카가 아무거나 손에 잡히는 대로 하녀에게 던졌다.

퍽!

작은 선물 상자에 머리를 맞은 하녀가 신음을 참으며 상자를 다시 정리해 두고 방을 나갔다.

씩씩 숨을 고르던 안젤리카는 바닥에 주저앉아서 선물 더미에서 가장 작은 상자들만을 골라 북북 포장지를 뜯었다. 작은 상자에는 보통 보석이나 귀금속이 들어 있었다.

포장지를 뜯어 벨벳 상자를 열자 그녀의 머리 색깔을 닮은 로즈쿼츠 목걸이가 있었다.

"흐음. 림튼 자작? 자작 주제에 제법 예쁜 선물을 보냈네."

콧노래를 흥얼거리며 안젤리카는 다른 선물 상자들도 뜯기 시작했다. 그녀가 성녀가 되고 나서 여기저기서 보내 오는 선물들이었다. 제일 받고 싶은 곳에서는 아직 선물을 보내 오지 않고 있지만 말이다.

그러던 중, 한 상자를 열었다.

바스락.

상자 안에는 주먹만 한 수정구슬이 있었다.

"이게 뭐야?"

뒤가 다 비칠 정도로 투명한 건 대단하지만 딱히 아름답지도 않다. 안젤리카가 고개를 갸웃하는데, 수정구슬이 빛나며 그 안에 사람의 형상이 맺히기 시작했다.

"어머!"

― 안녕하십니까, 성녀님. 오랜만입니다.

"오랜만이에요."

― 3일 뒤 아르센 광장으로 가서 당신의 능력을 보여 주세요. 마물들이 나타나고 사람들이 많이 다칠 겁니다.

"저는요? 저도 다치나요?"

― 그럴 리가요, 성녀님. 마물들은 당신을 공격하지 않을 겁니다.

"그럼 좋아요. 저는 화려한 게 좋으니까 최대한 요란하게 해 주세요."

― 역시 성녀님이십니다.

까르르, 간드러지는 안젤리카의 웃음소리가 방 안을 쩌렁쩌렁하게 울렸다. 싱그럽던 연둣빛 눈은 차근차근 짙고 어두워지고 있었다.

* * *

그 시각 황궁. 알렉산더도 자신의 시종에게 안젤리카와 같은 질문을 하고 있었다.

"오늘도 없느냐?"

"예, 송구합니다."

"허, 참나. 정말로 없느냐?"

"송구합니다."

"아니다. 가 보거라."

하, 하! 알렉산더는 어이가 없어서 저도 모르게 계속 헛웃음을 뱉었다. 시종은 알렉산더가 헛웃음을 뱉을 때마다 몸을 움츠리며 빠르게 방 밖으로 사라졌다.

"하! 성녀가 되었다고 변한 건가? 내 편지에 답장 한번 없다니."

알렉산더는 어이가 없었다.

벌써 안젤리카에게 선물과 편지를 보낸 것이 몇 차례이건만 아직 한 번도 답장을 받지 못했다.

안젤리카가 속상한 것은 이해한다. 성녀가 되었는데도 황제가 두 사람의 약혼을 허하지 않으니까. 그건 알렉산더도 할 말이 없다.

'……율리아나를 황후로 세울 생각도 했으니까. 안젤리카는 모르지만.'

스스로 양심에 찔리기도 하고, 황제의 처사가 이해가 안 되기도 해서 알렉산더는 안젤리카에게 신경 써서 고른 좋은 선물들을 보냈다.

그런데 단 한 통도! 답장을 받지 못하다니?

"……변했어, 리카."

알렉산더는 테이블에 펼쳐 둔 신문 속 안젤리카를 바라보았다. 신문 속 사진에서는 안젤리카가 고아들을 향해 자애로운 미소로 웃고 있었다.

'이런 봉사 같은 거, 절대 못 하는 성격이면서.'

차라리 기부를 하면 기부를 했지, 이렇게 직접 더러운 고아들과 마주하는 것은 질색했던 그녀다. 그런데 이젠 성녀가 되었다고 고아원 순례를 다니질 않나, 빈민들에게 구휼품을 나눠주지 않나…….

사실, 조금 낯설었다. 기사 속 안젤리카가 자신이 아는 여자가 맞나 싶어서.

'이런 안젤리카가 낯설게 느껴지는 건 당연한 거야. 내가 변한 게 아니야.'

안젤리카가 변했으니까 낯설게 느껴지는 건 당연하다. 그러니까, 저도 모르게 율리아나와 안젤리카를 비교하는 것도 당연하다.

알렉산더는 자신도 모르게 안젤리카의 사진 위로 율리아나를 덧씌우다가 신문을 덮어 버렸다.

'그렇게까지 건방진 여자가, 왜 계속 생각나는 거지? 숙부랑 나를 재 보는 멍청한 속물을?'

진짜 속물이라면 두말하지 않고 황태자인 자신을 택할 텐데, 애매하게 멍청한 속물이라 재보는 것이다.

'자이거 대공 따위, 겉만 그럴듯하지, 허울뿐인 대공이건만.'

한평생 황제의 눈치를 보느라 제대로 된 자신의 세력도 만들지 못한 남자다. 차기 황제인 자신과 비교나 되는가.

알렉산더는 고개를 저어 율리아나의 얼굴을 털어 내려 애를 썼다.

"무슨 생각을 그리 깊이 하느냐?"

갑자기 들려온 목소리에 알렉산더가 제 자리에서 펄쩍 뛰어올랐다. 언제 들어온 것인지 황제가 제 옆에 앉아 있었다.

"깜짝이야. 폐하, 언제 오셨습니까?"

"들어간다고 말도 했다. 못 들은 건 너다."

"예, 뭐."

대강 고개를 주억거리는데 황제가 알렉산더가 보던 신문을 보고 미간을 찌푸렸다. 그는 단박에 안젤리카가 있는 페이지를 펼쳤다.

황제는 안젤리카의 사진을 보고 낮게 뇌까렸다.

"건방진 것."

"예?"

"벌써부터 신전에서 아주 기고만장하게 군다고 하더구나. 대신관과 맞먹으려 든다고 들었다."

"리카 말씀입니까?"

"그럼 누구겠느냐?"

쯧쯧, 혀를 찬 황제가 보기 싫다는 듯 신문을 불태웠다. 화르륵! 테이블에는 그을음도 남지 않고 정확히 신문만을 태우는 세밀한 이능 테크닉에 알렉산더는 작게 감탄했다. 요즘 이능을 정밀하게 사용하는 훈련을 하고 있어서인지 황제가 더욱 대단하게 느껴졌다.

강한 센티넬에겐 강한 가이드가 필요하다고 말한 것도, 체감하게 되었다.

그래서였다. 안젤리카가 성녀가 되었는데도 약혼시켜달라고 떼쓰지 않은 건.

'율리아나. 그 아이가 내 가이드가 되어 준다면…….'

폭주 직전까지 이능을 휘두르다가 율리아나에게 가면 따뜻한 품으로 자신을 안아 줄 것만 같다.

혈관이 터질 것처럼 격한 흥분 상태에 있다가도 율리아나를 품에 안으면 따스하면서도 청량한 기운으로 자신을 정화시켜 줄 것이다. 안정시켜 줄 것이다.

파고들수록 더욱 달콤해지는 그 몸을 수도 없이 안고, 탐하고, 취할 것이다.

"…산더! 알렉산더!"

"네, 네?"

"무슨 생각을 하느라 그리 정신을 빼고 있느냐?"

"아무것도 아닙니다."

요즘 이상하게 율리아나만 떠올리면 이렇게 야릇한 상상이 들었다. 욕구 불만이라고 하기엔 다른 여자를 안을 마음도 들지 않는데 이상했다.

꼭 이미 겪었던 일을 떠올리는 것처럼, 생생하고 그리웠다.

"네가 이 고착 상태가 마음에 들지 않는 걸 안다. 그렇지만, 너무 이상한 게 많아."

황제의 말을 대강 흘려듣던 알렉산더가 되물었다.

"이상한 거요?"

"그래. 안젤리카를 네 짝으로 붙여 줄까 싶어서 조사해 보는데 영 미심쩍더구나. 우선ㅡ."

황제가 미심쩍은 이유를 말하려 하는데, 알렉산더가 당황하여 말을 끊었다.

"안젤리카를 제 짝으로요? 율리아나는 어쩌고요?"

그 말에 당황한 것은 황제였다.

"나도 율리아나가 마음에 들기는 하지만, 황후가 둘일 수는 없지 않느냐."

"한 명을 황비로 들이면 되지 않습니까?"

"황비? 말도 안 되는 소리!"

황제가 기겁하여 소리쳤다. 황비라니, 이게 무슨 망발인가?

"이미 사라져서 역사서에나 나오는 제도를 왜 말하느냐? 그리고, 네가 율리아나와 진짜 잘해 보고 싶었다면 진작 안젤리카를 거절했어야지. 나는 네가 내 강요 때문에 율리아나를 만난 줄 알았다."

황제의 말이 타당했기에 알렉산더는 부끄러움을 느꼈다.

실제로 알렉산더는 안젤리카를 놓지 않은 채 율리아나를 제대로 당기지도 않았다. 그래 놓고 율리아나가 자신을 거절하자 화를 냈었다. 황제로선 알렉산더의 마음이 점점 율리아나에게로 기우는 걸 모르는 게 당연했다.

"게다가 율리아나는…… 자이거 대공과 깊은 사이 같더구나."

"네? 자이거 대공과요?"

"그래."

황제는 한숨을 푹 내쉬었다. 혹시 이럴까 봐 레온하르트에게 돌려서 언질을 주었건만, 남녀 사이라는 것은 황명으로도 막을 수 있는 것이 아니니 말이다.

"오늘 아침에 율리아나가 자이거 대공저에서 마차를 타고 나왔다더구나. 혼전이니 별일은 없었겠지만, 보통 사이는 아닌 것이겠지."

"……하!"

알렉산더는 깊은 배신감에 주먹을 꽉 쥐었다.

물론 율리아나가 자신과 대화할 때 자이거 대공과 그녀가 특별한 관계이더라도 상관할 권리는 없다고 분명히 말하긴 했다. 그래도 마음 한구석에선 '그럴 리 없다'고 믿었다. 왜냐하면.

'내 여자니까.'

이상하게도, 율리아나가 자신의 것이라는 확신이 들었다. 아니, 확신도 아니다. 그저 사실을 입 밖으로 내는 것 같은 감각이었다.

'내 여자고, 내 것이야.'

그런데 그걸 레온하르트가 뺏어 가다니?

'용서 못 해.'

레온하르트와 율리아나 둘 다. 절대 용서 못 한다.

"……알렉? 알렉. 오, 얘가 왜 이럴까."

주먹을 꽉 쥐고 이글이글 투지를 불태우는 알렉산더를 보며 황제가 한탄했다.

만인지상의 황제라고는 하나 요즘 자신의 마음대로 되는 일이 하나도 없었다.

* * *

아르센 광장은 수도에 있는 큰 광장 중 하나로, 주말마다 장이 열려 사람들이 많이 모이는 곳이었다.

오늘도 놀러 나온 친구 무리, 데이트하는 커플, 나들이 나온 가족들이 광장을 가득 채웠다.

그리고 나들이 나온 가족 중에는 율리아나도 있었다. 비앙카와 파벨과 함께.

"오, 저것도 맛있겠다!"

"그만 좀 먹어. 돼지냐?"

"나같이 예쁜 돼지가 어디 있어? 언니! 저거 먹으러 가자!"

"닭꼬치 말하는 거지? 맛있겠다."

율리아나는 비앙카의 손을 잡고 닭꼬치를 파는 곳으로 갔다. 파벨이 투덜거리며 율리아나의 손을 꼭 잡고 따라갔다. 이제 누나 손을 잡기를 거부할 나이일 텐데도 파벨은 꼬박꼬박 율리아나의 손을 잡고 다녔다.

"여기 닭꼬치 3개 나왔습니다."

"감사합니다."

"제가 더 감사하지요. 아이구, 남매끼리 사이가 좋네요."

닭꼬치를 파는 중년 여성이 덕담을 해 주었지만 파벨은 부정하고 싶었다. 남매는 자신과 율리아나이지, 천둥벌거숭이 같은 비앙카는 아니니까.

"저희는—."

"남매 아니에요!"

버럭 비앙카가 소리를 질렀다. 파벨은 자신이 부정하려 했는데 비앙카가 먼저 남매가 아니라고 하자 기분이 좀 그랬다.

'저딴 말에 섭섭하다니, 내가 왜 이러지?'

파벨이 의아해하는데 씩씩거리는 비앙카를 율리아나가 달랬다.

"비비. 어른한테 소리 지르는 거 아니야. 네, 저희 셋이 남매는 아니어서요."

"아이고, 제가 몰라봤네요."

누가 봐도 귀족처럼 차려입은 무리이다 보니 사장은 질겁을 해서 죄송하다고 사과했다. 율리아나는 괜찮다고 만류한 뒤 얼른 꼬치만 들고 나왔다.

"비비, 이거 먹고 싶댔지?"

"안 먹고 싶어졌어. 내가 어딜 봐서 얘랑 남매야? 어이없어."

"그럼 이거 버릴까? 음식에는 죄가 없잖아."

"……그건 그래."

율리아나의 달래는 말에 설득당한 비앙카가 닭꼬치를 한 입 베어 물었다. 장에서만 맛볼 수 있는 약간 저렴한 느낌의 달콤한 맛과 함께 입 안 가득 육즙이 퍼졌다. 찌푸렸던 비앙카의 미간이 단박에 펴졌다.

"아, 이거지!"

"……돼지."

"파샤. 잘 먹는 건 좋은 거야. 너도 먹어."

파벨의 손에 닭꼬치를 들려 준 뒤 율리아나도 먹기 시작했다.

지크의 추천을 받아 처음 와 본 곳인데 정말 활기가 넘치고 즐거운 곳이었다. 와글와글한 인파 때문에 약간 정신없기는 하지만, 그만큼 볼거리도 많고 생기와 활력이 느껴졌다.

"언니! 이거 다 먹고 저기 좌판 가 보자. 길거리 화가들이 그림 그려 준대!"

"그래. 재밌겠다."

율리아나가 손수건을 꺼내서 비앙카의 입 주변을 닦아 주었다.

'……어? 기분 탓인가? 방금 비명을 들은 것 같은데.'

기분 탓이 아니었다. 율리아나에 비해 감각이 뛰어난 비앙카와 파벨이 벌떡 일어나 율리아나를 지키듯 앞을 가렸기 때문이다.

"뭐지?"

"뭔가 가까워지고 있어."

파벨이 율리아나를 가리고 선 비앙카를 보다가 그녀의 앞으로 한 발짝 더 나섰다.

"네가 뭐라고 나서. 각성도 못 한 게."

"뭐? 그래도 어느 정도 쓸 수 있거든?"

"됐으니까 누님이랑 같이 어디 숨어 있어."

발끈한 비앙카를 무시한 채 파벨이 허리에 차고 있던 벨트를 풀었다.

촤아악!

벨트에는 마법적인 장치가 되어 있어서 파벨이 오러를 불어넣자 날카로운 검으로 변했다.

그리고 그 잠깐 사이에, 들려오는 비명은 더 커졌고 더 많아졌다.

"아아악!"

"살려 줘!"

"괴물이다! 아니, 마물이다!"

사람들의 비명 때문에 처음엔 인식하지 못했지만, 뭔가가 가까이 올수록 땅이 크게 울리기 시작했다. 저 멀리서 커다란 실루엣이 어른거리는 게 보였다.

쿵, 쿵, 쿵. 묵직한 땅 울림이 점점 커졌다.

'게다가 제법 빨라.'

땅을 울리는 소리가 큰 것을 보면 덩치가 육중한 게 분명한데, 다가오는 속도를 생각하면 그 무게에 비해 엄청나게 빨랐다.

"일단 숨을 만한 곳으로 가자."

연장자인 율리아나가 비앙카와 파벨의 손을 잡고 당겼다. 그러나 수많은 인파가 있는 광장은 아수라장이나 마찬가지였고, 대체 무슨 일인가 싶어 기웃거리는 사람들까지 뒤섞여서 어디론가 피하기가 어려웠다.

"잠깐만요! 우리 애를 놓쳤어요!"

"이봐! 내 짐 밟지 말라고!"

"젠장, 도둑이야!"

한 번도 겪어 본 적 없는 혼란이 사람들을 덮치자 질서가 사라졌다. 방향 없이 허둥대며 뛰는 사람들 틈에서 율리아나는 비앙카의 손을 놓쳤다.

"언니!"

"윽! 파샤! 비비를 챙겨 줘!"

사람들이 절반도 광장을 빠져나가지 못했을 때, 문제의 원인이 광장에 도착했다.

크오오오!

한 번도 들어 본 적 없는 포효가 광장을 쩌렁쩌렁하게 울렸다.

사람들은 오금이 저려서 그 자리에서 멈춰 섰다. 피식자가 자신보다 더 강한 존재를 만났을 때 보이는 본능적인 반응이었다.

도망치려던 사람들이 고개를 돌려 괴물의 존재를 확인했다.

"마, 마물이다!"

마물이었다.

마물이 아닐 수가 없었다. 그 어떤 동물에게서도 본 적 없는 푸르스름한 색의 비늘을 뒤집어쓰고 있는 커다란 포식자. 2층짜리 건물만큼 커다란 그 마물은 긴 꼬리를 휘두르며 주변을 파괴하며 빠르게 다가왔다.

"아아악!"

마물은 마치 물을 떠먹듯, 근처에 있는 인간 무리로 아가리를 벌렸다. 한 계까지 벌어지는 커다란 입에 달린 수백 개의 날카로운 이빨 사이로 사라 지는 사람들. 붉은 피가 줄줄 흘렀다.

심지어, 마물은 한 마리가 아니었다.

"저, 저기 한 마리 더 있어!"

다른 마물은 사람들이 도망가는 곳을 막고 아가리를 벌려 허둥거리며 도 망가던 사람들을 그대로 삼켰다.

"밀지 마! 밀지 마, 아악!"

마물을 발견하고 멈추려 했던 사람들도 뒤에서 미는 힘에 이기지 못했다. 패닉에 빠진 군중은 지성을 잃어버린 먹잇감에 불과했다.

크오! 크오오오!

두 마리의 마물은 마치 막다른 곳으로 양 떼를 모는 늑대들처럼 광장으로 사람들을 몰았다.

까만 세로 동공이 번뜩이는 샛노란 눈에는 희열까지 느껴질 정도였다.

"맙소사."

율리아나는 사람들에 휩쓸리면서 마물을 확인했다. 정말 마물이 맞았다.

'수도 광장에 마물이 나올 수가 있나? 심지어 저 마물은 최소 중급 이상의 마물이잖아.'

그렇지만 이미 나왔으니 궁금증은 뒤로 미뤄 둬야 한다.

놀라서 허둥거리긴 했지만 자신은 군인. 군인으로서의 대처를 해야 했다.

율리아나는 품에 손을 넣어서 항시 상비하는 비상 신호탄을 꺼냈다. 사방에서 사람들이 밀어대서 불을 붙이기 힘들었지만, 훈련받은 대로 재빨리 심지에 불을 붙이고 팔을 하늘로 뻗었다.

치이이익, 펑! 퍼펑!

길쭉한 신호탄 안에서 화약이 터지며 하늘 위로 노란색 연기를 뿜어냈다. 근처 기사단과 군부대에 신호를 보내는 것이었다.

수도 내에서 신호탄을 터트리는 경우는 거의 없으니 빠른 대응이 가능하지 않을까.

'먼저 도망친 사람들이 위험을 알렸을 수도 있어. 제발, 제발 빨리 오길……!'

이미 희생자가 많다. 더 많은 희생자가 생기기 전에 기사단이 출동해 줘야 할 텐데, 라고 생각하던 중.

콰앙!

사람들의 비명과 마물들의 즐거운 포효만이 가득하던 광장에, 낯선 소음이 들렸다.

"소, 소드 마스터다!"

"센티넬이다! 살았다!"

누군가의 외침에 율리아나의 가슴이 불안하게 뛰었다. 소드 마스터와 센티넬이라니 파벨과 비앙카가 분명했다.

'파샤, 비비……!'

필사적으로 사람들을 헤치며 나아갔다. 그렇게 도망치는 사람들에게 치이며 달려가자, 율리아나가 보고 싶지 않은 장면이 펼쳐지고 있었다.

피비린내를 풀풀 풍기는 마물과 다친 파벨, 그리고 그 앞을 막고 서 있는 비앙카의 모습이.

"비비! 파샤!"

안전한 곳으로 피해야 할 두 사람이 왜 마물과 대치하고 있는가. 심장이 철렁, 떨어지는 것만 같았다.

율리아나가 다가가기도 전에 마물이 먼저 움직였다.

콰앙, 콰앙!

파벨과 비앙카가 보통의 인간들과 다르다고 느낀 마물은 꼬리로 주변 건물을 때려서 바위들을 날렸다. 지능이 높은 게 분명했다.

파벨은 검으로 돌을 부쉈고, 비앙카는 손을 뻗어 물의 방어막을 만들었다.

"크, 크윽!"

그러나 파벨이 말한 것처럼, 비앙카는 완전히 각성하지 못한 상태였다. 그녀의 이능은 불완전했고, 물의 방어막은 금방이라도 깨질 것처럼 얇았다.

파벨이 비앙카의 손을 잡고 인도력을 불어 넣었다. 그러나 애초에 파벨은 평범한 수준의 가이드지, 율리아나처럼 뛰어나지 못했기에 큰 의지가 되지 못했다.

"야, 정신 차리고 뒤로 가!"

"너 혼자 뭘 어떻게 할 수 있는데?"

"……제기랄!"

파벨이 비앙카를 안아 든 채 뒤로 빠지려고 하는 순간. 율리아나가 달려 나갔다.

파벨은 소드 마스터지만 검술 훈련만 했다. 마물을 상대할 때 절대 해서는 안 될 일을 모른다. 마물과 싸울 때 절대 해서는 안 되는 일은 바로, 등을 보이는 일이다.

크오오오!

파벨이 등을 보인 순간 마물이 가속하듯 튀어나가 빠르게 날카로운 발톱을 휘둘렀다. 커다란 아가리를 벌렸다. 율리아나는 허벅지가 터지도록 세차게 달려 나가며 손을 뻗었다.

"비앙카, 손 내밀어!"

비앙카가 반사적으로 율리아나에게 손을 내밀었고, 두 손이 얽혔다.

그 찰나의 순간에 율리아나는 비앙카의 이능 회로를 장악했다. 그리고 비앙카의 능력을 저 자신에게로 옮긴 후 펼쳤다.

화아악!

비앙카가 쓸 때는 미약하기 그지없던 물의 막이 전혀 다른 모습이 되어 나타났다.

마치 해일처럼 높은 파도가 나타나 마물의 공격을 막았다. 아니, 막는 것을 뛰어넘어 그 파도는 마물의 거대한 몸체를 감쌌다.

"제, 제발……!"

율리아나는 비앙카의 손을 꽉 마주 잡은 채 정신을 집중했다.

12살 때 바이델의 이능을 가져와 사용했던 후로 단 한 번도 이능을 써본 적이 없었다. 그때도 아주 작은 양의 이능이었는데, 이렇게 큰 힘을 사용하려니 정신을 잃을 것만 같았다.

그때, 비앙카가 손을 꽉 쥐어 왔다. 비앙카를 바라보자, 비앙카가 눈물이 가득한 얼굴로 고개를 끄덕였다.

"언니, 그대로……!"

"그래. 이대로!"

율리아나가 비앙카의 손을 잡지 않은 다른 손을 하늘로 뻗었다. 그리고 주먹을 꽉 쥐었다.

거대한 파도가 율리아나의 손길에 맞춰 크기를 줄였다. 그 파도에 감싸인 마물의 크기 역시 함께 줄어들었다.

"좀 더, 좀 더……!"

율리아나의 기원대로, 물의 구체는 마물과 함께 점점 작아졌고 작은 점과 같아졌다.

짤랑! 작은 돌멩이가 바닥으로 떨어지며 낭랑한 소리를 내었다. 강한 힘으로 압축된 마물은 돌이 되었다.

"주, 죽었다! 마물이 죽었다!"

주변으로 환호가 퍼져 나갔다.

"허억, 허억……."

율리아나는 그대로 쓰러지듯 주저앉았다. 온몸에 힘이 없었다.

"언니, 언니…. 으아앙!"

식은땀에 흠뻑 젖은 비앙카가 율리아나의 품으로 파고들며 울음을 터트렸다.

파벨 역시 긴장이 풀렸는지 바닥에 털썩 앉아서 땀을 닦았다. 비앙카가 자신을 지키려고 나섰을 때부터 그녀가 자기 대신 죽을까 봐 얼마나 두려웠는지.

'내가… 너무 약해.'

파벨이 서로를 부둥켜안고 우는 율리아나와 비앙카를 보았다.

세상에 지켜야 할 사람이 있다면 이 두 사람뿐일 것이다.

'더 강해져야 해.'

다짐하고 있는데, 광장의 저편에서 다른 마물의 울음소리가 들렸다.

쿠오오! 크오오오오!

다른 마물이 죽은 것을 알았는지 그 포효에는 분노와 광기가 서려 있었다.

"아, 아…. 맙소사."

다 끝난 게 아니었다니? 잠시 희망에 가득 찼던 광장이 다시 절망으로 물들어 가던 때.

"알마예르 기사단이다!"

푸른 망토를 휘날리며, 휴렌이 이끄는 기사단이 광장에 당도했다. 휴렌의 짙푸른 눈이 광장을 훑었다. 말 위에 앉아 높은 시야로 보자 광장의 아비규환이 더욱 잘 보였다.

휴렌이 기사들에게 외쳤다.

"종자들은 사람들의 대피를 돕고 길을 만들어라. 기사들은 모두 앞으로!"

척, 처척!

철컥거리는 갑옷의 소리에 모공이 송연해졌다. 그러나 보통 사람의 경우에나 그렇다. 제 짝을 잃은 마물은 그 쇳소리에 더 자극을 받아 발광하기 시작했다.

쿠오오오!

쿵, 쿵, 쿵!

건물을 마구 부수며 진격하는 마물을 향해 휴렌이 팔을 뻗었다.

"창!"

센티넬 기사들이 각자 자신의 힘을 실어 커다란 장창을 던졌다. 센티넬 한 명 한 명이 투석기나 마찬가지였다.

퍽, 퍽!

그렇다고 모든 창이 전부 마물에게 꽂히는 것은 아니었다. 중상급 마물의 푸른 표피는 강철보다 두꺼웠고 몇 개의 창을 제외하고는 다 튕겨 버렸다.

그러나 몇 개를 박는 것 자체가 전략이었다.

"내려라, 폭우."

휴렌이 낮게 읊조리자 우르릉, 쾅쾅! 기사들이 창을 던지는 동안 모인 비구름에서 천둥소리가 났다. 그리고 마물의 머리 위로 국지적인 폭우가 쏟아졌다.

휴렌은 폭우로 만족하지 않고 당황한 마물의 커다란 아가리 안으로 물줄기를 처넣었다.

마물의 겉과 속이 모두 젖자 휴렌이 외쳤다.

"지금!"

"네!"

한 기사가 자신의 이능을 이용하여 시커먼 비구름에서 벼락을 만들어 냈다.

쫘르릉!

하늘이 찢어지는 소리와 함께 새하얀 벼락이 천벌처럼 마물의 몸에 꽂혔다.

키에에엑!

마물이 몸속까지 물에 흠뻑 젖은 덕에 벼락도 마물의 머리부터 발끝까지 관통하며 전기 세례를 퍼부었다.

파직, 파지직!

마물의 몸에 번쩍번쩍 스파크가 일었다. 마물의 표피는 원래의 푸른색을 잃고 새까맣게 타버렸다.

그 거대한 몸이 천천히 기울다가 쿠웅! 바닥으로 쓰러졌다.

"죽은 게 아닐 수도 있다. 조심히 접근해라!"

휴렌이 명령하자 기사들이 일사불란하게 움직였다. 휴렌은 말에서 뛰어내려 한곳으로 달려갔다.

"율리아나! 비앙카!"

광장에 도착하자마자 발견했다. 왜인지 율리아나와 비앙카, 파벨이 바닥에 주저앉아 서로를 부둥켜안고 있었고, 사람들이 빙 둘러싸고 있는 모습을.

대체 왜 이런 위험한 곳에 있었냐고, 빨리 도망가라고 말하고 싶었으나 기사단을 이끄는 몸이기에 바로 달려갈 수 없었다.

그래서 더 급하게 마물을 해치운 것도 있었다. 율리아나가 괜찮은지 확인하기 위해서.

철컹철컹, 갑옷을 입은 채 뛰자 듣기 싫은 쇳소리가 났다. 휴렌은 급하게 달려가 세 사람을 확인했다. 아니, 사실은 한 사람을 제일 먼저 확인했다.

휴렌의 시선이 창백하게 질린 율리아나에게서 떨어지지 않았다.

"왜 이렇게 식은땀을……. 혹시 마물을 상대한 건 아니겠지? 비앙카는 아직 각성도 하지 않은 상태니까!"

"죄송해요. 인파 때문에 아이들을 놓쳤는데, 마물이 아이들을 덮쳤어요."

"그래서? 마물을 쫓아낸 건가?"

마물의 시체도 없는 데다가, 방금 기사단이 힘을 합쳐 한 마리의 마물을 해치웠기 때문에 휴렌은 이 셋이서 마물을 상대했다고는 도저히 상상할 수 없었다.

'이걸 어떻게 설명하지?'

율리아나는 난감함에 입을 다물었다. 자신에게 센티넬의 이능을 빌려 쓸 수 있는 능력이 있다고 말할 수는 없다. 특히 바이델도 아니고 휴렌에게는.

그때, 비앙카가 나섰다.

"언니가, 내가 능력을 쓰도록 인도해 줬어."

"가이딩해 주었다고?"

"아니! 말 그대로 인도해 줬다고!"

답답하다는 듯 가슴을 치는 비앙카의 얼굴도 창백했다. 상대적으로 상태가 가장 나은 파벨이 나섰다.

"우선 자리를 옮기시죠. 두 사람은 많이 지쳤습니다. 마물 한 마리를 없앴거든요."

"뭐? 없앴다고?"

주변을 보아도 마물의 흔적만 있지 사체는 아무 데도 없었다. 분해의 이능을 지닌 센티넬도 그렇게 커다란 마물을 단번에 분해하지는 못하기에, 휴렌은 그 말이 거짓이라 생각했다.

"쫓아낸 마물을 우리가 잡은 건가 보군. 잘했어. 그럼 이제……."

그때, 휴렌이 강력한 센티넬의 기민한 감각으로 알아차렸다. 그가 몸을 돌려 기사단을 불렀다.

"알마예르 기사단! 당장 이쪽으로 와라!"

그러나 기사단이 당도하는 것보다, 남아 있는 마물이 미처 대피하지 못한 사람들을 덮치는 것이 빨랐다.

크오오! 쿠오오오!

두 마리의 마물보다 체격이 작은 새끼 마물이지만, 그래도 종 자체가 중상급 종이기 때문에 하급 마물처럼 손쉽게 처리할 수는 없었다.

부모의 원수를 갚겠다는 듯 악에 받쳐 달려오는 마물의 위로 휴렌이 다시 구름을 일으켜 비를 내렸다.

꽈르릉, 꽈르르릉!

휴렌이 만든 먹구름을 보고 저 멀리서 센티넬 기사가 번개를 만들었지만, 이미 대부분의 힘을 죽은 마물에 썼던 터라 그리 강하지 않았다. 한 마리만 있는 줄 알고 온 힘을 다 쏟았던 탓이었다.

키에에엑!

마물은 번개를 맞고도 그대로 달려왔다. 쿵, 쿵, 쿵! 비틀거리면서 건물들에 몸을 부딪쳤지만 개의치 않고 그대로 달렸다.

휴렌이 검집에서 검을 꺼내어 마물에게 겨누었다. 그리고 검 끝이 향하는 곳에 정신을 집중하여 물줄기를 강하게 쏘았다.

가느다란 물줄기가 마치 석궁처럼 쏘아져 나갔다.

캬아악!

강한 물줄기는 강철도 뚫을 수 있다. 휴렌의 공격으로 딱딱한 피부를 뚫리자 초록색 피가 터져 나왔다. 그러나 마물은 점점 처참해져 가면서도 전진을 멈추지 않았다.

캬아아악!

아가리를 벌려 마지막 단말마의 포효를 내지르는 마물의 목구멍 안쪽에서 불티가 튀었다. 율리아나가 그걸 보고 외쳤다.

"불 공격이에요!"

"젠장!"

휴렌이 물의 방어막을 만들려는 순간, 율리아나가 휴렌의 손을 꽉 잡아 왔다.

"방어막을 크게 만드세요. 가능한 한 크게!"

율리아나를 보자 그녀의 하늘색 눈동자에 그렁그렁한 눈물이 맺혀 있었다. 비에 젖은 푸른 수국처럼 가련했다.

"더 이상 사람들이 다치는 걸 보고 싶지 않아요!"

그러나 율리아나는 비에 젖은 꽃이 아니다.

하늘을 담은 눈동자가 폭풍처럼 격하게 휘몰아쳤다. 분노와 슬픔이 뒤엉키며 단단한 결심을 만들어 내고 있었다.

"휴렌! 빨리요!"

"…그래."

잡은 손을 통해서 인도력이 스며들어 온다. 이전에 받은 가이딩과는 달리, 데일 정도로 뜨겁고 격했다.

싫지 않았다. 그 격정이 휴렌의 가슴마저 뛰게 하고 있었으니까.

"펼쳐져라, 장막."

휴렌의 읊조림과 함께 광범위한 물의 방어막이 펼쳐졌다. 방어막이 펴지고 바로 조금 뒤에, 마물이 생명과 맞바꾼 불길을 뿜어냈다.

콰과과과과과ー!

마물이 마지막으로 한 화공은 불길이 셀 뿐만 아니라 뿜어내는 압력도 상당했다. 휴렌이 방어막을 작게 만들었다면 주변 사람들은 그대로 휘말렸을 게 분명했다.

그리고 이만큼 커다란 크기는 휴렌도 오래 유지하기가 힘들었다.

"으윽……!"

이능을 너무 많이 쓴 탓인지 머리가 핑 돌았다. 그런 휴렌을 안다는 듯 율리아나가 그의 허리를 부축하듯 안았다.

"조금만, 조금만 더요."

율리아나의 얼굴은 이제 핏기라곤 찾아볼 수 없이 희게 질렸다. 그럼에도 새파랗게 빛나는 눈빛은 생생하게 살아 있었다.

"……그래."

'율리아나가 살아, 있다.'

이상하게도 그 생각을 하자 힘을 낼 수 있었다. 이능을 거의 다 소진했다고 생각했는데, 마치 누군가가 힘을 보내 주는 것처럼 조금 더, 조금 더 방어막을 펼치고 있었다.

켁, 케엑……!

결국, 먼저 쓰러진 것은 새끼 마물이었다. 번개 공격에 몸을 수차례 꿰뚫린 마물은 화공에 모든 힘을 소진한 뒤 그대로 쓰러져 절명했다.

쿠웅!

마물이 쓰러지자 휴렌이 물의 장막을 해제했다. 물을 공기 중으로 흩어낼 힘도 없어서, 그대로 물이 바닥으로 떨어지게 두었다.

휴렌이 만들어 낸 먹구름이 흩어지며 작게 무지개가 떴다.

미처 대피하지 못하고 남은 사람들은 그 광경에 감격하며 만세를 불렀다.

"와아, 알마예르 만세!"

"센티넬 만세!"

축축하게 젖은 바닥을 첨벙이며 기뻐하는 그들은 첫 번째 마물을 없앤 사람들도 기억했다.

"그런데 그 사람들은 누구지?"

"글쎄. 알마예르 사람인가?"

그때, 누군가가 말했다.

"어, 나 그 여자분! 얼마 전에 신문에서 본 적 있어!"

"신문에서?"

얼마 전에 신문에서 봤다는 귀족 영애. 신문에 나오는 귀족 영애들은 많겠지만, 그들이 본 것은 그 영애가 어린아이 둘을 구하고 마물을 죽인 광경이었다.

정확히는 율리아나가 비앙카의 힘을 빌려 쓴 것이지만, 그들의 눈에는 그렇게 보였다. 이제 10살이나 됐을까 싶은 작은 여자아이가 마물을 쓰러트렸을 리 없다는 편견도 작용했다.

얼마 전 신문에 난 귀족 영애.

마물을 격퇴한 능력.

아이들을 지키는 자애로움.

그래서 사람들은 이런 키워드들을 조합하여 잘못된 결과를 도출해 버렸다.

"서, 성녀님인가 봐!"

"성녀님!"

"성녀님이 우리를 구했다!"

누군가가 '성녀님은 다르게 생겼지 않아?'라고 말했지만 그 말은 무시당했다.

어쨌거나 자신들의 목숨을 구해 준 분이다. 그분을 성녀라고 부르는 게 뭐가 잘못되었단 말인가?

"성녀님 만세! 알마예르 만세!"

그렇게 광장에 성녀와 알마예르를 외치는 소리가 울려 퍼졌다.

한편, 진짜 성녀님인 안젤리카는 로브를 뒤집어쓴 채 알마예르 기사단의 인도를 받아 광장에서 도망쳐 집으로 향하고 있었다.

몸에 힘이 없어서 일단 쉬어 가야겠다. 안젤리카는 후들거리는 다리를 억지로 움직여서 광장으로부터 멀리 떨어졌다. 빈 벤치에 앉은 그녀는 뒤집어쓴 로브를 벗었다.

누군가가 알아볼까 봐 모자를 깊이 뒤집어쓰고 있던 탓에 얼굴이 온통 땀범벅이었다.

"하아. 죽을 뻔했네."

그냥 하는 말이 아니라 진짜로 죽을 뻔했다.

조금 전 광장에서 있었던 일을 떠올린 안젤리카가 몸을 부르르 떨며 두 팔로 제 몸을 끌어안았다.

'대체 그게 뭐야? 그게 마물이라고? 그런 걸 내가 어떻게 처치해? 미친 거 아냐?'

안젤리카는 수정 구슬로 연락을 해 온 '선생님'에게 광장 어디쯤에 마물이 출몰할 거라는 언질을 받았다. 그래서 상대적으로 안전한 곳에서 대기하고 있었다.

부여받은 힘도 있겠다, 자신을 위해 준비된 무대일 테니 마음껏 활약하려 했다.

그런데, 실제로 마물을 보니 몸을 움직일 수가 없었다.

'너무… 무서웠어. 마물이 그런 거였다니.'

안젤리카는 마물을 본 게 난생처음이었다. 그녀는 마물이 어떻게 생긴지도 몰랐다. 어릴 적 동화책에서나 보았을 뿐이니까. 물론 신문 기사에도 마물의 삽화가 실리긴 하지만, 안젤리카는 평소 가십지 위주로 읽기 때문에 마물의 생김새를 제대로 알지 못했다.

그래서 선생님의 말에 흔쾌히 고개를 끄덕인 것이었다. 당연히 자신이 처리할 수 있을 줄 알고.

안전한 곳에서 대기하는 내내 안젤리카는 머릿속으로 계속 상상하고 그려 보았다. 흉측한 마물을 처리하고 "여러분, 안심하세요! 제가 있으니까요!"라고 외치는 자신의 모습을. 광장의 모든 사람들이 자신의 이름을 환호하는 모습을 말이다.

'이건…… 예상 밖이야.'

그러나 모든 것이 예상을 뛰어넘었다. 마물의 포효를 듣자 몸이 움직이지 않았고, 눈앞에서 사람들이 죽어 나가는 것을 보자 패닉에 빠져 그저 인파에 휩쓸려 다니기만 했다.

'성녀라며. 성녀가 왜 마물을 해치워야 해? 그런 건 기사들이나 하는 일이지!'

악몽 같은 마물이 한 마리도 아니고 세 마리인데, 그걸 자신이 어떻게 처리할 수 있단 말인가?

그 커다란 크기며 살상력을 볼 때 잘은 모르지만 평범한 센티넬이 처리할 수준의 마물일 것 같지 않았다. 실제로 알마예르 기사단이 출동하지 않았나.

'알마예르 기사단이 알아서 처리했겠지. 괜히 내가 있어 봐야 별 도움도 못 됐을 거야.'

안젤리카는 자기합리화를 하며 고개를 끄덕였다.

"휴. 얼른 집에 가야지. 호위도 따돌리고 나왔는데."

고개를 두리번거리는데, 옆에 붙어 있어야 할 하녀가 보이지 않았다.

"어? 얘가 어딜 간 거야? 게으른 것 같으니. 요즘 좀 잘해 줬다고 정신이 빠졌구나."

대여 마차를 잡아야 하는데 대체 어딜 갔단 말인가?

신경질이 난 안젤리카는 벤치에 앉아서 하녀를 조금 더 기다려 보다가 다시 로브를 뒤집어쓰고 혼자 마차 대여소로 걸어갔다.

마차 대여소는 사람들로 북적였다. 큰 사고가 일어나자 놀란 사람들이 다른 지역으로 피신을 가려 한 탓이다.

"나는 대여비를 두 배로 주지."

"나는 세 배!"

"그렇게 말씀하셔도 마차가 없습니다!"

중상위급 귀족들은 이런 상업 지구에 살지 않고 보통 가문의 마차를 상비하고 있으니 이 마차 대여소에 온 사람들은 돈이 좀 있는 평민일 뿐인 것이다.

"좀 비켜요!"

"아!"

마차를 타고 집으로 돌아가려 했던 안젤리카는 평민들에게 치여 밀려나자 신경질이 났다.

'이 천한 것들이 내가 누군 줄 알고!'

안젤리카는 로브를 젖히며 얼굴을 드러내었다.

"비키세요. 나는 신전으로 도움을 청하러 가야 합니다!"

일부러 배에 힘을 주며 쩌렁쩌렁하게 외치자 사람들의 시선이 안젤리카에게로 모였다.

"신전?"

"누구야?"

"설마……?"

흔하지 않은 분홍 머리카락과 최근 들어 신문 사진을 통해 자주 본 얼굴. 먼저 알아본 사람이 외쳤다.

"서, 성녀님이다! 뭐 해, 길을 비켜드려!"

그 말에 다른 사람들도 안젤리카를 위해 길을 터 주었다. 그리고 그녀를 향해 기원 같은 말을 쏟아 내었다.

"성녀님, 축복해 주세요!"

"마물이 다시 나오지 않겠죠?"

"마물은 왜 나온 건가요? 너무 무섭습니다."

안젤리카는 머리 정리를 하지 않은 것을 후회하며 당당하게 사람들 사이를 걸어 나갔다. 그리고 마차 대여소에 들어가서 말했다.

"멀리 가지 않을 거예요. 신전으로만 가면 되거든요."

"예, 성녀님. 근방을 오가는 마차는 있습니다. 곧 타시도록 도와드리겠습니다."

"네."

안젤리카는 다시 로브를 썼다. 평민들에게 치이는 게 화가 나서 충동적으로 정체를 드러내기는 했지만 이렇게 얼굴이 팔려서 좋을 게 없다는 걸 뒤늦게 깨달았다.

'나한테 왜 여기 있냐고 물으면 어떡하지? 왜 광장으로 안 갔냐고 하면……'

초조하게 마차를 기다리고 있는데, 대여소 밖에서 누군가가 소리치는 소리가 들렸다.

"여, 여기 성녀님이 계신다고? 성녀님! 제 아내가 죽어 갑니다. 제발! 제발 도와주십시오!"

머리에서 피를 철철 흘리고 있는 남자가 피범벅이 된 여자를 둘러업고 대여소 안으로 들어왔다. 지나온 자리가 붉게 물든 것이, 부상이 보통 큰 게 아니었다.

"성녀님, 제발!"

닫히지 않은 문과 창문으로 사람들이 몰려들었다. 성녀의 기적을 두 눈으로 목격하고 싶은 사람들이 안젤리카와 남자를 둘러쌌다.

안젤리카는 그 시선들에 압박감을 느끼며 되물었다.

"어…. 어디를 다친 건데요?"

"한쪽 다리가 그만……! 크흑!"

남자는 피범벅이 된 치맛자락을 걷었다. 훅, 끼쳐 오는 피비린내와 썩은 내에 안젤리카가 코를 틀어쥐었다.

마물의 이빨에 긁히면 살이 곪고 썩어 들어가기 때문에 악취가 났다.

"이, 이런 건 고쳐 본 적이 없는데……."

"어떻게든 부탁드립니다. 제발요, 성녀님!"

주변 사람들의 시선이 두려워서 안젤리카가 구역질을 참으며 부상을 향해 손을 뻗었다.

화아악!

손끝에서 흰 빛이 뿜어져 나오며 잘려 나간 부위에서 피가 멈추고 새 살이 돋아 상처가 아물었다.

'휴. 그래도 이정도 치료는 되는 모양이네. 이건 나중에 미담으로 기사를 내라고 해야지.'

안젤리카는 안심하며 대여소 직원을 닦달했다.

"마차는 아직 준비 안 됐나요? 한시가 급합니다."

"아, 네! 바로 모시겠습니다!"

안젤리카를 바라보는 직원의 눈에는 존경심과 경외감이 가득했고 그건 주변 사람들도 마찬가지였다.

'아, 이거지. 나는 이런 시선을 받고 싶었어.'

안젤리카는 그 시선을 한껏 즐기며 자신에게 감사 인사를 거듭하는 남자에게 자애로운 미소를 지어 보였다.

"앞으로 다시는 슬픈 일이 없기를 기도하겠습니다."

안젤리카는 자신을 바라보는 사람들에게 손을 흔들어 주며 대여 마차를 탔다. 그렇게 도착한 신전에서 안젤리카는 광장에 신관들을 보낼 것을 명하고 겨우 집으로 돌아왔다.

"아, 너무 힘들었다."

땀범벅이 된 몸을 씻으려고 하는데, 자신의 수발을 드는 하녀가 없어서 신경질이 났다.

'설마 나간 김에 밖에서 놀다 오는 거 아니야? 미친 것 같으니.'

안젤리카는 설렁줄을 당겨 다른 하녀를 불러 목욕물을 준비시켰다. 명을 받고 방을 나가던 하녀가 머뭇거리며 물었다.

"아가씨, 혹시……. 애니가 어디 갔는지 아시나요?"

"애니?"

"아, 아가씨 전담 하녀요. 아까 같이 나가신……."

"몰라. 나도 안 챙기고 어디 가 버렸더라. 내가 하녀를 챙기고 다녀야 겠니?"

"죄송합니다, 아가씨. 다만 광장에서 사람들이 많이 죽었다는데 걱정이 돼서……."

그 말에 안젤리카가 불길함을 느꼈다.

'어…? 설마 걔, 광장에서 죽은 거 아니야?'

하녀 애니는 광장에서 사람들에 휩쓸려 허둥지둥 도망칠 때부터 보이지 않았다. 그게 설마, 마물에게 잡아먹힌 거라면? 잡아먹힌 게 아니어도, 무너진 건물이나 사람들에게 깔려서 큰일이 난 거라면?

'내 책임 아니야! 나, 나는 모르는 일이야! 자기 몸은 자기가 알아서 지켜야지!'

안젤리카는 새파랗게 질려서 하녀를 닦달했다.

"어디서 남자랑 노닥거리다 오나 보지! 난 모르니까 목욕물이나 받아!"

"네, 네. 죄송합니다."

다급히 나가는 하녀를 보며 안젤리카는 손톱을 깨물었다.

"아얏!"

너무 깊이 깨문 탓에 손톱 밑에서 붉은 피가 올라왔다. 피를 보자 아까 겪은 일들이 물밀 듯이 떠오르며 마음이 어지러워졌다.

마물들에 의해 죽고 다친 사람들과 돌아오지 않는 하녀 애니.

'……설마, 내가 잘못된 선택을 한 걸까? 아냐. 나는 사람을 고쳤는걸. 나는 성녀야. 이 힘은 내 거야!'

다른 손으로 치유력을 뿜어 다친 손의 상처를 치료했다. 스르륵, 찢어진 살결이 아무는 광경을 보자 안젤리카는 마음 깊이 안도했다.

* * *

"성녀님이 부상자를 치료해 주고 계신대!"

"다친 사람을 데리고 광장으로 가!"

"성녀님은 마차 대여소에 계신다고 했는데? 광장이라고?"

안젤리카가 집에 돌아간 시간, 아르센 광장에서는 또 다른 성녀가 탄생 중이었다.

"상처를 보여 주세요."

"비비. 이제 그만해도 돼."

"아니야. 언니가 도와주고 있잖아. 나 더 할 수 있어."

바로 비앙카였다.

비앙카의 눈이 강력한 의지를 담은 것을 보자 율리아나는 비앙카의 손을 잡을 수 밖에 없었다.

'이능을 사용하는 사람은 나지만, 이능은 비앙카의 것이니까.'

비앙카가 반각성 상태라 그렇지, 제대로 각성한 상태였으면 자신이 직접 이능을 썼을 터. 율리아나는 비앙카의 대리인이 되었다 치고 비앙카의 치유력을 받아서 부상자를 치료했다.

무너진 건물에 깔려 허벅지가 거의 으스러졌던 사람이 말끔하게 나았다.

"가, 감사합니다!"

"으윽…!"

너무 힘을 과하게 소진한 탓에 비앙카가 휘청거리자 파벨이 그녀를 받쳐 안았다.

"이제 그만해! 네가 모든 사람을 구할 수는 없어!"

"그치만―!"

비앙카가 뭐라고 항의하려던 때, 낯선 목소리가 들렸다.

"둘 중 어느 쪽이 성녀 사칭범인 거죠?"

"사칭범이요?"

율리아나가 미간을 찌푸리며 고개를 들어 상대를 올려다보았다. 휴렌이 곁에 두고 간 기사보다 키가 훌쩍 큰, 옅은 금발의 남자였다.

'신관인가?'

뭐가 묻는 게 걱정될 정도로 새하얀 신관복을 입은 남자는 휴렌과 비슷한 나이로 보였는데, 주변의 신관들이 그를 위시하고 있는 태도가 그가 상급자라는 것을 알려 주었다.

"신전이 공인한 성녀가 아닌데 성녀라고 하니 사칭범이지 않겠습니까?"

남자의 말에 알마예르의 기사가 왈칵 화를 내었다.

"말조심하십시오! 알마예르의 영애들께서는 조금 전에 큰 힘을 사용해서 마물을 물리치고 부상자를 치료하셨단 말입니다!"

"그래서, 성녀를 사칭했다? 마물을 물리치고 부상자를 치료해서?"

"이 무례한—!"

삐딱한 남자의 태도에 기사가 나서려 하자 율리아나가 기사를 말렸다.

"사칭한 적 없습니다. 사칭하고 싶지도 않고요. 사람들이 두려움을 쫓기 위해 저희를 성녀라고 불렀나 본데, 의도한 바는 아닙니다."

"의도하진 않았다?"

설명을 해도 여전히 못마땅하게 보는 얼굴에 율리아나도 조금 화가 났다. 좋은 소리를 듣기 위해 힘을 쓴 것은 아니지만, 마냥 꼬아 보는 신관의 태도는 불쾌했다.

'게다가, 비비가 이렇게 고생하고 있는데.'

식은땀을 흘려 가며 사람들의 부상을 치료하는 비앙카는 아마 며칠은 꼬박 앓을 게 분명했다. 센티넬이라 해서 힘을 무한정으로 쓸 수 있는 게 아니니 말이다. 게다가 아직 어려서 제대로 각성도 하지 못한 상태이고.

그래서 말이 뾰족하게 나갔다.

"네. 그리고, 어차피 성녀가 아니라는 건 신문만 펼쳐 보면 알 수 있는데, 군이 사칭할 필요는 없지 않을까요?"

"그건—."

"게다가 오히려 성녀라고 불린 것 때문에 알마예르로 돌아가야 할 명예가 신전으로 돌아가게 되어 우리 쪽이 더 불쾌합니다만?"

자리에 앉아 있던 율리아나가 비앙카를 파벨에게 기대게 하고 자리에서 일어나서 남자를 똑바로 노려보았다. 남자가 주춤하여 한 발 뒤로 물러섰다.

"세 마리 마물 중 한 마리는 여기 이 작은 소녀, 비앙카 알마예르가 물리쳤고 나머지 한 마리는 알마예르 기사단이. 나머지 한 마리는 휴렌 알마예르가 처치했죠. 이번 마물 사태를 해결한 건 알마예르입니다. 대체 어디에 신전이 낄 자리가 있죠?"

율리아나가 일부러 알마예르의 이름을 강조해서 말하자 주변의 사람들을 통해 말이 퍼져 나갔다.

"성녀님이 아니래."

"부상자를 치료하시는데 성녀님이 아니야?"

"알마예르 사람들이라는데. 기사단도 알마예르 기사단이고."

수군거리는 소리를 듣고 남자와 신관들이 곤란하다는 얼굴을 하자 율리아나는 약간 통쾌했다. 옆에 선 알마예르의 기사며 파벨도 아주 통쾌하다는 얼굴을 하고 있어서 표정 관리를 제대로 하지 못했다.

"이제 만족하시나요? 저희는 할 만큼 했으니 나머지 오해는 신전 쪽에서 풀어 주시죠. 그리고 저희는 이제 물러날까 합니다. 신전의 지원이 왔으니 더 이상 이 어린아이가 고생할 필요는 없을 테니까요."

"자, 잠깐만. 신관들에게는 치유력이ㅡ."

"그러면 '진짜 성녀님'께 말씀드리시죠. 저희는 이만."

율리아나가 아주 우아하게 귀족적인 예법으로 남자와 신관들에게 인사하고 뒤를 돌았다.

비앙카를 안고 있는 파벨의 얼굴이 안 좋았다. 비앙카가 긴장이 풀렸는지 의식을 잃고 축 늘어졌기 때문이다.

"누님. 비앙카가⋯⋯."

"그래. 얼른 돌아가자."

"제가 안겠습니다."

기사가 비앙카를 안아 들려는데 파벨이 그의 손을 쳐냈다.

"됐습니다. 내가 데려갈 겁니다."

15살이 된 파벨이 비앙카를 훌쩍 안아 들었다. 기사는 미리 휴렌에게 이야기 들은 바대로 세 사람을 마차로 안내했다.

"세 분은 먼저 가시면 됩니다. 소후작님께서는 지금 상황을 수습하고 책임자에게 인계한 뒤 저택으로 가실 겁니다."

"고마워요."

'소후작님이 내게 뭔가 할 말이 많아 보였는데.'

마물을 해치우고 난 뒤 휴렌은 복잡한 얼굴로 율리아나를 보았다. 물어볼 것도, 하고 싶은 말도 많은 표정. 그러나 인명 피해가 큰 상황에서 개인적인 일을 우선할 수 없었다.

'⋯⋯고맙고, 고생 많았다. 집에서 보자.'

휴렌의 말이 떠올랐지만, 이번 사태에 제일 먼저 달려온 게 알마예르 기사단이다 보니 여기저기 불려 다니며 상황을 설명해야 할 터다. 한동안 바빠서 이야기할 시간이나 있으려나 모르겠다.

'나중에 생각해야지. 지금은 너무 피곤해⋯⋯.'

마차에 타서 머리를 대자마자 잠이 쏟아졌다.

"주무세요, 누님."

"응⋯⋯. 고마워, 파샤."

율리아나는 파벨의 무릎을 베고 누워 눈을 감았다.

* * *

율리아나 일행이 돌아간 뒤, 사람들은 신전 사람들을 따가운 눈으로 바라보았다.

"저 사람들 때문에 치유사님이 가 버리셨어."

"저쪽에 아직 다친 사람들이 많은데."

"뭐라더라. 성녀를 사칭했다고 막 화를 내던데. 그럼 진짜 성녀님을 데려오면 되잖아?"

수군거리는 사람들 사이를 헤치고 아직 소식을 듣지 못한 부상자들이 속속 도착했다.

"여기 급한 환자입니다!"

"피가 멈추지 않아요!"

"성녀님은 어디 계시죠?"

부상자를 데려와 비앙카와 율리아나를 찾자 사람들은 신관들을 가리켰다.

"신전 사람들에게 물어보시오."

"……크흠! 부상자를 여기 눕혀라."

율리아나와 비앙카를 사칭범으로 몰아갔던 남자, 티모테오 신관은 신성력을 발휘하여 부상자들의 상처를 정화했다.

티모테오는 일부러 신성력을 넓은 범위로 흩뿌렸다. 성스러운 빛이 공기 중에서 반짝거렸고, 마물들의 피와 독이 미세하게 퍼져 있던 광장이 정화되었다.

광장의 사람들은 의식하지 못하는 사이 안색이 나빠지고 마기에 좀먹히고 있었다. 그들은 숨을 들이쉴 때마다 신성력을 흡입했다.

험악했던 분위기가 한결 나아진 것을 느끼며 티모테오가 다른 신관과 보조 사제들에게 명했다.

"지혈제를 뿌리고 부상자들을 치료소로 옮겨라."

"네, 사도님!"

신전에서 제일 높은 사람은 신의 대리인인 교황이며 그 아래로는 대신관이 있다. 그리고 서열에 따른 신관들이 있는데, 그중에 특이한 위치의 신관들이 있다.

바로 네 사도다.

네 사도는 어떠한 신전에도 소속되지 않고 활동하는 교황의 직속 신관들로, 대신관조차 그들의 행보를 막을 수 없다.

그중 가장 젊은 티모테오 사도는 혈기 왕성하고 급진적이다.

티모테오는 신전의 세력을 강화해야 한다고 생각하기에 성녀를 활용에 굉장히 적극적이었다. 그래서 율리아나와 비앙카가 성녀라 불린 것에 예민했던 것이다.

부상자들이 옮겨지는 것을 보며 티모테오가 속으로 욕설을 뱉었다.

'율리아나 알마예르. 정말 마음에 안 드는군.'

티모테오는 안젤리카가 성녀가 되기 이전의 행보를 조사하다가 안젤리카와 율리아나를 비교한 기사를 읽은 적이 있었다.

신앙심이 깊은 신관일수록 황실에 대한 적개심이 컸고 그건 티모테오도 마찬가지다.

'황제가 황태자의 짝으로 생각했다는 여자라니. 그런 여자에게 성녀가 밀렸다니. 정말 싫군.'

그는 상황을 수습하고 있다는 휴렌 알마예르에게로 향했다. 다른 신관들이 수군거리는 말에 약간 동의하면서.

"그런데 성녀님은 왜 여기 직접 오시지 않고 말만 전하고 가신 거지?"

"글쎄. 더 중요하신 일이 있나?"

"성녀님이 직접 오셨다면 아까 그 건방진 것들의 코를 눌러 줬을 텐데."

'그러니까 말이다. 신문 기사만 낼 게 아니라 이런 사태가 일어나면 제일 먼저 얼굴을 내비쳐야지.'

안젤리카가 자신의 기준보다 부족하긴 해도 성녀인 이상 안고 가야 했다. 티모테오는 한숨을 뱉었다.

* * *

다음날 새벽.

율리아나가 예상한 대로 휴렌은 제대로 쉬지도 못하고 여기저기로 불려 다니고 있었다.

사건 현장을 수습하고 광장에 있던 사람들에게 사건의 전후 관계를 물어 대략적으로 진상을 파악했다. 직접 묻고 다닌 것은 아니지만 종자들이 알아 온 이야기를 듣고 취합하여 그중의 가장 객관적인 사실만 골라내었다.

그 후, 신전과 수도 치안대 등에 인계해 준 뒤 급하게 황궁으로 불려 가 황제와 독대했다.

굳게 닫힌 황제의 알현실 밖에서 대기하는 사람은 레온하르트였다.

'수도에서 이런 일이 일어나다니.'

레온하르트는 자책 중이었다.

황제가 그를 전장에서 빼내어 사교도를 조사하게 한 이유가 바로 이런 사건을 방지하기 위함이었다. 그런데 다른 곳도 아니고 수도 한복판에서 마물들이 난동을 피웠다.

'어떻게 가능했지? 마물을 결계 안으로 들어오는 건 전염병이나 유행병 으로 사람이 많이 죽어야 가능한 게 아니었나?'

사교도의 비밀 인체 실험장을 급습하였지만 그들이 마물을 어디서 조달 해왔는지에 관한 이야기는 없었다.

'대체 어디서…? 그것도 그렇게 큰 마물을.'

마물은 동물처럼 다양한 종류가 있고 크기 역시 제각각이다. 작은 마물 이야 결계가 얇은 곳이나 허점을 이용하여 들여왔다손 치더라도 큰 마물은 대체 어떻게 들여왔단 말인가?

'땅 속에서 솟아난 것도 아니고, 대체 어떻게.'

마물은 결계 안으로 들어올 수 없다―는 대전제가 깨지니 무엇이 가능하 고 무엇이 불가능한지 구별할 수 없게 되었다. 막막했다.

"뻔뻔하네. 여기가 어디라고 찾아와?"

냉소적인 목소리가 상념에 빠진 레온하르트의 귀를 찔렀다.

"황태자 전하."

알렉산더가 잔뜩 화 난 얼굴로 레온하르트를 노려보고 있었다. 성큼성큼, 알렉산더가 큰 보폭으로 레온하르트에게 걸어왔다. 레온하르트는 무표정한 얼굴로 자신의 조카를 바라보았다.

"하. 고개 뻣뻣한 것 좀 봐. 미안하지도 않나 봐?"

"어떤 걸 말씀하시는지 모르겠습니다."

"지금 이 사태 말이야! 아버지께서 숙부를 믿고 큰 권한을 주었는데 보답은커녕 이렇게 무력한 꼴이라니!"

알렉산더는 빈정거리며 말을 이었다.

"마물이 다 죽을 때까지 현장에 도착하지도 못하다니. 아예 숙부의 총사령관이라는 직함을 알마예르 소후작에게 주는 게 낫지 않을까요? 응? 어떻게 생각해."

"……."

레온하르트의 입장에선, 정말 할 말이 많았다.

사교도의 인체 실험장을 검거한 날에 폭주 전조 증상이 있었다. 율리아나가 가이딩해 주었기에 망정이지 아니었다면 큰 참사가 벌어졌을 수도 있는 일이었다.

그래, 이건 뭐, 스스로 컨디션 조절을 해야 하는 문제라고 치자. 그래서 그 후 지금까지 놀았느냐? 그것도 아니었다.

레온하르트는 율리아나에게 느끼는 묘한 감정 때문에 몸을 가만히 둘 수가 없어서 전 제국을 쏘다녔다. 사교도의 거점이 있을 것으로 예상되는 곳마다 직접 발 벗고 나섰다.

그렇게 열심히 다녀서 얻은 결과가 나쁘지도 않았다.

'사교도들 사이에서 마물의 알이 유통되는 것을 알았으니까.'

마물은 보통 상태의 결계를 통과할 수 없지만 알은 통과가 가능한 것을 이제야 알았다.

사교도는 결계 주변의 마을들을 매수해서 마물의 알을 정기적으로 받아 오고 있었다.

물론 그렇게 수많은 알을 들여와도 까다로운 부화 조건을 충족하기가 어려워서 모두 부화하는 것은 아니다. 그래도 사교도가 '마물의 부화장'을 갖고 있다는 사실에 레온하르트와 자이거 기사단은 몹시 경악했다.

'생각보다 규모도 크고 체계적인 집단이야.'

이 성과를 황제에게 보고하려고 수도로 이동하던 중, 아르센 광장의 마물 출몰 사태가 발생한 것이었다.

사교도들의 부화장은 포털이 있는 곳과 거리가 멀었고 레온하르트가 아르센 광장의 사태를 들었을 때는 이미 휴렌 알마예르가 상황을 끝낸 후였다.

"……."

레온하르트는 충분히 항변할 수 있었다.

그러나, 평생에 걸쳐 학습된 굴종은 레온하르트의 혀를 단단히 옥죄었다.

"……면목 없습니다. 드릴 말씀이 없군요."

알렉산더의 오만하고 못마땅한 얼굴 뒤로 알브레히트 황제의 얼굴이 겹쳐 보인 탓이었다.

쯧쯧, 크게 혀를 찬 알렉산더가 눈을 희번덕거리며 자신의 숙부를 위아래로 훑었다.

"자기보다 한참 어린애한테 푹 빠져서는. 아무리 여자 만나는 게 처음이라지만 과한 거 아닙니까? 정신 똑바로 차려요."

그 말에 레온하르트가 미간을 찌푸렸다.

"여자, 말씀이십니까?"

"그래. 수도에 보는 눈이 몇인데 이제 막 아카데미를 졸업한 애를 집으로 끌어들여요? 제정신입니까?"

처음엔 빈정거리는 어조였던 알렉산더는 나중엔 화를 참지 못하고 주먹을 부들부들 떨기까지 했다.

"조카 여자를 가로채면 좋습니까? 그 애는 원래 나한테 마음이 있었다고! 황후 자리에 야망이 있는 애였단 말입니다!"

알렉산더는 바로 어제 일처럼 생생하게 기억했다. 황제가 첫 만남을 주선했을 때, 어렸던 율리아나가 자신을 보며 황실의 일원으로서 인사했던 것을.

그건 분명히 자신의 옆자리에 서고 싶다는 의지 표명이었다!

"가로챈 적 없습니다. 그리고, 레이디의 명예를 위해 더 이상 말하지 않는 게 좋겠습니다."

레온하르트가 아까 사죄하던 모습과는 달리 칼 같은 얼굴로 알렉산더의 말을 잘라 내었다. 알렉산더는 그 모습이 더욱 괘씸하게 느껴졌다.

'자기 여자라고 감싸는 거야? 감히 내 말에 대들어?'

"감히—!"

"자이거 대공. 폐하께서 부르십니다."

주변 공기가 후끈해질 정도로 흥분한 알렉산더의 머리에 찬물을 끼얹은 것은 시종장의 호명이었다.

맞다. 이곳은 황제의 알현실 앞이었다.

알렉산더는 흐트러진 머리를 쓸어 넘기며 레온하르트를 노려보았다. 그는 평소처럼 그 강철 바위 같은 얼굴로 열린 문 안으로 들어갔다.

문이 닫히고, 알렉산더는 분통을 터트렸다.

"제기랄! 저 평온한 얼굴을 부숴 버리고 싶어!"

자신이 무슨 말을 해도 시큰둥한 얼굴을 하고 있는 레온하르트가 율리아나의 일에 관해서만큼은 예민하게 굴었다.

율리아나가 그에게 특별한 여자라는 것을 증명하는 듯한 태도에 알렉산더는 더, 더 화가 났다.

그래도 알렉산더는 닫힌 알현실의 문을 열고 들어갈 수는 없었다.

황제와 황태자의 격차였다.

아무리 알렉산더가 총애 받는 황태자라 하나 도저히 넘을 수 없는 선이 있다.

'……내가 황제가 되기만 하면.'

사춘기 때부터 언제나 아버지인 알브레히트에게 반항심을 갖고 있는 알렉산더지만 요즘 들어서는 더욱 심해졌다.

아버지가 너무하다는 생각이 들었다.

'왜 황비 제도를 부활시키면 안 된다는 거야? 이유는 들어 주지도 않고 무조건 안 된다고만 하다니!'

비록 이미 사장된 제도이지만, 다시 부활시키는 게 뭐 어떤가? 있던 제도가 아닌가!

알렉산더는 며칠 전의 대화를 떠올렸다.

'폐하. 제 말 좀 들어 주시면 안 됩니까? 왜 무작정 안 된다고만 하시는 겁니까?'

'말이 되는 소리를 해라, 알렉. 황비? 그래서 둘 중에 누구를 황비로 들이고 싶으냐?'

'그건…….'

'안젤리카? 그 성격이 잘도 황비가 되려고 하겠구나. 게다가 지금은 성녀가 되었는데, 황비로 들인다 하면 신전이 들고 일어날 거다.'

'그럼 율리아나를—.'

'넌 알마예르를 대체 뭐라고 생각하는 거냐? 휴렌 소후작이 아무리 네 친구라 해도 그런 모욕을 참을 것 같으냐?'

'…….'

'알렉산더. 제발!'

콜록, 콜록. 알브레히트는 마른 기침을 하며 손으로 머리를 짚었다.

머리가 지끈거리고 몸이 으슬으슬했다. 나이가 들어서 그런가, 환절기가 되니 몸 상태가 좋지 않았다.

물론 철없는 아들놈의 개소리도 좋지 않은 컨디션에 일조했다.

'하아. 네가 레온의 반만 닮았더라면.'

'여기서 숙부가 왜 나옵니까?'

'내가 너를 너무 오냐오냐 키워서 후회된다는 뜻이다!'

황제가 역정을 내자 알렉산더는 입을 다물고 물러났었다. 의지는 꺾이지 않은 상태였다.

알렉산더는 확신했다.

'황비 제도는 나를 위해 존재해.'

마침 두 여자 모두 포기할 수 없는 상황인데, 운명처럼 황비 제도를 알게 되었다.

황궁 도서관에서 한 번도 본 적이 없는 책을 보았는데 그 책에서 황비 제도에 관해 나온 것이다!

알렉산더는 이게 운명이라고 생각했다.

'두 여자 다 포기할 수 없어. 내가 황제만 되면……!'

이상한 일이었다.

알렉산더는 스스로를 좋은 아들이라고 생각하지는 않았지만, 황제에게 듬뿍 사랑받으며 커 온 만큼 아버지를 사랑하는 마음도 컸다.

그런데 어찌된 일인지, 이미 한 번 황제의 죽음을 겪은 것처럼 그가 빨리 죽기만을 기다리고 있었다.

'빨리 죽어 주세요, 아버지. 나를 위해서.'

예전처럼요.

눈을 깜빡하는 순간 알렉산더는 자신이 무슨 생각을 했는지 잊었다.

그러나 그가 느낀 감정은 금방 사라지지 않았다.

* * *

알현실로 들어간 레온하르트가 정중히 인사를 올렸다.

"폐하를 뵙습니다."

"고개를 들어라. 그럴 시간이 없다."

황제는 한숨을 내쉬며 가까이 오라고 턱짓했다.

알현실엔 아직 휴렌이 있었고 레온하르트는 그에게 묵례하며 의자에 앉았다.

황제는 지끈거리는 머리를 잡고 약간 신경질적인 어조로 말했다.

"알렉산더의 헛소리를 다 받아 주지 말거라."

"……헛소리까지는 아니었습니다."

"그게 헛소리지, 제대로 된 소리겠느냐. 말 고르지 마라."

황제가 다 짜증난다는 표정으로 테이블에 종이뭉치를 내던졌다.

"읽어 봐라."

황제가 던진 종이 뭉치는 내일 아침에 나갈 석간신문의 초안이었다. 레온하르트의 눈에 1면 헤드라인이 들어왔다.

<아르센 광장을 덮친 마물들이 수많은 인명 피해를 낳다!>

이 제목은 딱히 문제될 소지가 없다. 레온하르트는 빠르게 기사를 읽어 내려가기 시작했다.

"음, 이건……."

황족은 제국민을 지킬 의무가 있다. 특히 계승 서열이 높은 황족들은 필수적으로 국민을 위해 종군해야 했다.

평소 자이거 대공이 활약했기 때문에 여론은 황태자가 전장에 나가지 않는 것에 대해 관대하게 넘어갔다.

그러나 이번 사태로 말이 나왔다.

<황태자 알렉산더는 제국민을 위해 무얼 했는가? 광장에 나타나지 않은 성녀와 재회하여 애틋한 로맨스라도 찍고 있었는가?>

기사는 맹렬히 알렉산더를 비난하고 있었다. 심지어 성녀 안젤리카까지 엮어서.

마무리는 알마예르 영애들이 성녀로 추앙받을 만큼 현장에서 대단히 활약했다는 이야기가 나왔다. 그리고 알마예르 기사단과 엮어 알마예르 후작가가 공작가로 격상될 공을 세웠다고 끝맺었다.

'폐하께서 언짢으실 만하군. 그런데 왜 내게 이걸 보여 주시는 거지?'

레온하르트는 이 사태가 일어날 때 자신이 부재중이었다는 사실에 대해 황제에게 사죄하러 온 것이었다. 겸사겸사 사고도에 관해 알아낸 사항도 보고하고. 그런 레온하르트에게 굳이 아직 발간도 안 된 신문을 보여 줄 이유는 없다.

그때, 황제가 청천벽력 같은 말을 내뱉었다.

"알렉산더의 황태자위를, 폐하려 한다."

Chapter 12. 폐태자 알렉산더

레온하르트는 방금 자신이 들은 말을 이해하지 못했다.

"……?"

그러나 차마 다시 물어볼 용기가 없어서 놀란 얼굴로 황제만 바라보았다.

황제는 침통한, 아니 자못 우울해 보이기까지 한 표정으로 다시 말했다.

"알렉산더를 황태자위에서 폐하려 한다고 했다."

"폐, 폐하. 그것은……."

레온하르트는 뭐라 말을 하려다 입을 다물었다.

황제의 결정에 자신이 말을 얹는 게 마땅한가? 아니, 마땅치 않다.

그 태도가 지금껏 레온하르트의 목숨 줄이 붙어 있을 수 있는 이유였다.

황제는 그런 레온하르트의 표정을 유심히 지켜보았다.

황제라고 이런 결정을 쉽게 내린 것은 아니다.

알렉산더는 알브레히트가 가장 사랑하는 아들이다. 유일한 아들로 정했고, 그렇게 키웠다. 자신에게 되뇌기도 했다. 마치 자신에게 다른 선택지는 없는 것처럼.

그러나, 사실은 아니었다.

'알렉산더가 유일한 선택지면 모를까. 지금 상황은…… 너무 안 좋아.'

태평성대라면 알렉산더도 그럭저럭 나쁘지 않은 황제가 될지도 모른다.

자신의 재위 기간만 생각해도 그렇다. 그렇지만 지금은 다르다.

'너무 불안해.'

알브레히트는 요즘 불안함에 제대로 잠도 들지 못했다.

제국 내에서 마물이 발견되고 있다. 한두 번이 아니다.

제국의 전 지역에서, 특별한 이유 없이, 몇 년 간 지속적으로. 마물은 계속해서 나타났다.

물론 큰 규모는 아닌 데다가 전제 조건이 필요하긴 했다. 마을 단위를 제물로 삼는 수준의 큰 희생이 있은 후에야 마물이 나타났으니까.

마을 단위의 제국민이 목숨을 잃으면 주변에서 모를 수가 없다. 덕분에 레온하르트가 소문을 빠르게 수집하여 마물을 소탕했고 이를 토대로 이교도의 거점들을 파악할 수 있던 것이기도 하다.

그러나 오랜 기간 황제로 제국을 통치해 왔던 알브레히트는 피부로 느꼈다.

'전염병이, 풍토병이 이렇게 자주 발생한다고? 말도 안 되는 일이다.'

이건 자연적인 현상이 아니다.

누군가가, 아마도 사교도가 의도적으로 마을을 몰살시키고 마물을 소환하는 것이나 마찬가지였다.

조건을 충족하면 마물이 나타난다는 것. 이 얼마나 두려운 현실인가? 제국 내에서 안전한 곳은 없다는 뜻이다.

더군다나 가장 문제인 건.

'결계엔 아무런 문제가 없다는 거야.'

알브레히트는 마물이 나왔다는 말을 들은 이후로 계속해서 결계를 고치려 몇 년 간 붙잡고 늘어지며 애를 썼다.

그러나 고칠 수 없었다. 애초에 결계가 망가진 것이 아니었기 때문이다.

그나마 마물 출현 문제가 수면 위로 떠오르지 않았을 때는 괜찮다. 하지만 어제부로 모든 게 달라졌다.

아르센 광장의 마물 사태.

세 마리의 중상위급 마물이 나타나서 제국민을 학살했는데 이것이 어떻게 우연인가?

잘 짜인 각본을 보는 기분이었다.

'이런 혼란한 시국에 알렉산더가 황제를? 절대 불가능해.'

사실 마지막까지 고민하긴 했다.

자리가 사람을 만든다는 말이 있지 않은가. 알렉산더도 황제위에 오르고 나면 그에 걸맞은 위엄을 보일지도 모른다. 그렇게 믿고 싶었다.

그러나.

'마물이 다 죽을 때까지 현장에 도착하지도 못하다니. 아예 숙부의 총사령관이라는 직함을 알마예르 소후작에게 주는 게 낫지 않을까요?'

'자기보다 한참 어린애한테 푹 빠져서는. 아무리 여자 만나는 게 처음이라지만 과한 거 아닙니까? 정신 똑바로 차려요.'

문밖에서 들려온 대화로 알브레히트가 결론을 내렸다. 지금 이 상황에서 레온하르트에게 화를 내는 이유가, 여자 때문이라니.

와르르, 마지막 남은 기대감이 모래성처럼 무너졌다.

황제는 사람을 가장 사랑하면 안 된다. 제국 그 자체를 가장 사랑해야 한다. 그게 바로 알렉산더가 평생토록 배워 온 제왕학이었다.

'……알렉. 네가 나를 황제로 살게 하는구나.'

알브레히트는 아들을 사랑하는 아버지의 얼굴을 내려놓고, 황제로서 최선의 선택을 하기로 결정했다.

"레온."

"예, 폐하."

레온하르트가 어쩔 줄 모르는 얼굴을 숨기며 공손히 답했다.

'네가 황후에게서 태어났더라면.'

알브레히트는 황후에게 언제나 미안했다.

황후는 남편의 혼외자를 알고 있었고, 마음이 약한 그녀는 제대로 화도 내지 못한 채 시름시름 앓았다.

'그 아이는 내 자식이 아니오.'

'당신이 그렇게 믿는다 해서 사실이 바뀌는 건 아니에요.'

'선황께서 돌아가셨으니 아는 사람은 우리 둘뿐이오. 본인도 모르는 사실이 의미가 있소?'

'그럼 의미가 없나요? 내가 이렇게 괴로운데?'

'……혹여 그 아이가 황제가 되더라도 내 아들이 아닌, 선황의 아들인 채 즉위할 것이오.'

'……잔인한 사람. 난 알렉산더보다 그 아이. 아니, 레온하르트가 더 가여워요.'

알브레히트는 황후 생전에 나누었던 대화를 떠올렸다.

황후와 약속했다. 레온하르트에게 황제위를 주더라도, 자신의 자식으로 인정하는 일은 없을 거라고.

'나는 레온을 내 아들이라고 여긴 적이 단 한 번도 없다.'

레온하르트는 명백한 실수의 결과물이었다.

너무 가까이에 있던 여자였고, 자신은 너무 어렸다. 넘쳐나는 혈기를 주체하지 못했다.

선황의 정부와 놀아나다니. 임신 사실을 알았을 때 수치스러워서 얼굴을 들지 못했고, 선황에게 말하지도 못했다.

선황은 알브레히트를 불러다가 잠시 그의 얼굴을 들여다 본 후.

'레온하르트를 내 아들로 삼겠다.'

한 마디 한 게 전부였다.

알브레히트는 레온하르트를 제 자식으로 여기지 않았다.

실제로 이복형제들을 암살할 때 레온하르트도 처리해 버리려 했지만 선황의 간곡한 부탁에 참았을 뿐이었다.

그러니까.

지금 행위는 철저하게 황제로서의 선택이다. 아버지의 선택이 아니다.

"레온, 고개를 들거라."

레온하르트가 고개를 들어 알브레히트의 얼굴을 보았다.

알브레히트는 눈을 감아 버리고 싶은 충동을 참아 내며 레온하르트의 얼굴을 바라보았다.

'이제 보니 나와 닮았구나.'

인정하기 싫지만 사실이었다.

"……시종장."

"네."

시종장이 알현실의 뒷문을 열자 문 안에서 발라고프 백작이 나왔다.

"알마예르 소후작, 발라고프 백작을 증인으로 세운다."

알브레히트가 떨리는 목소리로 선언했다.

"차기 황제는 레온하르트다. 제국법에 맞게 절차를 따르겠지만, 근시일 내로 알렉산더의 황태자위는 폐할 것이며 레온하르트가 황태자위에 오를 것이다."

"폐, 폐하."

당황한 레온하르트를 무시한 채 알브레히트가 자신의 손에 얼굴을 묻었다. 다시 고개를 들었을 때 황제는 10년은 족히 늙어 보였다.

"레온. 이렇게 갑작스럽게 말해서 미안하구나. 그러나, 알렉산더가……. 이렇게 격에 맞지 않을 줄은 몰랐다. 나의 과오다."

레온하르트의 금빛 눈이 세차게 떨렸다. 그러나 짧은 시간 동안, 레온하르트는 스스로를 납득시켰다.

'알렉산더의 황태자위를 폐하며 가장 괴로운 사람은 폐하시겠지.'

그렇게 생각한 뒤, 그는 자조적으로 생각했다. 이런 상황에서도 황제의 뜻을 짐작하며 황명을 거스르는 일은 상상조차 할 수 없다니.

레온하르트는 자신이 자유 의지가 없는 목줄에 묶인 개처럼 느껴졌다. 목줄에 묶인 개가 주인에게 고개를 늘어트렸다.

"……명을, 받들겠습니다."

다음 날, 조간신문의 헤드라인이 온 제국을 떠들썩하게 만들었다.

<황태자 알렉산더의 몰락! 자이거 대공, 작은 태양의 관을 쓰다!>

신문이 발간된 시간은, 황제가 알렉산더에게 황태자위를 폐한다고 말하기도 전이었다.

* * *

"호외요, 호외!"

"황태자 알렉산더의 몰락! 우리 신문은 다른 관점에서 바라봤습니다!"

"우리 신문도 봐 주세요!"

알렉산더 본인조차 알지 못했던 사실을 밝힌 신문사는 딱 한 곳이었다.

그래서 다른 신문사들은 부랴부랴 옮겨 적기 식의 기사라도 내었다. 신문사 사장이 아는 귀족이며 궁인에게 연락을 하고 가장 귀한 인맥을 동원해 봐도 알렉산더의 황태자위를 폐하는 일을 아는 사람이 없었기 때문이다.

기사를 낸 곳은 신생 신문사였지만 공신력은 있었다.

애초에 신생인 이유도 황제를 돌려 까는 기사를 쓰는 것이 못마땅했던 알브레히트가 압박하여 폐간시켰기 때문이었다. 신문사는 이후 다른 이름을 달고 황실에 우호적인 기사를 내었기에, 아는 사람들은 이 신문사가 황실의 관리를 받는 곳임을 알고 있었다.

그런 신문사에서 알렉산더가 폐태자가 되었다는 기사를 냈다? 소스가 확실하다는 뜻이다.

하루를 집에서 푹 쉬고 부대로 출근한 율리아나는 기사를 보고 놀라움을 금치 못했다.

'알렉산더가…… 폐위?'

자신이 회귀하고 난 뒤부터 소소하게 미래가 바뀌었다는 것은 진작부터 알고 있었다.

정말 사소하게 바뀐 사실들은 마치 고요한 호수에 떨어진 돌처럼 아주 멀리까지 파문을 일으켰다. 결국, 이제는 더 이상 소소하다고 말할 수 없는 지경에 이르렀다.

'더 안 좋은 쪽으로 바뀐 걸까? 어쩌면 이게 맞는 방향인 걸까?'

도무지 알 수 없었다. 너무 많이 바뀌어 버린 현재는 이미 알고 있던 미래의 지식으로 판단할 수가 없어졌다. 그저 멍하니 기사를 보고 있는데, 똑똑.

노크에 대답하기도 전에 문부터 벌컥 열렸다. 화들짝 놀란 율리아나가 문을 열고 들어온 무례한 사람을 바라보았다.

"당신은……."

"율리아나 소위. 함께 신전으로 가 주시죠."

율리아나를 사칭범으로 몰았던 남자, 티모테오 사도였다.

티모테오 사도는 신관답지 않은 태도로 율리아나를 재촉했다. 표정은 고깝기 그지없었고, 자세도 약간 껄렁했다.

"신전이요?"

"네. 동행해 주시죠."

율리아나는 재빨리 머리를 굴렸다. 무슨 이유로 신전에 가야 하는지는 모르겠지만, 티모테오 사도가 자신을 성녀 사칭범이네, 뭐네 시비를 걸었던 것을 생각하면 그리 긍정적으로 느껴지진 않았다.

"신전은 자발적으로 가야 하는 곳이죠. 이렇게 신관님들이 저를 찾아온 데에는 이유가 있을 텐데요?"

"그걸 알려 주지 않으면 가지 않을 겁니까?"

"들어 보고 판단하죠."

"……하아. 이래서 불신자란. 영광인 줄도 모르고."

티모테오가 중얼거리며 얼굴을 일그러트렸다. 율리아나는 어이가 없었다.

"사도님. 저는 불신자가 아닙니다. 제가 신도이기는 하지만 신전의 부름에 적극적일 수 없는 이유는, 지금이 제 근무 시간이기 때문입니다. 사도님께서 저를 부르셨던 호칭대로 저는 소위입니다. 근무 시간에 난데없이 신전으로 가야 한다 하시면 제가 납득할 수 있겠습니까? 이유를 알려 주지 않으시면 저를 외출 사유를 적을 수 없으니 따라 갈 수 없습니다."

율리아나의 말은 구구절절 틀린 말이 없었다. 티모테오는 그것마저 짜증이 났지만.

'지금 성녀가 이 여자 반만 닮았어도.'

그랬다면 포교가 훨씬 쉬웠을 텐데 말이다.

그러나 이런 생각을 하는 것부터가 성녀를 못마땅해하는 티를 내는 것 같아서, 티모테오는 율리아나를 재수 없게만 생각하려고 했다.

'황태자가 폐해진 이상 이 여자를 원망하는 것도 부질없는 짓이지만.'

티모테오가 안젤리카를 황후로 만들어 신전의 영향력을 극대화하려고 했던 시도는 황태자 알렉산더가 폐태자가 되며 폐기되었다.

자이거 대공은 평소 신실한 신도였으니 신전이 성녀와 결혼하라고 압박하면 들어 줄까? 그것도 모를 일이다.

티모테오는 복잡한 속을 감추며 답했다.

"대신관님께서 소위를 보고 싶어 하십니다."

"대신관님은 얼마 전에 우연히 뵈었었는데요. 저를 보고 싶어 하시는 이유를 물어봐도 될까요?"

"당연한 걸 뭘 묻습니까. 아르센 광장 사건의 일 때문이겠지요. 가기 싫으시면—."

"아뇨, 가겠습니다."

"예. 진작 그러셨어야지요."

대신관이라는 권위에 굴복했나 보군. 하긴 우리 대신관님이 어떤 분이신데.

티모테오는 약간 으스대는 태도를 했고, 율리아나는 티모테오를 무시한 채 경위서를 작성했다.

지금껏 근무하는 동안 외출 한 번 해 본 적 없었기 때문에 이렇게 갑작스레 제출해도 괜찮을 것이다.

'어차피 일도 없기도 하고, 잠깐 다녀오는 정도는 괜찮겠지.'

게다가 부대 전체가 자신의 눈치를 보는데, 이걸로 뭐라고 하는 사람이 있다면 반가울 지경이다.

"가시죠."

펜을 내려놓은 율리아나가 신관들을 제치고 성큼성큼 문밖으로 나갔다.

티모테오와 신관들은 얼른 율리아나를 따라가며 지금껏 대신관이 이뤄온 선행과 업적을 줄줄 읊었다.

* * *

다시 찾은 신전.

율리아나는 복작복작한 신전 내부를 돌아보았다.

서류들이 날아다니고, 실무자로 보이는 신관들은 다른 신관들에게 뭔가를 항의하거나 협상하려 애를 쓰고 있었다.

'……신전은 제국민의 편이니까.'

귀족들은 자신들이 '신의 선택'을 받아 귀족으로 태어났다고 여기기 때문에 일반 백성을 구휼하는 것에 큰 관심이 없다.

신전은 그런 귀족들을 교화시키려 애를 쓰고 빈민을 구제하려 애를 쓰며 전쟁을 지원한다. 신의 이름으로.

관성적으로 신을 믿는 율리아나였으나 큰 재난 앞에서 바쁘게 돌아가는 신전을 보니 절로 신앙심이 솟았다.

율리아나는 겸허한 걸음으로 대신관에게 갔다.

이번엔 작은 상담실이 아니라, 대신관이 주로 사용하는 개인 기도실로 불려 갔다.

화려한 문 안으로 들어가자, 창밖에서 들어오는 햇살을 맞고 있던 대신관이 일어섰다.

"어서 오십시오, 레이디 알마예르."

"편히 알마예르 소위라고 부르셔도 됩니다."

대신관이 눈을 가늘게 뜨며 율리아나에게 말했다.

"티모테오 사도와 무슨 일이 있으셨군요?"

"왜 그렇게 짐작하시나요?"

"어린 시절부터 오래 본 아이니까요. 영애께 실례되는 말을 하지는 않았는지 걱정이군요."

대신관은 율리아나에게 찻잎을 고르게 한 뒤 차를 우렸다. 향긋한 차향이 작지 않은 기도실을 휘돌았다. 율리아나는 차를 한 입 홀짝이고 긴장을 누그러뜨렸다.

"걱정하실 만한 부분은 없었답니다."

"그렇다면 다행입니다. 지금 잔뜩 골이 나 있답니다."

대신관이 작게 한숨을 내쉬고 말했다.

"성녀님을 황후로 만들려 했는데, 일이 다 어그러졌으니까요."

황후.

순간 황후라는 말에 율리아나의 심장이 철렁했다. 그러나 얼른 마음을 다잡았다.

'신전에선 안젤리카를 황후로 만들 이유가 충분하지. 그리고 이제 난 그 단어에 어떤 감정도 느낄 이유가 없어.'

알렉산더가 제게 이상한 말을 하긴 했지만 그것도 이제는 다 없던 일이 되었다. 바로, 황제 폐하 덕분에.

'알렉산더의 폐위라니 정말 이상한 일이야…….'

황제를 경계해야 된다고 생각한 지 얼마 되지 않았는데 알렉산더가 황태자 자리에서 폐위되었다.

율리아나는 기분이 묘했다. 이미 자신이 알던 미래에서 벗어난 지 오래되었지만, 이렇게까지 변하다니?

'혹시…… 나 말고 다른 누군가도 회귀 전 기억을 갖고 있는 게 아닐까?'

이런 생각이 들었다.

자신이 뭔가를 바꿨다기엔, 바꾼 것이 별로 없었다. 엄마를 살리고 비앙카를 살린 소소한 일들이 이렇게까지 커질 것 같진 않다. 일단 마물의 출현 문제부터도 다르다.

그러자 순간, 불길한 생각이 들었다.

'설마 시간을 돌린 게 마귀족인가?'

만약 마귀족이 시간을 돌렸고, 시간을 돌리는 와중에 자신의 기억이 우연히 남은 것일 수도 있지 않을까.

'아, 아니지. 시간을 되돌리는 건 신의 영역이라 했으니…… 마족은 그런 능력이 없을 거야.'

순간 식은땀이 날 뻔했다. 마귀족이 시간을 돌렸는데 자신만 기억이 남아 있다면 마족과의 내통자나 악마의 계약자라고 몰릴 수 있으니까.

'그런데 알렉산더가 폐위되었다면…. 신전은 안젤리카와 알렉산더의 관계를 어떻게 하려는 걸까? 설마 자이거 대공님과 추진하진 않겠지?'

설마 신전이 안젤리카를 알렉산더가 아닌 레온하르트의 황후로 추대할 수도 있다는 생각을 하자 전신에 소름이 돋았다.

그건 싫었다.

'대공님과 안젤리카라니, 절대 싫어.'

차라리 레온하르트가 다른 여인과 이루어진다면 이렇게까지 싫진 않을 것이다. 그렇지만 안젤리카라니. 본능적인 거부감이 일었다.

율리아나는 최대한 태연하게 대신관의 말을 받았다.

"안젤— 아니, 성녀님은 황…자님과 꽤 오랜 연인 관계인 것으로 알고 있습니다만."

"예. 그래서 티모테오의 계획이 모두 어그러졌죠. 그는 황후가 된 성녀님을 통해 신전의 세력을 키우려고 했으니까요."

"……그렇군요."

'왜 나에게 이런 것까지 말해 주는 거지?'

율리아나가 의아함에 대신관을 보는데 그가 맑은 눈빛으로 율리아나를 직시했다. 뭔가 확신에 찬 눈빛이었다.

"단도직입적으로 묻겠습니다."

"제가 대답할 수 있는 질문이라면 기꺼이."

"저는 교황 성하께서 들으신 신의 말을 재전달하는, 어찌 보면 중간다리도 되지 못하는 존재지요. 성하의 말씀조차 이해하지 못할 때가 있으니까요."

대신관의 겸손에 율리아나가 할 말을 찾지 못할 때.

"그런데요, 영애."

"네. 말씀하세요."

"성하께서 당신을 언급하신 것 같습니다."

교황은 베일에 가려진 신비한 인물이다. 교황은 수면을 통해 영원을 산다고 널리 알려져 있다. 센티넬이 득세하는 이 시대에도 신전이 영향력을 발휘할 수 있는 이유는 바로 교황 때문이라고 할 수 있다.

그런 교황이 자신을 언급했다니? 율리아나는 혹시 교황도 회귀 전에 기억이 있지 않을까, 하는 생각이 들었다.

대신관이 말을 이었다.

"정확히 영애라 말씀하시지는 않지만, 알마예르를 언급하셨지요. 그리고 제 눈에 다른 알마예르보다는……. 영애께서 어떤 비밀을 가지신 것으로 보이는군요."

대신관은 이번 아르센 광장 사건에서 율리아나를 주목했다.

휴렌이 목격자들의 증언을 토대로 앞뒤 상황을 파악하여 황제에게 보고를 올린 것처럼, 신전도 부상자를 돕는 과정에서 여러 정보를 수집했다.

신전은 부상자와 현장에 있던 목격자들로부터 일관된 진술을 얻었다. 율리아나가 큰일을 해냈다고 말이다.

비앙카 알마예르와 휴렌 알마예르를 도왔다고 했다. 설명을 들어 보니 뛰어난 가이드의 영역을 벗어나는, 말로는 설명할 수 없는 무언가가 있다는 추측을 할 수밖에 없었다.

대신관은 지금껏 역대 대신관들이 적어 둔 교황의 기록을 뒤졌다. 그리고 한 가지 가설을 세웠다.

"율리아나 영애. 솔직하게 답해 주십시오."

"……."

"영애. 혹시, 시간을 거슬러 오셨습니까?"

* * *

그 시각 황태자궁은 큰 혼란에 빠져 있었다. 황제가 알렉산더에게 설명하기도 전에 신문 기사부터 먼저 난 상황.

황제는 신문을 접하고 알렉산더가 기사를 보지 못하게 하라고 명했으나, 오래 숨길 수는 없었다.

아침부터 궁인들이 수군거리는 게 이상해서 알렉산더는 아랫사람들을 닦달했고, 결국 기사를 접하게 되었다.

그리고 그때부터 황태자궁은 초토화되고 있었다.

"으아아아!"

알렉산더가 길길이 날뛸 때마다 황태자궁의 온도가 뜨거워졌다.

쨍그랑, 와장창!

도자기, 거울, 의자 등. 알렉산더는 손에 잡히는 것을 다 던지며 분노했다.

"대체 이게 무슨 말이냐! 지금 당장 아버님을 뵈어야겠다!"

"폐하께서 알현 신청을 모두 거절하고 계십니다. 조금만 진정하시고⋯⋯. 아악!"

"지금 상황에서 내게 진정하라고 할 수 있는가? 너는 누구의 사람인가!"

알렉산더가 시종의 뺨을 때렸다. 분노한 상태라 힘을 제대로 조절하지 못한 탓에 시종은 바닥을 세게 나뒹굴었다. 이빨도 몇 개 부러진 것 같다.

"소, 송구합니다. 잠시만 기다려 주십시오."

시종이 방을 나가는데, 열린 문으로 궂은일을 하는 하인들이 들어왔다.

"뭐야? 내가 언제 들어오라고 했지?"

"⋯⋯."

하인들은 말없이 궁을 치우기 시작했다. 부서진 집기들을 한 곳으로 모은 뒤, 멀쩡한 물건들을 정리했다. 부드러운 천으로 가구를 싸고, 옮겼다.

바로 황태자궁 밖으로.

알렉산더는 뒷목이 싸늘해지는 기분에 하인을 붙잡았다.

"네놈들 지금 뭐 하는 게냐. 내 짐을 어디로 옮기는 것이냐!"

"······."

"대답할 입이 없느냐? 오냐, 내가 그 입을 열어 주지!"

알렉산더의 금안이 분노로 불타올랐다. 그가 하인의 턱을 잡고 힘을 주자, 으드득, 턱뼈에 금이 갔다. 하인의 얼굴이 공포로 질리자 알렉산더는 작은 희열을 느꼈다.

"지금 뭐 하는 게냐!"

알브레히트의 목소리가 쩌렁쩌렁하게 퍼졌다. 알렉산더는 깜짝 놀라 하인을 밀쳐 냈다. 뒤로 밀려난 하인이 바닥에 주저앉아 벌벌 떨다가 다른 하인의 부축을 받았다. 눈치 빠른 하인들이 방을 비우며 문을 닫았다.

방 안에는 알렉산더와 황제, 두 사람만 남았다.

황제가 이마를 짚으며 말했다.

"하인들은 죄가 없다. 내 명령을 이행하고 있으니 네 명령을 듣지 않는 건 당연하지."

"······아버지."

으득. 알렉산더가 이를 갈며 제 아비를 노려보았다.

"이게 대체 무슨 일입니까. 설명을 해 주십시오."

"······."

황제는 한숨을 내쉬며 관자놀이를 문질렀다.

대관절 어쩌다 기사가 나간 것인지 모르겠다. 그 이야기가 새어 나갈 곳이 없을 텐데.

'레온하르트인가? 그 아이가 설마?'

의심이 솟다가도, 차라리 레온하르트가 그랬으면 좋겠다는 생각이 들었다. 레온하르트를 평생 굴종하도록 길들인 황제로서는, 그가 이렇게 뒤통수를 칠 성격이라면 차라리 앞일을 걱정하지 않을 수 있었다.

그게 아닌 것 같아 문제이지.

눈앞의 알렉산더는 황제가 대답을 않자 초조해하며 물었다. 알렉산더의 널뛰는 기분을 따라 공기가 뜨겁게 일렁이고 작은 불씨가 튀었다.

"아니지요? 이상한 기사가 난 것이라고, 모두 잘못된 것이라고 말씀해 주십시오!"

"……어디서 유출되었는지 모르겠지만, 맞다."

"아버지!"

알렉산더가 비명처럼 울부짖자, 황제가 싸늘한 눈으로 제 아들, 아니 폐태자를 바라보았다.

"아니다."

"네?"

"나는 네 아비이기 전에, 이 제국의 황제다."

알브레히트는 아버지의 가면을 버리고 구둣발로 쾅쾅 그 가면을 짓밟아 깨트렸다.

이제 알렉산더 앞에서 아버지의 얼굴을 하면 안 된다. 아버지의 얼굴은 알렉산더에게 헛된 희망을 주고, 그릇된 욕망을 품게 할 테니까.

알브레히트는 역사상 가장 많은 형제자매를 죽인 황제로서, 자신의 아들에겐 언제나 다정한 얼굴만 했다. 차라리 알렉산더를 레온하르트처럼 대했다면 이렇게 실망스럽게 크지는 않았을까.

'다 내 죄다. 내가 안고 가야 할 죄.'

그렇게 생각할수록 처참했지만 황제는 형제들을 죽이던 기억을 떠올리며 싸늘하게 알렉산더를 바라보았다.

"아버지……!"

알렉산더는 제 눈앞의 황제를 보며 충격을 받았다. 아버지는 처음 보는 낯선 얼굴을 하고 있었다. 황제의 얼굴을.

"아비로서 네게 희망을 가졌지만, 결국 네겐 자질이 부족하다는 결론을 내렸다."

"무슨 소리십니까. 저 이제 이능도 잘 씁니다. 보세요!"

알렉산더가 손을 뻗자 하인이 옮기다가 옆에 둔 화병이 화르륵 불탔다. 안에 물이 있는데도 화병만 순식간에 타서 재가 되었다. 매캐한 냄새가 방 안을 메웠다.

"보세요. 그렇지요?"

"이능과는 관계없다. 너는 제대로 이능을 제대로 쓰지 못할 때도 황태자였다."

그 말에 알렉산더의 심장이 철렁, 바닥으로 굴러 떨어졌다. 지금 황제의 말은……

"그렇다면 왜 그러시는 겁니까! 저는 이제 이능도 제대로 쓸 수 있고, 앞으로 더 성장할 일만 남았는데요!"

"……진작 했어야지! 그 성장을, 진작 했어야지! 너는 평생 제왕학을 배우며 자란 황제의 단 하나뿐인 아들이었다!"

황제는 벼락같은 노호성을 터트리며 화를 내었다.

해 주고 싶은 말이 많았다. 원망도 하고 싶고, 미안하다는 말도 하고 싶고, 앞으로 벌어질 불확실한 미래에 관한 추측도 함께 나누고 싶었다.

그러나 그 말을 해도, 알렉산더는 신경 쓰지 않을 것 같다.

제국이 어떻게 되건, 자신이 황태자가 아니게 되었다는 사실에만 연연하여 폐위를 받아들일 것 같지 않았다.

"하……."

황제는 그냥 입을 다물었다. 자신의 아들을 객관적으로 보게 될 때마다 심장이 처참하게 으스러지는 기분이었다. 차라리 황제의 권위로 찍어 누르는 게 나았다.

"황제가 결정한 일에 이유를 묻느냐?"

"아버지, 그렇지만ㅡ."

"아버지라 부르지 마라, 짐은 황제이며 네게 사사로운 호칭을 허락했을 뿐이다. 그마저도 이젠 허락하지 않겠다!"

"……!"

황제의 말에 알렉산더의 눈에 눈물이 맺혔다. 알브레히트는 똑똑히 말했다.

"이미 결정한 일이다. 너는 최대한 분노하지 말고, 앙심을 품지 마라."

"……."

"만일 네가 그런 모습을 보이면, 나는 다시 아비가 아니라 황제로서 결단을 내릴 것이다."

"……."

지금껏 알렉산더는 물밑에서 제 아비를 욕하는 사람들의 말을 귀 기울여 듣지 않았다.

제게는 그렇게 다정한 아버지가 형제자매들을 죽인 냉혹한 황제라니. 냉혹? 피도 눈물도 없는 정치적 황제? 귀족과 신전 모두를 찍어 누르는 폭군? 그런 말을 들어도 딱히 공감이 가지 않았다. 언제나 다정한 아버지였기 때문에.

그러나 지금은 온몸으로 느꼈다. 피부로 느꼈다.

'……아버지가 제국을 위해, 나를 암살할 수도 있겠구나.'

자신의 목숨이 바람 앞의 등불이라는 사실을.

와르르.

언제나 높고 푸르던 하늘이 무너지고, 제 발밑을 단단히 받치던 바닥이 꺼졌다.

알렉산더는 아무것도 존재하지 않는 공허 속으로 내쳐진 것만 같은 아득함을 느꼈다.

스르륵. 충격으로 의식을 잃은 알렉산더의 몸이 허물어지듯 쓰러졌다.

황제의 손이 금방이라도 알렉산더를 낚아챌 듯 움찔거렸지만, 끝내 잡지 않았다.

"……."

황제는 바닥에 쓰러진 알렉산더를 잠시 내려다보다가 그대로 등을 돌려 방을 나갔다. 그리고 밖에서 피가 터져 퉁퉁 부은 얼굴을 한 황태자궁의 시종에게 명했다.

"알렉산더를 1황자궁으로 옮겨라."

"명 받들겠습니다."

"황태자궁은 깨끗이 치워라. 곧 새 주인을 맞아야 하니까."

알렉산더가 꿈도 꾸지 못하도록, 아주 성대한 즉위식을 치러야 한다. 아들을 살리고 싶은 아버지의 마음이었다.

알브레히트의 걸음걸음마다 짙은 후회가 묻어 있었다.

* * *

"……."

율리아나는 대신관과 대치 중이었다.

인자한 얼굴로 율리아나를 응시하는 대신관은 뒤로 물러서지도, 자신의 말을 철회하지도 않았다. 그저 조용히 기다렸다.

그 침묵의 기다림을 견디지 못한 쪽은 율리아나였다.

"……제가 대신관님께서 그렇게 생각하신 이유를 물어도 되겠습니까?"

"아니오. 제가 이렇게 확신하는 근거는 모두 신전의 기밀입니다."

"……."

율리아나는 고민했다.

언제나 회귀에 관해 말하고 싶었다. 함께 고민할 사람을 원했다. 그러나 제 비참했던 처지를 말하고 싶지 않았고, 말해도 믿어 줄까 두려웠다.

지금의 자신은 모자람 없이 자랐는데도 기이한 행보를 보이는 귀족 영애일 뿐인데, 회귀 전에 그런 일이 있었다고 하면 그 누가 믿어 줄까. 미친 사람으로 볼 것 같았다.

그렇지만, 언제나 털어놓고 싶었다. 그리고 함께 미래에 관해 의논하고 싶었다.

이렇게 달라진 양상에 관해. 이제 곧 있을 황제의 죽음에 관해.

율리아나는 고민 끝에 입을 열었다.

"제 이야기는 결코 대신관님께서 듣고 싶으신 이야기가 아닐 겁니다."

"저는 따로 듣고 싶은 이야기가 없습니다."

"별로 궁금할 만한 이야기도 아니고요."

"궁금한 것도 없습니다. 저는 그저 경청할 뿐입니다. 판단은 제 몫이 아닙니다."

그 말에 용기가 났다.

"실은……."

율리아나는 길고 긴 이야기를 시작했다.

．

．

노을이 창문을 통해 방 안을 붉게 물들였다.

대신관이 한참 만에 입을 열었다.

"어려운 말씀해 주셔서 감사합니다. 성녀님."

의외의 호칭에 율리아나가 깜짝 놀랐다.

"저는 성녀가 아닙니다."

"성녀가 맞습니다."

"제가 시간을 돌린 게 아닌데요?"

"하지만 돌아온 시간을 기억하고 계시죠. 이전 기록을 보면 보통은 시간을 돌린 사람이 되돌린 시간을 기억하곤 합니다."

"제게는 그런 능력이 없는데……."

"보통은 그렇지요. 그러나 그건 회귀를 시전한 사람이 자신을 기준으로 시간을 돌리기 때문으로 볼 수 있습니다. 그러니 추측건대, 누군가가 성녀님을 기준으로 시간을 돌린 게 분명합니다."

"아……."

회귀를 일종의 마법이나 이능으로 생각하면 충분히 이해 가능했다.

'그런데 누가 그랬을까? 그럴 사람이 없는데.'

자신을 위해 시간을 회귀할 만큼, 의미 있는 관계를 맺어 본 일이 없다.

'그렇지만 꼭 의미 있는 관계여야만 기준으로 삼을 수 있는 건 아니야.'

"……이해했어요. 회귀를 시전한 사람이, 제가 뭔가를 바꿔 주기를 기대한 걸까요?"

"확실히 알 방법은 없습니다만, 역사의 흐름을 볼 때 어떤 분기점이 되는 사건이나 인물이 있지요. 성녀님께서 그런 분이실 수 있습니다."

"……."

"실제로 기억하던 것과 많은 것들이 바뀌었다고 하지 않으셨습니까?"

"그래서 저는, 저 외의 기억을 지닌 사람이 있을 수 있겠다고 생각했어요."

"그럴 수도 있겠지요. 성인이 행하는 이적도 완벽하진 않습니다. 완벽이란 건 신께만 존재하는 개념이니까요."

"그럼 제가 기준이 아닐 수도 있지 않을까요?"

"교황 성하께서 알마예르를 언급하신 것과 회귀 전의 선명한 기억. 이 두 가지를 모두 충족하는 사람을 찾기 어려울 것 같군요."

"그렇다고 없다고 가정할 수도 없잖아요."

"……그 말씀은 맞습니다."

"그러니 저를 성녀라 부르지 말아 주세요. 신전엔 이미 성녀님이 계시잖아요."

성녀 안젤리카.

티모테오도 자신에게 '성녀 사칭범'이라고 하는데, 다른 사람들은 그런 말을 하지 않으리란 보장이 어디 있는가? 누군가의 것을 뺏었다는 말을 듣고 싶지 않다.

'난 내 것이 갖고 싶은 거지, 남의 걸 뺏고 싶은 게 아니야.'

율리아나가 성녀라는 단어에 거부감을 내비치자 대신관은 한 걸음 뒤로 물러났다.

"알겠습니다. 그럼 율리아나 님이라고 부르면 될까요?"

"굳이 '님'을 붙일 이유가 없을 것 같습니다만……"

"다른 귀족에게도 붙이는 존칭이랍니다."

"그렇다면… 알겠습니다. 그리고 제 회귀에 관한 이야기도 대신관님께서 만 아셨으면 좋겠습니다."

"알겠습니다."

"꼭이요. 제 개인적인 이야기가 있으니까요."

"네. 제가 입을 꼼꼼히 봉해 두겠습니다."

"감사해요."

대신관이 입을 꿰매는 시늉을 하자 율리아나가 가볍게 웃음을 터트렸다.

해결된 고민은 없었지만, 그래도 타인에게 자신의 비밀을 털어놓자 마음의 짐을 하나 덜어 낸 듯 편했다.

대신관은 어두워지는 창밖을 보며 일어났다.

"우선 오늘은 여기까지만 하지요. 벌써 시간이 많이 흘렀습니다."

"네. 그러네요."

"나중에 편하신 시간에 다시 찾아와 주실 수 있을까요?"

"물론이죠. 그러면 혹시 다음에 기밀이라던 기록에 관해 조금 알려 주실 수 있을까요?"

"이제 율리아나 님께서 신전에서 보지 못할 기록은 없으십니다."

대신관은 신전 밖까지 율리아나를 모시고 가서 정중히 배웅했다.

티모테오는 그 꼴을 고깝게 보다가 쪼르르 달려왔다.

"대신관님. 저 영애가 뭐라고 대신관님께서 직접 배웅을 하십니까?"

씩씩거리는 티모테오를 보며 대신관이 혀를 쯧쯧 찼다.

"티모테오. 나중에 후회하지 말고 저분께 공손히 대하도록 해라."

"후회? 제가 후회할 일이 뭐가 있을까요. 좀 특이하기는 하지만 평범한 귀족 영애던데요."

"저분이 평범한 귀족 영애로 보인다면 너는 수련을 다시 해야 될 거야."

대신관은 혀를 차며 티모테오에게 물었다.

"안젤리카 님은 뭘 하고 계신가?"

"아, 성녀요. 글쎄요. 신관들을 보내 보았지만, 방에서 두문불출하고 있다고 합니다. 에잇, 자기가 뭘 어쩔지를 알려 줘야 우리가 행동하지! 답답해라."

가슴을 치며 답답해하는 티모테오를 보고 대신관은 자신이 젊었을 적에도 저렇게 혈기가 넘쳤을까, 되돌아보는 시간을 가졌다.

* * *

문을 걸어 잠그고 두문불출하는 사람은 안젤리카만이 아니었다. 자이거 대공가도 그랬다.

알렉산더 황태자의 폐위 소식에 기자들과 귀족들은 자이거 대공가 앞을 서성였다.

대공가의 집사는 외부인이 숨어들지 못하도록 단단히 문단속을 했고, 자이거 기사단도 때아닌 휴가를 맞았지만 할 일이 없어서 대공저 부지만 어슬렁거렸다.

부단장 칼로스가 연무장 바닥에 벌렁 드러누우며 한숨을 내쉬었다.

"어떻게 돌아가는 일인지 모르겠네. 단장이 큰 상을 받을 줄은 알고 있었는데, 그게 황태자위일 거라고는 상상도 못했네."

기사단의 책사 역을 하는 바네사가 그 말을 받았다.

"황제가 드디어 정신을 차린 거지. 솔직히 폐태자로는 도저히 답이 안 보였어."

바네사는 황제의 결정이 이해가 되었다.

사교 집단을 파헤치면 파헤칠수록 이들의 규모가 가늠이 안 된다. 현장에서 겪는 자신도 이럴진대, 이를 보고 받는 황제는 어떨까. 알렉산더는 태평성대면 모를까 이런 난세에는 황제가 되면 안 될 인물이다.

"그런데 신문사 따위가 어떻게 이런 기사를 입수했지?"

"그게 문제야. 단장님도 알게 된 지 얼마 안 된 것 같은데."

어제, 황제를 만나고 온 레온하르트는 혼이 빠져나간 듯한 얼굴을 하고 있었다. 그리고 문을 걸어 잠그고 깊은 시름에 잠겼다.

그래서 황제가 뭐 엄청난 말을 했나 보다고 생각했는데, 바로 다음날 기사가 뜬 것이다.

바네사는 눈을 가늘게 뜨며 레온하르트의 방이 있는 쪽을 보았다. 커튼이 단단히 쳐져 있어 보이는 건 없었지만.

"단장님이 기사를 낼 리는 없지. 그런 분이었다면 진작 편했을 테고."

"야, 당연한 거 아니냐?"

칼로스가 벌떡 일어나며 뭐라고 항의했지만 바네사는 가볍게 무시했다.

"그 자리에 누가 있었는지 모르니까 짐작을 못 하겠네. 그런데 이렇게 빨리 알릴 이유가 있나?"

혼란.

혼란 그 자체가 목적이 아니라면 굳이 먼저 기사를 낼 이유를 모르겠다.

혼란도 대단한 혼란이 아니라 황실과 귀족계의 혼란인데 이를 목적으로 할 개인이나 집단이 누가 있을까?

'사교도? 그런데 사교도가 어떻게 이런 황궁의 내밀한 속사정을 알겠어. 알았다면 진작 사교도 거점들을 옮겼겠지.'

레온하르트는 황제에게 모든 일을 보고하며 행동한다. 만일 사교도가 황태자 폐위 같은 큰 사건을 빼돌릴 정도의 인맥을 지녔다면 진작 활용했을 터.

아무리 머리를 굴려도 답이 나오지 않아서 바네사는 칼로스를 괜히 발로 차며 시비를 걸었다.

'대체 누구일까?'

* * *

잘근잘근. 안젤리카는 초조하게 제 손톱을 깨물었다.

"황태자 폐위? 웃기지 마! 내가 황태자비가 되려고 무슨 짓을 했는데!"

쨍그랑!

화병을 벽에 던져 깨트린 안젤리카가 씩씩거리며 화를 냈다.

"아!"

하도 깨물어서 흐물흐물해진 손톱 끝이 찢어져 붉은 피가 배어 나왔다. 그런데 이상했다. 피 색이 붉기만 한 것이 아니라, 약간 다른 빛을 띠고 있었다. 화가 난 안젤리카는 눈치채지 못했지만.

"제기랄!"

안젤리카는 제 손에 치유력을 퍼부으며 욕설을 내뱉었다.

힘을 쓸 때마다 몸속에서 날뛰는 마족의 피가 뜨거웠다. 마치 불길처럼 온 혈관을 돌아다니며 구석구석을 누볐다. 자신의 몸을 파악하려는 듯, 금방이라도 자신을 잡아먹을 듯.

"흐으…… 무서워."

안젤리카는 벌벌 떨며 침대로 기어 올라가 구석으로 숨어들었다. 그리고 침대 밑에 숨겨 둔 수정구를 꺼내서 어루만졌다.

"선생님. 선생님, 제발 저를 도와주세요. 제가 뭘 어떻게 해야 하죠?"

그러나 수정구는 아무 변화 없이 그저 맑기만 했다.

"흐흑! 왜 연락을 안 받냐구! 내가 실패해서 그래?"

아르센 광장의 마물을 수습하지 못해서일까. 그때부터 수정구는 응답이 없었다. 불안하고 화가 난 안젤리카는 울며 수정구를 내던졌다.

쾅!

쩌적, 수정구에 금이 가자 안젤리카는 화들짝 놀라서 수정구를 끌어안고 소중히 보듬었다.

"안 돼! 깨져서 연락을 못 하면 어떡해? 이 피를 빼줘야 할 것 아냐!"

마족의 피를 넣으면 후천적 센티넬이 될 수 있다는 말에 얼른 고개를 끄덕였었다.

선생님은 신전에서는 후천적 센티넬을 '성녀'라고 추앙한다는 것도 알려주었고, 안젤리카는 신전의 기준에 맞는 성녀가 될 수 있게 선생님과 계획을 세워서 성녀가 되었다.

그런데 시간이 흐를수록 안젤리카는 두려워졌다. 분명 받는 게 있으면 주는 것도 있어야 할 텐데, 선생님은 안젤리카에게 원하는 게 없었다.

아르센 광장의 일이 실패했으면 문책을 해야 하는 것 아닌가? 그런데 이렇게 아무런 연락도 없다는 게 불안했다.

'알렉산더는 이제 끝났으니 자이거 대공으로 갈아타야 할 텐데, 왜 아무 말도 없지?'

불안함에 다시 손톱을 깨물었다. 깨끗하게 나았던 손톱이 다시 피투성이가 될 때까지.

똑똑똑.

"안젤리카. 안젤리카? 너 밥도 안 먹고 언제까지 처박혀 있을 거야."

언니 프레데리카의 목소리였다. 귀찮게 구는 하녀들을 다 물렸더니 직접 왔나 보다.

"저리 가! 안 먹는다니까?"

"어제부터 내내 안 먹었다며? 뭐라도 먹어야지."

'바보 같긴. 어제부터가 아니라 계속 안 먹었는데.'

프레데리카는 바보였다. 강한 센티넬일지는 모르지만, 집안에서 일어나는 일도 제대로 파악 못 하는 바보. 아버지와 똑같다.

흥, 비웃고 있는데 입이 저절로 열려 목소리를 내었다.

"그러고 보니 좀 배가 고픈 것 같네. 언니, 혹시 지금 먹을 거 갖고 있어?"

'어, 뭐야? 나는 이런 말 안 했는데? 왜 입이 내 멋대로 움직이지?'

안젤리카는 당황해서 제 손으로 입을 막으려 했다. 그러나 몸은 의지를 벗어났다. 아니, 마치 다른 의지를 가지고 행동하는 것 같았다.

"어 수프랑 빵 있는데, 방에 들어가도 돼?"

"응. 문 열어 줄게."

'아냐. 열지 마! 난 혼자 있고 싶다고!'

안젤리카는 당황하며 제 몸을 통제하려고 애를 썼다. 그러나 이미 몸의 조정대는 다른 이의 손에 넘어가 있었다.

달칵.

문이 열리자 프레데리카는 별로 친하지 않지만, 그래도 오래 사귀어 온 알렉산더의 소식에 상심하고 있을 제 동생을 위로하기 위해 애써 입꼬리를 올렸다.

'어, 그런데 안젤리카의 눈이 검은색이었나?'

그 생각이 프레데리카의 마지막 생각이었다.

쩌억, 안젤리카의 입이 기괴하게 벌어지며 프레데리카의 머리통을 통째로 삼켰다.

아그작, 아그작. 빠드득, 빠득!

뼈를 부수고 씹는 소리가 방 안을 울렸다. 쯔읍, 쯔으읍! 후루룩! 흘러나온 피를 마시고 살점을 씹는다.

피와 살과 뼈가 목구멍을 타고 넘어갈 때마다 전신에서 힘이 솟구쳤다.

'이, 이게 뭐야…? 대체 뭐가 어떻게 된 거야?'

안젤리카가 울며 소리쳤지만 입 밖으로 나오는 말은 없었다.

그저 쩝쩝쩝쩝 게걸스럽게 먹는 소리뿐.

그렇게 프레데리카의 존재는 넝마가 된 천조각만 남긴 채 사라져 버렸다.

열 손가락에 묻은 피까지 쪽쪽 빨아 먹은 안젤리카, 아니, 안젤리카를 밀어내고 그 자리를 차지한 존재가 피에 물든 입술을 열었다.

"아아……. 너무 맛있어. 이렇게 양질의 먹이를 먹은 게 대체 얼마만인지."

황홀하게 중얼거리는 목소리에 그르렁거림이 섞였다. 마치 타고난 포식자와 같은 울림.

안젤리카는 소름이 끼쳤다.

'너는 누구야? 내 몸을 돌려줘!'

외쳤으나 상대는 깔깔 웃을 뿐이다.

"돌려줘? 내가 왜?"

'내 몸이잖아! 넌 뭐야? 악마야?'

"악마라. 뭐, 너희들이 그렇게 불렀을 때도 있지. 그렇지만 보통 악마는 아니란다. 귀족이시거든. 마치 너처럼. 물론 너는 능력도 없는 보잘것없는 귀족이지만."

'악마 귀족? 마귀족이라고?'

안젤리카는 창백하게 질렸다. 자신의 몸에 주입된 피가 마족의 피라는 것은 알았지만, 그 피를 통해서 이능을 쓸 수 있다고만 생각했지 이런 일이 벌어질 줄은 꿈에도 상상하지 못했다.

고작 피 따위가 뭘 더 할 수 있겠는가? 그런데 몸을 빼앗기다니.

'이건 말도 안 돼. 이런 게 가능하다고 들은 적은 없어.'

"당연하지. 우리의 새로운 기술이 고작 너 따위 것의 귀에 들어갔다면 큰일이지. 그리고, 나는 정당한 계약을 통해 네 몸을 쓰는 거야. 불평하지 말렴?"

'정당한…… 계약?'

"마물을 처리하기로 했었잖니? 내가 네게 힘을 빌려주면 너는 내가 명령한 일을 수행해야 해. 그런 계약이지. 너는 계약을 이행하지 않았고, 난 네 담보인 '몸'을 사용하는 거다."

'그런……! 난 그런 계약한 적 없어!'

마귀족 사타나키아가 배를 붙잡고 깔깔 소리 내 웃었다.

"무슨 소리야. 센티넬이 되고 싶다고 했잖아. 센티넬이 될 수 있으면 무슨 짓이라도 하겠다며? 그리고 후천적 센티넬로 발현했으니까 성녀라면서, 아주 알차게 써먹었잖니."

성녀라는 말에 안젤리카의 머릿속에 신전의 존재가 떠올랐다.

'아! 신전에 가면 네까짓 건⋯⋯!'

"푸흡! 신전? 신전에는 어떻게 가게? 그리고 신전에 가도 달라지는 건 없어. 내가 네 의식을 없애지 못해서 이러고 있는 줄 아니?"

'그게 무슨 소리야!'

사타나키아는 방 안에서 빙글빙글 춤을 추듯 돌며 인간의 몸을 만끽했다. 힘도 약하고 에테르도 담기지 않은 보잘것없는 몸이지만, 그래도 인간계에서 자유로이 행동할 수 있으니 됐다.

"이건 네 몸이야. 난 다시 네 의식 뒤로 숨으면 돼. 그리고 만약 들킨다 해도―."

사타나키아가 씨익, 커다란 입을 눈 밑까지 끌어 올리며 기괴하게 웃었다.

"죽는 건 너지, 내가 아니란다."

'⋯⋯! 아냐! 아니야!'

이건 말도 안 된다. 안젤리카는 줄줄 눈물을 흘리며 발광했다.

'아니야! 이건 말도 안 돼! 내 몸을 돌려줘!'

"대가 없는 힘이 어디 있겠니? 쓸 때는 즐거웠겠지만."

사타나키아는 안젤리카의 절규와 비명을 감미로운 음악처럼 즐길 뿐이었다. 그녀는 프레데리카의 옷을 태우고 피를 지우고 증거를 없앴다.

"아아. 마계에서는 쓸모없단 소리만 듣는 내 치유력 덕에 결계 안으로 들어오게 되다니. 정말 앞일은 모르는 거라니까."

깔깔 웃은 사타나키아는 화려한 드레스를 골라 입고 화장을 했다. 그리고 밤이 되자, 창문을 열고 하늘로 날아올랐다.

사타나키아가 향한 곳은 황궁이었다.

사람들의 눈에 띄지 않게 구름에 몸을 숨겨 날다가 황궁을 보고 조심히 아래로 내려왔다. 사타나키아의 검은 눈에는 황궁을 촘촘히 감싼 결계가 보였다.

그러나 사타나키아는 안젤리카의 몸을 사용하고 있었기 때문에 결계에 걸리지 않고 무사히 진입할 수 있었다.

'이중 결계라니, 잘 기억해 뒀다가 마왕님께 말씀드려야지.'

땅에 사뿐히 내려선 사타나키아는 황궁에서 두 번째로 거대한 이능이 있는 쪽으로 향했다.

알렉산더가 있는 황자궁이었다.

* * *

"젠장. 제기랄!"

알렉산더는 잔뜩 술에 취한 상태였다. 그는 평생 느낀 적 없던 무력감에 몸부림쳤다. 이능을 제대로 쓰지 못할 때도 이런 감정을 느끼지는 않았다. 그때는 아버지가 자신을 버리는 일은 상상도 해 본 적 없으니까.

그래서 술에 몸을 던졌다.

알렉산더는 홀로 한 궤짝의 술을 비웠다. 빈 병이 발에 채이도록 방 안을 굴러다녔다.

머리가 몽롱하고 깨질 것처럼 아팠다. 열이 난 것처럼 뜨겁다가, 오한이 든 듯 추웠다. 그래도 한 가지 사실만은 머릿속을 떠나지 않았다.

'아버지가 나를 영영 버렸다.'

노력한다 한들 황제가 자신을 다시 황태자로 복권시킬까? 아마 그럴 일은 없을 것이다.

황제는 최후의 최후까지 고민하다가 자신을 버리기로 결정한 것이다. 그렇게 생각하니 소름이 끼쳤다. 진작 말해 주지 그랬나, 하는 원망하는 마음이 치솟다가도 두려워졌다.

마음만 먹으면 당장에라도 자신을 죽일 수 있는 남자가 아버지라는 것을 너무 늦게 깨달았다.

'아버지를 두려워하는 레온하르트를 한심하게만 생각했는데…….. 숙부가 맞았어.'

알렉산더는 대공이라는 지위에 있음에도 그 지위를 휘두르기는커녕 제대로 활용도 못 하는 레온하르트가 우스웠다. 한심했다.

그러나 레온하르트가 맞았다.

'만약 숙부가 방자하게 굴었다면, 아버지는 숙부를 제거했을지도 모르지.'

레온하르트는 언제부터 황제의 본색을 알았던 걸까.

'……계속 생각해 봐야 부질없지.'

꿀꺽꿀꺽.

알렉산더는 술병을 들고 마시다가 위장이 경련하는 감각에 삼키던 술을 토해냈다.

"콜럭! 콜록, 크윽……!"

위액이 식도로 넘어와서, 목구멍이 타들어 가는 것 같다.

웩! 술과 함께 올라오는 것을 뱉어 내자 목이 말랐다.

"콜록! 무, 물……. 여봐라, 누구 없느냐?"

일어나서 종을 흔들려고 해도 몸에 힘이 들어가지 않았다. 소파에 앉아 있던 몸이 옆으로 스르륵 쓰러졌다.

……차라리 이대로 죽어 버리면 좋을 텐데.

알렉산더가 멍하니 생각하는데, 어디선가 구두 소리가 들렸다.

또각, 또각. 하녀들이 낼 리 없는 소리가 점점 가까워졌다.

그리고 시야에 드레스자락이 보였다. 기억에 있는 드레스였다.

'저건 내가 안젤리카에게 사 줬던…….'

"오, 알렉. 대체 이게 무슨 꼴이에요."

번쩍.

알렉산더가 눈을 번쩍 뜨며 자신을 부르는 상대를 확인했다.

여린 장미 꽃잎 같은 분홍빛 머리칼, 자신을 걱정하는 아름다운 얼굴. 안젤리카였다.

"리카!"

"그래요. 나예요, 알렉."

"리카……. 왜 이제 와. 내가 몇 번이나 편지를 보냈는데."

"이럴 수가. 나는 한 통도 못 받았어요. 아마 신전에서 막았나 봐요."

"신전이 왜?"

"신전은 나를 황제가 될 사람과 결혼시키고 싶어 하거든요."

사타나키아는 처연한 얼굴을 한 채 자연스레 거짓말을 뱉었다. 알렉산더의 편지를 빼돌린 건 신전이 아니었지만, 알렉산더가 자연스럽게 신전을 원망하도록 만들었다.

사타나키아의 의도대로 알렉산더는 이를 빠득 갈았다.

"신전이 너와 나를 갈라놨구나!"

"맞아요. 권력에 달라붙는 비열한 자들이죠. 아, 내가 성녀인 게 원망스러워요. 내가 성녀가 아니었더라면 지금 당장 알렉을 안아 주었을 텐데."

사타나키아는 처연한 표정을 지으며 요염한 향을 뿜어내었다. 알렉산더는 안젤리카의 얼굴을 한 그녀에게 속아 넘어갔다. 술을 너무 많이 마신 탓도 있었다.

"성녀는…… 나를 위로하면 안 되나?"

"아이, 참. 그 뜻이 아니잖아요."

사타나키아가 눈을 휘며 웃었다. 알렉산더는 순간 생각했다.

'리카의 눈이 검은색이었나?'

그 순간 사타나키아가 알렉산더의 입술에 제 입술을 붙였다.

"으음."

알렉산더는 반사적으로 눈을 감으며 입을 벌렸다. 사타나키아의 긴 혀가 알렉산더의 혀를 휘감았다.

"읍! 으읍!"

"쉬잇. 가만히……. 기분 좋게 해 줄게요."

아주 아주 길어진 사타나키아의 혀가 알렉산더의 식도로 들어가 내장 안에 씨앗을 심었다.

"큭, 크아아악!"

발광하는 알렉산더를 양팔과 온몸으로 꽉 끌어안은 사타나키아는 강력한 센티넬의 피를 맛보며 아쉬워했다. 지금 먹어 버리면 참 좋을 텐데, 더 큰 먹잇감을 위해 참아야 했다.

추욱.

저항을 멈추고 축 늘어진 알렉산더를 침대 위로 옮겨둔 사타나키아는 아쉬운 대로 술병을 쥐고 꿀꺽꿀꺽 마시기 시작했다.

어떤 것은 오랫동안 존재한다는 사실만으로 초월적인 힘을 발휘한다.

인간의 믿음이 그렇다.

인간들은 지금껏 태양과 작은 태양. 즉 황제와 황태자를 살아 있는 신처럼 여겼다. 그래서 그들은 초대 황제의 피가 흐려진 후에도 정말 신과 같은 능력을 타고 태어났다.

그랬기에 신에서 인간으로 추락한 폐태자 알렉산더는 마족의 손쉬운 먹잇감이었다.

Chapter 13. 황태자에게 어울리는 상대

굳게 닫혔던 자이거 대공저의 문이 열린 것은 알렉산더의 폐위 기사가 난 지 일주일 만이었다.

"야! 찍어, 찍어! 대공 전하!"

"대공 전하! 말씀 좀 부탁드립니다!"

"황궁으로 가시는 겁니까? 얼굴 좀 보여 주십시오, 황태자님!"

기자들이 저마다 레온하르트를 불렀지만 마차 안에서는 아무런 대답도 없었다.

"다들 비키시오! 이랴, 이랴!"

"아이쿠! 사람 치겠네!"

"비키라니까!"

"악! 사람 살려!"

아무리 취재욕이 대단하다 해도 달리는 말 앞에 뛰어드는 강심장은 없었기에 마차는 수월하게 기자들을 헤치고 달려 나갔다. 쩝, 기자들은 아쉬움에 입맛을 다시며 삼삼오오 흩어졌다. 여기서 계속 기다릴지, 다른 취재거리를 찾을지 고민해 봐야 했다.

다그닥, 다그닥, 다그닥.

대공저의 마차는 기자들의 예상대로 황궁으로 향했다.

레온하르트를 칩거하게 만든 사람도, 레온하르트의 칩거를 중단하게 만든 사람도 모두 황제.

황제의 부름에 바로 달려가면서, 레온하르트는 한숨을 내쉬었다.

마차를 타기 전, 바네사가 건넨 말이 계속 머릿속을 맴돌았다.

'단장님. 마음을 굳게 드셔야 합니다. 이러니저러니 해도 이제 황제에게 단장님 외의 다른 선택지는 없습니다. 황제에게 복종하지 마세요.'

충분히 이해가 가는 말이다. 동시에 레온하르트에겐 가장 어려운 말이기도 했다.

평생을 복종이 습관이 되어 살아온 사람에게 복종하지 말라니.

'나는 복종한 것도 아니지. 굴종한 것이지.'

복종이 명령을 그대로 따르는 것이라면, 굴종은 자신의 뜻마저 굽혀서 철저하게 복종하는 것을 뜻한다. 복종보다 더 수치스러운 복종.

레온하르트가 평생 해 온 것은 굴종이었다.

레온하르트는 언제나 고민해 왔다.

'이렇게 연명하는 삶에 의미가 있는 것인가.'

그래서 전쟁터를 더 찾아다닌 것이기도 했다. 제국을 위해 싸우는 것만이 삶의 의미인 것처럼.

그런데 이런 자신에게 황제가 되라니. 말도 안 됐다.

그렇다고 알렉산더가 황제가 되는 것도…… 좋을 것 같지는 않다. 알렉산더가 황제로서 통치하는 제국이라. 이미 불길한 미래를 본 점성가처럼,

왜인지 좋지 않은 확신이 든다. 그렇다고 자신이 황제가 될 자신은 없지만.

"황궁입니다."

한숨을 쉬다 보니 어느새 황궁에 도착했다.

레온하르트는 익숙하게 황제의 알현실로 향하려 했으나, 궁인이 그를 새로운 곳으로 안내했다.

"온실로 오시라는 명입니다."

"……따르지."

황궁에 온실은 여러 개지만, 지금 말하는 온실은 알브레히트가 첫 번째로 맞은 결혼기념일에 황후에게 선물했다는 온실을 말한다.

그 온실은 황후가 죽은 뒤에도 지극히 소중하게 가꾸어져 황후가 죽기 전과 거의 차이가 없다고 한다. 알브레히트가 가장 아끼는 공간이라 할 수 있다.

이 공간으로 레온하르트를 부른다는 건 황제가 레온하르트를 확실히 지지한다는 것을 뜻한다. 내일 신문 기사 1면의 내용은 이것일 터.

시종장이 온실의 문을 열자 산소가 많이 포함된, 습하고 뜨거운 공기가 레온하르트의 몸을 감쌌다.

오랜 시간 가꾸어 온 커다란 식물들이 정글처럼 가득했고, 자연스러워 보이도록 세심한 주의를 기울여 꾸며 둔 정원 가운데에는 알브레히트가 앉은 테이블이 있었다.

사박, 사박.

잡초와 잔디가 뒤섞인 바닥을 밟으며 들어간 레온하르트가 의자 옆에서 인사를 올렸다.

"……변한 게 없어서 너답다고 해야 할지, 답답하다고 해야 할지. 앉거라."

"네."

레온하르트가 자리에 앉자 황제가 직접 차를 따라 주었다. 정원의 짙은 풀냄새와 잘 어울리는 은은한 향이 나는 꽃차였다.

레온하르트가 차를 반 정도 마셨을 때쯤, 황제가 서론을 꺼냈다.

"알렉산더의 기사를 낸 신문사 말이다."

"네."

"이상하더구나. 그 기사의 출처를 아는 자가 아무도 없어. 기사를 꼭 내야 한다고 주장한 자는 이미 실종 상태라고 하고."

"수상하군요."

"그렇지. 사장도 이상했다. 내가 불러 주는 대로 받아쓰기나 할 줄 아는 자로 뽑아 두었는데. 사장이라는 직위 때문에 변했다고 하기엔 석연치 않은 구석이 있어. 알아봐."

"네."

호록.

차를 한 모금 마신 뒤, 알브레히트가 본론을 꺼냈다.

"네 황태자 책봉식을 일찍 진행하려 한다."

"……네."

"싫어도 어쩔 수 없단다. 오래 비워 둘 자리가 아니니까. 알렉산더를 위해서라도 빨리 치러야지."

"……네."

'알렉산더를 위해서라니.'

사실 알브레히트가 진짜로 알렉산더를 위했다면, 애초에 그렇게 일찍 황태자로 올리면 안 되었다. 최소한 이능을 제대로 쓸 줄 알았을 때 황태자에 책봉해야 했다.

그러나 알브레히트는 보통 나이보다 훨씬 빠르게 센티넬로 발현한 레온하르트를 의식하여 알렉산더에게 일찍 황태자위를 내렸다. 그 결정이 알렉산더의 오만한 성품에 일조했다는 건 결코 부정할 수 없는 사실이다.

물론 지금 알브레히트의 말도 진심이긴 할 것이다. 그의 성격상 알렉산더가 계속 주제 파악하지 못하고 황제위를 노린다면 사고사를 가장한 암살이 이뤄질지도 모른다. 아무리 자기 자식이라 해도 말이다.

순간 레온하르트는, 몇 년 전 마탑주 머르딘이 했던 말을 떠올렸다.

"아들이 황태자만 있는 것도 아니면서······."

예언의 마법은 실존하지 않는 것으로 알려져 있다. 그렇기에 교황이 더욱 특별한 존재인 것이다.

그러나 마치 미래를 훔쳐보는 예언가처럼 기묘한 빛을 내며 번뜩이던 머르딘의 눈. 그때를 떠올리면 조금 미심쩍게 느껴지는 게 사실이다.

'언젠가 알렉산더처럼 나도 버리고 다른 아들을 데려다가 황태자로 삼을 수도 있으려나.'

그렇게 생각하는데, 황제의 목소리가 귀에 꽂혔다.

"율리아나와 약혼하거라."

"······네?"

평생, 황제의 말에 굴종만 해 왔던 레온하르트로서는 처음 해 본 되물음이었다.

* * *

똑똑똑.

여전히 별일 없이 심심한 율리아나의 사무실에 누군가가 찾아왔다.

너무 심심한 나머지 머르딘의 잡일까지 하고 있던 율리아나는 신이 나서 답했다.

"네! 들어오세요!"

달칵. 문이 열리고 들어온 사람은 바로······.

"백작님?"

미하일이었다.

"안녕, 율리. 바쁘니?"

"그럴 리가요. 들어오세요."

그러고 보니 요즘 미하일이 바빠서 얼굴도 제대로 보지 못했다. 아마도 같은 저택에 사는 파벨도 미하일보단 자신을 더 많이 보지 않았을까?

"차를 드릴까요?"

"그래 주겠니?"

많이 피곤한지 미하일의 눈 밑이 거뭇했다. 율리아나는 손님용 찻잔에 차를 우리며 다과를 준비했다.

루시와 하이디가 매일매일 디저트와 찻잎을 챙겨 주는 덕에 사무실 구석에 있는 작은 탕비실은 그 어느 소위의 사무실보다 호화로웠다.

달그락, 달그락.

율리아나가 다과를 준비하는 모습을 보며 미하일은 쌓인 피로가 약간 가시는 것을 느꼈다.

화장기 하나 없는 얼굴에 군복을 입고 있고, 머리도 하나로 질끈 묶은 수수한 모습이다.

자신이 하나뿐인 딸에게 해 주고 싶었던 것을 모두 거부한 채 군인이 된 모습. 그러나 자신의 뜻을 따르지 않는 모습마저 대견하고 예뻤다. 자신은 해 준 게 하나도 없는데 이렇게 대단하게 자라 주어서 고맙고 감격스러웠다.

미하일은 잠시 눈을 감고 이 평온을 즐겼다.

세상에서 두 번째로 사랑하는 존재가 내는 작은 소음은 마음을 편하게 만들어 주었다.

"드세요."

"고맙구나."

율리아나가 준비해 준 차는 레몬 생강 티였다. 한 모금 마시자 새콤하고 화한 향과 맛에 눈이 번쩍 뜨였다. 새콤하고 달콤하고. 당이 들어가니 몸에 기력이 도는 것 같기도 했다.

"다과도 좀 드세요. 너무 피곤해 보여요. 살도 빠지신 것 같구."

"그러니? 다이어트는 따로 필요 없겠구나."

하하, 웃으며 쿠키를 집어 먹는 미하일을 보며 율리아나가 걱정의 한숨을 내쉬었다.

"황제 폐하께서 너무 백작님만 의지하는 것 같아요."

"의지면 차라리 낫지. 사람을 들들 볶고 신경질을 부린단다. 갱년기인지. 비위 맞춰 주느라 내 등골이 휜다."

"픕!"

갱년기라는 말에 율리아나가 웃음을 참지 못했다.

"죄, 죄송해요."

"죄송할 게 뭐 있니. 우리 사이에. 그리고 난 진심이다. 자기가 아들을 황태자로 만들고, 자기가 폐위하고. 그래 놓고 왜 남들을 볶는 건지. 갱년기가 아니면 설명이 안 돼."

"백작님……. 불경죄예요."

"나는 좀 불경해도 돼."

미하일의 불손한 태도에는 근거 있는 자신감이 서려 있었다. 율리아나는 피식피식 웃으며 미하일과의 티타임을 즐겼다.

그렇게 가벼운 잡담과 함께 비워진 티 포트를 보며 새 물을 끓여야 하나 생각하던 순간.

달각.

미하일이 찻잔을 내려놓고 진지한 얼굴을 했다.

"율리아나, 묻고 싶은 게 있다."

무엇에 관한 이야기일까. 율리아나는 무슨 이야기를 들어도 놀라지 않아지, 하고 마음을 먹었다.

"네. 물어보세요."

마른 입술을 달싹이며 잠시 머뭇거린 미하일이 물었다.

"레온하르트 자이거를 어떻게 생각하니?"

"좋은 분이라고……."

"아니. 그거 말고, 남자로서 말이야."

"……네?"

"폐하께서 네가 그와 약혼하길 원한다."

'약혼? 폐하께서 나를 약혼시키고 싶어 하신다고?'

약혼이라는 말에 율리아나의 머리가 새하얗게 물들었다. 멍하니 아무 생각도 하지 못했다. 당황한 미하일이 율리아나를 부르며 그녀의 손을 잡았다.

"율리? 율리아나?"

"아, 네. 너무 놀라서……."

"그래. 놀랄 만한 일이지. 그렇지만……."

미하일은 머뭇거리다가 입을 열었다.

"얼토당토않은 놈이었다면 거절했을 거야. 실제로 알렉산더와 너를 엮어주려는 시도는 내 선에서 잘랐단다. 그렇지만 네가 자이거 대공을 특별하게 생각하는 것 같아서. 먼저 물어보고 싶었단다."

'아, 자이거 대공님이라고 했지. 알렉산더가 아니라.'

순간 약혼이라는 단어에 놀라 상대의 이름을 잊었다. 율리아나가 전생을 알렉산더의 약혼녀로 살았고, 그 그림자에서 아직 완전히 벗어나지 못했기 때문이었다.

우선 알렉산더가 아니라서 다행이라는 생각이 들었고, 그 다음에 든 감정은—

'약혼 상대가 자이거 대공님이라면…….'

—기쁨이었다.

율리아나의 볼이 꽃물이 든 것처럼 발그레해졌다.

미하일이 이렇게 말할 정도로 자신이 대공님을 특별하게 생각하는 티가 났다니.

물론 레온하르트를 특별하게 생각한 건 맞았다. 그는 전생에서 자신을 대우해 준 유일한 사람이었으니까.

그렇지만 그걸 주변 사람이 알아차린 것은 다른 이야기다. 특히 친부인 미하일에게 들켰다니.

'부끄러워…….'

율리아나의 얼굴이 새빨갛게 물들었다. 자신조차 깨달은 지 얼마 안 된 감정을 아버지가 눈치챘다니, 민망해서 얼굴을 들 수가 없다.

미하일이 율리아나의 반응을 보고 빙긋 웃으며 손수건을 꺼내 땀이 난 딸아이의 손바닥을 닦아 주었다.

"내가 잘못 본 건 아닌 모양이구나."

"……그렇다고, 약혼하겠다는 뜻은 아니에요."

일단 약혼 이야기를 듣고 제일 먼저 든 생각은, '안도'였다. 자신의 상대가 알렉산더가 아닌 것도 다행이고, 레온하르트가 안젤리카와 약혼하지 않아서 다행이었다. 신전에서 안젤리카를 황후로 만들기 위해 압박했다면 황제가 어떻게 나올지는 모르니까. 신전이 행동하기 전에 황제가 먼저 선수를 친 것일 수도 있지만.

그러나 안도의 감정이 지난 후에는 불안한 마음이 들었다.

'대공님은 약혼에 관해 어떻게 생각할까? 나에 대해서는?'

레온하르트의 마음이 궁금했다.

율리아나가 레온하르트에 관해 아는 것은 지극히 적었다.

선황의 막내아들이자 현 황제의 이복동생이라는 것. 전쟁 영웅이자 강력한 센티넬로서 사사롭게는 자이거 기사단을 이끌고, 공적으로는 황제의 대리인으로서 군사를 이끈다는 것.

이것 외에 개인적으로 아는 것은…….

의외로 선물을 고르는 센스가 좋다는 것. 평소 남자다운 얼굴과는 달리, 웃을 땐 소년처럼 수줍어 보인다는 것.

그리고.

'아플 때 곁에 있어 줄 사람이 없다는 것.'

예전엔 자신도 마찬가지였다. 아플 때 혼자였다. 외로웠다.

그러나 지금은 다르다.

파벨이나 비앙카, 미하일, 바이델 등. 가족들이 생겼다.

그래서 저번에 아픈 레온하르트가 혼자 괴로워하는 것을 보았을 때, 마음이 아프고 곁에 있어 주고 싶다는 생각이 들었다. 물론 자신 따위가 곁에 있는 것으로 레온하르트에게 위안을 줄 수는 없겠지만.

'대공님만 괜찮다면, 나는…….'

"우선, 대공님과 얘기해 보겠어요."

"그러렴. 그렇지만…."

미하일이 고개를 저으며 한숨을 내쉬었다.

"누가 감히 너를 거절하겠니? 너는 그 어떤 남자에게도 과분할 거다. 이렇게 빨리 결혼시키고 싶지 않았는데 말이야."

마치 레온하르트가, 아니. 그 어떤 남자도 율리아나를 거절할 리 없다고 확신하는 말투였다.

"풋. 그건 제가 딸이니까 그렇게 생각하시는 거예요."

"아닌데? 내 주변 아들 가진 남자들은 다 내게 와서 같이 식사 자리라도 만들어 주면 안 되느냐며 알랑방귀를 뀌는데?"

"그건 백작님이랑 혼맥을 만들고 싶어서 그런 거구요."

"그럼 딸 가진 부모들도 나서야지? 파벨도 이제 약혼할 나이니까. 그런데 유독 아들 가진 부모들이 그런단다."

"음…… 그러면 뭐. 그런 걸로 해요."

어차피 이런 상황에서 율리아나가 미하일을 이길 방법은 없었으므로 빠르게 항복을 선언하는 편이 나았다. 항복 선언에도 미하일은 줄줄줄 율리아나를 향한 칭찬을 늘어놓았다.

"얼굴 곱지, 성격은 더 곱지, 게다가 능력은 또 얼마나 출중한지. 머르딘도 너를 자기 조수로 만들고 싶다고 난리를 치더구나. 마법 연구에도 재능이 있는 것 같은데 가르치고 싶다나 뭐라나."

"……바쁘시다면서, 가서 일하세요."

"아직 차가 남았어. 이거만 다 마시고."

호로록. 아주 천천히 찻잔을 비운 미하일이 자리에서 일어났다.

"그럼 대공저로 연락을 넣어 두마. 그쪽도 지금 바쁠 테니까 조금 늦어질 수도 있어."

"네. 저는 상관없어요."

"……그렇게 남자 사정 다 봐주면 안 된단다! 버릇 나빠져! 아니, 됐다. 이런 건 네가 따질 게 아니지. 넌 가만히 있거라."

미하일은 결연한 얼굴을 하고서 사무실을 뛰쳐나갔다. 과거, 자신의 사정 때문에 니엘라를 놓쳤던 미하일은 율리아나가 레온하르트의 사정 때문에 휘둘리는 일이 없어야 한다고 생각했다.

율리아나의 사무실을 나온 미하일은 곧장 자이거 대공저로 달려갔다.

달그락, 달그락.

뒷정리를 한 율리아나는 소파에 몸을 기댄 채 얼떨떨한 마음으로 곱씹었다.

'약혼이라니……. 그것도 자이거 대공님과.'

알렉산더와 엮이는 것만큼은 필사적으로 피해 왔지만, 누군가와 함께할 미래를 꿈꾸지 못했다. 하물며 레온하르트라니.

레온하르트를 마음에 품으면서도 감히 넘보지 못했다.

'만약 내가 약혼을 승낙하면…… 아니야. 대공님 쪽에서 거절하실 수도 있어.'

그렇게 생각하면서도 기대감이 몸을 부풀렸다. 만약 레온하르트가 거절하지 않으면, 그대로 약혼하게 되는 것일까? 약혼 후에 별문제가 없으면 결혼하게 될 텐데.

'내가 지금 이상으로 행복해져도 되는 걸까?'

그렇게 생각하자마자, 불현듯 가슴에 싸늘한 불안감이 스쳐 지나갔다.

'네가 적극적으로 나서 보면 어떻겠느냐? 알렉산더가 네 약혼자지만 너도 가만히 있지 말고 노력을 해야지.'

'너 같은 목석을 약혼녀로 둔 게 내 불행이다. 이렇게 안을 맛도 나지 않아서야.'

이젠 다 잊은 줄 알았던 과거의 목소리들이 귓가에서 메아리쳤다.

'아니야. 자이거 대공님은 알렉산더나 폐하와는 달라. 나를 사랑해 주시진 않아도, 약혼녀로서 존중해 주실 거야.'

애써 불안한 마음을 달래 보았지만, 술렁이는 심장은 쉽게 가라앉지 않았다.

* * *

자이거 대공저.

마차에서 내린 레온하르트는 터덜터덜, 힘 빠진 걸음으로 저택 안으로 들어갔다.

"다녀오셨습니까."

"그래."

"폐하께서 뭐라고 하시던가요?"

"······나중에 얘기하마. 나는 좀 쉬겠다."

황궁에 다녀온 레온하르트는 황제가 자신의 기운을 쪽쪽 빨아 가는 새로운 이능이라도 생긴 게 아닐까 의심하게 되었다. 어쩜 그렇게 사람을 잘 몰아붙이는지, 언제나 황제를 상대하는 시종장이나 발라고프 백작이 대단하다 싶다.

방으로 올라와 겉옷만 벗고 소파에 누운 레온하르트는 황궁에서 황제와 나눴던 대화를 떠올렸다.

'레이디 율리아나와 약혼이라니. 영애도 아는 일입니까?'

'그건 나중 일이다. 우선 네 생각을 묻는 거야.'

'나중 일이라니… 만약 제가 괜찮다고 하면 영애가 어떻게 생각하든 관철시킬 생각이십니까?'

'아직 일어나지 않은 일이다. 지금 네 의견을 묻는 것인데 왜 다른 이야기를 하느냐?'

'그건…….'

'그래서 율리아나와 약혼을 하겠다는 것이냐, 하지 않겠다는 것이냐?'

'…….'

제대로 된 가정을 꾸릴 거라 상상해 본 적 없는 생이었다. 성년이 되기 전까지는 그저 목숨을 부지하기 급급한 삶이었고.

'이제는 아니지만.'

이제 죽음에 대한 걱정은 사라졌다. 그렇지만, 단지 그것만으로 가정을 꾸려도 될까?

'물론 레이디의 뜻이 최우선이지.'

그렇지만…….

레온하르트는 저도 모르게 제 입술을 어루만졌다.

사실, 율리아나와의 약혼과 결혼은 자신에게만 이득이라는 생각이 든다. 자신과 약혼한다면 율리아나는 뭐를 얻을 수 있을까?

황태자비의 자리? 황후의 자리? 율리아나가 딱히 그런 높은 자리에 욕심을 내는 타입도 아닌 것 같고 말이다. 오히려 황제가 자신의 아들을 황태자 위에서 끌어내릴 만큼 위기의 상황이니 누릴 수 있는 권리는 적고 짊어질 의무만 많을 수도 있다.

"하아……."

자신이 이렇게 걱정을 해 보았자 황제의 마음은 확고한 듯했다.

'네 생각이 어떻든 나는 너와 율리아나를 약혼시켜야겠다. 다른 아이는 의미가 없어!'

황제는 이상할 정도로 완고했고, 레온하르트는 그런 황제를 적극적으로 말리고 싶지 않았다.

'그녀를…… 다른 남자에게 주고 싶지 않으니까.'

알렉산더가 안젤리카를 두고도 율리아나를 탐낼 때는 눈이 돌아갈 정도로 화가 났다. 다른 남자라고 괜찮았을까?

'율리아나…….'

갖고 싶다는 소유욕? 혹은 자신의 목숨을 구해 줄 수 있는 상대에 대한 의존 욕구?

자신이 그녀에게 가진 감정을 정의하려는데, 이상한 생각이 들었다.

'안쓰럽다……?'

순간, 레온하르트는 거칠게 고개를 내저었다.

동정이라니, 율리아나가 동정을 받을 만한 사람인가? 오히려 동경의 대상일 텐데 말이다.

눈부신 아름다움과 뛰어난 성취, 그녀를 사랑하는 가족들. 율리아나 알마 예르는 모자랄 게 없는 완벽한 사람이다.

'내가 동정할 위치나 되나. 레이디가 나를 동정하려면 동정했지.'

그런데 왜 그런 생각이 들었을까. 레온하르트는 자신의 복잡한 마음을 정의하지 못한 채로 한숨을 내쉬었다.

똑똑똑. 그때 집사가 노크한 뒤 방 안으로 들어왔다.

"쉬시는데 죄송합니다. 지금 발라고프 백작이 찾아왔습니다. 급히 할 말이 있다고 하는군요."

"발라고프가? 바로 가지."

발라고프 백작은 황제의 최측근. 혹시 무슨 일이라도 생긴 건가 싶어서 레온하르트는 벌떡 일어나 응접실로 향했다.

벌컥.

문을 열고 들어가자 미하일 발라고프가 차분한 얼굴로 마치 주인처럼 그를 맞았다.

"자이거 대공 각하."

살짝 미소 짓는 입매가 율리아나와 닮았다. 전혀 다른 얼굴인데도 닮았다니. 부녀 관계라서 그런 것일까. 레온하르트가 머릿속을 점령한 율리아나의 생각으로 잠깐 한눈을 판 사이. 미하일이 온화한 얼굴로 물었다.

"혹시 남색을 하십니까?"

"……."

레온하르트는 지금 자신이 무슨 말을 들었나 싶었다. 그 정도로 미하일 발라고프의 얼굴은 온화했고 평소보다 기분이 나빠 보이지도 않았다. 레온하르트가 되물었다.

"남색, 말씀이십니까?"

"하십니까, 안 하십니까? 그것만 말씀해 주십시오."

여전히 평온한 얼굴이었으나 자신이 잘못 듣지는 않았다. 이자는 아무렇지 않은 얼굴로 상대를 모욕하나 보군. 레온하르트가 판단하며 딱 잘라 말했다.

"안 합니다."

"그럼 됐습니다."

"뭐가 됐다는 겁니까?"

"남색을 하는 게 아닌 이상 율리아나를 거절할 리 없으니까요."

그 말에 레온하르트는 사레가 들릴 뻔했다. 급하게 할 말이 있다고 하여 국정에 관한 일인 줄 알았는데, 딸의 일이었나 보다. 그렇지만 저렇게 팔불

출적인 발언이라니. 물론 자신도 동의하긴 하지만 말이다.

큼큼! 헛기침을 한 뒤 목을 가다듬고 답했다.

"……백작. 폐하께서 나보다 백작에게 먼저 말씀하신 모양이군요."

"그렇지요. 그래서 지금 율리아나에게 들렀다가 온 길입니다."

"…! 그렇습니까."

레온하르트는 저도 모르게 미하일 쪽으로 한 걸음 가까이 다가갔다.

궁금했다. 율리아나가 약혼 이야기를 듣고 어떤 반응을 보였는지.

'이렇게 율리아나와 이야기를 나누자마자 내게 찾아온 거면…… 거절인가? 불쾌해했나?'

조금만 생각해 보면 알 수 있는 일이다. 미하일이 이렇게 직접 달려와서 레온하르트에게 남색을 하는지 물었다는 건, 율리아나의 대답이 긍정적이기 때문이다.

평소라면 충분히 유추할 수 있을 텐데도 레온하르트는 율리아나가 뭐라고 말했는지 궁금해서 이성적인 추론을 하지 못했다. 그리고 그 태도는 미하일에게 확신을 주었다.

"영애께서, 뭐라고 했습니까? 혹시 불쾌해하지는 않던가요?"

'흠. 똥개 마냥 발을 동동 구르는군.'

당연하지. 당연히 이래야지! 율리아나가 누구 딸인데!

약혼을 한다고 바로 결혼을 하는 건 아니지만, 어쨌거나 율리아나를 보낼 생각을 하고서 침울해져 있던 미하일이다.

그런 상황에서 발을 동동 구르며 평소의 그답지 않게 멍청하게 구는 레온하르트는 미하일을 흡족하게 만들었다. 미하일은 일부러 더 느긋하게 굴었다.

"그러고 보니, 자이거 대공가는 손님 대접을 이렇게 합니까? 빠르게 달려온 터라 목이 마른데요."

"제 생각이 짧았습니다. 집사! 여기 차와 다과를 내오게!"

레온하르트는 문을 열고 밖에 외친 후에 자리에 앉았다. 초조하게 주먹을 쥐었다 펴는 행동을 보니 미하일은 점점 심술궂은 기분이 되었다.

'이런 마음을 잘도 숨겼겠지? 율리는 아무것도 모르는 모양인데.'

율리아나의 태도를 보아 하니 레온하르트가 자신을 이렇게 생각하는 줄 모르는 것 같던데. 나이도 몇 살이나 많은 사내가 제대로 표현도 안 하고 의뭉스럽게 굴다니. 영 마뜩잖다.

'물론 율리아나에게 구애했어도 싫었겠지만.'

알렉산더가 결혼도, 약혼도 하지 않은 상태에서 레온하르트가 율리아나에게 들이댔다면 더 미친놈이라고 생각했겠지만, 정말 아무런 행동도 취하지 않았다니 괘씸했다.

원래 딸을 채어 가려는 놈은 잘해도 밉고, 못해도 미운 법이다.

집사가 얼른 내온 차에 대강 입술만 적신 미하일은 레온하르트를 위아래로 훑어보았다.

대단한 미남이다. 그것은 확실히 인정한다.

이제 황태자로 책봉될 테니 지위도 막강하고, 딱히 율리아나를 괴롭힐 만한 시댁도 없고.

딱 하나 걸리는 점이 있다면.

'심성이지.'

레온하르트 자이거의 심성이 염려된다고 하면 모두가 말이 되냐고 웃겠지만 미하일은 진심이었다.

정의로운 남자가 꼭 자신의 아내를 행복하게 해 주는 건 아니니까.

백성을 아끼는 황제는 성군이 되겠지만, 동시에 좋은 남편감이 될지는 모르는 일이다.

미하일은 사회적으론 훌륭한 사내들이 자신의 아내에게는 나쁜 사람인 사례를 너무도 많이 봐 왔다.

귀족 간의 결혼에 사랑은 부차적인 것이니 그럴 수도 있겠지만, 미하일은 율리아나만큼은 행복한 결혼 생활을 하길 바랐다. 자신이 행복한 가정을 율리아나에게 주지 못했기 때문에.

하아. 한숨을 내쉰 미하일이 찻잔을 테이블에 내려놓았다. 레온하르트의 목울대가 울렁거렸다.

"율리아나에게 잘해 주십시오."

그 말은, 율리아나가 약혼을 승낙했다는 뜻이다. 레온하르트의 얼굴빛이 대번에 환해졌다.

"……네! 당연합니다."

미하일은 심술을 버리고, 부탁하는 마음으로 말을 이었다.

"어른스러운 아이라 티는 내지 않지만, 크면서 속상한 게 많았을 겁니다."

눈앞의 레온하르트 역시 순탄하게 자라지 않았다. 선황의 정부 소생인 레온하르트. 그의 모친은 레온하르트를 낳은 뒤 도망치듯 시골로 떠났고 알브레히트의 손에서 골육상잔이 일어났다. 알브레히트의 마수를 막아 주던 선황은 레온하르트가 10살이 되기도 전에 죽었다.

레온하르트의 비극적인 가정사를 떠올려 봐도 미하일에겐 율리아나의 어린 시절이 더없이 애틋했다. 자신의 실수로, 잘못으로, 아프지 않았어도 되었을 율리아나가 아팠으니까.

"대공 각하께 이런 말씀을 올리기 조심스럽습니다만. 율리아나는 어렸을 적 아비 없이 자랐고, 어미는 아파서 수년째 눈을 뜨지 못하고 있지요. 율리는 지금도 어미를 눈뜨게 할 연구를 계속하고 있습니다. 그 어린것의 속이 어떨지 저는 가늠도 못 합니다."

"예. 이해했습니다."

말을 하며 북받친 감정 때문에 목이 메었다. 미하일은 이제 레온하르트 앞에 무릎이라도 꿇고 싶은 심정이었다. 제발 딸아이를 행복하게 해 달라고, 빌고 싶었다.

"누리기보다 베풀고 싶어 하는 아이입니다. 소중히 아껴 주신다면, 그 아이는 대공 각하께 넘치게 보답할 것입니다."

"소중히 아낄 것입니다."

레온하르트는 진중한 얼굴로 자신의 손을 왼쪽 가슴에 가져다 대었다. 심장을 건 맹세를 했다.

"제 목숨보다 귀히 여기고 울지 않도록, 슬프지 않도록 지키겠습니다."

"……감사합니다."

미하일은 레온하르트에게 고개를 깊이 숙였다. 황제에게도 이렇게 온 마음을 다해서 절한 적이 없었다.

깜빡깜빡. 눈을 깜빡여 바닥에 눈물을 떨군 미하일이 고개를 들었다. 그리고 아무렇지 않은 척 조언했다.

"그리고, 사랑을 놓친 적 있는 한 사내로서 말씀드리자면."

미하일은 진심으로 말했다. 레온하르트는 황제가 될 것이다. 그러나 그건, 알브레히트가 죽은 뒤다.

"강해지십시오. 지금보다 더."

알브레히트보다 강해져야 한다. 그래야 그에게 휘둘리지 않는다. 그리고 혹시 모를 위험에 대비해서도, 강해져야 한다.

"내게 소중한 건 다른 사람들의 눈에도 탐나는 보물이니까요."

불온한 그림자가 황궁에 드리워지고 있다는 것을, 미하일의 본능이 느끼고 있었다.

* * *

며칠 뒤, 아르센 광장에 추모비를 세우는 행사가 열렸다.

사실 황제는 추모비 대신 마물을 물리친 휴렌과 알마예르 기사단의 동상을 세우고 싶어 했으나 휴렌 본인과 신전의 반대로 무산되었다.

이 추모 행사는 사람이 빠져나간 아르센 지역을 재건하기 위하여 귀족들의 기부를 유도하는 목적도 겸했다. 실의에 빠진 지역민들을 위해 대신관이 직접 걸음하여 추모사를 읊었다.

"―신의 품에 안긴 그들이 천국에서 안식을 얻었기를."

대신관의 추모사가 끝나자 추모비를 가리고 있던 천이 벗겨졌다.

화아악!

추모비가 드러났다. 약 3미터가 넘는 커다란 화강석으로 만들어진 추모비에는 당시 상황과 마물을 죽인 알마예르 기사단을 간단하게 묘사한 그림이 새겨져 있었다. 그리고 그림 아래에 피해자들의 이름을 하나하나 새겼다.

"흐흑……!"

광장에 모인 인파가 슬픔에 잠겼다. 참지 못한 울음소리들이 터져 나왔다. 행사 맨 뒷줄에서 지켜보던 율리아나는 그 모습을 보며 조용히 묵념했다.

'내가 더 빨리 움직였더라면…….'

그때, 인파 속에서 한 사람이 벌떡 일어났다.

"제가 지금 들었습니다. 희생자들은 모두 신의 품에서 안식을 찾았습니다!"

고요하던 광장에 울리는 쩌렁쩌렁한 목소리에 다들 당황해서 그 사람을 쳐다보았다. 로브를 뒤집어쓴 사람이 천천히 모자를 벗었다. 마침 내리쬔 햇볕이 환하게 그녀를 비추었고, 머리 주변에 후광처럼 반짝이는 빛이 났다. 머리에 쓴 티아라 덕분이었다.

분홍빛 머리칼. 머리에 쓴 아름다운 티아라.

'안젤리카?'

율리아나가 놀라 다시 보았지만 안젤리카가 맞았다.

"성녀인 제가 말씀드립니다. 희생자들은 모두 신을 만났으니 더 이상 슬퍼하지 마세요. 힘을 내서, 살아가세요."

대신관과 여러 신관들이 있는 자리에서 성녀가 '성녀'라는 이름을 걸고 한 말은 공신력이 있다.

게다가 이 추모식을 위해 광장에 모인 사람들은 희생자의 유족이나 친구, 동료 등 관계자들이 대부분이었다. 그들은 위로를 받고 싶어 했다.

"서, 성녀님…!"

"감사합니다. 감사합니다!"

눈물을 흘리며 꾸벅꾸벅 절을 하는 그들을 보며 안젤리카는 두 손을 모으고 하늘을 향해 간절히 기도를 올리는 시늉을 했다.

"……진짜 성녀가 맞는지 의심이 되는 퍼포먼스군요. 반응은 제법 나쁘지 않지만요."

곁에 서 있던 레온하르트가 율리아나의 귓가에 속삭였다. 귓가에 닿는 그의 숨결이 간지러워서, 율리아나는 안젤리카마저 잊어버릴 뻔했다.

"신전과 합의가 안 된 퍼포먼스 같네요. 티모테오 사도의 얼굴이 금방이라도 터질 것처럼 빨개졌어요."

율리아나는 숨결마저 느껴질 정도로 가까이 선 레온하르트를 의식하지 않으려 애를 쓰며 태연한 척했다.

두 사람이 이렇게 광장에 나오게 된 것은, 며칠 전의 대화 덕분이었다.

며칠 전.

율리아나는 비앙카와 함께 치료소를 방문했다. 첫 방문은 아니었다.

아르센 광장 참사 때 수많은 사람들이 덧없이 목숨을 잃은 것을 본 비앙카는 조금 성격이 변했다. 차분해지고 진중해졌다. 그리고 한 명이라도 더 많은 사람들을 돕고자 했다.

언니로서 그런 비앙카의 변화를 지켜본 율리아나는 아이가 너무 조숙해지는 것 같아 마음이 아팠다. 그래서 율리아나는 비앙카와 함께 치료소를 방문하곤 했다. 비앙카를 혼자 보냈다간 무리해서 쓰러질 것 같았기 때문이었다.

치료소에 온 비앙카는 신관의 안내에 따라 중환자실을 돌았다. 이미 몇 차례 방문한 덕에 목숨이 위험한 환자는 많이 줄었지만 비앙카는 멈추지 않았다.

결국, 율리아나는 비앙카를 말렸다.

"비비. 이제 그만. 너 힘을 더 쓰면 안 돼."

"언니, 이 환자까지만. 응? 부탁해."

"……정말 이 환자까지다? 너 그러다 쓰러져도 몰라."

"차라리 내가 쓰러지는 거면 괜찮잖아."

"비비."

비앙카의 자기희생적인 말에 율리아나가 엄한 얼굴을 했다. 비앙카는 율리아나의 눈치를 보며 손을 뻗었다.

하아. 율리아나는 비앙카의 손을 잡고 그녀를 가이딩했다.

아르센 광장에서 힘을 쓴 뒤에 각성하게 된 비앙카지만, 아직 조절이 능숙하지 못했다. 율리아나는 비앙카의 이능을 조절하고 확장해 주었다.

'일반적인 가이딩과는 달라. 남들도 이런 가이딩을 할 수 있나?'

사실 율리아나도 자신이 이런 가이딩을 어떻게 할 수 있는지 몰랐다. 그러나 머리가 아니라 몸이 먼저 움직였다.

센티넬의 이능을 몸으로 받아들여서, 이를 확장한다.

흡수와 방출.

마치 침대 밑에서 발견했던 '일기장'에서 나온 내용과 같았다. 그러고 보니 그 일기장은 어느 순간 온데간데없이 사라졌다.

일기장의 저자에 대한 단서도 사라졌다. 이름을 본 것도 같았는데, 누구였는지 기억이 나지 않았다. 분명 아카데미에 입학하면 저자를 찾겠다고 생각했었는데.

일기장에서 알려 준 내용 외의 것들을 누군가가 지우개로 슥슥 지워 버린 것 같았다.

"아……."

"비비!"

그때 이능을 너무 많이 쓴 비앙카가 머리를 부여잡으며 비틀거렸다. 율리아나는 화를 참으며 비앙카에게 쉬자고 말했다.

"비비. 오늘은 이걸로 끝이야. 그리고 잠깐 쉬자. 언니 말 안 들으면 파샤 한테 이를 거야."

"하하. 요즘 파샤가……. 꼭 오빠처럼 굴어."

"오빠 맞잖아? 파샤 말 들어. 걔도 널 많이 걱정해."

율리아나는 귀족용 휴게실에 비앙카를 눕혔다. 그리고 방출하는 용이 아닌, 일반적인 가이딩을 진행했다.

손을 잡고 비앙카의 이마에 자신의 이마를 댔다. 그리고 부드럽게 인도력을 불어 넣었다. 지친 비앙카의 이능 회로를 다독여 주며 잠재웠다.

비앙카의 눈이 스르륵, 감겼다.

"하아. 피곤해."

매일 출근을 하면서도 이렇게 치료소 봉사까지 나오니 어쩔 수 없는 피로감이 몰려왔다.

콧바람이라도 쐬고 싶어서 휴게실 문을 잠그고 건물을 나왔다.

치료소 건물 밖에는 작은 정원이 조성되어 있었다.

사박사박.

꽃 종류는 잘 모르지만 그래도 수국 정도는 알았다. 하얗고 파란 수국이 가득 피어난 정원을 거닐자 마음도 깨끗해지는 것만 같다.

'아직은 정원이 관리되고 있구나. 다행이다.'

정원이 관리되고 있다는 건 그래도 정원에 신경 쓸 여력이 있다는 뜻이다.

율리아나는 전생에서, 이 정원이 정원이라고 부를 수도 없는 난장판이었던 걸 기억했다.

알렉산더의 가이드로서만 전쟁에 참여했을 때는 일반 병사들에게 아무 도움도 되지 못했다. 나설 용기가 없었던 때였다.

'그때는 내가 하나도 도움이 안 됐지.'

죄책감 때문에 전쟁터에서 돌아와 치료소에 방문했었다. 율리아나는 그때 큰 충격을 받았다. 사방에서 들려오는 비명 소리와 사방에서 진동하는 피 냄새. 미약한 자신이나마 전쟁에 참여했다면 한 사람이라도 덜 다쳤을까? 집으로 돌아가서도 잠을 자지 못했다.

이렇게 생각하니 비앙카의 충격과 변화가 이해가 되었다. 자신도 그때 엄청난 충격을 받았으니까.

울면서 돌아와 황태자의 약혼녀로서 받는 품위 유지비를 몽땅 치료소에 기부했던 기억이 난다. 그리고 그 뒤에 참여한 전쟁부터는 알렉산더 몰래 다친 센티넬들을 가이딩했다. 스스로 죽음을 택하기 전까지.

전생의 죽음에 관해 생각하자 대신관의 말이 떠올랐다. 자신이 어떤 분기점이 되었기 때문에, 성인이 자신을 회귀의 축으로 삼았을 가능성이 있다는 말이.

'……내가 죽은 뒤로 무슨 일이 있었을까. 왜 나만 회귀 전의 기억을 가진 걸까.'

자박자박.

웃자란 잔디 사이로 깔아 둔 산책로를 밟으며 걷고 있는데 누군가 말을 걸었다.

"레이디 율리아나."

"네?"

상념에 빠져 있다가 고개를 들자 눈앞에는 거짓말처럼, 레온하르트가 서 있었다. 마치 회귀 전 기억 속에서 빠져나온 것 같은, 이전 생이나 지금이나 변한 것 없이 그대로인 남자가.

"대공님."

"여기 계시다는 말을 듣고……. 함께 걸으시겠습니까?"

"……네. 좋아요."

'핫. 좋다고 말해 버렸어.'

함께 걸어도 좋다는 뜻인데, 다르게 오해하지는 않겠지?

율리아나는 레온하르트의 얼굴을 살피며 천천히 그의 옆으로 걸어갔다.

산책을 하면서 별다른 이야기를 한 것은 아니었다.

다만 레온하르트와 율리아나는 서로를 약혼 상대로 강하게 의식하고 있었고, 레온하르트는 다음 약속을 기약했다.

"아르센 광장에서 추모식이 열릴 예정이라고 합니다. 공식적으로는 아니지만 참석하려 하는데, 동행해 주실 수 있을까요?"

"네. 물론이죠."

그렇게 오늘 아르센 광장에서 두 사람이 함께 오게 된 것이었다.

율리아나는 옆에 선 레온하르트를 의식하며 고개를 돌렸다.

'얼굴이 너무 가까워. 그치만…… 냄새가 너무 좋아.'

레온하르트에게서 나는 향이 좋았다. 아플 때 땀 냄새와 섞인 것도 좋다고 생각했는데. 아니, 땀 냄새마저 좋다고 생각했었다. 어딘가 남성적인, 날 것의 냄새였으니까.

다행히 율리아나의 태연한 척이 먹혔는지 레온하르트는 여전히 율리아나의 근처에서 소곤소곤 말을 건넸다.

"솔직히 이해가 안 되는군요. 신전에서 피해자들을 치료할 때도 나타나지 않았다고 하던데, 추모식에서 나서는 이유는 무엇인지."

율리아나 역시 비슷한 생각이었다. 최대한 레온하르트를 생각에서 배제하려 애를 쓰며 머리를 굴렸다.

'안젤리카가 원하는 건 뭘까?'

사실, 이렇게 의심하면 안 되지만 율리아나는 안젤리카가 진짜 성녀라는 것도 믿기 어려웠다.

어쩌면 치유의 이능을 지닌 비앙카보다도 신성력이 약한 것 아닐까? 나이가 어린 비앙카마저도 부상자들을 돕기 위해 치료소를 들락거리는데 말이다.

'아냐. 이렇게 의심하면 안 돼. 신전에서 공인한 성녀잖아. 그리고, 신의 힘이 아니라면 보통 사람이 후천적으로 센티넬로 발현할 수가 없— 어라?'

센티넬은 보통 각성 전부터 보통 사람과는 다르다. 남다르게 튼튼한 신체,

제어하지 못한 선천적인 이능 현상. 각성 전이라고 해도 갑자기 물을 얼린다거나, 공중으로 뜨는 등의 보통 사람으로서는 할 수 없는 일을 벌인다.

태어날 때부터 다른 것이다.

'신의 힘'이 아니고서는 보통 사람은 후천적으로 센티넬이 될 수 없다. 그래서 성녀나 성인은 후천적 센티넬을 일컫는 말이다.

그렇지만.

'신의 힘이 아니라면……?'

그렇게 생각하는 것만으로도 전신에 소름이 돋았다. 그러나 이론상으로 불가능한 일은 아니다.

덥석. 율리아나가 레온하르트의 팔을 붙잡고 그를 끌어당겼다. 원래도 율리아나에게 가까이 서 있던 그가 훅 끌려왔다.

"유, 율리아―."

"사교도의 마물 실험은 미약한 센티넬의 힘을 강력하게 만드는 거였죠?"

"그걸 어떻게……. 하. 머르딘이군요."

"일단 들어 보세요. 혹시 마물 실험을 통해서, 일반인도 마물의 힘을 가질 수 있게 됐나요?"

"아직 거기까지 진전되진 않았습니다. 다만 일반인을 마물화하는……. 아."

대답하던 레온하르트는 율리아나가 말하지 않은 속뜻을 알아차렸다.

만약 마물 실험을 통해 일반인에게 특별한 힘을 줄 수 있다면.

그 특별한 힘이 '이능'처럼 보인다면, 사교도가 성녀를 만들어 낼 수도 있지 않은가?

마물 실험이 어디까지 진척된 지 모르는 이상, 후천적인 센티넬이 성녀와 성인이라고 확신할 수 없다.

"맙소사."

레온하르트가 탄식하자 율리아나가 고개를 끄덕였다.

"아직 가설일 뿐이지만요."

"······가설일 뿐이라기엔 논리적입니다."

레온하르트가 안젤리카를 보았다.

신전에 성녀가 사교도와 연관이 있을 수 있다고, 마물 실험의 동조자일 수 있다고 전달할 수 있을까? 과연 신전이 그걸 받아들일까? 그리고 걱정되는 것은.

'폐하는 이 이야기를 들으면 당장 신전을 압박하겠지. 그렇게 되면 알렉산더는······.'

알렉산더는 이제 황태자가 아니다. 물론 현재 안젤리카와의 관계가 어떻게 진척되고 있는지도 모른다.

다만, 레온하르트는 자신이 알렉산더를 괴롭히고 있다는 생각에 마음이 무거웠다. 어쩐지 계속 알렉산더의 것을 뺏고 있다는 생각이 들었다.

"우선 어딘가에 보고하기 전에, 제가 사교도로부터 압수해 온 기록을 뒤져 보겠습니다."

"그럼 저도—."

"안 됩니다. 아무리 레이디께서 마탑주에게 들은 이야기가 있다 해도, 기밀은 기밀이니까요."

레온하르트의 단호한 말에 율리아나가 불만스러운 표정을 지었다.

"너무해요. 제 아이디어인데."

"그건 맞지만······. 죄송합니다."

율리아나가 항의하자 레온하르트의 얼굴이 대번에 변했다. 끙끙거리는 얼굴이 꼭 커다란 강아지 같았다.

풋, 율리아나가 작게 웃으며 고개를 저었다.

"장난이에요. 당연히 이런 중요한 일을 제게 공유하면 안 되지요."

"아닙니다. 좋은 의견을 내셨으니 공유해야 하는 게 맞지만, 일단은 민감한 이야기니까요."

"네. 성녀가 민심을 얻기도 했으니까요."

율리아나가 여전히 기도하는 시늉을 멈추지 않는 안젤리카를 보며 말했다.

성녀 안젤리카가 아르센 광장 참사 뒷수습에도 나타나지 않은 것이 의아했지만, 모두가 그렇게 생각하는 것은 아니었다. 성녀로서 다른 할 일이 있었겠지, 라고 생각하는 사람들도 많았다.

안젤리카는 한동안 신문을 뒤덮었던 화제의 인물이다. 150년 동안 나오지 않았던 성녀였고, 곧 황태자비가 될 거라고 말이 많았다.

율리아나가 의심하는 것과는 별개로 안젤리카를 따르는 신도들은 많을 것이다. 특히 오늘의 퍼포먼스로 인해서 더욱 늘어날 것이다.

"성녀님! 제 아이에게도 축도를 내려 주세요!"

"저도요!"

"저희 아버지가 아프십니다! 부디 축복을!"

추모식을 위해 몰려든 인파가 점점 과열되는 것을 보며 율리아나와 알렉산더는 슬쩍 광장을 빠져나왔다.

두 사람은 가문의 문장이 없는 마차를 타고 도로를 달렸다.

알마예르 저택의 뒷문으로 들어온 마차. 레온하르트는 먼저 내려 율리아나쪽의 문을 열고 손을 내밀었다.

율리아나가 레온하르트의 손을 잡고 마차에서 내려왔다.

남녀 귀족들 간에 일상적으로 하는 가벼운 행동이지만, 휴렌이나 바이델, 파벨의 에스코트를 받을 때와는 전혀 다른 감정이 느껴진다.

설렘, 수줍음, 두근거림.

'그러고 보니……'

장갑을 낀 상태긴 하지만 레온하르트의 손을 잡았는데도 인도력이 빠져나가지 않고 있다. 율리아나가 의아해하며 레온하르트를 보았다.

"대공님. 몸 상태는 어떠신가요?"

"몸 상태라면 어떤 걸 말씀하시는지."

"가이딩을 받지 않아도 되는 상태인지 물은 거예요. 예전엔 손만 잡아도 인도력이 소모됐으니까요."

그 말에 레온하르트의 얼굴이 확 붉어졌다.

'응? 내가 무슨 이상한 말을 했나?'

율리아나가 고개를 갸웃거리는데, 레온하르트가 다른 손으로 제 얼굴을 가리며 횡설수설했다.

"그게, 전에 해 주신 가이딩이 무척 효과적이어서……."

"전이라면, 아프셨을 때요? 벌써 꽤 되지 않았나요?"

"……그 뒤로 가이드석도 또 보내 주셔서, 그걸 지니고 있습니다. 잠시."

레온하르트는 양해를 구하고 율리아나를 잡은 손을 풀었다. 율리아나는 자신에게서 떨어지는 온기가 괜히 아쉬웠다.

그러나 레온하르트의 품에서 나온 가이드석을 보고 놀랐다.

"아니, 벌써 거의 다 소진되었잖아요?"

"그렇습니까. 처음처럼 반짝이지 않는다고 느끼긴 했는데요."

"네. 힘을 잃어서 그런 거예요. 다시 담아 드릴게요. 아니, 아예 하나 더 만들어 드리는 게 낫겠네요."

"아, 힘을 다시 담는 것도 가능합니까? 세공이 아름다워서 장신구로써도 훌륭하다 생각했습니다."

"대공님이 하실 장신구로는 조금 급이 낮죠. 그리고, 브로치를 주머니에 넣어 다니셨잖아요. 취향에 안 맞으신 거 아니에요?"

제법 아름답게 만들어진 것 같아서 잘 어울리겠다 싶었는데, 품에서 꺼낸 것 때문에 조금 서운했다.

"죄, 죄송합니다. 남들에게 보여 주기 싫어서……."

"네? 보여 주기 싫을 정도예요?"

그렇게 못 만들었다고 생각하지 않았는데 보여주기 싫을 정도라니 충격이다.

"아닙니다, 그런 뜻이 아니라—!"

"…괜찮아요. 취향은 각자 다른 거니까."

괜찮다고 말한 율리아나는 레온하르트에게서 가이드석을 받아서 그 안으로 힘을 불어넣었다.

그런데 속상함 때문일까. 인도력이 많이 담아지지 않았다.

"……컨디션이 안 좋나 봐요. 제대로 만들어서 대공저로 보낼게요. 오늘 감사했습니다."

그대로 뒤를 돌아 저택 안으로 들어가려는데, 레온하르트가 얼른 앞으로 다가와 율리아나를 막았다.

"레이디. 그런 뜻이 아닙니다."

"인사치레는 됐어요. 도움이 됐다면 다행이니까요."

율리아나는 어릴 때 레온하르트가 선물해 준 아이스 오팔 브로치를 아직도 하고 다닌다. 그래서 자신도 뭔가 주고 싶은 마음에 부토니에로 만들었던 것뿐이다.

'가이드석을 굳이 부토니에로 하고 다닐 필요는 없지. 내가 멋대로 선물하고서 멋대로 섭섭해하면 안 돼.'

율리아나의 대답을 들은 레온하르트의 얼굴이 처참하게 일그러졌다.

"레이디 율리아나. 그게 아니라—."

"대공님. 저택에 들어오지도 않고 밖에서 뭐 하시는 겁니까?"

레온하르트의 변명을 끊은 목소리는 바이델의 것이었다.

"바이델."

바이델이 율리아나를 보고 얼굴을 굳혔다. 율리아나는 그 얼굴에 나타난 감정을 외면했다. 자신이 받아 줄 수 없는 감정이었다.

"대화를 하실 거면 제대로 실내에서 말씀하시지요."

"……아닙니다. 오늘은 이만 가 보겠습니다."

레온하르트는 할 말이 많은 눈으로 율리아나를 보았지만 이내 고개를 숙였다.

"말주변이 부족해서⋯⋯. 편지를 보내겠습니다."

"네. 조심히 가세요."

편지하겠다는 말이 더 속상하다면 이상한 걸까. 율리아나는 레온하르트가 가는 모습을 지켜보지도 않고 먼저 저택으로 들어왔다.

괜히 발걸음에 힘이 들어가서 걸을 때마다 쿵, 쿵. 바닥을 찧는 소리가 울렸다.

'서툰 말이라도 직접 해 주지. 너무해.'

순간 든 생각에, 율리아나는 화들짝 놀랐다.

'아니, 아니야. 내가 무슨 투정을 부리는 거람? 진짜 연인 사이도 아닌데.'

그저 약혼이 오가는 사이일 뿐이지 않은가. 이렇게 자신이 있는 곳으로 찾아와 주고, 함께 외출한 것만으로도 무척 신경 쓰고 있는 것일 터.

책봉식 준비로 바쁜 사람한테 말도 안 되는 투정이다. 어릴 적 비앙카조차 이런 투정을 부리지 않았다.

'맙소사. 내가 대체 왜 이러는 거야.'

머리를 쥐어뜯고 싶어져서 얼른 방으로 뛰어 올라가는데.

"율리."

뒤에서 바이델이 불렀다.

끼긱, 끽.

율리아나는 고장 난 인형처럼 천천히 몸을 돌려 바이델을 보았다. 바이델은 어쩐지 괴로운 표정을 짓고 있다.

"이제 나는 투명 인간 취급인 거야?"

"⋯⋯그렇게 느꼈다면 미안해. 그런 건 아니야."

"그럼 날 제대로 봐 줘. 예전처럼."

"⋯⋯."

어떻게 대답해야 하나 고민하는데, 바이델이 성큼성큼 빠른 걸음으로 다가왔다. 그리고 무릎을 수그려 시선을 맞추고 애써 개구지게 웃었다.

"예전처럼. 응?"

'아…….'

예전에 자주 짓곤 했던 개구진 표정을 흉내 내는 바이델을 보며 율리아나는 깨달았다.

'없던 일로 하자는 거구나.'

레온하르트와 약혼 이야기가 오간다는 걸 들었을까.

고백 이전으로 돌아가자는 바이델이 이해 안 가는 것도 아니다. 율리아나는 입술을 꾹 깨물었다.

'바이델은 어떻게 용기를 낸 걸까. 나라면 절대 그러지 못했을 텐데.'

레온하르트를 좋아한다.

사모하고 있다.

그러나 절대로 고백하고 싶지는 않다. 지금 유지하고 있는 좋은 관계마저 깨질지도 모르니까.

아무것도 바라지 않으면 좋아한다고 말할 이유도 없다. 바라는 게 있으니까 좋아한다고 말하는 것이다.

좋아한다는 고백은, 당신도 나를 좋아해 달라는 요청이다.

'나는 감히, 그럴 수 없는데.'

새삼 바이델이 존경스러워졌다. 동시에 이해가 안 가기도 했다.

왜 나를 좋아할까. 바이델은 훨씬 더 나은 사람을 만날 수 있을 텐데.

그저 남매는 아닌데 함께 자라서, 사촌에 대한 애정을 혼동한 게 아닐까.

그렇게 생각했지만 입 밖으로 내지는 않았다. 더 이상 바이델을 상처 주고 싶지 않았다.

그저 웃음으로 되돌려 주었다.

"……그래. 예전처럼."

최대한 예전처럼 웃어 보이자 바이델이 안도한 것처럼 미소를 지었다. 마치 끝이 씁쓸한 차처럼, 아픈 미소였다.

                              * * *

"성녀님, 몸조심하세요!"

"성녀님을 신께서 축복하시길!"

"신전에 기부금 낼게요!"

수많은 호응에 손을 흔들어 준 안젤리카는 얼른 마차에 탔다. 바로 출발시키고 싶었으나, 재빨리 마차를 탄 사람 때문에 실패했다.

마차에 탄 사람은 티모테오였다.

"성녀님."

"사도님."

티모테오의 눈썹이 하늘로 치솟아 있었다. 엄청나게 화가 났다는 뜻이다.

"성녀님. 사전 협의도 없이 이게 무슨 짓입니까?"

"짓이라뇨? 말씀이 너무 심하시네요. 좋은 뜻으로 한 걸 가지고."

"좋은 뜻이라뇨? 추모식인데 추모의 흐름이 깨졌지 않습니까."

"사람들이 좋아했으면 된 거 아닌가요?"

"성녀님!"

어깨를 으쓱하며 대수롭지 않아 하는 태도에 티모테오는 기가 찼다.

"치료소나 신전에는 얼굴 한 번 내비치지 않으셔 놓고 추모식에만 불쑥 나타나고. 성녀님은 대체 무슨 생각을 하고 계신 겁니까?"

'그야 치료소나 신전에선 너희가 정화력을 엄청나게 써 대니까 그렇지.'

사타나키아가 속으로 투덜대었다. 그녀는 그동안 집에 틀어박혀 안젤리카의 인격을 개조했다.

집안사람들은 사라진 프레데리카의 행방을 찾느라 소란스러웠기 때문에 딱히 안젤리카에게 신경을 기울이지도 않았다.

안젤리카의 몸이니까 그녀의 인격을 내세워 뒤로 숨으면 정화력에도 소멸하지 않는다. 그러나 타격을 입는 것만큼은 사실이다.

'아픈 건 싫어. 당연하잖아?'

그래서 신전과 치료소엔 가지 않았다. 자신에게 직접 찾아오는 사람 한두 명 정도는 치료해 줄 마음도 있지만.

"성녀님!"

'아, 진짜 시끄럽네. 먹어 버릴까? 센티넬도 아니고 신관이면 배탈 날 것 같긴 한데.'

앞에서 떽떽거리는 티모테오는 신성력도 강해 보여서, 먹으면 심하게 배앓이를 할 것 같다. 그리고 뒤처리도 힘들 것 같고. 역시 먹지 않는 게 좋겠다.

'안젤리카를 진짜 성녀라고 생각하면 이럴 수 있나? 웃기는 신관이군.'

사타나키아는 앞에서 좋알거리는 티모테오를 참아 주다가 툭, 말을 던졌다.

"안 그래도 성녀로서 하는 게 없는 것 같아서, 결계 지역으로 지원을 나갈까 합니다."

"성녀로서 자각을— 네? 결계 지역이요?"

사타나키아는 자신이 낼 수 있는 최대한 선한 표정을 지으며 고개를 끄덕였다.

"네. 알렉산더와 함께요."

'무슨 생각이지? 갑자기 결계 지역이라니.'

티모테오는 얼떨떨한 표정으로 안젤리카를 보았다.

"……성녀님. 결계 지역은 아르센 광장과 비교할 수도 없는 험지입니다."

"알아요."

"그리고, 황태…. 아니. 황자 전하와 함께 결계 지역에 가신다니. 황제 폐하께서 허락하시겠습니까?"

"허락하실걸요."

사타나키아는 티모테오를 보며 웃었다. 자신이 인간계의 정치에 관해서 잘 모르긴 해도 황제가 알렉산더를 아끼는 것만큼은 알고 있다.

'새 황태자를 책봉하는데 알렉산더가 걸리적거리면 보기 좋지 않지. 차라리 반성의 의미로 결계 지역에 가 있는 게 나아. 나는 그 틈에 센티넬들을 잡아먹고.'

사타나키아는 자신을 불가해한 시선으로 바라보는 티모테오에게 씩 웃어 보였다.

"결계 지역에서 봉사하는 성녀. 괜찮지 않나요?"

* * *

"뭐? 안젤리카와 결계 지역에 간다고?"

"네, 폐하."

"하아."

황제는 눈앞의 알렉산더를 복잡한 눈으로 바라보았다.

한창 레온하르트의 황태자 책봉식으로 바쁜 요즘, 알렉산더가 알아서 결계 지역으로 가 준다면 좋은 일이다.

그런데 조금 불안하긴 했다.

'요즘은 난동도 안 피운다고 하고. 체념한 건가? 무슨 심경의 변화지?'

황제로서는 환영할 일이지만, 아비로서는 걱정이 되었다. 물론 아비로서가 아니라 황제로서 살기로 결정했지만.

"……그래. 허락하마. 황태자 책봉식 전에는 돌아와라."

"네. 황공합니다."

알렉산더는 꾸벅 인사를 올리고 알현실을 나갔다. 황제는 알렉산더가 어딘가 변했다고 느꼈지만, 더 깊이 생각하지 않으려 했다.

'홀로 버텨야 할 일이니까.'

황태자 책봉식이 끝나면 레온하르트는 황태자로서 모든 권리를 누리게 된다. 바로 옆에서 이를 보고 버티는 게 쉽지 않을 터. 결계 지역을 가든,

뭘 하든 홀로 자기 자리를 찾는 것은 중요하다.

'……하지만, 안젤리카는 가이드도 아니니 도움이 될 리가 없어.'

황제의 머리에 한 사람이 떠올랐다.

'율리아나. 그 아이에게 가이드석을 받아야겠군.'

아예 신경을 안 쓸 수 없다면 최소한의 안전장치라도 마련해 주고 싶었다. 어리석고 이기적인 아비의 마음이었다.

다음 날.

율리아나는 황제의 부름을 받고 황궁으로 향했다.

"……."

"……."

숨 막히는 침묵.

부드러운 미풍 같은 미남자인 미하일과는 정반대인, 딱딱하고 조각 같은 미남자인 퓌셴 알마예르. 바로 숙부인 알마예르 후작과 함께였다.

"황궁에 오신 걸 환영합니다. 안으로 드시지요."

"고마워요."

시종이 문을 열어 주자 율리아나는 얼른 마차에서 내렸다. 알마예르 후작과 단둘이 오는 동안 너무 어색했다.

그러나 마차에 내려서 혼자 걸을 수는 없는 법. 율리아나는 알마예르 후작이 내미는 손에 제 손을 올리고 에스코트를 받아 정원으로 향했다.

"오, 왔구나."

정원에는 이미 황제와 일행들이 있었다. 율리아나의 얼굴이 약간 상기되었다.

"폐하, 자이거 대공님, 발라고프 백작님."

율리아나는 자신을 보고 일어선 남자들을 향해 인사를 올렸다. 원래의 우아한 동작에서 군인다운 절도가 가미된 인사였다.

황제와 미하일의 얼굴에는 흐뭇한 미소가, 레온하르트의 얼굴에는 약간의 수줍음이 깃들었다.

"알마예르 후작의 얼굴도 오랜만에 보는군. 자, 이리 앉게."

"폐하를 뵙습니다."

알마예르 후작은 간단히 인사 올리고 자리에 앉았다. 율리아나에게 의자를 빼 주고 챙겨 주는 동작이 물 흐르듯 자연스러웠다.

율리아나는 주변을 돌아보며 주변 정경을 즐겼다.

황궁의 정원은 여러 곳이 있지만 이곳은 등나무 정원이었다. 이중으로 된 가제보 천장에 등나무 덩굴이 내려와 연보랏빛 등나무가 포도송이처럼 주렁주렁 내려왔다.

황궁의 정원사들은 대체 무슨 조화를 부린 것인지, 보통이면 이미 졌어야 할 등나무들이 마치 이제 초여름을 맞은 듯 아름다움을 뽐내고 있었다. 햇볕이 쨍하게 비쳤지만 가제보의 차양막이 막아 주었고 시원한 가을바람이 살랑살랑 뺨을 간질였다.

시종들이 테이블 위를 음식들로 가득 채웠다. 정원에서 모인 것은 가벼운 점심 식사를 하기 위해서였다.

'꼭…… 상견례 같지만.'

율리아나는 어쩐지 미하일과 알마예르 후작 사이에 팽팽한 시선이 오가는 것 같다고 느끼며 레온하르트를 힐끔거렸다.

'아, 들켰다.'

레온하르트와 시선이 마주쳤다. 그의 금빛 눈이 부드럽게 휘며 자신을 향해 따스한 시선을 보냈다.

'뭐야. 왜 저렇게 봐…….'

두근두근두근두근.

율리아나는 쿵쾅거리는 심장을 가라앉히려 애를 쓰며 차를 한 모금 마셨다. 곧 식사가 시작되었고, 미하일은 적당한 화제를 꺼내 식사 동안 대화가 적절히 이어지도록 했다.

그릇이 비워지고 적당히 배가 찼을 즈음. 알마예르 후작이 입을 열었다.

"약혼은 피할 수 없는 일이라 생각하지만, 결혼식은 급하게 치르지 않았으면 합니다."

조용한 수면 위로 갑자기 폭탄을 던졌다.

"콜록, 콜록!"

차를 마시던 율리아나가 사례가 들려 손수건으로 입을 막았다. 미하일은 율리아나에게 물을 건네며 알마예르 후작을 노려보았다.

"아니, 그걸 이렇게 말해야 했소?"

"어차피 이런 이야기를 하기 위해 만드신 자리인데 그럼 무슨 이야기를 하나."

"크흠, 큼. 그건 우리끼리 있을 때 하면 되는 것을 왜 아이들까지 있을 때."

황제는 레온하르트에게 눈짓했다.

"율리아나와 산책이라도 하고 오거라."

"……예, 폐하."

레온하르트로서는 당사자인 자신과 율리아나가 자세한 이야기를 듣는 게 맞지 않나 싶었지만 황제의 말을 거스를 순 없었다.

자리에서 일어나 율리아나에게로 갔다.

"레이디. 이곳 외에 다른 정원들도 아름다워 꼭 소개해 드리고 싶군요."

"기대되네요."

율리아나는 레온하르트의 에스코트를 받으며 등나무 정원을 떠났다.

떠나기 전 힐끔, 가제보를 보자 미하일과 알마예르 후작이 뭐라 언쟁을 벌이고 있었고, 황제는 골이 아프다는 듯 머리를 짚고 있었다.

'두 분은 여전히 앙숙이네.'

사박, 사박.

잘 관리된 잔디가 푹신한 카펫처럼 발에 밟혔다.

레온하르트는 말이 많은 편은 아니었고 율리아나 역시 먼저 나서서 대화를 주도하는 편은 아니었다.

두 사람 사이에 가벼운 침묵이 맴돌았다. 나무를 오가는 새와 풀벌레 소리가 있어 그리 어색하지는 않았다.

'결혼이라.'

레온하르트의 머릿속은 알마예르 후작이 한 말로 꽉 차 있었다.

약혼을 한 뒤 큰 문제가 없으면 결혼을 하는 게 당연한데, 결혼이라는 단어가 새삼스럽게 심장을 때렸다.

결혼.

물론 자신은 자이거 대공이고, 생각지 못하게 황제위에 오르게 될 사람이기에 평범한 부부처럼 살기는 어려울 것이다.

그러나 기대가 되었다.

정무를 끝내고 율리아나에게로 찾아갔을 때 그녀가 자신을 반갑게 맞아 주는 상상을 하게 된다.

'오셨어요, 폐하.'

'폐하라니. 다른 호칭이 있지 않소?'

'네. ……여보.'

여보. 여보라니.

레온하르트의 얼굴이 붉어졌다. 아주 사소한 상상을 하는 것만으로도 손끝과 가슴 쪽이 간질간질했다.

물론 알마예르 후작이 결혼식은 천천히 하자고 한 것으로 보아 근시일 내에 이루어질 상상은 아니지만. 그래도 언젠가 현실이 될 상상이 아닌가. 그것만으로 기뻤다.

'제대로 된 가정은 이룰 수 없을 줄 알았는데. 율리아나 영애라니…….'

너무 과분한 상대라고 생각하고 있을 때, 율리아나가 작게 탄성을 터트렸다.

"와. 이곳이 이렇게 바뀌었군요."

원래 흰 장미 정원이었던 이곳은 시들었던 흰 장미들을 조금 뽑아내고 그곳에 다른 꽃을 심어두었다. 그렇지만 원래의 전경과 비슷한 분위기로 꾸며 두었다.

흰 장미들 사이로 연분홍 작약과 국화가 뒤섞여 피어난 정원은 훨씬 더 풍성한 느낌이었다. 여러 종류의 꽃이 함께 있는 덕분이다.

율리아나가 레온하르트의 손을 놓고 꽃 덤불로 다가갔다.

옛날 생각이 난다.

"혹시 기억나세요? 예전에 제가 여기에 숨어 있었는데."

"……기억납니다. 그때 제가 무례를 저질렀지요."

레온하르트의 얼굴이 약간 민망함으로 붉어졌다.

"거기서 쥐새끼처럼 숨어서……! 아니, 율리아나 영애? 여기서 뭐 하십니까? 혹시 길을 잃으셨습니까?"

고귀한 레이디께 쥐새끼라니. 그렇지만 한창 예민할 때라 홀로 있던 정원 구석에서 인기척을 느낀 것만으로도 날을 세웠었다.

그렇지만 그때 율리아나는 자신을 위로해 주듯 가이딩해 주었다. 고작 10살의 어린 나이였는데도.

율리아나를 보자 10살의 앳된 얼굴이 겹쳐 보였다.

그대로, 그러나 더 아름답게 컸다.

본연의 상냥함과 아름다움을 고스란히 간직한, 아름다운 여성이 되었다.

레온하르트는 율리아나에게서 눈을 떼지 못한 채 중얼거렸다.

"그때 영애는 무척 귀여우셨습니다."

갑작스러운 칭찬에 율리아나의 얼굴이 붉어졌다. 율리아나는 민망함에 말을 돌렸다.

"그랬나요? 그럼 지금은 어떤가요?"

"지금은…… 아름다우십니다."

레온하르트가 한 자 한 자 힘을 주며 말했다.

"더없이, 아름다우십니다."

마치 어두움을 밝히는 빛처럼.

캄캄한 밤하늘 속 홀로 빛을 내는 별처럼.

흰 꽃이 가득한 이 정원에서도 나는 당신만 보입니다.

"……."

율리아나는 레온하르트의 말에 잠시 고장이 났다. 고막을 통해 들어온 소리가 환청이 아니라 진짜 레온하르트의 말이 맞는지 의아했다.

'지, 지금 뭐라고 하신 거지?'

더없이 아름답다니. 나한테 한 말이 맞나?

화르륵! 기름을 끼얹은 장작에 성냥을 던진 것처럼 얼굴이 순식간에 붉게 물들었다.

"노, 놀리지 마세요."

"놀리지 않았습니다."

레온하르트는 의아해서 고개를 기우뚱 기울였다. 놀리다니, 이런 말로 왜 놀린단 말인가?

"영애께서는 더없이 아름다우십니다. 오늘 입으신 드레스도 잘 어울리십니다."

오늘 율리아나는 레이스로 어깨를 덮는 드레스를 입고 있었다. 목깃까지 올라온 스타일 때문에 머리칼을 땋아 위로 휘돌려 묶은 뒤 한쪽 어깨로 늘어트렸다. 그 모습은 마치 달의 여신처럼 보였다. 아니, 레온하르트의 눈에는 여신이나 마찬가지였다.

"아름다우십니다."

사교 클럽에 다니며 화술을 배울걸. 연애 소설을 읽을걸. 연정 시집을 읽을걸.

율리아나를 찬양하고픈 마음만은 굴뚝같았으나 해 본 적이 없어서 그럴 듯한 묘사나 비유가 나오지 않았다. 그래도 표현을 하지 않는 것보다는 나을 것 같아서, 더듬더듬 말했다.

"물에 잠긴 수레국화처럼 푸른 눈이 그렇습니다. 그 눈이 보는 곳이 대의와 정의이기에 더 그렇습니다.

깨끗한 은발은 흠 하나 없는 순은처럼 빛이 납니다. 꼭 달빛을 발하며 다니시는 것 같습니다.

꽃물이 든 것 같은 뺨과 단단하지만 섬세한 손끝이, 절도 있는 걸음걸이까지 모두. 모두 그렇습니다."

모두 그렇습니다. 모두 아름답습니다. 이 모든 말이 진심입니다.

레온하르트의 눈은 진지했다. 율리아나는 현기증이 일어 그 자리에 주저앉고 싶었다. 주저앉는 대신 레온하르트로부터 등을 돌렸다. 아마 전신이 새빨개졌을 것이다.

'어떻게, 어떻게 저런 말을.'

다른 남자가 저런 말을 했다면 귀 기울여 듣지도 않았을 것이다. 아첨일 게 분명하니까.

저런 말은 지크처럼 혀에 기름칠을 한 남자만 할 수 있을 거라고 생각했는데 자이거 대공이 저런 말을 하다니.

설마 이게 꿈인가 싶어서 율리아나는 제 손으로 뺨을 꼬집었다. 아팠다. 꿈은 아닌 것 같은데, 이게 말이나 되는 소리인가?

"레이디 율리아나?"

율리아나가 답이 없자 초조해진 레온하르트가 그녀를 불렀다. 혹시 자신의 말에 마음이 상했나 싶어 그녀에게로 한 걸음 다가가는데, 붉어진 귀 끝이 보였다.

"대, 대공님께서 아첨에 능하신 성격이신 줄은 몰랐습니다."

"아첨이 아닙니다."

"그, 그렇다면…… 약혼녀에게 충실하신 성격이신가 봅니다. 그건 저에게는 다행이니 좋게 받아들이겠습니다."

마음 한 구석이 따뜻해지는 기분이었다. 비록 정략 약혼이지만, 율리아나는 약혼을 진지하게 생각해 주고 있다. 귀족 부부들의 대다수가 배우자 외에 정부를 따로 두지만 레온하르트는 그러고 싶지 않았다.

율리아나라는 한 사람을 얻은 것만으로 온 세상 전부를 가진 것 같을 터인데 다른 여자가 왜 필요할까.

레온하르트는 율리아나에게 한 걸음 다가가며 말했다.

"제게 반려가 생길 줄은 몰랐으나, 레이디 율리아나가 아니었다면 이런 말을 하지는 않았을 겁니다."

반려. 인생의 동반자.

배우자보다 무거운 단어에 율리아나가 놀라 뒤를 돌아보았다. 레온하르트의 금빛 눈은 그 어느 때보다 또렷했고 빛을 투과하여 맑게 빛났다.

"제 말은 한 치의 거짓 없는 진심입니다."

그 말을 듣지 않아도 레온하르트가 진실을 말하는 것을 알 수 있었다. 그래서 율리아나는 괴로운 기분이 들었다.

'꼭, 저 분을 속이고 있는 것 같아.'

일부러 속인 것은 아니다. 그렇지만 '대의'와 '정의'라니. 그런 것을 위해 움직인 적은 없다. 자신은 그저 눈앞의 일도 해결하지 못하는 무력한 사람이었다.

군인이 되어 더 많은 사람을 구하고 싶다는 말도 결국 지키지 못하고 있다. 자신에게 가이딩을 받으러 오는 사람도 없으니까.

"……저는, 정의롭지도 않고, 대의를 위하는 사람도 아니에요."

"그렇습니까?"

레온하르트는 별로 믿는 기색이 아니었다. 율리아나는 왜 믿지 못하냐는 듯 눈을 부릅뜨며 고개를 끄덕였다.

"네."

"그렇다면 왜 아르센 광장에서 사람들을 구하셨습니까?"

"그건 제 힘이 아니에요."

"글쎄요. 제가 보고받은 것과는 다르군요. 비앙카 알마예르 양은 센티넬로서 제대로 각성한 상태가 아니었다고 하던데요."

"물론 제가 약간 유도하긴 했지만, 저뿐 아니라 비앙카와 파벨 역시 죽을 수도 있던 때였어요. 기사단이 언제 올지도 몰랐구요. 제가 움직이는 것은 그리 정의로운 일은 아니었습니다."

"그러시군요. 그럼 매일 아르센 광장 피해자를 위한 치료소에 들린 이유는 무엇입니까?"

"비앙카가 광장의 참사로 큰 충격을 받았습니다. 저는 비앙카가 무리하지 않도록 동행한 것뿐입니다."

"제게 가이드석을 주고, 제가 위험하다는 말에 자이거 대공저까지 온 일은요?"

"그건……."

청산유수로 나오던 대답이 막혔다. 말할 수 없었다.

'그렇게 한 이유는 하나예요.'

율리아나는 차마 꺼낼 수 없는 말을 목구멍 뒤로 삼켰다.

누가 누구보고 아름답다고 하는 것인지. 눈앞의 남자는 너무도 아름다웠다.

살랑살랑 부는 바람에 붉은 머리칼이 흔들렸고 금빛 눈동자는 자신을 다정하게 바라보고 있었다. 소년티를 완전히 벗어 버린 얼굴은 이제 제법 선이 굵다. 몇 년 전과는 달리, 이제는 완연한 남자의 얼굴을 하고 있다.

율리아나는 가슴 가운데를 꾹꾹 누르며 울렁이는 심장을 진정시키려 애를 썼다.

당신을 구한 이유는 대의를 위해서도, 정의를 위해서도 아니에요.

'그저 당신을, 좋아하니까.'

레온하르트는 마치 눈앞에 여신이 강림하기라도 한 양 자신을 바라보고 있었다. 그러나 자신은 그저 한 번 인생을 버린 적이 있는 패배자였다.

이번 생은 아등바등 노력하여 그럴듯하게 포장했지만 모래로 지은 성처럼 커다란 해일 한 번에 무너질까 노심초사한 적도 많다.

모두에게 버림받았었고 스스로도 삶을 내버렸었다.

나 자신조차 나를 사랑하지 못하는데 이렇게 아름다운 남자의 사랑을 받을 자격이 있을까? 사랑할 자격이나 있을까?

율리아나는 감히 레온하르트를 사랑한다는 말조차 입에 담지 못했다.

그날, 집으로 돌아오는 길.

미하일이 율리아나에게 말해 주었다.

"약혼식은 황태자 책봉식을 치르고 두 달 뒤에 올리기로 했다."

황태자 책봉식은 바로 한 달 뒤. 약혼식은 그로부터 두 달 뒤이니 지금으로부터 석 달 뒤이다.

석 달 뒤, 율리아나는 19살이 된다.

* * *

황태자의 책봉식 한 달 전.

폐태자 알렉산더가 결계 지역의 전쟁터로 향한다는 소식이 제국 전역으로 퍼졌다.

"설마 이제 와서 전쟁에 나간다고 폐위가 없던 일이 될 거라고 생각하는 건가? 어리석군."

혹자는 이렇게 말했고.

"그게 아니야. 연인이신 성녀님의 간곡한 부탁으로 함께 전쟁터로 가신다던데?"

혹자는 이렇게 말했다.

몇몇은 낮은 목소리로 이렇게 수군거리기도 했다.

"지금껏 대공님이 자기 대신 전쟁터에 나갔던 걸 속죄하려는 게 분명해. 아니면 대공님을 피해서 전쟁터로 도망치는 것일 수도."

그러나 모두의 예상과는 달리 알렉산더는 아주 기쁜 마음으로 결계 지역에 갈 준비를 하고 있었다.

"전하! 그 험지에는 대체 왜 가시겠다는 겁니까! 차라리 저를 밟고 가십시오!"

"맞습니다, 전하. 굳이 그곳에 갈 이유가 없지 않습니까?"

아무리 황제라 해도 알렉산더를 황태자에서 폐할 때 아무런 반발도 없는 것은 아니었다.

특히 제국의 중대사를 신문 같은 대중 매체를 통해 알게 되었다는 사실에 고위 귀족들은 자존심이 상해서 어쩔 줄을 몰랐다. 그들은 이 신문 보도 자체가 황제의 수작이라고 생각했다. 바늘 하나 들어갈 것 같지 않은 알브레히트 황제가 그런 실수를 할 리 없다고 여긴 것이다.

알렉산더에게 줄을 대고 있던 귀족들이 아우성을 치며 떼를 부렸고, 알렉산더에게 줄을 대지 않았더라도 황제의 독단적인 결정에 화가 난 귀족들은 많았다.

귀족들은 조를 짜서 황제에게 알현 신청을 하며 항의했다. 황제는 귓등으로도 듣지 않았다.

'알렉산더에겐 황제가 될 자질이 부족하다. 짐이 그것을 너무 늦게 깨달았다.'

이 말만 반복할 뿐이었다.

몇몇 귀족들은 알렉산더를 위시하여 황제에게 제대로 크게 판을 벌여 볼 생각이었다. 그런데 가만히 칩거하던 알렉산더가 냉큼 결계 지역에 간다고 하니 열이 안 뻗칠 리가 있나.

"전하!"

답답한 속에도 알렉산더는 꿈쩍도 하지 않았다. 알렉산더가 허공을 보며 눈을 빛냈다.

"나는 결계 지역에 갈 것이다."

결계 지역에 가야 한다.

마물의 피를 먹고 마족의 피를 먹어야 한다. 그러지 않고서는 가만히 있을 수가 없었다. 뱃속이 부글부글 끓는 것 같았다.

* * *

똑똑똑.

사무실 문을 두드리는 노크 소리에 율리아나는 가슴이 두근거렸다. 혹시 가이딩을 받으러 온 병사일까?

그러나 그럴 일은 없었다.

"선생님?"

"오랜만이에요."

밝은 미소의 주인은 엠마 브라운. 율리아나의 가정 교사였던 엠마였다.

"선생님! 얼른 들어오세요."

율리아나는 얼른 엠마를 들였다. 스승에게 보여줄 자랑스러운 성취는 없지만, 그래도 따뜻한 차 한 잔 대접할 수 있는 작은 사무실이 있는 게 어디인가.

"와. 소위한테 사무실도 줘요? 요즘 군대 아주 빠졌네, 빠졌어. 나 때는 말이에요—."

군인 특유의 '나 때는 말이야'로 시작하는 일장 연설이 시작되었다. 율리아나는 열심히 엠마의 이야기를 경청해 주다가, 혼자 먹으려고 했던 비장의 케이크를 꺼내어 그녀의 입을 막았다. 아주 달콤한 입막음이었다.

입 안의 단맛을 차의 쏩쓸함으로 한번 헹군 뒤. 율리아나가 물었다.

"혹시 무슨 일이 있으세요? 표정이 그리 좋지 않으세요."

"아, 역시. 티 났을까요?"

엠마는 그녀의 굳은 뺨을 어루만지면서도 쉽게 입을 열지 못했다.

"제가 아는 게 별로 없어서 짐작하지 못해요. 솔직하게 말씀해 주세요. 제가 할 수 있는 일이라면 뭐든 도울게요."

율리아나의 말에도 입을 떼지 못하던 엠마가 찻잔을 다 비운 뒤 고개를 떨궜다.

"사실 이번에 전쟁터에 나가게 되었어요. 황태, 아니. 황자 전하와 함께 결계 지역으로 나가게 되었으니 큰 영광이죠."

황자 전하라면 알렉산더를 뜻하는 것이리라.

엠마 선생님이 알렉산더를 따라 결계 지역으로 간다니. 율리아나는 알렉산더가 결계 지역으로 가는 것조차 알지 못했기에 처음 듣는 이야기였다.

"그렇지만 황자 전하의 가이딩이 무척 힘들다는 이야기가 있어서요."

그 말에 율리아나는 쿵쾅거리기 시작한 심장을 진정시키려 애를 썼다.

지난 생에서 알렉산더가 전쟁터에 나갔었다가 폭주할 뻔하여 자신이 가서 진정시켰다. 그때와 비슷하게 느껴지는 것은, 자신의 기분 탓일 것이다.

"……그렇지요."

"혹시, 가이드석이라는 걸 받아 갈 수 있을까요?"

아, 다행이다.

엠마가 원하는 것이 가이드석이라면 얼마든지 줄 수 있다. 긴장이 풀린 율리아나는 안도하며 자리에서 벌떡 일어났다. 책상으로 가서 지금껏 만들어 뒀던 가이드석들 중 크고 알이 굵은 것만 쏙쏙 골라서 실크 주머니에 넣었다. 족히 10개는 넣었으니 급한 상황은 면할 수 있을 것이다.

"그런 거라면 전혀 어렵지 않아요. 받으세요."

"소, 소위님. 이건 너무 많아요."

"갑자기 소위님? 평소대로 이름을 불러 주세요. 네?"

율리아나의 말에 엠마가 못 말리겠다는 듯 웃으며 고개를 끄덕였다.

"알겠어요, 율리아나. 그렇지만 이건 너무 많아요."

"어차피 내 책상에서 썩어 가는 것들인걸요. 현장에서 써준다면 고맙죠."

"써 준다니. 이게 보편화되면 가이드 일자리가 다 사라질지도 모른다고 하는 놈들도 있던데요. 좀 더 자부심을 가지세요."

엠마가 선생님의 얼굴을 하며 엄하게 말했다.

"율리아나는 명석하고 똑똑한데, 이상하게 자기 자신을 낮추는 경향이 있어요. 고치길 권고한 버릇인데 아직 못 고쳤네."

"시정하겠습니다."

"어쭈? 이제 군인식으로 대답하네."

"하하. 군인 맞잖아요. 지금은 서류 업무만 많이 하지만."

율리아나의 자조적인 말에 엠마가 작게 미소 지으며 그녀의 손을 잡아 주었다.

"나는 처음에 아예 반대였어요. 여자 가이드의 가이딩을 받겠다고 오는 놈들이 바글바글했지요."

"으. 정말 싫네요."

"정말 싫었어요. 그래도 그렇게나마 가이딩을 해서 요령을 익혔어요."

"아……."

율리아나는 엠마를 바라보았다. 강단 있는 갈색 눈은 아주 선생님의 눈은 아니지만, 인생을 몇 년이라도 더 산 경험자의 눈이었고 함께 연대하는 동지의 눈이기도 했다. 같은 여성 가이드로서 앞으로 많은 의견을 교환하며 경직된 스승과 제자 관계가 아닌, 동료로 발전하게 되리라.

"꼭 남들이 찾아오기만을 기다리지 않아도 돼요."

"무슨 말인지 잘 알겠어요."

가이딩을 받으러 오지 않는다고? 내가 직접 가겠다!

율리아나가 굳은 의지를 불태우고 있을 때, 엠마가 주머니를 열어 가이드석을 확인하며 물었다.

"이 가이드석들은 그냥 주먹에 쥐여 주면 가이딩이 되는 건가요?"

"네. 간편하죠?"

"그러네요. 정말 획기적인 물건이에요. 황자 전하를 가이드석이라는 게 막았을 때 우리 부대에서 얼마나 난리가 났는지."

엠마가 몸을 담은 곳은 발라고프 가이드 부대다. 발라고프의 직속 부대나 다름없다 보니 황실과 관련한 이야기에 민감했다. 발라고프 백작이 친황제파라는 것은 누구나 아는 사실이니까.

"운이 좋았죠."

"운? 운은 백작님이 율리아나 같은 딸을 얻은 걸 말하는 거예요."

"운은 맞아요. 연구했던 가이드석이 마침 황자 전하와 파장이 맞아서 잘 됐지요."

율리아나는 센티넬 개인의 특성에 따라 가이딩을 조절할 수 있고 이를 가이드석에도 반영할 수 있었지만 그런 이야기는 하지 않았다. 아카데미 가이드 학과를 다니며 다른 가이드들은 그게 불가능하다는 것을 알았기 때문이다.

'회귀하면서 이런 능력이 생긴 걸까?'

잘은 모르겠다. 이전 생에서도 율리아나는 뛰어난 가이드였다. 따로 교육받은 것 없이 집안에서 휴렌과 바이델을 가이딩하던 정도의 수준으로 폭주하던 알렉산더를 진정시키고 그의 꼬인 마력 회로를 고쳤으니 대단히 뛰어난 수준이었을 터.

이번 생에는 회귀 전의 요령을 그대로 기억하고 있던 데다가 높은 수준의 교육까지 받았으니 더 대단해지긴 했을 것이다.

'그 일기장도 한몫했지.'

침대 밑에서 발견한 일기장 덕분에 센티넬의 이능을 흡수해서 직접 써 보기도 하지 않았던가. 그 일기장이 발상을 바꿔 주었다.

—센티넬과 가이드는 본질적으로 다르지 않다. 둘의 차이는 이능의 형태 뿐이다. 방출과 흡수.—

—그렇다면 어떤 가이드는 센티넬로부터 흡수한 능력을 스스로 방출할 수도 있지 않을까?—

아카데미에서 공부하자 이 가설이 정확히 맞는 말은 아님을 알게 되었다.

방출과 흡수.

센티넬이 방출계 능력자이고 가이드가 흡수계 능력자라고? 센티넬은 오히려 가이드로부터 인도력을 흡수하지 않는가?

물론 센티넬은 이능을 방출하지만 가이드도 인도력을 방출한다. 그러니 방출과 흡수라는 말은 틀린 말이다.

그래서 다른 문헌들과 일기장의 내용을 비교하기 위해 일기장을 꺼내려 했다. 그러나 일기장은 없었다.

일기장을 꽂아 둔 책장에는 다른 책이 꽂혀 있었고, 침대 밑을 찾아보고 자신의 침실은 물론, 공부방이며 알마예르 후작저의 장서각에 이르기까지 안 찾아본 곳이 없었다.

그러나 일기장은 없었다.

꼭 맡은 사명을 다했다는 듯이.

엠마는 실크 주머니를 가방에 잘 넣고 자리에서 일어났다.

"가이드석은 정말 고마워요. 내가 돌아와서 꼭 갚을게요."

"갚지 않아도 돼요. 몸 조심히 다녀오세요."

율리아나는 팔을 열어 엠마를 꽉 끌어안았다. 처음 봤을 때는 율리아나가 한참 작았는데, 이제는 비슷할 정도로 커졌다.

엠마 역시 같은 것을 느꼈는지 눈을 크게 떴다가 씩 웃었다.

"우리 율리아나가 다 컸네요. 곧 19살이죠? 전쟁에 나가면 위험수당 받거든요. 그거 받아서 선물 사 줘야겠다."

"선물은 괜찮아요."

"가이드석의 보답도 해야지."

"다녀와서 같이 제대로 놀아 줘요. 나 약혼도 하거든요."

율리아나의 깜짝 발언에 엠마가 눈을 크게 뜨며 놀랐다.

"약혼? 약혼이라고요? 어느 놈팡이랑?"

"놈팡이라뇨. 좋은 분이에요."

"아니, 그래도 이렇게 말없이 급하게 약혼하는 거 보면 놈팡이 맞지! 벌써부터 편들어 주지 말아요! 자리에 있지도 않은데."

엠마의 역성에 율리아나는 깔깔 웃어 버렸다. 엠마를 전쟁터로 보내야 한다는 생각에 방금 전까지 눈물이 그렁그렁했었다가 단번에 날아갔다.

"편든 거 아니에요. 객관적으로 그래요. 나보다 훨씬 잘났어요."

"난 주관적으로 우리 율리아나가 아깝거든요? 아, 벌써 아깝다."

투덜거리며 문으로 걸어가던 엠마의 머릿속에 물음표가 스쳐 지나갔다.

'객관적으로 율리아나보다 잘났다고? 그런 남자가 있나? 신분적으로 보자면……. 자이거 대공이나 판터 소공작 뿐인데. 판터 소공작은 이제 4살인데? 그럼 자이거 대공?'

복잡해진 엠마의 얼굴을 보고 율리아나가 핀잔을 주며 얼른 쫓아냈다.

"다녀와서 말해 줄게요."

"꼭! 꼭이요!"

"네. 꼭이요."

율리아나는 웃으며 엠마를 배웅했다. 엠마는 손을 흔들며 연신 고맙다고 실크 주머니를 보여주었다.

그리고 율리아나는 두 번 다시 밝게 웃는 엠마를 볼 수 없었다.

황태자 책봉식 일주일 전, 수도로 날아들어온 비보는 아래와 같았다.

[황자 외 소대 전멸. 황자는 행방불명]

* * *

'목이 마르다.'

이 갈증이 언제부터 생겨났는지는 모른다. 그러나 이 한 가지 생각만이 알렉산더를 지배했다.

마른 땅처럼 바짝 마른 목을 축이고 싶다.

마물과 마족의 피로.

갈증이 심해지면서 기억이 띄엄띄엄했다. 군데군데 끊기고 이어지지 않았다.

'황자 전하? 어디로 가십니까?'

'전하! 마물입니다, 피하십시오!'

'다른 부대가 있는 곳으로 합류해야 합니다. 그쪽으로 가시면 안 됩니다!'

'저, 전하를 구해라!'

'아아악!'

생각이 잘 나지 않았다. 다만 주변의 비명 소리가 커지며 목이 덜 말랐다는 것은 기억이 났다.

손을 뻗으면 불이 타오른다. 마족과 마물을 불로 구워서 바삭하게 탄 거죽과 함께 신선한 살점을 먹어 치운다. 덜 익은 살점 아래에서 핏물이 줄줄 흐른다. 맛이 좋았다.

그리고 식사의 가장 좋은 점은, 갈증이 사라지면서 온몸에 활력이 돈다는 것이다.

먹고 마실수록 힘이 난다니, 이보다 더 좋을 수 없다.

'결계 지역으로 빨리 나올걸. 그랬다면……'

그랬다면, 뭐였지? 알렉산더의 생각은 이어지지 않았다. 뱃속에서 부글거리며 요동치는 씨앗 때문이었다.

"으윽!"

"전하! 진정하십시오!"

그때, 누군가 팔을 잡아 왔다. 알렉산더는 소스라치게 놀라 그 팔을 뿌리치려다가 닿은 곳에서부터 전해져 오는 인도력에 신경을 빼앗겼다.

"너는……"

"가이드 부대 소속 엠마 브라운 대위입니다. 마물들이 다가오고 있습니다. 신속히 이곳을 빠져나가는 것을 목표로 삼겠습니다. 잠시 손을 빌려주십시오."

엠마는 거침없이 알렉산더의 손을 잡고 인도력을 전달했다. 율리아나가 고치려 애를 쓰긴 했지만 알렉산더의 이능 회로는 여전히 꼬인 구석이 있어서 효과적인 가이딩을 위해선 고도의 집중력이 필요했다. 지금처럼 결계 밖에서 마물의 침습을 염려하면서 제대로 된 가이딩을 하긴 어려웠다.

"제기랄!"

엠마는 군인답게 걸쭉한 욕을 내뱉으며 품속에서 주머니를 꺼내 알렉산더의 손에 가이드석을 부었다.

좌르륵! 알이 굵은 영롱한 보석들이 알렉산더의 커다란 손바닥에서 부딪혔다.

"이 가이드석을 꼭 쥐고 계십시오."

엠마는 어쩐지 멍해 보이는 알렉산더를 재촉하여 바위 뒤로 숨으려 했다.

"피, 피하십시오, 전하! 크악!"

바위 뒤에 마물 한 무리가 매복하고 있지만 않았더라면.

엠마가 단말마의 외침과 함께 쓰러지고 알렉산더는 제정신으로 돌아왔다.

잘그락, 잘그락.

손안에서 가이드석들을 굴릴 때마다 부글거리던 배 속이 가라앉고 정신이 명료해진다.

키에에엑!

엠마를 해치운 마물이 알렉산더에게로 방향을 돌렸다. 얼굴에 세 개의 뿔이 달린 마물들이 날카로운 발톱을 세운 채 괴성을 질렀다. 고작 서너 마리였던 마물들이 서로를 부르는 소리를 듣고 떼가 되어 모였다.

타닷! 마른 땅을 박차며 달려드는 순간.

"잡것들이 내 먹잇감에 손을 대려고 하네."

분홍 머리를 휘날리며 안젤리카, 아니 사타나키아가 강림했다.

제국을 지키는 결계를 벗어난 접경 지역이라 해도 마계는 마계. 사타나키아는 물 만난 고기처럼 자신을 뽐냈다. 숨을 들이쉬고 내쉴 때마다 힘이 충전되는 느낌.

사타나키아가 작게 손짓하자 마물들이 채찍을 맞은 것처럼 뒤로 튕겨져 나갔다.

키에에엑! 캬악!

인간 냄새가 나긴 하지만, 자신보다 상위 존재의 냄새도 난다. 마물들은 혼란스러워하다가 흩어졌다. 이미 한 소대를 꿀꺽한 후였기에 가능했다. 사타나키아의 본체면 모를까, 안젤리카의 몸에 이식된 클론은 아직 약했다.

"우리 알렉은 대체 왜 정신을 차렸을까? 여기서 얌전히 내가 주는 마물이나 먹으면서 착하게 있었으면 좋았을 텐데?"

사타나키아가 알렉산더의 뺨을 쓰다듬으며 사냥해온 마물의 심장을 그의 입에 들이밀었다.

두근, 두근. 뽑아 낸 지 얼마 되지 않아 아직도 힘차게 박동하는 검붉은 심장. 이 심장을 먹으면 알렉산더의 몸은 빠르게 더 마물화되고 점점 더 마족과 같은 사고방식을 갖게 될 것이다.

사타나키아가 안젤리카의 몸을 차지한 방식은 계약 불이행을 이용한 날치기다. 사교도를 접근시켜서 마족의 피를 주입하여 계약 후 몸을 담보물로 삼아서 계약 불이행으로 몸을 점거했다. 한 몸에 두 개의 의식이 있다.

반면 지금 알렉산더는 알렉산더 그 자체를 마족화 하는 방식이었다. 마계가 인간계로 점령하여 인간들의 땅을 식민지로 삼아 마계로 바꾸었듯, 알렉산더의 몸에 씨앗을 심어 내부에서부터 완전한 마족으로 바꿀 것이다.

완전한 마족이 된 알렉산더는 인간과 마족의 특성을 모두 가진 채 인간계와 마계를 오갈 수 있다. 황자의 지위를 이용하면 황제와 결계에도 접근할 수 있으리라.

"자, 먹어. 얼른!"

사타나키아가 알렉산더의 입에 펄떡거리는 심장을 쑤셔 넣었다.

"우읍!"

물컹한 살덩이가 입 안에 밀려 들어왔다. 잇새에 부딪혀 찢어지자 마족의 핏물이 목구멍으로 쏟아져 들어왔다. 꼴깍, 꼴깍. 최대한 삼키지 않으려 애를 쓰며 알렉산더는 기회를 보았다.

"얼른 자라렴. 그리고 네 빌어먹을 아비에게 복수하는 거야. 네 안에 쌓인 분노를 터트리자. 갈가리 찢어 버리자."

사타나키아는 알렉산더의 귓가에 사악한 말들을 속삭였다.

'아버지에게 복수를?'

순간 마음이 흔들렸지만, 이런 괴물의 손에서 놀아나는 건 사양이다. 손 안에 쥔 가이드석이 아직 따뜻한 온기를 유지하며 알렉산더에게 힘을 주고 있었다.

알렉산더는 멍한 척 심장을 씹어 삼켰다. 몸속에 심어진 씨앗이 싹을 내고 쭉쭉 줄기를 뻗어 올리는 것이 느껴졌다.

힘이, 느껴졌다.

알렉산더가 눈을 번뜩이며 주먹을 꽉 쥐었다.

화르륵!

"꺄아악!"

알렉산더의 주먹에서 뿜어져 나온 불길이 사타나키아를 휘감았다. 자신의 몸보다 훨씬 약한 안젤리카의 몸을 사용하고 있는 사타나키아는 갑작스러운 공격에 바로 반응하지 못했다.

"죽어, 죽어!"

"캬아아악!"

알렉산더는 더 세차게 불길을 뿜어내며 사타나키아를 태웠다. 불기둥 속에 갇힌 사타나키아는 얼른 머리를 굴려 안젤리카의 의식을 깨웠다.

탁월한 선택이었다.

"꺄악! 알렉! 알렉! 살려 줘요! 뜨거워!"

불 속에 갇힌 안젤리카가 비명을 지르며 난동을 부리자 알렉산더가 멈칫했다. 사타나키아와 안젤리카는 표정과 몸짓에서부터 차이가 났다. 아무리 사타나키아가 안젤리카의 흉내를 잘 내도 오랜 시간 연인이었던 알렉산더는 알아볼 수 있었다.

"……진짜 리카 맞아?"

"알렉! 살려 줘요! 꺄아아악!"

뜨거운 불길에 머리칼과 살이 녹아들자 안젤리카가 찢어지는 비명을 질렀다. 알렉산더는 불기둥을 거두었고, 안젤리카는 그 자리에서 혼절했다.

알렉산더는 처참한 몰골이 된 안젤리카를 끌어안은 채 혼란스러워했다.

"젠장. 이게 대체 어떻게 된 거야……."

정신을 차려 보니 마계로 끌려온 상황에다가 안젤리카의 탈을 쓴 마족인 줄 알았던 안젤리카는 안젤리카가 맞았다.

캬아악! 키에에엑!

마물들끼리 싸우는 소리가 황량한 공기를 타고 전해졌다.

'결계는 어디지? 어느 쪽으로 가야 제국으로 돌아갈 수 있는 거지?'

가진 건 몸뚱이 하나. 나침반도 없을뿐더러, 마계에서 나침반을 쓸 수 있는지도 모른다.

'이대로 죽는 걸까.'

알렉산더는 아득한 기분으로 하늘을 보았다.

언제나 푸르던 하늘은 없었다. 마계의 하늘은 언제나 잿빛으로 캄캄했다. 청명한 하늘색이 보고 싶었다.

* * *

그 무렵 '알렉산더 외 소대원 전멸'이라는 급보를 받은 황궁은 난리가 나 있었다.

황제가 알렉산더를 황태자에서 폐위시킨 건 맞으나 그렇다고 알렉산더가 죽기를 바란 것은 아니다.

이번에 성녀와 함께 결계 지역으로 향한다는 말에 기특해하기도 했다. 나름 머리를 굴려서 자기 살 길을 모색하나 보다 했던 것이다.

그런데 행방불명이라니? 대체 무슨 짓을 했기에 제법 출중한 인재들만 모아서 꾸린 소대가 전멸했는지 알 길이 없었다.

'그렇다고 레온하르트를 내보낼 수도 없고…!'

알렉산더가 황태자였을 때라면 망설임 없이 레온하르트를 보내 알렉산더를 구출해 오도록 했을 터.

이럴 때 믿을 사람은 한 명이다.

황제는 은밀히 알마예르 후작을 불러들였다.

"알마예르 후작."

"네."

"알렉산더를 구해 오게. 아비로서의 부탁이네."

"명 받들겠습니다."

언제나처럼 무표정을 한 알마예르 후작이 다시 접경 지역으로 떠났다.

황궁과 수도는 이제 목전에 둔 황태자 책봉식 때문에 정신이 없었다.

특히 사교도의 움직임을 감시해야 할 자이거 기사단은 여러 의전 준비를 하느라 몇 배로 바빴다. 다른 기사단 역시 마찬가지였다. 신전 또한 안젤리카의 행방을 찾기 위해 경계 지역으로 신관들을 파견하느라 인력이 분산되었다.

그래서 사교도 잔당들이 수도로 속속들이 모여들고 있다는 것을 눈치챈 사람은 없었다.

* * *

황태자 책봉식 날 새벽.

끔뻑끔뻑. 레온하르트는 소처럼 커다란 눈을 끔뻑이며 황태자궁 침대에서 일어났다. 새벽 별이 뜨기도 전이었다. 아니, 잠을 거의 자지 못했다는 말이 맞았다.

책봉식 날이 되기 전부터 레온하르트는 황태자궁을 오가며 처소를 옮길 준비를 했다. 황제는 자이거 대공저의 기물을 굳이 옮겨 올 필요는 없다고 말했다. 이제 황궁이 곧 네 처소가 될 거라고 말이다. 또한.

'자이거 대공위는 네 아들들 중 하나에게 물려주면 된다.'

—라고 말했다.

아들들이라. 내가 정말 결혼하고 자식을 보게 되는 걸까. 레온하르트는 이 모든 일들이 꿈같았다.

꿈에서조차 차마 바라지 못하던, 엄청나게 좋은 일이라는 뜻은 아니다. 그저 꿈처럼 아득하고 제 것이 아닌 일처럼 느껴졌다.

황태자 책봉. 약혼.

둘 중에 더 기쁜 것을 고르라 하면 후자다. 황태자 책봉은 사실 그다지 기쁘지 않다. 레온하르트는 평생 '황제란 무자비하고 냉혈한 권력자'라고 생각했기 때문이다. 자신이 알브레히트처럼 될 수 있을까? 절대 불가능할 것이다.

물론 황태자가 된 덕분에 목숨을 부지하는 삶을 사는 게 아니라, 정말 삶을 안정적으로 꾸려 가는 인생을 살 수 있게 된 건 기쁘다. 알렉산더가 황제가 되면 자신의 목숨이 위태롭다고 생각했으니 말이다.

황제의 기분과 결정에 따라 흔들리는 위태로운 목숨 줄. 그 이유로 결혼을 못 하리라고 여겼는데.

'황태자 자리에 오르게 되니 바로 반려를 얻게 되는군.'

어쩐지 씁쓸한 기분도 들었다. 자신이 평생 괴로워하던 고민은 그저 권력을 잡으면 해결되는 일이었다. 물론 다른 사람들도 비슷한 고민을 안고 있겠지만.

레온하르트는 하인이 소세물을 가져다주기 전에 스스로 욕실로 가서 씻고 몸단장을 했다. 하인들이 하도 얼굴과 몸에 뭘 발라 댄 덕에 피부가 평소와 비교도 할 수 없게 매끄러웠다.

머리칼도 마찬가지였다. 제법 길어진 머리칼에 치덕치덕 오일이며 꿀을 잔뜩 발라 뒤서 씻어 낼 때 시간이 오래 걸렸다. 그래도 이능을 이용하여 단번에 머리를 말리고 나자 손에 감기는 촉감이 남달랐다.

화염의 이능을 타고난 터라 촉촉한 것과 거리가 먼 삶을 살았는데 관리란 게 이렇게 중요하다.

레온하르트는 신기해하며 하인이 바르라고 한 크림과 물 같은 것들을 몸과 얼굴에 펴 바르고 옷을 입기 시작했다. 솔직히 화장수를 한 번 바르나 두 번 바르나 똑같은 것 같지만 하라는 대로 했다.

그리고 거울 앞으로 갔다.

그 앞에 세워 둔 마네킹에는 황태자 의례복이 있었다. 보통 의례복이 아니다. 대대로 내려온, 황자가 황태자 책봉식에 설 때 입는 옷이다.

긴장으로 입 안이 바짝바짝 말랐다. 당장이라도 알렉산더가 나타나서 '그 옷은 내 옷이야!' 하고 버럭 화를 낼 것 같았다.

'행방불명 상태인 알렉산더가 나타나면 황제 폐하는 감격해서 다시 알렉산더를 황태자로 세우지 않을까.'

씁쓸한 생각도 했다.

사실, 현실성이 없는 소리가 아니라는 게 제일 기분이 묘했다.

레온하르트는 알브레히트가 황제로서 내린 선택을 이해했다.

알렉산더는 미래를 장담할 수 없는 제국을 맡기기에 좋은 선택지가 아니다. 모든 매뉴얼이 사라진 제국의 황제. 황제의 선택 하나하나에 제국민의 목숨이 달려 있는데, 충동적이고 화가 많은 알렉산더에겐 무리다.

'그렇지만, 알렉산더가 돌아온다면 또 다르지.'

차가운 피를 지닌 알브레히트가 유일하게 이성적으로 행동하지 못하는 상대가 바로 알렉산더다. 그렇지만.

'……맙소사. 나, 달라졌구나.'

레온하르트는 새로운 사실을 깨달았다.

바로, 황태자가 되고 싶은 자신의 마음이었다.

제국을 더 나은 곳으로 만들겠다는 포부 같은 것은 아니었다. 다만, 황태자가 되지 못하면 다시 불안정한 삶을 살게 되고 약혼 또한 파기되기 때문이었다.

'……그건 절대 안 돼. 아니, 싫어.'

평생 황제에게 굴종하며 살아온 레온하르트로서는 파격적인 생각이었다.

그렇지만, 간절히 원했다. 평온한 삶, 누군가와 함께하는 삶을.

'아니, 아무나가 아니라……. 율리아나와.'

레온하르트의 뺨이 붉게 달아올랐다.

누구보다 특별한 사람이라고 생각했지만 한 번도 자신의 곁에 설 거라곤 생각하지 못했던 사람.

율리아나 알마예르.

차라리 한 번도 꿈꾸게 하지 말았어야지. 이미 꿔 버린 달콤한 꿈을 뺏어 간 뒤 다시 예전처럼 살라고 한다면 이쪽에서도 가만히 있지는 않을 것이다.

레온하르트는 결연하게 다짐하며 마네킹에서 예복을 벗겨 내었다.

스르륵, 스륵.

예복은 옷이라기보다는 갑옷 같은 일종의 목적성 장식에 가까웠다. 천 자체는 부드러웠지만, 그 위에 덧댄 장식 천이나 달린 수많은 금과 보석들로 무거웠다. 어쩌면 이게 황태자의 무게일지도 모르겠다.

게다가 겹쳐 두르는 천과 단추가 많아 입을 때 여간 복잡한 게 아니다. 그러나 레온하르트는 단추 하나 놓치는 것 없이 꼼꼼히 차려입었다.

다 입을 때가 되자 황태자궁의 시종장이 그를 깨우러 왔다가 놀랐다.

"전하. 홀로 입으셨습니까. 저희를 부르시지……."

"되었다. 잘못 입지는 않았는지 보거라."

시종장이 와서 레온하르트의 옷매무새를 꼼꼼히 살피고 고개를 저었다.

"완벽하십니다. 그럼 간단히 요기할 거리를 준비해 오겠습니다. 화장도 하셔야 합니다."

"……알겠다."

화장이라니. 별로 좋아하지는 않지만 제국민 앞에 나서는 일이니 낯빛이 좋은 편이 나을 것이다.

'부디 한 사람이라도 나를 좋게 봐 줘.'

부디 알렉산더가 돌아왔을 때에도 나를 지지해 줘.

레온하르트는 속으로 기도하며 거울 속 자신의 모습을 바라보았다. 그 어느 때보다 치장했지만, 그 어느 때보다 불안해 보이는 남자가 비쳐 보였다.

잃고 싶지 않은 게 생긴 남자의 얼굴이었다.

화장과 단장이 모두 끝난 뒤.

신전과 몇 안 되는 방계 황족, 고위 귀족들이 축복과 축하를 위해 방문할 예정이다. 애써 자신감 있는 얼굴을 가장하기 위해 거울을 보는데.

"풉."

작은 웃음소리가 들려서 뒤를 돌아보았다.

"그렇게 확인하지 않아도 근사하세요."

그곳에는 뭐가 그리 재밌는지 눈을 휘며 웃는 율리아나가 있었다. 레온하르트의 얼굴이 붉어졌다.

"영애."

성큼성큼, 레온하르트는 거의 날듯이 율리아나에게로 걸어갔다. 다리가 워낙 길고 보폭이 커서 걷는다고는 믿을 수 없이 빠른 속도였다.

"화나신 건 아니죠? 그냥, 전하도 거울을 보는구나 싶어서요."

"내가 뭐라고 거울을 안 보겠습니까."

율리아나의 말이 이해가 잘 되지 않았는데, 그녀가 방금 전에 한 말이 떠올랐다.

'그렇게 확인하지 않아도 근사하세요.'

그러면 이 말의 뜻도? 레온하르트는 궁금증을 참지 못하고 바로 물었다.

"제가, 근사합니까?"

그 질문에 율리아나가 살짝 눈을 가늘게 뜨며 레온하르트를 살폈다.

'흐음. 아는 사실을 남의 입으로 듣고 싶어 하는 얼굴을 아닌데. 자기가 근사하다는 걸 모른다고?'

매일 세수를 하며 거울만 봐도 알 수 있는 사실이 아닌가? 질문하는 저의를 알기 어려워 알쏭달쏭했다.

이럴 땐 정공법이다. 율리아나는 그냥 솔직히 고개를 끄덕였다. 사실을 말하는 건 부끄러운 일이 아니니까.

"네. 대공님, 아니. 황태자 전하가 근사하지 않으면 누가 근사하겠어요?"

그 말에 레온하르트의 얼굴이 새빨개졌다. 율리아나는 레온하르트가 부끄럼을 타는 모습은 봐도 봐도 질리지 않는다고 생각했다.

화염의 이능을 타고나서 그럴까. 화르륵, 쉽게도 붉게 물드는 흰 피부가 눈을 뗄 수 없게 매력적이었다.

"크흠, 큼. 익숙지 않은 치장도 하고 화장까지 했는데……. 그 덕이 아닌가 싶습니다."

"아. 그래서 머리칼에서 빛이 나는구나. 그렇지만 대공님은 예전부터 근사하셨으니까요."

말을 덧붙일수록 레온하르트가 어쩔 줄 모르는 게 보여서 율리아나는 약간 즐거워졌다.

약혼식을 치르진 않았지만, 약혼녀로 내정된 사람으로서 황태자궁에 방문하며 기분이 묘했다.

이전 생에는 없던 일이다. 회귀 전에 약혼할 때 알렉산더는 이미 황태자였기에.

회귀 전에 못 해 본 일을 하는 것은 언제나 즐거웠지만 오늘은 특히 더했다.

'좋아하는 사람의 경사니까.'

율리아나는 눈앞의 레온하르트를 보았다.

흰색, 금색, 붉은색.

이 삼색이 카를 황가의 상징색이다. 알렉산더가 흰 예복을 입을 때는 그저 그의 금발을 돋보이기 위한 색이라는 생각만 들었는데 레온하르트는 전혀 다른 느낌이었다.

금장식이 빼곡히 달린, 붉은 띠가 둘린 흰 예복. 반짝이는 붉은 머리칼은 태양처럼 스스로 빛을 머금고 있는 듯했고 티끌 하나 없는 금빛 눈동자는 온 세계를 오시하는 듯했다.

하얀 아침 햇살이 레온하르트의 주변에서 부서지며 은은한 빛무리를 만들었다.

어쩐지 레온하르트는 황제가 될 사람이 아니라 신, 그 자체인 것처럼 신성해 보였다.

순간 희미한 예감이 율리아나의 머릿속을 스쳐 지나갔다.

'어, 혹시……?'

율리아나는 대신관이 해 주었던 말을 떠올렸다.

'추측건대, 누군가가 성녀님을 기준으로 시간을 돌린 게 분명합니다.'

율리아나는 회귀 능력이 없다. 그러나 회귀했다. 그렇다는 건 누군가가 율리아나를 회귀시켰다는 뜻이다.

대신관의 말을 듣고 난 뒤부터 그 누군가가 궁금했다.

대체 누굴까? 대관절 누구이기에 자신을 기준으로 시간을 되돌린 걸까. 왜 하필 나일까.

사감이 없을 수도 있다. 그저 그 사람이 역사적 흐름을 보았을 때 율리아나가 어떤 분기점이 된 것뿐이었을 수도 있다.

가령, 발라고프 백작가를 흔들고 싶다든가, 알마예르 후작가에 변화를 주고 싶었다든가.

사실 아무리 추측해도 모르겠다. 율리아나는 오로지 자신의 삶만 살았기 때문이다. 주변을 살폈다면 좋았을 텐데. 회귀 전 율리아나의 삶에는 '알마 예르'와 '알렉산더' 외에는 아무것도 없었다.

누가 시간을 되돌렸을까, 궁금해질 때면 이런 생각이 들었다.

'누군가가, 그 당시의 나를 안쓰럽게 생각했을지도 몰라. 그래서 시간을 돌려 주었는지도 몰라. 내게 두 번째 기회를 주기 위해서.'

웃기지도 않는 자기 연민이라는 것을 안다. 그렇지만, 연민할 수밖에 없지 않은가?

현재의 율리아나는 회귀 전의 율리아나를 동정했다. 같은 사람이지만, 도무지 같은 사람이라고 믿을 수 없는 삶을 살아서. 회귀 전의 자신이, 율리아나가 불쌍했다. 바보 멍청이 같지만, 안타까웠다.

'누구에게도 사랑받지 못한 건 아니었는데. 엄마가 일찍 돌아가시긴 했지만 사랑받고 자랐었어. 알마예르와 알렉산더의 사랑을 포기하고 다른 방향으로 틀었더라면.'

지금에서야 할 수 있는 속 편한 소리인 것은 안다. 그러나 그런 생각을 멈출 수는 없었다.

기억을 가진 사람은 자신뿐이니까.

누군가와 기억을 공유할 수 있다면 좋을 텐데, 오롯이 자신만의 몫이라서 버거웠다. 기준이 없으니 어떤 생각이 맞는 것인지, 잘못된 것인지도 알기 어려웠다.

그런데 만약 레온하르트가 시간을 돌린 사람이라면?

'그렇다면……'

어떻게 이 감사함을 표현해야 할까. 어떻게 이 마음을 전해야 할까.

'그저 추측일 뿐이야. 아닐 수도 있어.'

근거 없는 가설일 뿐인데도 벌써부터 눈물이 차오르려고 해서, 율리아나는 얼른 레온하르트가 있는 쪽이 아닌 다른 방향으로 고개를 돌렸다.

"영애? 제가 무슨 실수라도 했습니까?"

율리아나의 분위기가 달라지자 레온하르트가 안절부절못하며 다가왔다. 그에게서 새벽 냄새와 특유의 불에 탄 나무 냄새가 났다. 희미한 꿀 향기도 살짝 섞여 있었다.

어딘가 아련하고 달콤한 향기. 아니, 그런 남자.

'전생에 이 사람을 사랑했더라면 좋았을 텐데.'

어차피 보답받을 수 없었더라면 좋은 사람을 사랑하는 게 나았을 텐데 그땐 그걸 몰랐다. 알렉산더는 휴렌의 친구라 형식적이지만 다정하게 대해 줘서, 그게 진짜인 줄 알았다.

"아니, 아니에요. 그냥 눈에 뭐가 들어가서요."

"제가 봐 드릴까요."

"괜찮아요. 조금 비비면…. 아!"

요즘 화장을 거의 하지 않아서 자신도 화장을 했다는 것을 깜빡했다. 손에 묻은 화장이 그대로 눈에 들어가자 따가워서 화들짝 놀랐다.

"잠시만 그대로 계십시오."

방에 둔 물로 손수건을 적신 레온하르트가 조심히 율리아나의 손을 떼어 냈다. 화장품이 들어가서 아픈지, 한쪽 눈을 제대로 뜨지도 못하고 있다.

눈물과 화장품이 섞여 엉킨 속눈썹을 살살 풀어 주고 눈가 점막에 묻은 화장품을 지워 냈다. 최대한 화장이 지워지지 않도록 눈가를 닦아 내는데 또르륵, 진주처럼 굵은 눈물이 흘러내렸다.

바닥이 다 비치는 맑은 호수처럼 투명한 파란 눈. 그 눈과 마주치자 철렁, 심장이 아래로 굴러떨어지는 것만 같았다.

"마, 많이 아프십니까?"

"한결 나아요. 제가 해도 될까요?"

"네, 네."

율리아나에게 손수건을 건넨 뒤, 레온하르트는 자신이 머저리처럼 말을 더듬었다는 사실을 깨닫고 부끄러움에 몸부림쳤다. 몇 시간 뒤면 황태자 책봉식인데 그에 대한 걱정은 하나도 없었다.

'바보 같아.'

거울 앞에서 톡톡, 젖은 손수건으로 눈가를 닦아 내고 번진 화장을 애써 수습한 율리아나가 작게 한숨을 내쉬었다.

혼자 북 치고 장구 치는 것도 아니고 대체 이게 뭐람.

'한심해. 그래도 준비한 말은 해야지.'

이렇게 한심한 꼴을 보이려고 바쁜 레온하르트에게 찾아온 게 아니다.

율리아나는 손수건을 꼭 쥔 채로 레온하르트를 돌아보았다.

명화 속 영웅처럼, 혹은 신처럼 아름다운 남자. 이 남자는 오늘로 황태자가 되어 훗날 황제가 된다. 그리고 그런 레온하르트의 옆에 자신이 서게 된다. 자신이 아는 것과는 명백히 다른 역사가 쓰이게 되는 것이다.

"바쁘신데 얼른 끝낼게요. 오늘 찾아뵌 건—."

별말을 하지도 않았는데 긴장으로 숨이 찬 율리아나가 한 템포 쉬었다가 다시 입을 열었다. 붉은 입술이 오물거리는 것을 레온하르트가 홀린 듯 바라보았다.

"한 번도 말씀드린 적 없는 것 같아서요. 저는 전하와 약혼을 하게 되어서 좋아요. 책봉식이 끝나고 말씀드리면 꼭 황태자와 약혼해서 좋다는 것처럼 들릴까 봐……. 그게 아니라 대공님이라서 좋은 거라고, 말씀드리고 싶었어요."

약혼자가 당신이라서 괜찮아요—가 아니다.

좋다.

좋았다.

왜인지 이유는 알 수 없지만 전생에서나 이번 생에서나 한결같이 다정한 당신이라서.

당신이라면 이런 나라도 괜찮다고 말해 줄 것 같아서. 당신 곁에 있으면 내가 좀 더 나은 사람이 될 수 있을 것 같아서.

사실은 그냥.

그냥 당신이 좋으니까.

'그래서 좋아요.'

너무 부끄러워서 그대로 도망가고 싶었지만, 그래도 레온하르트의 반응을 보고 싶었다. 반응을 보지 않고 가면 평생 후회할 것 같다.

율리아나는 새빨개진 얼굴로 레온하르트를 올려 보았다.

'아…….'

잠시 멍하니 자신을 바라보고 있던 레온하르트의 얼굴이 기쁨으로 물들었다. 마치 첫 봉오리가 터지며 꽃밭이 온통 분홍빛으로 물들 듯.

"……기쁩니다. 너무, 기뻐요."

레온하르트가 환희에 찬 얼굴로 다가와서 덥석 손을 잡았다. 손바닥이 뜨거웠다. 아니, 레온하르트가 뜨거웠다. 그가 가까워지자 열기가 훅 끼쳤다.

"율리아나. 나도 내 약혼녀가 당신이라서 좋습니다. 다른 사람이 아니라 당신이라서요."

레온하르트는 어쩐지 감격에 찬 목소리로 말하며 율리아나의 잡은 손에 키스했다.

한 번, 두 번, 아니, 말 한마디 한마디를 할 때마다 손가락에 입을 맞추었다.

처음엔 이게 현실이 맞나 싶어 현실 파악을 하지 못했던 율리아나는 깜짝 놀라 파드득 떨었다.

"대, 대공님! 소, 손에…!"

"이 정도는 괜찮지 않습니까? 손등에 하는 키스는 인사로 쓰이는 걸요."

"그건 한 번이잖아요. 이건……!"

아무리 장갑을 끼고 있다지만 장갑 너머로 입술이 닿는 감촉이 생생했다. 그렇게 뜨거운 입술로 수없이 키스하다니, 자신을 녹여 버리기라도 할 작정인가? 율리아나는 정신이 혼미할 지경이었다.

새빨갛게 물든 율리아나를 보며 레온하르트는 아차, 싶었다.

'내가 말을 안 했었지. 우리, 키스……한 적 있는데.'

율리아나는 모르는 게 당연하다. 너무 많은 양의 인도력을 소모하고 정신을 잃은 율리아나에게 키스를 퍼부었던 건 자신이니까.

'이런 파렴치한…!'

그 사실을 떠올리자 레온하르트는 자신이 상종 못 할 인간 말종처럼 느껴졌다.

얘기해야지, 얘기해야지 생각했었는데 '차라리 모르시는 편이 낫지 않을까.' 혼자 판단하고서 말하지 않았다. 율리아나를 배려하는 척했지만 사실은 미움받기 싫어서 말하지 않은 것이었다.

그래 놓고 율리아나가 자신을 용납해 주자 멋대로 욕심을 내다니. 겉으로는 신사인 척해 놓고 이보다 음흉할 수가 없었다.

레온하르트는 자신의 파렴치한 속마음을 깨닫고 충격을 받았다. 그는 침울한 얼굴로 율리아나의 손을 놓아주었다.

"죄, 죄송합니다. 제가 너무…….."

뭐라고 해야 하지? 욕망에 눈이 멀었다? 욕심 때문에 영애를 배려하지 못했다? 그 어떤 말도 부적절하게 느껴졌다.

고민하는데 바깥에서 대기하던 시종이 이 분위기를 깨다니, 죽고 싶다는 얼굴로 노크했다.

"전하, 지금 대신관이 응접실에서 기다리고 있는지라…….."

"아, 죄송해요. 짧게 인사만 한다고 했는데 너무 오래 있었네요."

율리아나가 얼른 뒤로 물러나며 무릎을 살짝 굽혀 인사했다.

"그럼 저는 제 자리로 가겠습니다."

레온하르트는 뭐라고 말하고 싶었지만 수많은 단어는 머릿속을 그대로 스쳐 지나갈 뿐, 알맞은 말을 찾지 못했다. 그는 말을 줄이고 고개를 끄덕였다.

"예. 나중에, 드릴 말씀이 있습니다. 그때……."

레온하르트는 고개를 살짝 갸우뚱했다가 인사하고 사라지는 율리아나를 보며 괜히 주먹을 꽉 쥐었다. 이렇게 하지 않으면 그대로 달려가 그녀를 끌어안아 버릴 것만 같았다.

"전하를 뵙습니다."

"대신관님을 뵙습니다."

곧 대신관이 들어왔고 레온하르트는 평소의 무감각하고 무표정한 얼굴로 돌아와 인사를 받았다.

Chapter 14. 개들의 자각

도시에 있는 광장으로 군중들이 구름처럼 몰려들었다.

광장에는 커다란 천이 내걸리고 영상석이 설치되었다. 같은 파장의 영상석을 매개로 멀리 있는 곳까지 영상을 전달할 수 있는, 오늘을 위해 마탑에서 박차를 가해 개발한 발명품이었다.

알브레히트 황제의 두 번째 황태자 책봉식.

사람들은 모두 궁금해했다.

"아무리 폐하라지만 이렇게 황태자를 쉽게 바꾸는 건 좀……."

"예끼, 이 사람아. 다른 분도 아니고 자이거 대공님인데 이게 맞는 거야."

"그래. 황태자 자리가 보통 자리가 아닌데 사랑하는 아들보다는 좀 더 능력 있는 사람한테 가야지. 황제 폐하께서 구국의 결단을 하신 걸세."

군중들은 이번 일에 저마다 입을 대며 의견을 펼쳤다. 그래도 지금껏 전쟁터에서 많이 활약한 레온하르트였기에 여론이 나쁘지는 않았다.

아니, 알렉산더의 여론이 좋지 않았다고 말할 수 있겠다. 알렉산더는 더

딘 이능 성숙도 때문에 제대로 전쟁터에 나간 적도 몇 번 없으니 말이다.

"오오, 저것 봐! 뭔가 보인다!"

높은 사다리 의자에 앉은 마법사가 영상석에 손을 얹고 뭐라고 중얼거리자 영상석이 빛나기 시작했다. 영상석에서 뿜어져 나온 빛이 광장에 내걸린 천에 쏟아지고, 흐릿한 영상이 투영됐다.

난생처음 보는 광경에 군중들이 열광했다.

"와아아! 황궁이다―!"

영상은 황궁 앞의 카를 광장을 비추고 있었다. 카를 광장 역시 새벽같이 몰려든 군중들로 인산인해를 이루고 있었다.

영상은 카를 광장을 한 번 비추고 황궁 내부를 비추었다.

루비, 에메랄드, 진주, 다이아몬드. 다채로운 보석과 황홀한 황금빛으로 장식된 홀에 수많은 귀족과 신관들이 있었다.

홀의 맨 앞에는 황제와 대신관이 있었다.

황제 대관식 다음가는 큰 행사이기에 두 사람은 대단히 차려입었다. 황제의 예복을 입은 알브레히트와 마찬가지로 예복을 입은 대신관.

알브레히트는 카를 제국의 황제를 상징하는 붉은색과 금색을, 대신관은 우주의 조화를 뜻하는 흰색과 검은색의 예복을 입었다.

각각 머리에 쓴 황제의 관과 교황관이 활짝 열어둔 창을 통해 들어온 햇볕을 받아 후광처럼 빛무리를 만들었다.

군중들은 흐릿한 영상으로나마 그 고귀함을 보는 것에 감격했다.

"황제 폐하!"

"대신관님!"

"우리를 지켜 주세요!"

군중으로부터 수많은 염원이 쏟아져 나왔다.

곧 대신관이 엄숙한 목소리로 책봉식의 시작을 알리며 시작 기도문을 읊었다.

책봉식이 열리는 엠퍼러 홀.

시작 기도문이 끝난 이후로는 지난한 절차가 이어졌다.

이제 막 개발된 영상석까지는 아직 목소리가 들리지 않아서 다행이었다. 엠퍼러 홀에 모인 수많은 귀족과 신관들은 당황함을 감추지 못하고 있었기 때문이다.

"황자 전하께서 돌아오셨다고?"

"황자 전하의 모습이…….”

"오늘 새벽에 황도로 도착하셨다는군."

수군거리는 사람들의 시선이 한곳으로 모였다. 바로, 알렉산더와 안젤리카가 앉은 곳으로.

엠퍼러 홀은 맨 앞에 단이 있고 그 단으로 가는 긴 황금빛 카펫이 깔려 있다. 카펫의 좌우로 고위 귀족들이 앉을 의자가 깔려 있는데, 알렉산더와 안젤리카는 그 의자의 맨 앞줄에 앉아 있었다.

누군가가 빈정거렸다.

"황자 전하의 꼴은 말이 아닌데 성녀님은 얼굴에서 윤이 반지르르하네.”

맞는 말이었다.

지금 알렉산더는 제대로 옷을 갖춰 입기는 했으나 눈 밑이 쑥 꺼지고 입술이 부르터 초췌한 얼굴이었다. 그러나 안젤리카는 피부 결부터 곱고 머리카락 하나 상한 부분이 없어서, 도저히 결계 지역에 다녀온 사람으로 보이지 않았다.

물론 그녀의 아름다움은, 안젤리카의 몸을 점령한 사타나키아가 여러 센티넬들을 잡아먹은 덕분이었다. 지금은 혹시라도 신관들에게 들킬까 봐 안젤라카의 뒤로 몸을 숨긴 상태지만.

안젤리카는 초조한 얼굴로 알렉산더를 힐끔거렸다. 초점이 없이 멍한 황금빛 눈. 아니, 황금빛이라고 하기도 무색하게 빛을 잃었다. 그저 노란색 눈 같다.

'알렉……. 미안해요. 그치만 나도 살아야지.'

안젤리카는 자신 안에 피어오르는 죄책감을 무시한 채 알렉산더로부터 고개를 돌렸다.

결계 지역에서 안젤리카는 사타나키아가 자신의 몸을 지배할 때에 몸속에서 모든 것을 보고 있었다.

사타나키아가 일부러 일행을 마물이 있는 방향으로 몰아간 것과, 알렉산더를 호위하는 센티넬들을 하나씩 유인해서 잡아먹는 것을 말이다.

사타나키아의 정체를 의심한 알렉산더가 사타나키아를 죽이려 했을 때.

죽기 싫어서 사타나키아에게 협력했다.

"꺄악! 알렉! 알렉! 살려 줘요! 뜨거워!"

"……진짜 리카 맞아?"

"알렉! 살려 줘요! 꺄아아악!"

혼란스러워하는 알렉산더가 불꽃을 꺼트리고 가까이 다가왔을 때, 사타나키아가 알렉산더를 세뇌했다.

그리고 결계 지역으로 가서 알렉산더를 구하러 온 알마예르 후작과 합류하여 황궁으로 돌아온 것이었다.

[후회해? 나와 손을 잡은걸?]

사타나키아가 의식으로 말을 걸었다.

'입 닥쳐.'

[호오, 세게 나오는데? 오랜만에 콧바람을 쐬니까 건방지게 구네.]

'……'

[하긴 뭐. 지금 실컷 즐겨 둬.]

사타나키아는 킬킬 웃었다. 안젤리카는 입을 꾹 다물고 앞을 보았다.

"아, 황태자 전하…!"

뒤에서 탄성이 들리고, 그 말처럼 레온하르트가 천천히 카펫 위를 걸어왔다.

붉은색 긴 망토를 늘어트리고 걸어오는 레온하르트는 마치 불꽃의 신처럼 보였다.

안젤리카는 황홀하게 레온하르트를 바라보았다.

'아…….. 내가 저 남자와 약혼했더라면.'

뒤늦은 후회가 몰려왔다. 알렉산더가 아닌 레온하르트를 잡았더라면 자신이 지금 이렇게 마족에게 사로잡힌 비참한 꼴이 되었을까?

절대 아니었을 것이다. 레온하르트는 답답한 구석은 있어도 불의를 참지 못하는 성격이니까. 맘 붙일 가족 없이 외로운 남자였으니 자신을 지극정성으로 아꼈으리라.

[하긴, 저 남자의 약혼녀였다면 우리 타겟이 되지 않았을지도 모르지. 우린 네가 황태자의 약혼녀라서 접근한 거니까.]

사타나키아가 투덜거렸다.

[제길. 알브레히트는 운도 좋지. 예전부터 재수 없는 놈이었어. 인간치고는 너무 빈틈이 없어서.]

마족의 평가라. 처음 듣는 관점이었기에 안젤리카는 궁금해졌다.

'그럼 알렉산더는 어떻게 생각해?'

[어떻긴. 아주 좋은 놈이지. 우리가 이용하기 딱 좋은 놈.]

사타나키아가 킬킬 웃자 안젤리카는 기분이 나빠졌다. 사타나키아 입장에선 아마 자신도 좋은 사람일 것이다. 이용하기 좋으니까.

[삐지지 마. 칭찬이잖아?]

'그게 뭐가 칭찬이야.'

[칭찬이지. 너흰 죽이지 않을 거야. 그렇지만…….]

안젤리카의 의지와 상관없이, 고개가 한쪽으로 돌아갔다. 공유하는 시야를 통해 사타나키아가 누구를 보고 있는지 알 수 있었다.

사타나키아의 시선은 바로, 율리아나에게 닿아 있었다.

단아하고 아름답게 꾸민 율리아나를 보자 안젤리카의 속이 뒤틀렸다. 내가 무슨 고생을 하고 왔는데, 저건 속 편하게 말간 얼굴로 앉아 있네.

[저년은 꼭 죽일 거야. 아주 갈가리 찢어 버릴 거야……]

으득, 이를 가는 소리가 소름 끼쳤다. 안젤리카는 깜짝 놀라 되물었다.

'율리아나? 나도 저년이 싫긴 하지만… 어째서?'

[몰라서 물어? 저년이 진짜 성녀잖아. 가짜인 너와는 다르게.]

'뭐?'

안젤리카가 경악하는 사이, 대신관이 역대 황제들의 이름과 업적을 읊었다. 황태자위에 오를 레온하르트도 그와 같은 업적을 남겨야 한다는 뜻이다.

그 후 긴긴 축사와 기도문이 다시 이어졌고 신관들이 성가를 부르는 것까지의 모든 절차가 끝났다.

황제는 대신관이 건넨 황태자의 관을 들어 올리며 엄숙하게 선언했다.

"레온하르트 자이거 카를. 오늘부로 생략하였던 진짜 성을 되살리며 그대를 카를 제국의 황태자로 임명하노라."

레온하르트 역시 황제의 자식이기에 카를이란 성을 쓰고 있었지만, 자이거 대공이 된 후부터는 카를이라는 성을 쓰지 않았었다. 알브레히트가 허락하지 않았기 때문에.

그러나 이제는 레온하르트에게 모든 것이 허락될 것이다. 말 그대로, 황제위를 제외한 모든 것이.

알브레히트가 단 앞에 무릎을 꿇은 레온하르트의 머리 위로 황태자의 관을 올리려는 순간. 대신관이 저 멀리서 휘청휘청 걸어오는 인영을 보고 화들짝 놀랐다.

"교, 교황 성하?"

자고 있을 교황이 왜 엠퍼러 홀에 나타난단 말인가? 대신관의 말을 들은 귀족들이 고개를 돌려 교황을 보고 놀라움을 금치 못했다. 황제 역시 마찬가지였다.

'교황이 황태자 책봉식에 오는 것은 좋은 일이지만, 갑자기 왜?'

교황이 언제나 잠만 자다가 예언을 툭툭 뱉어 내는 기인이라는 것은 모두가 아는 사실이다. 그런 그가 왜 황태자 책봉식에 나타났을까?

타박, 타박.

하얗게 센 백발을 곱게 땋은 교황이 레온하르트가 걸었던 카펫 위를 걸어오자 주변이 죽음과 같은 침묵에 휩싸였다.

교황이 레온하르트가 있는 곳에 다다르기 전에, 대신관이 단에서 내려와 그를 말렸다.

"성하, 여긴 어찌……."

"축복을 하러 왔다. 이제야 선명히 보이는구나."

교황이 황제를 보며 물었다.

"부족한 신의 종이 황태자 전하께 축복을 올려도 되겠지요?"

"……예. 물론입니다."

"그렇다면."

교황이 웃으며 손을 위로 뻗었다.

휘오오, 손안에 휘몰아치는 정화의 힘은 보는 것만으로도 정신이 깨끗해지는 기분이었다. 귀족들은 신앙심이 차오르는 것을 느끼며 두손을 모아 기도했다.

"수많은 갈림길 속에서 옳은 길을 택하신 당신께 축복을 내립니다."

교황의 작은 목소리는 오로지 레온하르트에게만 들렸다. 레온하르트가 교황의 말이 무슨 뜻인지 의아해하는 때, 정화의 힘이 레온하르트에게로 쏟아졌다.

파아앗―!

거대한 신성력으로 시야가 하얗게 물드는 순간, 레온하르트는 겪은 적 없는 시간의 기억을 되찾았다.

겪은 적 없는 미래가 해일처럼 덮쳤다.

쏟아지는 기억 앞에서 레온하르트는 눈을 감았다.

* * *

레온하르트는 자신의 일생이 눈앞에서 흘러가는 것을 지켜보았다.

어린 날의 좋은 기억들은 짧았다. 이복형제 알브레히트는 자각한 순간부터 언제나 무시무시했으며 그것을 증명이라도 하듯 다른 이복 형제자매들을 한 명씩 무덤으로 들여보냈다. 경계 지역으로 내몰려 무덤에조차 들어가지 못한 자들도 있었다.

아마 자신에게도 마찬가지의 결말을 바랐을 것이다. 돌아오지 못하길 바랐을 텐데, 어떻게든 꾸역꾸역 살아남았다.

살고 싶었다. 죽고 싶지 않았다. 지금 보면 왜 그리도 삶에 집착했는지 이해가 가지 않을 정도로.

'살고 싶었지.'

눈앞에서 흘러가는 자신의 삶을 관조하며, 레온하르트는 자신의 어린날을 긍정했다.

'한 번도 행복해 본 적 없는 채로, 죽고 싶지 않았으니까.'

한 번이라도 행복해지고 싶었다. 한 번이라도 사랑받고 싶었다.

알브레히트가 알렉산더에게 사랑을 쏟는 것을 보면 너무도 부러웠다. 알렉산더가 알브레히트의 사랑을 받으며 그게 당연하다는 듯이 태연하게 구는 모습이 대단하다고 생각했다. 알렉산더는 안젤리카와 서로 사랑을 속삭였고, 레온하르트는 그 두 사람을 선망 어린 시선으로 보았다.

그래서 처음엔, 갑자기 튀어나온 율리아나가 모든 것을 망쳤다고 생각했다.

'율리아나 영애가 모든 걸 망쳤다고?'

레온하르트는 의아해하며 자신의 기억을 붙잡아 자세히 보았다.

겪은 적 없는 세계에서, 율리아나를 중심으로 전혀 다른 일들이 펼쳐지고 있었다.

어느 날 갑자기 알마예르의 사생아가 튀어나와 알렉산더의 약혼녀가 되었다.

알렉산더와 안젤리카의 사랑을 지근 거리에서 지켜봐 왔던 레온하르트는 당황했지만 금세 무슨 일이 일어났는지 파악할 수 있었다.

알렉산더의 폭주. 졸속으로 치러진 약혼.

다른 귀족들은 알렉산더가 폭주할 뻔했다는 것까지는 몰랐지만 레온하르트는 알렉산더의 말을 통해 알게 되었다.

'그때 폭주만 하지 않았더라면…!'

알렉산더는 술을 퍼마시며 그때를 후회했다. 폭주하기 전에 조절했어야 했는데, 힘에 취해 그러지 못했다고 말이다. 레온하르트는 알렉산더와 함께 술잔을 기울여 주며 그를 위로했다.

그러나 곧 아연해졌다.

레온하르트는 황도에 오래 머물지 않았다. 알렉산더가 폭주한 후로 황제는 알렉산더를 더 싸고돌았고, 레온하르트는 그의 몫까지 전쟁에 나가야 했다.

가끔 황도에 와서 중요한 연회에 참석할 때면, 레온하르트는 알렉산더가 안젤리카와 노닥거리는 모습을 보게 되었다.

'왜 저렇게……. 약혼녀를 존중하지 않는 거지?'

아무리 자신의 의지가 없던 약혼이라 해도 약혼은 약혼이다. 폭주를 하게 된 것도 자신의 탓이지 않은가? 그런데 어떻게 저렇게 약혼녀를 냉대할 수 있지.

파티장 구석에 덩그러니 서 있는 율리아나는 사방에서 던지는 비웃음을 홀로 견디고 있었다.

알마예르 후작의 사생아는 욕이 있었지만 그건 딱히 욕도 아니었다. 사생아 한 명 두지 않는 귀족이 있던가? 레온하르트 본인부터가 정비 소생의 황족이 아니다.

그러나 음탕한 여자 가이드라서 황태자를 몸으로 유혹해 억지로 약혼했다—라는 말에는 실소를 금하지 못했다.

레온하르트는 음탕한 여자 가이드를 본 적이 없었다.

군에 여자 가이드가 몇 없기는 하지만, 그녀들은 여자 가이드라는 편견에 맞서기 위해 보통의 남자 가이드보다 더 엄격하게 자신을 채찍질했다.

오히려 남자 가이드 중에 뇌물이나 뒷돈을 챙기는 자들이 많았다. 뒷돈을 찔러 주는 센티넬은 더 우선적으로 챙겨 주고, 자신이 자리를 비웠을 때 다른 가이드에게 봐달라고 부탁까지 하는 것이다.

'그렇지만……. 내가 할 수 있는 게 없군.'

레온하르트는 율리아나가 안 됐다고 생각했지만, 딱히 해 줄 수 있는 게 없었다. 제 코가 석 자였다. 자신 역시 부평초처럼 수도에 제대로 자리 잡지 못했는데, 누가 누굴 돕는단 말인가.

레온하르트는 다시 전쟁터로 향했고, 수없는 마물을 죽였다. 마물들의 녹색과 검은색의 피가 온몸을 덮었다.

그렇게 몇 달이 흐르고, 알렉산더가 전쟁터에 나가기 시작했다는 말을 들었다. 자신의 약혼녀와 함께.

'아무리 가이드라 해도, 귀족 영애를 전쟁터에 데리고 가다니.'

소식을 들은 레온하르트가 경악했지만, 다행히 알렉산더는 상처 하나 없이 부대를 이끌고 돌아왔다. 대단히 활약했다는 말에 다행이라고 생각했으나, 금방 또 전쟁터에 나간다는 말에 질겁했다.

그렇게 알렉산더는 몇 번을 전쟁터에 나가서, 상처 없이 되돌아왔다. 그의 컨디션은 점점 좋아지는 것 같았다.

"역시 센티넬은 자신과 잘 맞는 가이드를 두어야……."

"쉿! 그 말을 전하께서 들으면 경을 칠 걸세."

알렉산더는 부정했지만, 남들에게도 눈이 있는데 모르겠는가. 알렉산더는 율리아나와 약혼한 뒤부터 눈에 띄게 역량이 좋아졌다.

황제는 알렉산더에게 레온하르트의 공까지 다 몰아주고 싶었는지, 두 사람을 같은 전쟁터로 보냈다.

선황은 칼덴 공국 수복을 눈앞에 두고 실패했으며, 황제인 알브레히트 역시 칼덴 공국 수복을 염원하고 있었다. 자신의 치세 기간에 칼덴 공국을 수복하면서 그 공을 알렉산더에게 줄 수 있다면? 알브레히트 황제로서는 그보다 더 좋은 일은 없을 것이다.

황제는 칼덴 공국 지역에 대규모 군사를 보냈고 이때 레온하르트는 율리아나의 도움을 많이 받게 되었다.

그러면서 점점 그녀에게 눈길이 갔다.

원래도 소문을 듣고 편견을 가진 적 따위 없으나, 그래도 소문과 다른 영애라는 생각을 했다.

소심하고 남의 눈치를 살피는 성격. 그렇지만 자신이 필요한 곳에는 몸을 던져 헌신했다. 자신의 힘이 필요하다고 하면 귀족이든 평민이든 상관하지 않고 가이딩을 해 주었다.

"왜 그렇게까지 합니까? 영애는 궂은일까지 하지 않으셔도 됩니다."

물은 적이 있다.

알렉산더의 가이드인 율리아나는 원칙적으로 알렉산더의 가이딩만 하면 다른 일들은 아무것도 하지 않아도 된다.

그러나 율리아나는 가이딩하는 것 외에도 부상자를 간호하는 것을 돕고 자신이 할 수 있는 일들을 찾아 부지런히 돌아다녔다.

율리아나는 레온하르트와 시선을 맞추지 못하고 고개를 떨군 채 핏물과 고름, 흙먼지로 더러워진 앞치마를 꼭 쥐었다.

"보람…… 있어서요."

"보람, 말입니까?"

"네. 여기선…… 저를 제 행동으로 판단해 주잖아요. 다들 친절하시고, 그러니까 조금이라도 도움이 되고 싶어요."

그 말이 맞기는 했다. 이곳에서 율리아나는 소중한 가이드이자 천사 같은 귀족 영애였다. 율리아나의 사교계의 평판을 아는 자들조차 실제 그녀의 모습을 보고 감화되었다.

자신들을 살리기 위해 이리 뛰고 저리 뛰는 모습을 보고 있으면 편견을 계속 유지하기도 힘들 터.

그렇지만 레온하르트는 율리아나를 보며 다른 생각이 들었다.

"……그렇게 애쓰지 않으셔도 됩니다. 애써야만 받는 칭찬이 뭐가 그리 대단한 의미가 있겠습니까."

저도 모르게 낯선 소리를 한 레온하르트는 자신의 행동에 당황하여 사과했다.

"실언 죄송합니다. 이만 가 보겠습니다."

도망치듯 율리아나를 떠나며, 레온하르트는 가슴을 부여잡았다.

율리아나를 보자 자신의 옛날 모습이 떠올라서 괴로웠다. 사랑받고 싶어서 눈치를 보고 애를 쓰는, 어릴 적의 자신이.

'아니, 지금도 다르지 않지.'

알렉산더에게 전공을 빼앗길 줄 알면서도 거절하지 못했다. 자이거 기사단은 황제가 부당하고 더러운 행동을 한다며 길길이 뛰었지만, 레온하르트는 황제에게 싫은 소리 한마디도 하지 못했다.

무서우니까. 그리고, 혹시라도 칭찬해 줄지도 모르니까.

그런 자신이 목줄에 묶여 질질 끌려다니는 개 같다는 생각을 하면서도, 차마 주인을 바꿀 생각을 하지 못했다.

그래서 전장에서 죽기로 결심했다. 차라리 이곳에서 죽어 버리면, 황제는 기뻐할 테니까.

'전공은 알렉산더가 갖고, 보기 싫은 나도 치워 버리고. 정말 딱이겠군.'

쓴웃음을 지은 레온하르트는 그다음 전투에서, 부하들을 지키기 위해 모든 이능을 불살랐다.

그리고.

"버텨! 조금만 더 버텨라!"

후회했다.

전투 전에 불경한 생각을 해서 부정을 탄 걸까. 생각했던 것보다 더 고전했다. 자신만 죽는 것이라면 상관없겠지만, 함께한 병사들까지 떼죽음당할 상황이다.

레온하르트는 이를 악물고 심장에 고인 근원 이능을 끌어 올렸다. 입 안에 피 맛이 감돌고 곧 검은 핏덩이를 토했다.

이제 더 이상 버틸 수 없다고 절망한 그때.

"모두 일어나세요."

"레이디 율리아나!"

'레이디 율리아나? 그녀는 지금 황태자 전하와 있어야 하는데…….'

알렉산더와 함께 안전한 곳에 있어야 하는 사람이라는 걸 알면서도, 그녀가 나타났다는 말에 안도하는 자신이 있었다.

율리아나의 얼굴을 보자 부정하던 마음을 인정하게 되었다.

'어차피 죽을 목숨이었는데…….'

철컥.

목줄의 주인이 바뀌는 순간이었다.

* * *

교황이 뿜어낸 흰 빛이 엠퍼러 홀을 가득 채웠다.

레온하르트가 기억을 되찾는 그 찰나의 순간에, 몇몇 사람도 눈을 감고 어떤 장면을 보고 있었다.

'사생아 주제에, 황태자의 약혼녀가 되다니. 과분한 위치에 올랐으면 감사할 줄 알아야지.'

'너 정말 미친 거 아니야? 당연히 너 따위보다 안젤리카를 훨씬 더 좋아하지! 아니, 너보다 싫어하는 사람 같은 건 이 세상에 없어!'

'드디어 저 물건을 눈앞에서 영영 치워 버리는군.'

휴렌, 바이델, 알마예르 퓌센, 그리고 황제까지.

회귀의 기준점인 율리아나와 가장 가까웠던 존재들이었다.

막혔던 둑이 터지듯, 그들의 머릿속으로 어딘가에선 실제로 일어났던 다른 미래가 덮쳤다.

* * *

엠퍼러 홀을 물들였던 빛이 잦아든 뒤, 황제는 황태자의 관을 놓쳤다. 다행히 이미 레온하르트의 머리에 올리고 있던 터라 관이 바닥으로 떨어지는 불상사는 일어나지 않았다.

그러나 홀 안의 사람들이 벌벌 몸을 떠는 황제를 보는 것을 막을 길이 없었다.

"이런……. 갑자기 어지럼증이."

황제는 주변의 시선을 의식하여 어지러운 척하며 의자로 가서 앉았으나 얼굴이 창백하게 질려 있었다.

레온하르트의 금빛 눈이 황제를 매섭게 훑어보았다.

'황제 역시, 기억을 찾은 것 같군.'

기억을 모두 되찾은 레온하르트는 황제를 무감각한 눈으로 보았다.

레온하르트는 알브레히트 황제가 죽은 뒤, 알렉산더의 치세 기간을 떠올렸다.

무의미해진 국경과 황폐해진 제국. 마물에게 도살당하는 백성들과 마족의 손에 갈가리 찢기는 기사들.

'아니, 사실은.'

그 어떤 참사보다 율리아나의 마지막이 끔찍했다.

사랑을 자각하고 인정하자마자 율리아나가 죽어 버렸으니까. 스스로 생을 놓아 버렸으니까.

온몸의 뼈가 으스러진 채 죽어 가던 그녀를 붙잡고 울부짖던 기억이 바로 어제의 일처럼 생생하다.

레온하르트는 저도 모르게 알렉산더를 노려보았다. 그리고 놀랐다.

'알렉산더…?'

"전하? 전하, 왜 그러세요?"

안젤리카가 말려 보아도 알렉산더의 상태는 명백히 이상했다. 영혼이 빠져나간 사람처럼 몸을 축 늘어트리며 동공을 텅 비었다가, 다시 초점이 돌아오면 미친 사람처럼 몸을 떨며 발작했다.

쿵!

결국 알렉산더는 바닥으로 쓰러졌다. 전기 공격이라도 당한 것처럼 경련했다.

"전하, 전하!"

안젤리카가 가련하게 외쳤지만, 알렉산더의 주변으로 불꽃이 튀자 아무도 다가가지 못했다.

석상처럼 얼굴을 굳히고 있던 알마예르 후작이 일어나 물의 막으로 알렉산더를 감싼 뒤 퇴장했다.

"제가 소란을 일으켰군요. 그렇지만……. 꼭 지금이어야 했습니다."

교황은 빙긋 웃으며 털썩, 자리에 주저앉았다. 대신관이 화들짝 놀라 달려 나왔다.

"교황 성하!"

스르륵. 대신관의 품에서 교황은 다시 잠들었다.

싸아아—.

다시 침묵이 홀에 내려앉았다. 유례없는 교황의 난입과 갑자기 발작한 알렉산더 때문에 모두가 어찌할 바를 모르던 때, 황제가 자리에서 일어나 수습했다.

"이것으로 레온하르트 자이거 카를이 카를 제국의 황태자가 되었음을 선포하노라. 제국에 광영이 있을지어다!"

와아아—!

눈치 빠른 귀족들이 모두 자리에서 일어나서 박수를 쳤고 광장에서 중계를 지켜보고 있던 군중들 역시 함성을 내질렀다.

"카를 제국 만세!"

"황제 폐하 만세, 만만세!"

"황태자 전하 만세!"

책봉식이 끝나자 중계가 중단되었고, 귀족들은 휴게실로 자리를 옮겼다. 황태자 레온하르트가 기사단과 함께 퍼레이드를 하고 오면 연회가 시작될 것이다.

귀족들이 홀을 나가는 동안에도 황제는 새하얗게 질린 채 의자에 앉아 있었다. 황제가 레온하르트에게 손짓했다.

레온하르트가 망토를 끌며 단에 올라 황제의 곁에 섰다. 황제가 떨리는 목소리로 물었다.

"너, 너도 뭔가를 봤느냐?"

"네."

"그건, 미래의 일이더냐?"

레온하르트는 잠깐 사이에 몇 년 더 늙은 것처럼 보이는 황제의 얼굴을 바라보았다. 입으론 묻고 있지만 머리론 이미 짐작하는 듯했다.

"미래는 아니고, 우리에게 올 뻔했던 다른 선택지였던 것 같습니다."

"그래. 그렇구나……."

황제는 회한 어린 목소리로 중얼거렸다.

"알렉산더가… 나를 죽였구나……."

"……."

레온하르트는 대답하지 않았다.

알브레히트가 급사한 후, 알렉산더는 황제의 장례를 치르기도 전에 황제의 관을 썼다. 오랜 기간 황태자였던 만큼 반발은 없었다.

그러나 황제의 장례를 치르던 도중, 황제가 음독으로 죽은 것 같다는 장례사의 증언이 나왔다.

근거 없는 뜬 소문이라며 모두 쉬쉬하고 그 장례사는 곧 자취를 감추었다. 경솔하게 입을 놀린 죄로 죽었으리라.

알렉산더가 황제를 암살했다는 건 공공연한 비밀이었다. 알렉산더도 딱히 숨기려는 것 같지 않았다. 어차피 황제의 자리에 올랐는데 무슨 상관이겠는가? 그렇다고 레온하르트가 황위를 찬탈하려는 야심이 있는 것도 아닌데.

그런 소란 속에서 율리아나의 자살은 별것도 아니었다.

자신을 밀어 주던 황제가 죽자 알렉산더에게서 버림받을 것을 비관해서 뛰어내린 게 아니겠냐며 몇몇 호사가들이 수군거리다가 곧 묻혔다. 아무리 천덕꾸러기여도 알마예르의 일원이었다.

율리아나의 죽음 이후로 황실과 알마예르 사이가 멀어졌다는 말이 있기는 했지만 레온하르트로서는 확인하기 어려운 일이다.

레온하르트는 마음 둘 곳 없이 살았다. 목줄의 주인이 바뀌었는데, 그 주인이 죽으니 떠돌이 개가 되었다.

알브레히트의 목소리가 상념을 깨트렸다.

"그럴 아이가 아닌데……. 알렉이 그럴 아이가 아닌데……."

넋을 놓고 중얼거리는 황제를 보며 레온하르트가 몸을 숙였다. 잊었던 증오가 부글거리다 터졌다. 주름진 귓가에 저주의 말을 뱉었다.

"알렉산더를 그렇게 키운 분이 누구십니까. 알렉산더가 제국을 망쳤고 알렉산더를 망친 분은 바로 폐하십니다."

레온하르트의 말에 황제가 부들부들 떨며 경악에 찬 눈으로 노려보았다.

"너, 너…!"

"폐하께서는 그 후의 일을 모르시지요. 마족들이 쳐들어와 제국이 불타고 피의 강이 흘렀습니다."

레온하르트의 금빛 눈이 형형하게 타올랐다.

"다, 폐하와 알렉산더의 치적입니다. 경하드립니다."

"너 이 녀석……!"

알브레히트가 레온하르트의 멱살을 움켜쥐었다. 홀에 남아 있던 시종들이 눈을 돌려 못 본 척했다.

레온하르트는 멱살이 잡힌 채로 말했다.

"뭔가 예감하셨는지 이번에는 폐하께서 빠른 결단을 하셨지요. 다행이라고 생각합니다."

"레오! 너는 대체……. 정체가 무엇이냐?"

황제가 목소리를 낮추며 물었다.

"마족이냐? 아니면 예언가? 사교도?"

레온하르트가 피식 웃었다. 스스로 생각해도 자신이 성자라는 사실을 믿을 수가 없다. 세상을 이리도 사랑하지 않는 성자가 있단 말인가?

그러나 레온하르트가 교황 덕분에 새롭게 발현한 힘은 명백히 신의 영역에 속한 것이었다.

"마족은 아닙니다. 아마 마족과 가장 가까운 자가 있다면, 바로 저기 있겠지요."

레온하르트가 손을 뻗자 기둥 뒤에서 비명 소리가 들렸다.

"캬아악!"

"아, 안젤리카?"

기둥 뒤에 몸을 숨기고 엿듣고 있던 안젤리카였다. 알브레히트의 손을 뿌리친 레온하르트가 안젤리카에게로 천천히 걸어갔다.

안젤리카는 마치 작살에 꿰인 물고기처럼 퍼덕거리며 그 자리를 벗어나지 못했다. 레온하르트가 신성력으로 그녀를 붙잡아 두고 있었기 때문이다.

레온하르트가 의아해하며 안젤리카를 보았다.

"대체 예전과 어디서부터 달라진 걸까. 아마도 그쪽에도 회귀 전을 기억하는 마족이 있나보지."

안젤리카의 연녹색 눈이 새카맣게 물들며 사타나키아가 나타났다.

"네 녀석이 성자였구나! 모습을 숨기고 있다니…. 비열한 놈!"

"비열한 건 내가 아니라 너겠지. 쥐새끼처럼 인간의 몸에 숨어들다니."

"그건……. 캬악!"

레온하르트가 두 손을 벌려 흰 막을 형성해 사타나키아에게 씌웠다. 사타나키아는 발버둥 치며 비명을 질렀다.

"그래 봐야 소용없는 짓이다! 나는 정당한 계약을 했고 너는 우리의 계약을 파기할 수 없어!"

"그래. 나는 계약을 파기하지 못하지."

레온하르트가 긍정하며 손바닥으로 힘을 흘려보냈다. 사타나키아가 아무리 발버둥 쳐도 점점 두꺼워지는 흰 막에 상처 하나 내지 못했다.

흰 막은 마치 고치처럼 사타나키아를 완전히 감쌌다.

"그러니까, 계약이 없던 시간으로 되돌린다."

레온하르트의 선언과 함께 고치에서 빛이 뿜어져 나왔다.

"아아악! 안 돼, 안 돼애—!"

인간의 것이 아닌 기괴한 목소리가 비명을 내지르다가 곧 빛과 함께 사그라들었다.

레온하르트는 손을 떼고 이마에 송골송골 맺힌 땀을 닦았다.

레온하르트는 안젤리카의 시간을 되돌렸다. 마족과 계약하기 전으로.

곧 고치가 흩어지며 고요한 표정의 안젤리카가 드러났다. 레온하르트는 시종을 불러 안젤리카를 부축하도록 했다. 안젤리카와는 닿기도 싫었다.

'알렉산더와 결혼하기 위해서 마족의 손을 잡다니.'

아니, 어쩌면 알렉산더와 결혼이 목적이 아니라 황후의 자리가 목적일 수도 있다. 둘 다 혐오스러웠다.

레온하르트는 등을 돌려 자신을 모르는 사람처럼 바라보는 황제에게 인사했다.

"감사합니다, 폐하. 이번 생에는 최대한 죽지 마시고 제국을 수호하시길 바랍니다. 그럼."

펄럭.

레온하르트가 몸을 돌리자 등에 매달린 망토가 마치 깃발처럼 펄럭였다. 알브레히트는 망토에 새겨진 제국의 문장을 보며 탄식했다.

"대체……. 대체 제국은 어디로 가는 것인가."

레온하르트의 말을 들으면 이전 생에는 제국이 마족의 손에 멸망한 것 같다. 멸망한 제국의 시간을 되돌린 자는 아마도 레온하르트일 터.

그렇다면 이번 생은 어떻게 되는가?

자신은 이번 생에도 알렉산더의 손에 죽게 될까? 아니면 이전 생과는 달리 알렉산더를 폐위하고 레온하르트를 황태자로 올렸으니 죽지 않게 될까?

모든 것이 다 혼란스러웠다.

다만, 이전처럼 알렉산더를 사랑할 수 없다는 것만큼은 분명했다.

* * *

"교황님은 처음 뵙는데 정말 신비로운 분이신 것 같네요."

"저는 그분께서 잠깐 깨어나셨을 때 주관하신 대예배 때 뵈었어요. 늙지도 않고 정말 신비로운 분이시죠."

"네. 확실히 정화의 빛이 좋긴 한가 봐요. 왠지 머리가 개운해진 것 같아요."

황궁에 가문 휴게실이 따로 없는 귀족들은 공동 휴게실에서 사람들은 삼삼오오 모여 떠들며 휴식을 취했다.

"그런데 황태자 전하와 알마예르 영애가 약혼한다는 이야기가 있던데…. 사실일까요?"

"어머. 소식이 느리시군요? 거의 확정이던걸요?"

"아아. 그래서 '그' 영애가 그렇게 황자 전하께 찰싹 붙어 있었던 거군요. 성녀가 되고 난 후부터는 황자 전하를 만나지도 않았다던데."

"그러니까요. 어떤 의미로는 정말 대단한 영애예요."

"아이참. 성녀님이라고 불러야죠. 비록 성녀인데도 결계 지역에서 아무런 공도 세우지 못하고 돌아왔지만!"

주변에서 모르는 척 대화를 엿듣고 있는 사람들에게서도 웃음이 터져 나왔다. 대화는 자연스레 알렉산더와 레온하르트에게로 흘렀다.

"황자 전하의 몸 상태가 안 좋아 보이시던데. 한동안 사교 활동을 못 하실 수도 있겠네요."

"사교 활동은 안 하시는 게 나을 수도 있지요."

"맞아요. 아무리 황태자 전하께서 인품이 좋으셔도 보기에 좀 그렇죠."

"그런데 알마예르 영애와 좀 친분이 있으신 분은 없나요?"

"사교 활동을 거의 안 하신 분이라……. 이럴 줄 알았으면 좀 친해지는 거였는데, 아쉽네요."

레온하르트의 행적은 제법 잘 알려져 있으나, 율리아나의 행보는 굵직한 사건 외에는 알려진 게 별로 없었다.

하위 귀족이나 평민들이 다니는 아카데미를 졸업하고 곧장 입대했기 때문이다. 데뷔탕트를 치르긴 했지만, 그때도 나이가 찼으니 데뷔탕트 파티에 참석한다는 느낌이었지, 새로운 사람들과 교류하려는 느낌은 아니었다.

보통 데뷔탕트 파티에서 여러 사람을 만나며 앞으로 맺어 나갈 혼맥과 인맥의 초석을 놓는 것과는 다른 행보였다.

"아쉽긴 하지만, 그래도 이전 분과는 달리 괜히 파벌을 가르고 횡포를 부리지는 않을 것 같아서 다행이네요."

"맞아요."

사람들의 눈이 휴게실 한쪽 구석에 닿았다. 움찔! 어깨를 바르르 떠는 영애들은 평소 안젤리카를 등에 업고 남을 업신여기며 기세당당했던 무리였다. 안젤리카의 위세가 떨어진 지금은 업보를 고스란히 때려 맞는 중이었다.

아무리 안젤리카가 성녀라지만 귀족들 사이에선 제대로 된 성녀 취급도 못 받는 데다가 폐자자와 결혼할 게 확실해진 상황. 게다가 지금의 채텀 백작가는 후계자인 프레데리카까지 행방불명 상태라서 앞으로 안젤리카의 사교계 생활은 순탄치 않을 것이다.

황태자의 약혼녀가 되실 레이디께서 그렇게 놔두시지도 않겠지만, 그녀가 가만히 둔다고 하더라도 다른 이들이 안젤리카를 배척할 게 분명했다.

"마음씨가 고와 보이시던데 저희가 많이 도와드려야겠어요."

영애들과 다른 귀족들은 하인들이 서빙하는 음료를 마시며 충분히 휴식을 취했다. 다른 휴게실 역시 다르지 않은 분위기였다.

다만, 알마예르 후작가의 휴게실만은 아니었다. 그들은 혼란스러움에 휩싸여 있었다.

"이게 대체…… . 내 머릿속에 이상한 기억이 있어."

바이델이 덜덜 떨며 제 손톱을 깨물었다.

교황이 뿜어낸 빛이 몸에 닿은 순간, 이상한 기억이 머릿속으로 밀려 들어왔다. 말도 안 되는 기억이었다.

'내가…. 내가 율리아나를…… . 그럴 리 없잖아! 터무니없는 망상이야!'

바이델은 거칠게 고개를 저었다. 그런데 자신만 그런 것이 아닌지, 휴렌도 반응이 비슷했다.

'아버지는……. 모르겠어. 표정을 읽을 수가 없어.'

그래서 일단 책봉식이 끝난 뒤 율리아나를 비앙카와 함께 발라고프의 휴게실로 보냈다. 비앙카는 어려서일까? 빛에 닿아도 별 반응이 없었다.

발라고프도 마찬가지였다. 발라고프 백작과 파벨도 별다른 반응이 없는 걸 보면 그들처럼 이상한 환상 같은 것을 보지 못한 것 같다.

아니, 그 반대다. 자신들 외의 모든 사람이 멀쩡해 보였다.

그래서 알마예르 휴게실에 있는 바이델, 휴렌, 알마예르 후작만이 미묘한 분위기를 풍기고 있었다. 그럴 리 없다는 현실 부정이 가득하지만, 마음속 어딘가에서는 그게 '진실'일지도 모른다고 두려워하는 묘한 분위기가.

바이델이 손으로 제 입술을 뜯으며 휴렌을 바라보았다.

"나만 그런 거 아니지? 형……. 형도, 그 이상한 기억이 있는 거지?"

"기억? 그걸 기억이라고 부르지 마라. 그런 처참한 것이……!"

버럭, 화를 내려다가 휴렌이 지끈거리는 관자놀이를 짚었다.

기억이라니, 말도 안 된다. 그런 일을 했던 기억 따윈 없다.

그러나, 머릿속에 떠오른 그 장면들을 떠올리면……. 마치 다른 시간 선상의 자신이 했을 법한 일들이라, 심장이 후회로 뭉그러지는 것 같았다.

그 기억은 너무도 기묘했다.

기억은 현재와 모든 것이 달랐지만, 그중에서도 확연하게 달라지는 분기점이 있다면 바로 율리아나가 알마예르저로 오는 순간이었다.

그 기억 속에서 알마예르 후작은 율리아나를 조카라고 설명하지 않았다. 딸이라고 했다. 그래서 알마예르의 모두는, 율리아나를 배척했다. 감히 성도 밝히지 못하는 평민이 알마예르의 피를 훔쳐서 낳은 아이라고 생각하고 괴씸해했다.

그렇게 율리아나를 유령처럼 없는 것인 양 대한 지 몇 년이 흘렀다. 그나마 율리아나에게 상냥하게 대하던 비앙카가 폭주하여 죽었다.

지금이라면 알 수 있다. 비앙카는 유모와 친모에게 학대당하다가 폭주해서 죽은 것이다. 그러나 그때는 알 수 없었다.

비앙카가 죽은 충격으로 앓아누웠던 율리아나는 가이드로 발현했다. 그래서 휴렌은 율리아나가 더 괘씸했다. 조금만 더 일찍 가이드로 발현했더라면 비앙카가 죽지 않았을 것 같았다.

그 뒤부터 율리아나는 유령이 아니라 샌드백이 되었다. 마구 함부로 다뤄도 되는, 상처를 받기 위해 만들어진 물건처럼.

그리고 휴렌 자신은······.

'율리아나를, 폭주 직전의 알렉산더의 막사에 밀어 넣었지. 죽어도 상관없으니까. 아니, 차라리 죽으라는 마음에서.'

그렇게 율리아나는 알렉산더의 약혼녀가 되었고, 휴렌은 차라리 잘됐다고 생각했다. 기껏 태어났으니 아무런 의미 없이 죽는 것보다 뭐라도 가치 있는 일을 하는 게 좋지 않은가?

본인 자체가 무가치하니 제국의 황태자를 위해 봉사하는 게 나으리라. 물론 황태자의 약혼녀라는 위치는 그깟 사생아에게는 너무도 과분한 자리지만.

그러던 중, 황제 폐하가 서거하고 알렉산더는 황제 대리로서 율리아나에게 황비 첩지를 내렸다.

'알마예르의 적녀라면 모를까, 사생아에겐 황비도 과분하지 않나?'

그런 생각을 했다. 그리고 다음 날, 율리아나가 투신해서 죽었다는 소식을 들었다.

'더러운 것이 주제 파악도 하지 못하고 끝까지 엉망진창으로 구는군.'

애도하는 마음 따위는 없었다. 휴렌은 한 번도 율리아나를 동정해 본 적이 없었기에.

사생아 주제에 알마예르의 이름을 무기 삼아 자신과 바이델의 애정을 구걸하는 꼬락서니가 한심하고 짜증 났다.

아무리 예법을 배워도 눈동자에선 비굴함이 뚝뚝 떨어졌다. 귀족적이지 못하고, 알마예르답지 못했다. 가이드인 것까지 짜증이 났다. 정말 싫어하는데, 그 손을 잡으면 날뛰던 기운이 거짓말처럼 가라앉아서. 점점 더 싫어지기만 했다.

그런데 그 애가 죽고 난 뒤의 제국은……. 점점 파멸일로를 걸었다.

원래 레온하르트에게 열등감을 갖고 있는 알렉산더는 레온하르트를 계속 험지로 내몰았다.

그런데 제국 내부 곳곳에서 마물이 발견되는 일이 생기기 시작했다. 알렉산더가 그 일을 해결하려 했으나 그의 이능이 예전처럼 날뛰기 시작했다. 아니, 예전보다 더 날뛰었다.

율리아나의 가이딩을 믿고 마음껏 이능을 쓰던 알렉산더는 다른 가이드들로 커버되지 않았다. 그렇다고 이미 버릇이 되어 버린 사용법을 하루아침에 바꿀 수도 없었다.

알렉산더는 이능을 폭주 직전까지 쓰는 버릇을 고치지 못했고, 결국 대폭발을 일으키며 죽었다. 그를 진정시키려 애를 쓰던 발라고프 백작과 궁에 있던 귀족들도 함께였다.

그런데 문제는, 알렉산더가 죽으면서 일으킨 대폭발이 결계의 제어 장치를 건드려서 결계 일부가 무너졌다는 것이다.

결계, 마계로부터 인간계를 분리하는 그 거대한 방벽에 구멍이 뚫리자 그곳으로 마물과 마족들이 쏟아져 들어왔다. 결계는 카를의 혈통이 흐르는 자만이 다룰 수 있으므로 아무도 수습하지 못했다.

뒤늦게 레온하르트가 달려와 결계를 막아 보았지만 이미 들어온 마족과 마물을 어쩔 수는 없는 노릇이다.

마족과 마물들은 제국을 불태웠다. 수많은 인간을 죽이고 그 피를 마셨다.

한번 깨진 결계는 완벽하지 않았고, 마족들은 저들끼리 머리를 맞대고 결계 안으로 다른 마족들을 불러낼 궁리를 했다. 그리고 성공했다.

그렇게 결계는 유명무실해지고 제국은 점점 마계화되었다.

휴렌의 기억은 거기까지였다. 아마 바이델도 마찬가지일 터. 두 사람은 같은 전투에서 죽었으니까.

"……그런데 왜 우리만 이 기억을 갖고 있는 거지?"

바이델이 덜덜 떨리는 목소리로 중얼거렸다. 그 말을 받은 사람은, 휴렌이 아닌 알마예르 후작이었다.

"그건, 우리가 율리아나의 가까운 사람이라서다."

바이델이 떨리는 눈으로 알마예르 후작을 바라보았다.

"……아버지께서 폐하를 지키고 계셨죠."

레온하르트 자이거 카를. 결계를 만들었던 초대 황제의 후손이자 인류의 마지막 희망.

그런 레온하르트를 지키는 것이 그 무엇보다 중요했기에, 휴렌과 바이델이 마족과 싸우며 죽는 동안에도 알마예르 후작은 레온하르트의 곁을 떠나지 않았다. 그래서 알마예르 후작은 레온하르트와 최후까지 함께 있었던 사람이었을 터.

알마예르 퓌센이 바짝 마른 입술을 열었다. 언제나 조각처럼 굳어 있던 얼굴은, 마치 세월에 마모되어 가는 석상처럼 파스스 회한을 흩날리고 있었다.

"레온하르트 폐하께서 율리아나를 기준으로 시간을 돌렸다."

예상 밖의 말에 휴렌과 바이델이 벙쪘다.

"폐하……께서요?"

바이델이 되물었다. 기억 속에서 레온하르트가 황제였기에 폐하라는 호칭이 자연스럽게 흘러나왔다.

"그래. 폐하께서는 신의 선택을 받아 신성의 이능을 쓰실 수 있었지. 폐하의 능력은 바로 시간 회귀였다."

인류를 이대로 몰살시킬 수 없다는 신의 결정이었을까? 신의 뜻은 알 수 없다. 다만 이미 불바다가 되어 버린 땅에서 성자로 발현해 봤자 무엇하겠 냐며 한탄하던 레온하르트가 기억에 남았다.

'하! 이건 치유력 따위가 아니군. 이건 치유가 아니라 시간을 되돌리는 능력이야.'

퓌센의 부상을 고쳤을 때, 레온하르트는 자신이 치유력을 지녔다고 착각 했다. 그러나 아니었다. 몸의 시간을 되돌린 것이었다.

퓌센은 그것도 나쁘지 않다고 여겼다. 오히려 좋은 것 같기도 했다. 가이 드 없는 센티넬의 한계는 뻔한 것이니, 차라리 시간을 되돌릴 수만 있다면 영원히 싸울 수 있지 않을까.

그러나 레온하르트의 생각은 달랐다.

'신은 더 이상 희망이 없다고 판단하신 거야. 그러니 시간을 돌리는 능력 을 주신 거지. 이제 희망이 없으니 버티지 말고 차라리 시간을 돌리라 고……. 하하하!'

광소를 터트리는 레온하르트의 금빛 눈은 지독하게 가라앉아 있었다. 아 니, 이제 금빛이라고 부르기도 무색했다.

마계화된 땅에서 끝없이 싸우며 마족과 마물의 피를 뒤집어쓴 얼굴은 엉 망이었고, 그 눈 역시 짙은 핏빛으로 물들어 있었다.

'그것만이 내 사명이라면, 시간을 되돌리겠다.'

레온하르트에게서 뿜어져 나온 빛은 이미 지칠 대로 지친 그의 모습과는 달리 더없이 맑고 깨끗했다.

흰빛은 레온하르트의 몸을 삼키고 점점 커졌다. 온 세상을 덮을 듯 퍼져 나갔다. 다가오던 마물들은 그 빛에 휩싸여 증발해 버렸고 빛의 세계 속에서 오롯이 레온하르트만이 실존한 듯했다.

퓌센은 눈 부신 빛 속에서 가까스로 눈을 뜨고 레온하르트를 보았다.

넓게 양팔을 벌리고 하늘을 바라보는 레온하르트. 그는 구도(求道)하는 성자, 그 자체였다. 그러나 그가 부르는 이름은 신의 이름이 아니었다.

'율리아나…….'

마른 입술이 그렇게 중얼거린 것도 같았다. 그 후의 기억이 없는 것을 보니 시간을 거슬러 온 것이겠지.

퓌센은 10년은 늙은 얼굴로 눈앞의 휴렌과 바이델을 바라보았다. 두 아들은 퓌센에게 대답을 요구하고 있었다.

이번 생과 사라져 버린 지난 생.

두 생의 차이는 바로 율리아나에게서 비롯되었다.

레온하르트가 어떤 생각으로 율리아나를 기준으로 시간을 되돌렸는지 모르지만, 그의 판단은 아주 적절했다.

인과관계를 정확히 도출해 내기는 어렵지만 결국 제국을 멸망에 빠트린 알렉산더는 폐태자가 되었고 인류의 마지막 희망이었던 레온하르트가 황제가 될 테니까. 그리고 회귀 전의 자신은 율리아나를……

"나는, 괘씸했다. 내가 유일하게 사랑했던 보석을 훔치고도, 그 보석이 귀한 줄 몰랐던 그 아이가."

니엘라 알마예르. 퓌센의 이복 여동생. 그의 유일한 여인이자 유일한 사랑인 그녀.

니엘라는 자신의 임신 사실을 알고 아이를 지키기 위하여 도망쳤다. 태어나지도 않은 배 속의 아이가 퓌센에게서 니엘라를 앗아 간 셈이다.

그런 주제에 율리아나는 니엘라가 죽을 때 임종조차 지키지 않았다. 퓌센은 그게 너무도 화가 나고 괘씸하여서 율리아나를 사람 취급하지 않았다.

그 말에 휴렌이 반박했다.

"딸이라고 소개하셨던 이유는 뭐죠? 그것만 아니었다면ㅡ!"

"니엘라가 다른 남자와 아이를 낳았다는 사실이 끔찍했으니까! 차라리 내 아이라고 착각하는 것이 나았다!"

퓌센이 벌컥 화를 내었다. 니엘라의 명예를 위해서도 자신의 사생아라고 하는 것이 나았다. 그러나 퓌센에게 죽은 니엘라의 명예는 부차적인 일이었다. 그저, 미하일 발라고프의 존재를 지워 버리고 싶었다. 니엘라의 사랑을 받은 남자는 없었던 것으로 하고 싶었다. 자신 외에는.

그렇지만 마음처럼 되지 않았다. 퓌센은 율리아나를 볼 때마다 미하일의 그림자를 보았고, 죽은 니엘라가 떠올라 소름이 끼쳤다. 차라리 저 애가 죽고 니엘라가 살아 있다면 얼마나 좋을까.

세상 모든 것에 무심하고 니엘라만 사랑했던 퓌센은 그래서 율리아나만을 지독하게 증오했다. 그릇된 사랑에서 비롯된 그릇된 증오였다.

"맙소사, 고작 그깟 걸로……."

바이델이 탄식했다. 자신의 모든 행동을 아버지의 탓으로 돌릴 수는 없다. 그렇지만, 만약 첫 단추를 잘 꿰었더라면.

이번 생에서처럼, 율리아나가 사촌 누이인 것을 알았더라면 그렇게까지 율리아나를…….

"아악! 제기랄!"

바이델은 소리 지르며 머리를 쥐어뜯고 제 몸을 내려쳤다. 화가 나서 견딜 수가 없었다. 저 자신이 한심해서 미쳐 버리고만 싶었다.

"아아악!"

눈물이 줄줄 흘렀다.

율리아나. 사랑스러운 율리아나.

차마 세게 안지도 못할 만큼 소중하고 사랑스러운 율리아나를 어떻게 대했던가.

윽박지르고, 폭언을 퍼붓고, 조심히 내민 손을 뿌리치고, 아플 때도 인도력만 취하고 다시 내팽개쳤다. 마치 율리아나가 그것만을 위해 존재하는 물건이라도 되는 것처럼.

"아아아악!"

바이델은 무릎에 얼굴을 묻고 소리를 지르며 엉엉 울었다.

율리아나는 회귀 전의 기억이 있던 걸까? 어릴 때, 자신이 다가갈 때마다 어째서인지 무서워하던 하늘색 눈동자가 떠올랐다.

자신이 온몸으로 애정을 표현해도, 어색하게 밀어내던 태도가 떠올랐다. 수년에 걸쳐 자신에게 마음을 열게 되었지만, 그래도 어딘가 선을 긋던 모습이 떠올랐다.

'다 내가 자처한 거였어. 나 때문이었어…….'

율리아나가 자신을 사랑할 수 없는 이유가 너무도 자명했다. 바이델은 오열하며 율리아나의 이름을 중얼거렸다.

"율리아나…. 율리……. 내 불쌍한 율리…….."

차라리 자신이 시간을 되돌렸다면 얼마나 좋을까. 아예 그런 일이 없던 시간선으로 가고 싶었다. 율리아나가 그런 끔찍한 삶 따위는 기억도 하지 못하게, 자신만 기억하며 죄인처럼 살고 율리아나는 모든 것을 잊고 행복할 수 있는 시간으로 가고 싶었다.

그러나 바이델에겐. 아니, 알마예르의 남자들 따위에겐 그런 고귀한 힘은 주어지지 않았다.

* * *

애프터 파티의 준비가 끝났다.

사람들은 하인들의 안내를 받아 연회장으로 향했다.

평소에 열린 작은 연회들과는 비교도 할 수 없이 화려하게 꾸며진 연회였다. 비록 준비 기간은 짧았으나 그만큼 더 예산을 퍼부었다.

천장에는 커튼처럼 긴 샹들리에를 달아서 마치 빛의 장막이 생긴 것만 같았다. 흔들리는 불빛에 최고급 크리스털들이 어룽거리며 빛무리를 뿌렸다. 마치 천국이 이런 곳일까 싶게 아름다웠다.

연회장 내에는 달콤한 향기가 흘렀고 본적도 없는 음식이 넘쳐났다.

장식 화분에조차 에메랄드와 사파이어가 박혀 있었고 연회장 곳곳에 조성된 분수에서는 황금빛 샴페인이 뿜어져 나왔다. 사람들은 분수에 잔을 기울여 샴페인을 담아 마셨다.

연회장 곳곳에 매달린 새장에서 새들이 지저귀었고 오케스트라가 연주하는 노래도 황홀했다. 제아무리 대단한 권세가라 해도 황가에서 작정하고 뿌리는 부에는 미치지 못했다.

사람들은 이런 연회를 연 알브레히트 황제를 칭송하며 레온하르트가 그의 뒤를 이어 대단한 황제가 될 거라고 장담했다.

뭐, 레온하르트가 아무리 못해도 알렉산더보다 무조건 나은 치세를 펼칠 것이다. 사람들은 말을 줄이며 눈웃음을 교환했다.

"율리아나 님!"

"레이디 율리아나, 저와 한 곡 추시겠습니까?"

"안녕하세요, 소위님. 저희 아버지께서 소위님의…….

그리고 그만큼 율리아나의 주변으로 사람들이 구름처럼 모였다. 율리아나는 얼떨떨해하며 적당히 사람들을 응대했다. 과자와 케이크를 들고 온 비앙카의 옆으로 피신했다.

"언니 인기 많네?"

"그러게. 적응이 안 되네."

율리아나가 한숨을 폭 내쉬자 비앙카가 킥킥 웃었다.

"언니가 황태자비가 될 거라 다들 줄을 대려나 봐."

"그런 말도 알아?"

"언니. 내가 몇 살인 줄 아는 거야?"

비앙카가 입술을 삐죽였다. 이제 13살이 된 비앙카는 제법 소녀티가 났지만, 율리아나의 눈에는 여전히 어린아이처럼 보였다.

"우리 비비는 언니한테 영원한 아기니까!"

"꺅! 언니, 나 머리 망가져!"

율리아나는 비앙카를 끌어안고 쪽쪽 뽀뽀를 퍼부으려다 참았다. 이 뽀얀 피부에 입술 자국이라도 남으면 지우느라 고생할 테니 말이다. 아쉬운 대로 꽉 끌어안기만 하고 놔주었다.

"또 과자만 먹고 있네. 누님도 좀 드세요. 새벽부터 준비하느라 얼마 못 드셨을 텐데."

파벨이 샌드위치와 핑거 푸드를 담아 온 접시를 내밀었다.

"고마워, 파샤."

"흥! 나는 언니 덤이지? 얄미운 놈."

"비비. 그런 말 쓰면 안 된다고 했지?"

"그래두……."

"비비가 언니 동생인 것처럼 파샤도 언니 동생이야. 동생끼리 잘 지내야지."

율리아나의 말에 비앙카의 얼굴이 왈칵 일그러졌다. 벌떡! 자리에서 일어나더니 율리아나를 향해 눈을 매섭게 치켜떴다. 그래 봤자 둥글둥글한 눈매라서 하나도 무섭지 않았지만.

"나 언니 동생 아니야!"

"뭐?"

"그러니까, 나랑 얘는 '동생끼리'가 아니라구!"

비앙카가 씨근거리며 화를 내자 파벨이 율리아나를 지키듯 그 앞으로 섰다.

"너 누님께 말투가 왜 그래. 이게 누님이 오냐오냐해 주시니까……."

"누가 오냐오냐해 달래? 몰라! 나 언니 동생 안 할 거야!"

뭐가 그리 서러운지 비앙카의 파란 눈이 순식간에 물기가 가득해졌다. 씩씩거리던 비앙카는 어디론가 뛰어갔다.

파벨이 율리아나를 보며 어깨를 으쓱했다.

"요즘 사춘기인가 봐요."

"안 따라가 봐도 되겠어?"

"제가 왜요?"

"잘 지내는 것 같더니."

"누님이 아끼니까 그런 거예요."

율리아나는 자신을 챙기는 파벨을 보며 속으로 생각했다.

'꼭 그런 것만은 아닌 것 같던데.'

이제 17살이 된 파벨은 누가 봐도 근사한 모습이 되어 있었다. 소년보다는 청년에 더 가까운 얼굴.

아버지인 미하일은 무력과 거리가 먼 외양이지만 파벨은 꾸준히 검술 훈련을 해서 원래 나이보다 더 성숙해 보였다. 키도 크고, 기사처럼 체격이 단단해서 19살인 율리아나와 동년배 같았다.

그래서인지 파벨에게 들어오는 구혼서가 꽤나 많다고 한다.

'요즘 비앙카의 기분이 계속 안 좋은 게 그것 때문인 것 같은데…….'

율리아나는 잘 자란 파벨을 보며 흐뭇하게 웃었다. 파벨이 멋있게 자란 만큼, 어린 비앙카로서는 초조할 것이다.

"그래도 비비 좀 찾아봐 줘. 혼자 다니면 위험하잖아."

"그럼 누님은요?"

"뭐? 내가 비앙카랑 같니?"

키가 쑥 크더니 어느 순간부터 자신을 돌봐야 할 애 취급하는 파벨 때문에 율리아나가 웃음을 터트렸다.

"나는 혼자 있어도 돼."

"이럴 때만 그 얄미운 알마예르들이 안 보이지. 일단 다녀올게요."

파벨이 투덜거리며 비앙카를 찾으러 가고, 율리아나는 벽 쪽의 소파에 앉아서 쉬었다.

"옆에 앉아도 될까요?"

누군가의 물음에 율리아나가 고개를 들었다. 율리아나가 상대를 확인하고 눈을 크게 떴다.

"채텀 백작님?"

본디 채텀 백작은 뛰어난 센티넬 기사로, 알마예르 후작이 물의 용이라는 말을 듣는다면 채텀 백작은 땅의 골렘이라는 말을 듣는다.

땅을 가르고 흙벽을 만드는 괴력의 기사. 그러나 지금의 모습을 보면 아무도 그 별명을 떠올릴 수 없을 만큼 초췌한 모습을 하고 있었다.

거뭇한 눈 밑과 푹 꺼져 홀쭉한 뺨. 퀭한 눈빛에 율리아나가 저도 모르게 흠칫 놀라자 채텀 백작이 얼른 뒤로 물러나며 예법에 맞춰 인사했다.

"실례였다면 용서하십시오, 레이디."

"아니에요. 앉으세요, 백작님."

"감사합니다."

채텀 백작은 옆에 앉은 뒤 조심스럽게 물었다.

"레이디 율리아나. 잠깐 연회장 밖에서 얘기할 수 있을까요? 정말 잠깐이면 됩니다."

"……네. 잠깐이라면."

채텀 백작에 관해 아는 것은 없었지만, 이야기를 듣는 것쯤이야.

'복도면 되겠지?'

율리아나에게 부담을 주지 않기 위해 채텀 백작은 연회장 문밖을 나가자마자 입을 열었다.

"먼저 사과드리고 싶습니다. 부끄럽지만, 안젤리카가 그렇게 안하무인으로 큰 건 다 제 탓입니다."

"네?"

"안젤리카가 센티넬이 아니라 태어났을 때 무척 실망했지요. 아무리 프레데리카가 센티넬이라 해도 둘째도 센티넬이면 든든하니까요. 이제야 좀 자리 잡아 가는 느낌인데 둘째 아이가 평범하게 태어나서 속이 상했답니다. 두 돌이 되도록 제대로 얼굴도 안 봤지요."

백작의 얼굴에는 회한이 가득했다.

"나중에 깨달았습니다. 그 아이가 일반인으로 태어난 게 잘못이 아닌 것을. 미안한 마음에 정신을 차리고부터는 하고 싶은 건 뭐든지 해 주었습니다. 황자 전하를 만나고부터는 그분의 애정을 받으며 더 제멋대로가 됐지요."

쿵! 채텀 백작은 율리아나의 앞에서 무릎을 꿇었다.

"배, 백작님."

"사죄도 이미 늦었다는 것은 압니다. 그렇지만 무심하고 못된 아비인 탓입니다."

"왜 이러세요. 일어나세요."

율리아나가 채텀 백작을 일으키려 했지만 요지부동이었다. 채텀 백작은 바닥에 무릎을 꿇은 자세로 머리까지 숙였다.

"안젤리카가 모나게 굴었다고 들었습니다. 그저 제 탓으로 여겨 주시고……. 황태자비 전하. 손위 어른으로서 그 아이를 너무 미워하지만 말아 주십시오. 부탁드립니다."

"……."

율리아나는 채텀 백작을 내려다보며 말을 삼켰다.

레온하르트가 알아낸 사교도의 마물 실험. 사교도는 마물 실험을 통해 센티넬의 이능을 강화할 수 있는데, 어쩌면 일반인에게 이능을 부여할 수 있을지도 모른다는 추론을 했다.

'어쩌면, 안젤리카는…….'

회귀 전에는 성녀가 아니었던 안젤리카가 갑자기 치유력을 발현해서 성녀가 된 것이 조금 의심스러웠다.

그러나 후계자인 프레데리카를 잃고 이젠 안젤리카만 남은 채텀 백작에게, 안젤리카를 잘 봐 달라고 무릎 꿇고 머리를 조아리는 그에게 차마 그런 말을 할 수는 없었다.

"일어나세요. 저는 안젤리카 영애를 미워하지 않아요. 물론 괴롭히지도 않을 거예요."

율리아나의 말에 채텀 백작이 자리에서 일어났다.

율리아나는 진심이었다. 안젤리카라, 별 관심도 없다. 괴롭힘도 관심이 있어야 하는 거니까.

'딱히 나를 괴롭힌 적도 없고.'

안젤리카가 자신을 괴롭힌 일이 있었나? 회귀 전에는 알렉산더 때문에 자신에게 날 선 말을 던지고 일부러 오라버니들에게 둘러싸인 구도를 보여 주며 으스대었던 것 같은데, 이번엔 그런 것도 없다.

'이렇게 사과할 일도 아닌 것 같은데……. 뒤에서 내 욕이라도 했나?'

"감사합니다. 감사합니다."

채텀 백작이 인사하며 다시 연회장으로 들어가고, 율리아나는 바람이나 쐴 겸 복도를 걸었다.

'아까 그 빛은 뭐였을까.'

황태자 책봉식에서 교황 성하가 뿜어낸 흰 빛. 정화력이겠지만, 정화력이라고 하기엔 너무도 따스하고 다정한 느낌이었다. 꼭 위로해 주는 듯한.

'대공, 아니지. 황태자 전하의 표정이 좀 굳어 있던데.'

그 빛을 맞고 난 후 레온하르트의 표정이 딱딱하게 굳어 있었다. 알마예르의 세 남자도 그렇고. 심지어 자기들끼리 할 얘기가 있으니 잠시 발라고프 휴게실에 가 있으라고까지 하지 않았나?

'이유가 뭘까?'

대신관은 율리아나가 회귀했다는 사실을 알고 있다. 그가 율리아나를 성녀라고 의심한 이유가 바로 교황의 예언 때문이지 않았나.

'교황 성하는 내가 회귀한 걸 아시나? 그런데 그 빛은 뭐지.'

의문이 꼬리에 꼬리를 물며 이어졌다.

고민하며 걷다 보니 어느새 복도 끄트머리까지 다다랐다. 이제 연회장으로 돌아가야지, 하고 걸음을 돌리려던 때.

"율리……아나?"

조각상의 그림자 속에서 알렉산더가 유령처럼 나타났다.

"화, 황자 전하?"

순간 너무 놀라서 소리를 지를 뻔했다. 아무도 없는 줄 알았는데 갑자기 나타나다니.

"여기서 뭐……. 전하? 궁의를 불러다 드릴까요?"

여기서 뭘 하느냐고 물으려고 했는데, 알렉산더의 상태가 너무 좋지 않아 보였다.

채텀 백작이 잠을 못 자서 초췌한 얼굴이라면, 알렉산더는 유령에게 홀린 것처럼 멍하고 제정신이 아닌 것처럼 보였다. 몽유병에 걸려 서성이는 사람 같기도 하고.

율리아나는 한 발자국 뒤로 거리를 벌리며 멍한 얼굴의 알렉산더를 불렀다.

"전하?"

"율리……아나……."

알렉산더는 멍하니 율리아나를 불렀다.

머릿속에 뿌연 안개가 끼어 있었다. 알렉산더는 자신이 어떻게 마계에서 돌아왔는지도 제대로 기억하지 못했다.

사타나키아는 안젤리카의 모습으로 알렉산더를 방심시킨 뒤 그의 머릿속을 휘저어 놓았다. 그 후부터 알렉산더는 백치처럼 안젤리카에게 많은 것을 의존했다.

그러던 중 교황이 뿜어낸 빛을 맞자, 약간 정신이 돌아왔다. 그러나 빛이 보여 준 장면들이 머릿속을 맴돌았다.

그 장면 속에서 자신은 여전히 황태자였고, 두 여자를 거느렸고, 많은 이들의 칭송을 받았다. 레온하르트 따위는 자신의 옆에 서지도 못했다.

알렉산더는 느릿느릿 생각했다.

'율리아나는 언제나 나를 낮게 만들어 줬어. 율리아나…… 율리아나에게 닿아야 해.'

정처 없이 복도를 헤매던 알렉산더의 걸음에 목적성이 생겼다. 알렉산더가 아무리 제정신이 아니라고 하나 육체만큼은 뛰어난 센티넬의 몸이다. 그가 마음을 먹자 율리아나가 슬금슬금 뒤로 벌리던 거리 따위 단박에 줄어들었다.

"헉!"

갑자기 코앞으로 다가온 알렉산더. 알렉산더는 그를 밀쳐내려던 손목을 잡아 그대로 당겼다. 율리아나는 맥없이 휘청거리며 알렉산더의 품으로 쓰러졌다.

"전하!"

"율리아나……."

알렉산더가 율리아나를 안고 등허리를 더듬었다. 황태자 책봉식을 위해 입은 예복 드레스는 두껍고 장식이 많아서 맨살이 닿는 일은 없었지만, 알렉산더의 품에 안겨 있다는 것만으로도 소름이 끼쳤다.

"놓으세요! 이거 놔!"

퍽! 퍼억! 율리아나는 힘껏 알렉산더를 밀어내며 주먹으로 몸통을 때렸지만, 그는 간지럽지도 않은 것 같았다. 대신, 몸에서 인도력이 빠져나가는 게 느껴졌다.

"율리아나. 율리······. 아, 머리가······."

율리아나와 닿자 뿌연 안개가 자욱하던 머리가 깨끗해지는 것 같다. 아니, 깨끗해졌다. 그뿐만이 아니었다. 마계에서 무리하게 이능을 쓰느라 팔다리가 무거웠던 몸이 가벼워졌다.

'그렇지만, 모자라.'

알렉산더의 머릿속에 한 장면이 떠올랐다. 이것보다 더 효과가 좋고 기분이 좋았던 장면이.

"전하, 대체 이게 뭐 하는, 읍─!"

알렉산더가 율리아나의 입술을 삼켰다. 말캉한 입술을 머금고, 그 안으로 파고들었다. 하지만 부족했다. 빛이 보여 주었던 장면이 이게 전부가 아니었다.

말랑한 몸을 안고, 취하고, 마음껏 탐했었다. 그러면 아팠던 몸이 다시 태어난 것처럼 치유되었다.

'더. 더···!'

알렉산더는 품 안의 여린 몸을 부서질 듯 꽉 안으며 벽으로 몰아붙였다.

으드득!

그때, 율리아나가 알렉산더의 혀를 잘라 낼 기세로 억세게 깨물었다.

"악!"

알렉산더가 고통을 이기지 못하고 떨어지자 율리아나는 손등으로 제 입술을 닦아 내었다. 입술이 핏빛으로 붉었다.

알렉산더는 손으로 제 입가를 더듬었다. 깨물린 혀에서 피가 줄줄 흘러나와서, 입 주변에도 새빨간 핏물이 묻어 있었다.

센티넬은 일반인보다 치유력이 뛰어나고 가이드와 접촉한 뒤라서 상처가 빨리 아물고 있었으나, 알렉산더는 화가 났다.

"율리아나. 왜 나를 거부해?"

"······전하, 미치셨나요? 거부하는 게 당연하죠!"

율리아나가 알렉산더와 거리를 벌리며 욕설을 내뱉었다. 알렉산더는 화가 났다.

"왜? 왜 당연해? 너는 내 것인데."

"네? 제가 왜 전하의 것이죠?"

율리아나가 화가 나서 뭐라고 쏘아붙이려던 순간.

"이, 이년이! 결국 알렉을 노릴 줄 알았어! 이 걸레 같은 년!"

사라진 알렉산더를 찾으러 나왔던 안젤리카가 비명을 지르며 율리아나에게 뛰어왔다.

"……하아."

율리아나는 모든 게 다 피곤해졌다. 달려드는 안젤리카를 막은 사람은 의외로 알렉산더였다.

"리카."

"전하! 왜 저년을 감싸는 거예요?"

안젤리카가 눈에 그렁그렁한 눈물을 단 채로 알렉산더에게 날카롭게 항의했다.

레온하르트가 안젤리카의 시간을 돌려 사타나키아와의 계약을 없던 일로 만든 후, 안젤리카는 몇 달간의 기억이 없어 혼란스러운 상태였다.

시종장이 알기 쉽게 설명해 주긴 했지만 이해가 안 가는 것들이 많았다. 황태자였던 알렉산더가 갑자기 황자가 되었다는 것도 의아한데 자신은 성녀라고 하고.

'그런데 황태자비가 될 거라는 년은 알렉산더에게 꼬리나 치고 있고!'

레온하르트와 약혼을 할 거라며? 근데 왜 알렉산더와 으슥한 복도에서 단둘이 묘한 기류를 형성하고 있는 것인가? 게다가 두 사람 다 입술이 붉은 것이 아주 수상했다.

게다가 안젤리카의 마지막 기억은, 황제의 뜻에 따라 자신과의 약혼을 잠시 미루자고 하는 알렉산더였다. 안젤리카는 알렉산더가 예전과 다르다는 사실이 가장 불안했다.

뚝뚝, 결국 안젤리카는 눈물을 흘리기 시작했다.

"전하. 저 너무 혼란스러워요……."

"리카, 이건—."

"무슨 일이십니까? 귀한 분들이 연회장이 아니라 복도에 모여 계시다니요."

그때, 시종장이 나타났다. 아마도 복도에서 벌어진 이 소란에 관해 누군가가 시종장에게 귀띔을 해 준 것이리라.

시종장은 상황을 빠르게 정리했다.

"전하, 안젤리카 님. 궁의가 두 분을 찾고 계십니다. 자리를 이동하신 후에 말씀 나누시지요."

"그러도록 하지. 율리아나, 너는—."

"제가 알아서 갈 테니 신경 쓰지 마시지요."

율리아나가 알렉산더를 매몰차게 거절하며 깍듯이 인사하고 복도를 빠져나왔다.

코너를 돌아 세 사람이 보이지 않는 곳으로 가자 두근, 두근. 심장이 빠르게 뛰었다.

'내가…… 해냈어!'

율리아나는 눈을 감고 제 안에 들어온 힘을 느꼈다.

혈관을 타고 흐르는 불의 이능.

알렉산더가 자신에게 강제로 입 맞추었을 때, 화가 난 율리아나가 알렉산더에게서 강제로 가져온 그의 이능이었다.

'어차피 제대로 쓰지도 못하는 거, 내가 써 버릴 거야.'

알렉산더가 억지로 그딴 짓을 했을 때는 너무 화가 났지만, 그녀로서 알렉산더에게 한 방 크게 먹일 방법이 없었다. 그때 생각이 났다. 어릴 때 바이델에게서 이능을 가져왔던 일이.

그래서 알렉산더의 이능을 빼앗아 왔다. 전부 다 가져온 것은 아니었다. 알렉산더의 이능 회로를 막고 있던 돌덩이 같은 부분을 가져왔으니, 오히려 알렉산더는 이후로 이능을 쓸 때 편하게 느낄 것이다. 빼앗긴 양은 시간이 흐르면 천천히 채워질 것이고.

화르륵. 손을 뻗자 손안에서 불꽃이 타올랐다.

'다음에도 또 그딴 짓을 하면 태워 버리겠어.'

아까 일을 떠올리자 온몸을 타고 불쾌감이 스멀스멀 올라왔다.

'떠올리지 말자. 역겨울 뿐이니까.'

도리질을 친 율리아나는 얼른 연회장으로 돌아갔다.

복도 저 멀리 사라지는 율리아나를, 시종장이 지그시 바라보고 있었다.

* * *

"황태자 전하."

"전하, 경축드리옵니다."

"황제 폐하께서 정말 큰 결단을 하신 겁니다."

휴게실에 들러서 옷매무새를 만지고 연회장으로 돌아가자, 레온하르트가 귀족들의 인사를 받고 있었다.

연회장을 둘러보던 레온하르트가 율리아나를 발견하자 곧장 그녀에게로 걸어왔다.

"율리아나."

"전하를 뵙습니다."

"그런 인사는 하지 마세요."

레온하르트가 부드럽게 웃으며 몸을 숙인 율리아나를 일으켰다. 주변에서 두 사람을 보는 시선들이 변했다. '정략결혼인 줄 알았더니, 생각보다 더 친밀해 보이네?'라는 시선이다.

율리아나는 쏟아지는 시선들에 얼굴을 붉히며 한 걸음 뒤로 물러났다. 레온하르트는 그 거리를 유지한 채 다정하게 물었다.

"뭐 좀 먹었어요?"

"제가 물을 말이에요. 지금 오셔서 아무것도 못 드셨죠?"

책봉식 예복을 벗고 황태자 정복으로 갈아입은 레온하르트는 아마 눈코 뜰 새 없이 바빴을 것이다. 남자 옷이 간소한 편이라고는 하나, 황태자 예복쯤 되면 드레스 못지않게 겹쳐 입을 게 많기 때문이다.

'아마 교황 성하도 만났을 테고.'

언제나 잠을 자는 교황이 깨어나서 책봉식까지 왔으니 황제와 황태자에게 축복이라도 하고 가지 않았을까.

'혹시 교황 성하는 마물 사태에 관해서는 아시는 게 없으려나?'

율리아나는 궁금한 게 많았지만, 주변에 사람들이 많았다. 레온하르트는 자연스럽게 율리아나에게 손을 뻗었다.

"저와 한 곡 추시겠습니까?"

"네? 아, 네."

레온하르트가 손짓하자 오케스트라가 춤곡으로 연주를 바꿨다. 홀이 비워지고, 레온하르트와 율리아나가 정 중앙에 섰다.

첫 곡은 두 사람을 위한 무대.

율리아나와 레온하르트가 서로에게 인사하자 노래가 시작되었다. 두 손을 마주 잡고 스텝을 밟았다.

원투쓰리포 원투 턴—

원투쓰리포 원투 턴—.

레온하르트는 턴을 할 때 율리아나를 아주 가볍게 들어 올렸다. 율리아나는 무릎을 굽혔다 펴는 정도의 힘을 주었으나 레온하르트가 그녀를 번쩍번쩍 들어 올렸다. 너무 높아서 치마 속이 다 보일까 봐 걱정될 정도였다.

"전하, 너무 높아요."

"레온."

"네?"

"레온이나 레오. 아니면 레온하르트도 괜찮으니까 이름으로 불러 줘요."

"아……."

율리아나의 얼굴이 붉어졌다.

다정하고 부드럽게 웃는 레온하르트를 보고 있자니 저절로 피식피식 웃음이 나왔다. 연회장에 오기 전까지만 해도 기분이 나빠서 그대로 집에 가 버릴까 했는데.

춤을 추고 있어서 그럴까, 회귀 전이 생각났다.

칼덴 공국 지역을 수복했던 승전 연회에서, 레온하르트는 비참한 처지의 율리아나에게 춤을 청해 주었었다.

'그러고 보니…….'

"저와 한 곡 추시겠습니까?"

회귀 전에 그렇게 물었었는데 이번에도 같은 말로 춤을 청했다.

춤을 청할 때의 멘트가 매번 다를 수는 없겠지. 아마 가장 편한 말로 춤을 청하니까 같은 것이리라.

율리아나는 기시감을 떨쳐내며 춤에 집중했다. 아니, 레온하르트에게 집중했다.

회귀 전에 율리아나는 25살이었다. 지금보다 6살 위. 그래서 마지막으로 기억하는 레온하르트의 얼굴보다 지금의 레온하르트가 훨씬 앳되었다.

그런데도 어째서……. 그때보다 성숙한 표정으로, 그때보다 애틋하게 자신을 바라보는 것일까?

"전하. 아니, 레온—."

콰앙! 쿠구구구궁—!

뭐라 말을 걸려던 찰나, 먼 곳에서 큰 소리가 났다. 바닥이 진동했다. 천장에 달린 샹들리에가 흔들리며 크리스털끼리 부딪쳐 요란한 소리를 냈다. 샴페인 잔이 바닥으로 떨어지며 쨍그랑! 날카로운 소음이 퍼졌다.

"꺄악!"

"뭐, 뭐지? 지진인가?"

당황한 사람들이 주변을 두리번거리는데, 문이 열리며 시종이 뛰어 들어왔다.

"피, 피하십시오! 마물들이… 궁을 공격하고 있습니다!"

* * *

황궁의 한 방에서 대신관은 교황의 시중을 들고 있었다.

교황은 정화력을 뿜어낸 후로 다시 꾸벅꾸벅 졸았다. 신전으로 돌아가서 푹 자면 될 것을, 왜 굳이 황궁에서 선잠을 주무실까. 의아해서 깨워 보기도 했으나 교황은 고개를 저었다.

"아직 이곳에서 할 일이 있다."

무슨 일인지 언질이라도 해 주시면 좋을 텐데. 대신관은 한숨을 내쉬며 소파에 앉아 꾸벅꾸벅 조는 교황의 무릎에 담요를 덮어 주었다.

똑똑.

노크 소리가 들리고 시종장이 문을 열고 들어왔다.

"무슨 일이십니까."

"교황 성하께 전해 드릴 말씀이 있습니다."

"제게 하시지요."

"직접 전해야 하는 말입니다."

"급한 일이 아니라면 나중에 듣겠습니다."

황궁에는 궁마다 시종장이 있지만 보통 '시종장'이라고 하면 황제의 시종장을 뜻했다. 방계 황족, 언제나 황제가 곁에 두는 측근, 황궁의 내부를 총괄하는 실권력자.

'그래 봐야 황제의 힘을 빌린 지위인 것을.'

시종장이 전할 말이란 황제의 말이겠지만, 황제가 직접 온 것도 아니고 시종장을 통해 전할 말이라면 아주 긴급한 것은 아닐 것이다.

황제는 여럿이지만 교황은 한 명뿐이다. 대신관에게 교황보다 더 중요한 사람은 없었다.

대신관이 단호히 거절하는데 시종장의 시선이 교황에게 꽂혔다. 어둡고 질척거리는 기운이 훅 끼쳤다.

스르륵. 교황이 덮은 담요가 바닥으로 떨어지고 교황이 일어섰다.

"일어나셨습니까?"

교황이 대신관을 굽어살피며 빙그레 환한 미소를 지었다.

"이제 작별이란다. 성물은 성녀님께 가져다드리렴."

"네?"

순간, 대신관은 모든 것이 느리게 보인다고 생각했다.

시종장이 문을 벌컥 열고 달려 들어왔다. 시종장은 마치 악마처럼 검은 기운을 내뿜었다. 그의 손이 흉측하게 커지고 손톱이 길어졌다. 그리고 그 흉측한 손을 교황의 가슴팍을 향해 내갈겼다.

푸욱!

"아, 아아악! 성하!"

대신관이 놀라 비명을 지르는데, 검은 손톱에 찔린 교황의 가슴에서 흰 피가 뿜어져 나왔다. 아니, 흰빛이 뿜어져 나왔다.

파아아앗—!

"캬아아악—!"

이번에 소리를 지른 것은 시종장이었다. 시종장은 인간이 아닌 것 같은 괴성을 내질렀다.

"크아악! 감히, 패배한 신의 개 따위가 나에게!"

그리고 정말 인간이 아닌 기운을 내뿜기 시작했다. 시종장의 몸에서 검은 안개 같은 사기(邪氣)가 나와 일렁였다.

"마, 맙소사. 마족?"

"그래. 쿠, 쿨럭! 내가 더 일찍 깨어났다면 좋았을 것을……."

교황은 한탄하며 자신의 가슴을 꿰뚫은 시종장의 손목을 꽉 잡았다. 교황의 몸에선 생명력과도 같은 정화의 빛이 뿜어져 나오고 있었고, 시종장은 소리를 지르며 그에게서 벗어나기 위해 몸부림을 쳤다.

"뗏! 나를 놔라, 놓으라고!"

시종장은 발광하며 나머지 손으로 교황을 공격하려 했다. 그것을 보고만 있을 대신관이 아니었다.

"더러운 마물이 감히 어디서 성하께!"

교황이 예지력을 갖고 있어 유일무이한 존재라고는 하나 대신관은 교황을 제외하면 제일 강한 신관이었다.

파아앗! 대신관이 뿜어낸 정화력에 시종장이 몸을 비틀며 소리를 질렀다.

"아아악!"

강한 정화력에 짧지 않은 시간 동안 노출된 시종장은 마치 화상을 입은 사람처럼 벌겋게 익어 갔다. 그만큼 마족화가 진행이 되었다는 뜻이었다.

'성하께선 시종장이 마족이라고 하셨는데 마족이 결계 안으로 들어오는 게 가능한가? 아니, 시종장은 방계지만 황족일 텐데…….'

대신관이 의문을 품었다. 시종장은 방계 황족으로서 어릴 적부터 알브레히트와 함께 자라며 그의 시중을 들었던 인물. 그런 시종장이 마족일 수 있는 것일까?

'사교도의 실험과 관련한 것인가. 그렇다면 황궁 내에 시종장 한 명만 타락했을 리 없다.'

추론은 정답으로 다가갔다.

'그리고 궁이 마물에게 습격을 당했다고 말을 전한 것 자체가 어쩌면 본인이 일을 꾸민 것일 수도……'

그때, 교황과 대신관 두 사람에게 공격당하던 시종장이 하늘 위로 팔을 뻗으며 처절하게 외쳤다.

"마왕이시여, 제게 힘을—!"

마왕? 듣기만 해도 전신에 소름이 끼치는 단어가 튀어나왔다.

"안 돼!"

대신관이 새파랗게 질려서 정화력을 더 발산하려는 찰나, 마치 그 부름에 응답하듯 시종장의 위로 검은 벼락이 떨어졌다.

콰앙! 쿠구구구궁—!

검은 벼락이 치는 순간, 바닥이 크게 흔들렸다. 바닥에 쓰러진 대신관은 고개를 들어 교황부터 확인했다. 그리고 끔찍한 광경을 목도했다.

"성하!"

새카만 어둠을 두른 악마가 교황을 집어삼키고 있었다.

"악마! 성하를 놓아라!"

대신관이 팔을 뻗으려는데, 서걱! 소름 끼치는 소리와 함께 오른팔이 그대로 바닥으로 떨어졌다.

"아악!"

"벌레가 시끄럽군. 이제 볼일은 끝났다."

번개를 통해 마왕의 힘을 나눠 받은 시종장은 그림책 속 악마와 크게 다르지 않은 모습이었다. 박쥐의 것과 비슷한 모양의 날개와 쥐의 것과 닮은 꼬리가 돋아났고 눈은 새빨갛게 충혈되었다.

혐오스럽고 불길해 보이는 생김새. 시종장은 헤죽거리며 창백한 시체가 되어 버린 교황을 내려 보았다.

교황은 마왕이 의식하는 유일한 존재다. 사실 안젤리카를 성녀로 만든 것도 교황에게 접근하기 위한 것이었다. 겸사겸사 황궁 안쪽의 결계에 접근할 수 있을까 했는데 안젤리카가 너무 무능해서 그건 불가능했고.

'알브레히트, 내가 직접 너를 짓밟아 주마.'

같은 황족의 핏줄을 타고 태어났음에도 누구는 황제, 누구는 시종이라니. 한평생 알브레히트의 시중을 들며 울분을 쌓아 온 시종장은 손톱을 더 날카롭게 만들었다. 이동하기 쉽게 교황의 머리만 잘라 갈 생각이었다.

서걱.

머리를 자른 순간, 교황의 몸에서 폭발하듯 빛이 뿜어져 나왔다.

"캬아악!"

시종장은 뒤로 물러났다. 마왕의 힘을 받기 전까지는 그래도 인간의 몸이었으나 지금은 마족과 같은 몸이 되었기에 정화력에 더 큰 타격을 받았다.

빛에 노출될수록 타는 것 같은 고통에 괴로워서, 시종장은 본능을 이기지 못하고 그 자리에서 도망치고 말았다.

"서, 성하. 성하!"

정화력에 전혀 영향을 받지 않는 대신관은 오른팔의 잘린 단면이 아무는 것을 느꼈다. 팔이 다시 붙은 것은 아니지만 출혈이 멈추고 고통이 경감되었다.

대신관은 바닥을 기어 죽은 후에도 정화력을 뿜는 교황에게로 다가갔다. 그리고 그의 손이 교황의 옷자락을 잡자.

"이건……?"

빛이 사그라들며 교황의 육신이 하얀 재가 되어 부서졌다. 그리고 교황의 육체가 있던 자리에 남은 것은 본 적 없는 광물이 박힌 긴 지휘봉.

최초의 황제가 결계를 만들 때 사용했으나 지금은 사라졌다는 성홀(scepter)이었다.

"성하…… 당신은 정말로, 신의 사자였던 것입니까."

벌벌벌, 떨리는 손으로 성홀을 쥔 대신관은 바닥을 딛고 일어섰다. 다리가 후들거리고 시야도 또렷하지 못했지만 가야 했다.

'그분께 성홀을 전해야 해.'

땅이 흔들리고 마왕의 번개가 치고, 황제의 시종장이 악마로 타락하는 이 혼란한 때. 교황이 몸을 바쳐 지켜 낸 성홀의 주인이 누구인지는 아둔한 자신조차 확실히 알 수 있었다.

* * *

마물들이 황궁을 공격하고 있다.

이 사실을 들은 사람들은 혼란에 빠졌다. 다행히 혼란은 오래 가지 않았다. 연회는 레온하르트가 황태자가 된 것을 축하하는 연회였고, 연회의 주인공인 레온하르트는 뛰어난 지도력을 자랑하는 제국의 검이기 때문이다.

그런 레온하르트가 우왕좌왕하며 공황 상태에 빠질 뻔한 사람들을 진정시킨 것은 당연한 수순이었다.

"모두 진정하시오!"

쩌렁쩌렁한 레온하르트의 외침에 시장판 같던 연회장이 쥐 죽은 듯 조용해졌다. 레온하르트는 불안해하는 사람들과 눈을 맞추며 그들을 안심시켰다.

"나와 센티넬 기사들이 출몰한 마물들을 모두 박멸할 것입니다. 우선 다른 곳으로 가지 말고 이곳에서 대기하여 주십시오."

레온하르트는 철이 들기도 전부터 전쟁터에 나간 베테랑이다. 게다가 회귀 전 삶의 경험치까지 더하여 노회한 명장과도 같은 분위기를 풍기고 있었다.

깎아내릴 수 없는 카리스마에 압도된 귀족들이 빠르게 감화되었다.

"저, 전하를 믿습니다!"

"저는 아직 사관학교 생도인데 전하를 따라도 될까요?"

"저는 비록 다른 기사단 소속이지만 전하를……."

아직 여물지도 않은 센티넬들마저 레온하르트를 따르겠다고 난리였다. 레온하르트는 고개를 저었다.

"우선 손발이 맞는 제 기사단과 황실 기사단과 함께 가겠습니다. 혹시나 모를 위험이 있을 수 있습니다. 센티넬 기사로서 다른 분들을 안심시켜 주십시오."

"네, 넵!"

"영광입니다!"

레온하르트가 임무를 주자 어린 센티넬들은 눈을 빛내며 고개를 끄덕였다.

연회장을 나가려던 레온하르트의 눈이 한 곳으로 향했다. 걱정과 불안이 가득한 눈으로 자신을 바라보고 있는 율리아나였다.

"……율리아나."

대체 무슨 일이 벌어지고 있는지 확인하러 가야 하는 걸 알면서도, 이곳에 남아 율리아나를 지키고 싶은 마음이 들었다. 율리아나의 곁에 있고 싶었다.

"다녀오세요, 전하."

레온하르트의 머뭇거림을 읽었는지 율리아나가 걱정 어린 표정을 지우고 부드럽게 미소 지었다.

저벅저벅, 레온하르트가 율리아나에게로 가서 그 앞에 한쪽 무릎을 꿇었다.

"어머!"

주변에서 작은 탄성이 일었지만, 레온하르트의 귀에는 들리지 않았다.

레온하르트는 율리아나의 손을 잡고 손등에 입을 맞추었다.

"……돌아오면, 남은 춤은 모두 저와 함께 춰 주십시오."

연회 때 체력이 아주 좋은 레이디가 출 수 있는 춤은 열 번 남짓. 같은 사람과는 두 번까지만 춤을 추는 게 관례이니, 열 번을 춘다고 가정할 때 레이디는 최소 5명의 남자와 춤을 추게 된다.

레온하르트는 그 열 번의 춤 모두를 자신과 추어 달라고 요청하는 것이었다. 율리아나는 눈을 크게 떴다가 피식 웃었다.

'무릎까지 꿇고서 하는 말이 고작 춤 이야기라니.'

춤곡 하나가 다 끝나기도 전에 이런 소란이 일었다. 아쉬운 마음이 들지 않았다면 거짓말이겠지만, 그래도 마물이 침입해 왔다지 않는가. 고작 춤을 아쉬워할 때가 아니었다.

그런데 레온하르트는 마치 그가 더 아쉽다는 듯이 굴고 있다.

'마치, 나를 너무 사랑한다는 듯이…….'

율리아나는 제 뺨이 발그레하게 물드는 것을 인지하지 못한 채로 레온하르트의 손을 잡아 일으켰다.

"다른 사람과 추고 싶어도 전하께서 이러시니 아무도 춤 신청을 하지 않을 것 같네요. 그러니 마음 편히 다녀오세요."

어차피 지금껏 자신과 춤을 춘 상대라고 해 봤자 바이델이나 미하일, 머르딘 정도다. 혈연관계와 아버지의 친구 외엔 없다는 뜻이다. 그런데 걱정할 게 뭐가 있겠는가?

"……알겠습니다."

레온하르트는 할 말이 많은 얼굴로 율리아나의 손등에 다시 키스했다.

"아, 잠시만요."

그대로 떨어지려는 레온하르트의 손을 율리아나가 잡아채어 꽉 쥐었다. 커다란 손을 꽉 잡고 인도력을 흘려보냈다. 도와줄 수 있는 게 없으니 이런 것이라도 해 주고 싶다.

'어? 전에는 바닥없는 우물처럼 끝없이 들어가더니 이제는 아니네.'

100%를 다 채운 것은 아니지만, 붓는 만큼 차오르는 것이 느껴졌다.

회귀 전의 레온하르트와 현재의 레온하르트가 연결되며 틈이 메워진 덕분이었지만, 이유를 모르는 율리아나는 그저 다행이라고만 여겼다.

"다녀오세요."

율리아나는 잡은 손을 놓고 손을 흔들어 배웅했다. 레온하르트는 율리아나를 눈에 담은 뒤 연회장을 나섰다.

쿠쿵, 쿠우웅!

땅이 불안하게 울리며 불길한 검은 빛이 번쩍였다.

* * *

야외로 나온 레온하르트를 기다리고 있던 것은 알마예르 기사단과 자이거 기사단, 그리고 황실 기사단이었다.

레온하르트는 시커멓게 죽은 낯짝을 한 휴렌과 바이델을 확인하고 알마예르 후작의 얼굴을 힐끔 보았다. 평소보다 얼굴이 좋지 않아 보이긴 했지만 두 사람에 비하면 별것 아니었다.

"……차마 얼굴을 볼 면목도 없나 보군."

레온하르트의 말에 휴렌과 바이델이 고개를 푹 숙였다. 알마예르의 남자들을 보는 레온하르트의 시선에서 당혹스러울 정도의 짙은 혐오감이 드러났다. 둔한 칼로스도 놀랄 정도였다.

"우선 눈앞의 일부터 해결하지. 상황 파악은 되었나?"

"아르센 광장에 나타났던 개체보다 더 작고 생김새가 다른 개체입니다. 머리에 붉은 볏이 있는, 제가 알기론 물에 약한 마물입니다. 수는 대략 십수 마리이며, 황궁 정문 근처의 외벽을 공격하며 안으로 들어오려 하고 있습니다."

알마예르 후작의 보고에 레온하르트가 고개를 끄덕였다. 물에 약하고 머리에 붉은 볏이 있는 마물이라면 그도 알았다. 알마예르 후작과 합을 맞춰 수도 없이 처치했었으니까.

"그런가? 그렇다면 손쉽겠군. 후작이 나와 함께 간다."

"명 받듭니다."

자연스러운 명령과 따름에 주변에서 경악했다.

아무리 레온하르트가 황태자가 되었다고 해도, 바로 알마예르 후작을 턱 짓으로 부리는 것은 과하다.

'마치 황제라도 된 듯한 태도지 않은가!'

황실 기사단장이 분개하여 입을 열었다.

"아직 황제 폐하의 명이 내려오지 않았습니다. 따로 명이 내려오기 전까진 단독 행동하시는 건 자제해 주십시오!"

칼로스가 미간을 찌푸리며 나섰다. 그도 레온하르트의 행동에 놀라긴 했지만, 그것과 황실 기사단장이 하극상을 벌이는 것은 엄연히 다르다.

"자제? 지금 황실 기사단장이 감히 황태자 전하께 명령하는 건가?"

당장이라도 주먹이 나갈 것처럼 팔근육이 꿈틀거렸다. 칼로스의 이능은 신체 강화 및 무력 계열이었고 황실 기사단장은 염동력과 방어 계열이었다. 기사단장이 움찔하며 뒤로 물러서자 레온하르트가 정리했다.

"현재 인원이 많으니 최대한 효율적으로 움직이려고 한 것이다. 그리고 십수 마리? 황태자 책봉식처럼 거대한 행사 날에 황궁을 공격하는 것치고는 너무 소박한 규모군. 다른 마물이 더 있을 거라 장담하지. 우리 시선을 그쪽으로 돌린 뒤 다른 쪽을 치려 할 거야."

바네사가 놀라 레온하르트를 보았다. 레온하르트는 마치 미래를 내다보는 사람처럼 막힘없이 추측을 뱉어 냈다.

"정문에서 제일 먼 곳은 바로 황제궁이지."

"그, 그럼……!"

"나와 알마예르 후작은 마물을 처리하고 가겠다. 황실 기사단은 황제궁으로 가고, 알마예르 기사단은 연회장으로 가서 사람들을 지켜라. 자이거 기사단은 궁인들을 한곳으로 모으고 마물의 침입에 대비하라."

"명 받듭니다!"

황실 기사단장과 기사단은 허겁지겁 황제궁으로 달려갔다. 레온하르트는 자신에게 의문의 시선을 던지는 칼로스와 바네사를 무시한 채 알마예르 후작을 불렀다.

"후작."

"예."

단순히 그를 부른 것뿐인데 알마예르 후작은 바로 손을 뻗어 물의 용을 만들어 냈다. 공기 중 미량의 수분을 불려서 물의 용을 만들어 내는 진기는 언제 봐도 대단했다.

레온하르트가 물의 용 위에 올라탄 뒤에 알마예르 후작이 탔다.

"그럼 조금 뒤에 보자."

두 사람을 태운 수룡이 하늘로 치솟아 황궁 정문 쪽으로 빠르게 사라졌다.

그 모습을 보던 휴렌이 중얼거렸다.

"두 사람은 대체……. 얼마나 오랫동안 살아 있던 걸까."

휴렌은 소름이 끼쳤다. 그와 바이델이 죽을 때에도 이미 세상은 거의 멸망한 것이나 다름이 없었다. 결계가 뚫린 데다가 어떻게 하면 다시 마물이 없는 결계를 만들 수 있는지 모르니 인류는 이미 끝장이었다.

그런데도 두 사람은 살아남은 것이다. 수도 없이 합을 맞추며, 희망 없이 그저 마물들을 살육하는 하루하루를 견디며.

"형, 가자."

"그래."

레온하르트가 자신들을 경멸하면서도 알마예르 기사단을 연회장에 배치한 이유를 안다.

'이번에는 죽어도…… 그 아이를 지킬 테니까.'

차마 얼굴을 볼 자신이 없어서, 뭐라고 말해야 할지 알 수 없어서 피했다. 그렇게 머뭇거리는 사이에 율리아나가 다치기라도 하면, 자신을 용서할 수 없을 것이다.

저벅저벅 걷던 걸음이 나중에는 뜀박질로 바뀌었다.

"까아악!"

연회장에서 가냘픈 비명이 들렸다. 휴렌과 바이델은 이를 악물고 연회장으로 달렸다.

* * *

쾅!

"율리!"

"율리아나! 무사한 것이냐?"

"아……."

율리아나는 눈을 깜빡이며 휴렌과 바이델을 보았다.

문을 부술 기세로 소란스럽게 등장한 사촌 오빠들이 다른 사람은 신경도 쓰지 않고 제게 곧장 다가와 다친 곳이 없냐며 살피자 당황스러웠다.

'우리 이런 사이 아니잖아요?'

묻고 싶은 마음이 굴뚝 같지만, 그래도 애써 분위기 파악을 하며 장단을 맞춰 주었다.

"안전하게 있었어요."

"그럼 방금 비명은?"

"그건 제가 지네를 보고 놀라서……."

한 영애가 부끄러워하며 이실직고하자 그제야 휴렌과 바이델의 불안이 가셨다.

"다행이다……."

바이델이 진심으로 안도하며 율리아나를 눈에 담았다. 19살 율리아나의 얼굴 위로 회귀 전 율리아나의 얼굴이 겹쳤다. 더 성숙하고 우울한, 슬픔 가득한 얼굴이.

지금 율리아나의 얼굴은 상처 하나 없이 맑게 빛나고 있었다. 사랑받지 않은 시간이 없는 소녀처럼 깨끗하고 충만한 얼굴.

지끈지끈―. 심장이 쥐어짜이는 것처럼 아팠다.

이전 생에서 수없이 상처 입었던 율리아나는 죽음을 택했고 그런 율리아나에게 새로운 기회를 준 사람은 자신이 아니었다. 이번 생에서 율리아나에게 먼저 손을 내민 것도 자신은 아니었다.

'율리아나가 먼저 구해 줬어.'

자기 자리를 뺏길까 봐 화를 내던 어린 바이델에게 손을 내밀어 준 사람은 율리아나다.

'그런 일을 겪고도 너는 어떻게…….'

바이델은 율리아나를 끌어안고 싶은 마음을 억누르며 그녀에게서 한 발자국 떨어졌다.

아무것도 모르던 때에 율리아나에게 자신을 선택하라고 말했었지만, 이제는 차마 그런 말을 할 수도 없었다.

"……바이델?"

율리아나는 이상함을 느꼈다. 자신을 보며 금방이라도 울 것처럼 이상한 표정을 짓는 사람이 이걸로 세 명째다.

레온하르트, 휴렌 그리고 바이델.

'뭔가 이상해.'

왠지 좋지 않은 기분이 드는 와중에, 다시 저편에서 비명이 터져 나왔다.

"꺄아악!"

"아악! 지네, 지네가…!"

스멀스멀, 어디서 나타났는지 사람의 팔뚝만큼 커다란 지네들이 벽을 기어오르고 있었다. 사람들이 경악하며 지네를 가리켰다.

"지, 지네가 커지고 있어!"

커지고 있는 수준이 아니었다. 마치 먼지 덩어리가 서로 뭉쳐 커지는 것처럼 지네들이 한곳으로 모여 몸집을 키우고 있었다.

휴렌이 빠르게 명령했다.

"더 커지기 전에 해치워야 한다. 지네는 불에 약한데……. 화염 속성 센티넬은 없나?"

알마예르 기사단은 알마예르 가문이 물의 이능을 쓰기 때문에 이를 보조할 만한 능력을 지닌 이들로 채워져 있었다. 물과 번개, 빙결 등.

아예 물 속성 능력자만 있지는 않았지만 그래도 화염 계열 능력자는 대부분 황실 기사단 소속이었다. 황실은 불의 이능을 쓰기 때문에.

"제, 제가 해 보겠습니다!"

한 명이 나섰지만, 그의 능력은 대단치 않았다. 손에서 뿜어낸 크지 않은 불길은 점점 커지는 지네 마물의 매끄러운 표면에 튕겨 나갈 뿐이었다. 물의 막으로 사람들에게 튀는 불똥을 막은 휴렌이 혀를 찼다.

시간이 지체되는 지금도 지네는 점점 더 커지고 있었다.

사람 팔뚝만 한 지네들이 점점 몸집을 키워서 이제는 사람보다 훨씬 커졌다. 물론 사람보다 큰 지네 한 마리가 알마예르 기사단을 몰살시킬 수는 없겠지만, 문제는 지네가 끝도 없이 나타나는 것에 있었다.

"바이델."

바이델의 뒤에서 그 모습을 보고 있던 율리아나가 입을 열었다.

"율리. 비앙카는 어디 있어? 너는 비앙카를 데리고 알마예르 휴게실로 가. 거기는 다른 곳보다 안전할 테니까―."

"내가 하고 싶은 말은 그게 아니야."

율리아나는 바이델에게 가까이 다가가 손바닥을 보여 주었다. 화르륵,

보드라운 손바닥에서 작은 불꽃이 피어 올랐다. 바이델이 깜짝 놀라서 율리아나를 보았다.

"율리? 네가 어떻게 이능을 쓰는 거야?"

"설명하자면 길어. 그렇지만 지금 써야 하지 않을까?"

율리아나가 벽을 바라보았다. 알마예르 기사단이 사람들 앞을 막아서서 지키고 있었다. 기사들은 각자의 이능을 사용하며 검을 휘둘러 지네들이 접근하지 못하도록 막고 있었지만, 어느새 작은 지네들이 한쪽 연회장 벽을 꽉 채울 정도로 많아졌다.

휴렌은 물의 화살들을 만들어 지네들을 꿰뚫었다. 그러나 지네 마물은 끈질긴 생명력을 갖고 있었다. 지네 마물들은 허리가 반토막이 나도 죽지 않았다. 심지어 반토막이 난 채로 다른 개체와 융합하여 더욱 크게 몸집을 키웠다.

마계나 국경 지대에서 싸운다면 마물을 멀리 쫓아 버리는 것만으로도 괜찮다. 그러나 이곳은 황궁이다. 마물이 다른 곳으로 가서 사람을 해치지 못하도록 확실히 박멸해야 한다. 제대로 된 반격을 하지 못하면 수적으로 열세가 될 수도 있었다.

"……할 수 있겠어?"

바이델이 묻다가 고개를 저었다.

"아니야. 하다가 못 하겠으면 포기해도 돼. 무리하지 마."

"무리 안 해."

율리아나는 생긋 웃으며 바이델을 지나쳐 기사단에게로 걸어갔다.

'믿기지 않겠지만.'

율리아나는 당황하여 자신에게 자리를 비켜 주는 기사들을 사이로 걸어 나가 휴렌의 옆에 섰다. 아니, 휴렌의 앞에 섰다.

'나는 이걸 위해 다시 돌아온 건지도 모르겠다는 생각이 들어.'

율리아나가 두 손을 뻗자 손에서 강력한 불기둥이 뿜어져 나왔다.

화르르륵!

알렉산더에게서 빼앗은 화염의 이능이 새카만 지네 마물들을 활활 불태웠다.

갈작갈작갈작갈작!

지네 마물들이 불꽃을 피해 달아나며 이빨처럼 커다란 턱을 부딪치며 소름 끼치는 소리를 냈다.

"마물들을 한곳으로 모아라!"

율리아나에게만 맡길 수 없었던 바이델이 일어나 센티넬 기사들에게 명령했다.

기사들은 염력과 바람 등 여러 이능들로 지네 마물들을 율리아나의 앞쪽 벽으로 몰았고, 율리아나의 불꽃은 지네들을 한 마리도 남김없이 태워 버렸다. 불꽃이 빨갛고 노랗게 타오를 때마다 율리아나의 은발이 흩날리며 불꽃의 색으로 물들었다.

"앗, 저기에 또!"

누군가 벽 쪽으로 손가락질을 했다. 스멀스멀, 지네 마물이 다시 출몰하고 있었다. 율리아나는 한 손을 뻗는 것만으로 몇 마리의 지네를 태워 버렸다.

그렇지만 이것은 근본적인 해결책이 아니다.

"이렇게 태우다간 끝이 없겠어요. 마물들이 어디서 들어오는 것인지부터 확인해야 해요."

율리아나가 말하자 바이델이 끄덕였다.

"너는 가만히 있어."

"그래. 그건 기사들이 할 일이다. 우선 저 벽 너머에 뭔가가 있는 것 같으니 그것부터 확인하겠다."

"제가 확인하고 오겠습니다!"

"가만히 있어. 지네 마물과 같은 속성의 마물이라면 크게 다칠 수도 있다."

정찰을 나서겠다는 기사를 말린 휴렌이 눈을 감았다. 그리고 손을 뻗어 벽 너머에서 넓게 물웅덩이를 만들었다. 바깥의 상황을 수면에 투영시킬 수 있도록.

자신이 만든 물의 거울이 비춘 것을 그대로 볼 수 있는, 수경(水鏡)이라는 기술이었다. 원래 지금의 휴렌이라면 쓸 수 없는 고난이도의 기술이다. 회귀 전의 생을 기억해 낸 지금은 쓸 수 있지만.

'수경 발동.'

속으로 외친 휴렌이 바깥의 상황을 살펴보았다. 그리고 새파랗게 질렸다.

"소후작님? 왜 그러세요?"

"……바깥에, 알의 군집이 있다. 아직 부화하지 못한 알들이 많이 있어."

"그럼 그 알들을 다 태워야겠네요."

"가능하겠어?"

"일단 할 수 있는 만큼 해 봐야죠. 안 되면……. 뭐, 센티넬 기사님들이 어떻게든 해 주시겠죠?"

율리아나가 농담을 던지자 휴렌의 굳었던 얼굴이 살짝 풀렸다.

이상했다. 회귀 전에는 이 시기에 황궁에 마물이 출몰한 적도 없고 더 평화로웠다. 그러니 지금이 더 위험한 상황일 것이다.

'그래도, 지금이 낫다는 생각이…… 드는군.'

눈앞에 웃는 율리아나가 있다는 사실이, 지독히도 위로가 되었다.

자신이 지켜 주지는 못했지만, 그래도. 그래도 율리아나가 웃고 있으니 세상이 예전보다 조금 나아진 게 아닌가 하는 착각을 하게 된다.

"그래. 한번 해 보고 안 되겠으면 잽싸게 뒤로 도망치면 돼. 나머지는 이 오라버니가 어떻게든 할 테니까."

"……그거 든든하네."

바이델은 예전의 격 없던 태도로 율리아나를 대했다. 율리아나는 그런 바이델에게 안심하면서 휴렌을 보았다.

"제가 밖으로 나가야 할까요?"

"그건 위험해. 일단 창문 쪽으로 가까이 가자."

휴렌과 바이델은 율리아나의 양옆에 바짝 붙어서 호위하며 전진했다. 세상에서 가장 안전한 호위를 받으며 창문가로 간 율리아나는 바깥 상황을 보며 헛구역질을 했다.

반투명한 검은 알들이 쩍, 쩌적 갈라지며 작은 새끼 마물들이 태어나고 있었다. 지네 마물은 갓 태어났을 적엔 알 껍질처럼 반투명했지만, 서로를 잡아먹으며 점점 제대로 된 마물의 형태가 되고 있었다. 작지 않은 벌레들이 오글오글 모여서 서로를 잡아먹는 끔찍한 광경.

"지, 징그러워!"

율리아나는 두 손을 뻗어 불꽃을 만들었다. 감정이 격해져서일까, 화르르륵! 타오르는 불꽃이 더 크고 격렬했다.

알의 군집과 새끼 마물들이 불타 재가 되었다. 마물와 함께 아름다웠던 황궁의 정원도 깔끔하게 전소되어서 텅 빈 광장처럼 변했다.

"휴우. 다행이다."

다행히 알렉산더에게서 가져온 이능이 딱 맞게 바닥을 보였다.

"그래서, 네가 어떻게 이능을 쓸 수 있는 건지 설명……."

바이델이 묻는데, 저 멀리서 갈작갈작갈작, 징그러운 소리가 들렸다. 지네 마물이 내던 소리와 똑같지만 훨씬 더 컸다.

"캬아아악! 내 아기! 내 아기들이…!"

창밖을 보자 엄청나게 커다란 지네 마물이 있었다. 몸통은 아름드리나무처럼 두껍고 몸길이는 연못을 한 바퀴 감을 정도로 길었다. 그러나 상체에는 지네의 얼굴 대신 사람의 상반신이 붙어 있었다.

"사, 사람? 말을 하잖아?"

율리아나가 경악하자 바이델이 설명해 주었다.

"아마도 지네 마족인 것 같아. 지네형 마족은 처음 보는데……."

보통 마족들은 인간과 비슷한 형태를 하고 있어서 저런 형태의 마족도 있는 줄은 몰랐다. 마족이라고 하기엔 불완전해 보이고, 마물이라고 하기엔 마족의 조건인 '지성'을 갖추고 있다.

"내 아기들! 사랑스러운 내 아기들이……! 아, 마왕이시여! 제 아이들을 불쌍히 여기소서!"

지네 마족은 발광하며 울부짖었다. 마족이 우짖는 소리가 너무 크고 높아서, 듣는 것만으로 고막이 터질 것 같았다.

마족은 자신의 긴 몸을 채찍처럼 휘두르며 주변을 초토화시키기 시작했다. 쾅, 콰앙! 갑옷처럼 딱딱한 껍질에 부딪힌 황궁 벽이 무너지고 금이 갔다.

"크윽, 뒤로 물러나. 저 마족은 네가 감당할 수 있는 게 아니야."

바이델이 율리아나를 뒤로 보내며 검을 뽑았다.

우글우글 숫자가 많은 지네 마물이라면 검으로 해결하기 어렵지만, 마족의 형태를 하고 있다면 검으로 싸우기가 수월하다.

"그래. 너는 다른 사람들과 함께 여기서 기다리고 있거라. 알마예르 기사단!"

휴렌의 외침에 기사단이 검을 뽑았다. 스르릉, 십수 명의 기사단이 동시에 검을 뽑자 그 소리조차 압도적이었다.

"가자!"

간결한 명이었지만 묵직한 울림이 있었다.

너희가 누려온 명예와 특권은 바로 이것을 위해 존재하는 것이다. 이제 그 값을 해라.

휴렌의 푸른 눈이 그렇게 말하고 있었다. 알마예르의 기사들은 기세를 올리며 검을 고쳐 쥐었다.

그때, 바깥에서 누군가가 말했다.

"그럴 필요 없다."

휴렌은 그 목소리를 알았다.

"아버지?"

콰아앙! 커다란 소리와 함께 연회장 벽이 무너져 내렸다. 덕분에 지네 마족이 있는 바깥이 훤히 보였다.

"폐……. 전하?"

레온하르트를 폐하라고 부를 뻔했던 휴렌은 얼른 호칭을 고쳤다.

율리아나가 만든 잿빛 공터에서 날뛰는 지네 마족의 위로, 레온하르트가 알마예르 후작의 물의 용을 타고 있었다.

"전하, 위험합니다!"

알마예르 기사 중 한 명이 외쳤지만, 레온하르트는 들은 척도 하지 않았다. 굳이 대꾸할 필요가 없는 것이었다. 하나도 위험하지 않으니까.

"캬아악! 마왕이시여! 저들에게 저주를! 감히 제 아기들을 죽인 저 잔인무도한 자들에게 피의 저주를 내려 주십시오!"

"저주는 너희가 받아야 할 것이다."

작게 읊조린 레온하르트가 그대로 훌쩍 뛰어내렸다. 아주 무감각하고 싸늘한 얼굴로.

하늘에서 뛰어내린 레온하르트는 검을 뽑아 그 날 위로 불꽃을 덮었다. 불꽃에 휩싸인 검이 그대로 마족의 머리를 갈랐다. 정수리부터 바닥까지.

쩌어억, 쿠웅!

마족은 레온하르트가 땅으로 착지한 순간, 그대로 두 동강이 난 채 쓰러졌다. 불꽃의 검으로 갈라서 단면에서 피조차 나지 않았다.

"와아아! 황태자 전하가 마족을 죽이셨다!"

뒤편에서 오들오들 떨며 지켜보고 있던 귀족들이 환호성을 질렀다.

어쩌면 죽을지도 모른다는 공포에 사로잡혀 있던 그들로서는 자신을 구하러 와 준 황태자가 마치 신보다 더 위대해 보였다.

"부상자를 확인하고 안전한 곳으로—."

그러나 레온하르트는 신이 아니었다.

파지지직!

하늘에서 검은 번개가 마족 위로 떨어졌다. 불길할 정도로 검은 번개였다.

"이게 무슨……."

레온하르트가 뒤를 돌아보자 두 동강이 났던 마족이 꿈틀거리고 있었다. 검은 번개가 무슨 작용을 한 것일까. 검은 사기에 감싸인 마족은 곧 두 동강이 났던 몸을 탈피하고 더욱 커다랗고 강한 모습으로 변태했다.

"하하하! 마왕이시여, 제 부름에 응답하시다니. 이건 제가 인간들에게 복수를 하라는 뜻이겠지요? 감사합니다, 더없이 감사합니다!"

지네 마족은 광소를 터트리며 하늘을 향해 손을 뻗으며 절을 했다.

홱! 고개를 돌려 사람들이 모인 쪽을 노려보았다. 아니, 사람들의 앞에 선 율리아나를 노려보았다.

"네년에게서 불의 냄새가 나는구나. 네가 내 아기들을 죽였구나!"

마족이 고개를 쳐들어 배 속에서부터 독을 끌어 올린 뒤 강하게 뱉어냈다.

쐐애액!

독탄이 가공할 만한 속도로 율리아나에게로 쏘아져 나갔다.

'마, 맞는다!'

대처할 틈도 없이 기습당한 율리아나가 질끈 눈을 감은 순간, 누구보다 빠르게 대응한 사람이 있었다.

"아악!"

사람들 틈에서 빠르게 튀어나온 사람이 율리아나를 밀치고 등에 독탄을 맞았다. 율리아나의 눈이 경악으로 크게 뜨였다.

"파, 파샤!"

그르르르륵!

다시 한번 독탄을 끌어 모으려는 마족을 레온하르트가 불의 검으로 몰아붙였다.

아까처럼 수월하지는 않았지만 그리 어려운 상대도 아니었다. 레온하르트에게는 마귀족을 상대했던 기억이 있었고, 눈 앞의 마족은 제대로 된 서열권 마족조차 아니었다.

"하압, 합!"

마족이 징그러운 수십 개의 다리로 불의 검을 막으려 애를 썼지만, 검이 휘둘러질 때마다 다리가 잘리고 몸통이 잘리고 결국 목까지 잘렸다. 레온하르트는 철저하게 마족을 도륙했다. 또다시 살아날 수 없도록.

"마, 마왕이시여! 컥!"

마지막까지 마왕을 부르는 마족의 심장을 찔러 마무리를 했다. 그러나 독은 마족이 죽는다 해서 사라지는 종류의 공격이 아니었다.

"파샤, 파샤!"

율리아나는 애타게 파벨을 부르며 주변을 바라보았다.

"비비, 비앙카를 불러 주세요! 비앙카!"

"언니!"

사람들 틈에서 빠져나온 비앙카가 새하얗게 질린 얼굴로 파벨의 옆에 털썩 주저앉았다.

"파, 파벨……."

멍하니 파벨의 이름을 부르는 비앙카에게 율리아나가 부탁했다.

"비비, 치유력을 써 줘. 제발……."

"응, 알겠어."

비앙카가 덜덜 떨리는 손을 율리아나에게 내밀었다. 율리아나는 비앙카의 손을 잡고 인도력을 퍼부으며 비앙카의 치유 이능을 최대치까지 끌어올렸다.

왼쪽 어깨와 가슴팍에 독탄을 맞은 파벨은 쓰러져서 의식을 잃은 상태였다. 옷은 강한 독으로 인해 녹았고 살갗도 마찬가지였다. 살이 녹아 안의 혈관과 뼈가 내비쳤다. 그리고, 지금도 녹아내리는 중이었다.

비앙카가 자유로운 손을 파벨의 상처 부위에 가져갔다. 파아앗! 치유의 빛이 파벨의 상처를 감쌌다. 다친 부위가 아물고 새 살이 차올랐다.

그렇지만.

"다, 다시 녹아내리고 있어!"

치유의 이능은 상처를 치유한 것일 뿐, 독을 없앤 게 아니기 때문에 나은 부위가 다시 녹아내렸다.

"크흑, 아악…!"

파벨은 의식을 잃은 채로 괴로워했다. 비앙카가 발을 동동 굴렀다.

"어, 어떡하지? 파벨, 파벨…!"

"무, 물을 가져와 주세요! 독을 씻어 내야 해요!"

사람들이 허둥지둥 물동이를 가져왔다. 율리아나는 파벨의 상처 위로 물을 부었다. 촤아악! 그렇지만 살갗 안으로 스며든 독은 고작 물을 붓는 것으로 씻겨 나가지 않았다.

율리아나의 뺨 위로 또르륵, 굵은 눈물이 흘러내렸다. 파벨이 이것 때문에 죽는다면, 율리아나는 자신을 용서할 수 없을 것이다.

'사람들 틈에 있을걸. 그 마족이 나를 발견하지 못하게……. 할 일을 다 마쳤으면 뒤로 빠져 있어도 됐는데, 굳이 왜 앞에 나와 있던 걸까.'

율리아나는 스스로를 탓하며 괴로워하는 파벨의 손을 꼭 잡았다.

센티넬이 괴로워할 때는 가이딩을 해 주면 된다. 그런데 센티넬이 아닌 동생에게는, 무엇을 해 주어야 할까?

'우는 것 외엔 할 수 있는 게 없어.'

절망감이 스멀스멀 율리아나의 생각을 잠식했다. 이제는 할 수 있는 일도 많고 무력하지 않다고 생각했는데, 어째서 사랑하는 동생을 위해 할 수 있는 일이 없을까.

그때, 커다란 손이 율리아나의 어깨를 감싸 왔다.

"율리아나."

"저, 전하."

율리아나가 눈물을 닦으며 레온하르트를 보았다. 레온하르트가 걱정스러운 얼굴로 자신을 보고 있었다.

의연하게 다른 방법을 찾아야 하는데, 어린애처럼 눈물밖에 나오지 않는다. 아니, 비앙카야말로 어린애인데도 계속 파벨의 상처를 살피며 다른 방법으로 독을 씻어 내려 하고 있는데 말이다.

그렇지만, 레온하르트를 보니 그에게 기대고 싶었다. 위로받고 싶었다.

"흐흑! 어떡해요, 전하……. 우리 파샤……."

"괜찮습니다. 울지 마세요."

레온하르트가 손가락으로 조심스럽게 율리아나의 눈물을 훔쳤다. 꼭 귀중한 예술품을 대하듯 조심스럽고 안타까운, 어떻게 보면 황송하기까지 한 손길이었다.

"괜찮다니, 무슨 방법이라도 있으세요…?"

그러고 보니 황족에게는 특수한 독과 그 독을 해독하는 방법이 전해져 내려온다고 들었다. 아니면 레온하르트는 마계를 자주 오가며 싸운 사람이니 이런 마족의 독에 대처하는 법을 알지도 모른다.

희망을 품고 레온하르트를 보는데, 레온하르트가 실행한 방법은 의외의 것이었다.

"레이디 비앙카. 파벨에게서 잠시 물러나십시오."

비앙카가 잠시 뒤로 물러나자, 레온하르트가 파벨에게 손을 뻗었다. 흰 빛이 뿜어져 나와서 파벨을 감쌌다.

"전하께도 치유력이?"

비앙카가 놀라서 레온하르트를 보았지만 율리아나는 뭔가 다른 것을 느꼈다.

"이건 치유력이 아니라……."

파벨에게 치유 이능을 쓸 때는 살이 차오르고 상처가 낫는 방식이었다. 그런데 지금은, 상처가 아예 사라지고 있었다. 마치 시간을 되돌리는 것처럼.

"상처가 나았어!"

비앙카가 소리를 지르며 기뻐했다. 환부 주위를 검게 물들이던 독의 기운도 사라졌고, 강한 독으로 인해 녹았던 살도 이제는 멀쩡하게 돌아왔다. 심지어 녹아내렸던 옷마저 처음처럼 되돌아 왔다.

'이건 치유력이 아니야. 오히려……'

율리아나가 레온하르트를 보았다. 레온하르트는 율리아나가 무슨 생각을 하는지 다 아는 사람처럼 천천히 고개를 끄덕였다.

"네."

"…제가, 제가 지금 무슨 말을 하려는지 아세요?"

율리아나의 몸이 부들부들 떨렸다.

어떻게 말해야 할까? 어떤 말을 해야 할까? 레온하르트가 시간을 돌린 사람이라니. 그렇다면 그가 회귀 전의 기억도 갖고 있다는 이야기다.

아무것도 없고 그저 사랑받고 싶은 갈망만이 가득하던 회귀 전의 율리아나. 그 시절의 자신을 레온하르트가 기억하고 있다니, 쥐구멍에라도 숨고 싶었다. 그러나 어떻게 된 일인지 알고 싶었다.

'왜 나를 기준으로 시간을 되돌렸는지.'

바닥에 주저앉은 율리아나를 위해 함께 바닥에 앉아 있었던 레온하르트가 자리에서 일어섰다.

"네. 지금 당장 이야기하기엔 상황이 복잡하군요."

레온하르트가 율리아나의 잡은 손에 힘을 주고 그녀를 가볍게 일으켰다. 그리고 주변에 명령했다.

"레이디 비앙카와 발라고프 소백작을 황태자궁으로 모시거라."

귀족들 뒤편에서 함께 보호받고 있던 궁인들이 나와서 두 사람을 모셔 갔다. 레온하르트는 연회장의 귀족들에게도 말했다.

"궁인들을 따라 황태자궁으로 가서 휴식하십시오. 홀로 다니다가 변고를 당하는 일이 없어야 할 것입니다."

황태자 궁에 모든 병력을 둘 수는 없지만 그래도 배정된 기사들이 있으니 나을 것이다. 그리고 황제궁과 황태자궁에는 보호 결계가 한 번 더 처져 있으니 다른 곳보다는 안전하다.

사람들이 빠져나가는데 오히려 연회장 안으로 들어오는 사람이 있었다.

"신관들…?"

대신관과 티모테오 등 익숙한 얼굴들이 보였다. 대체 무슨 일을 겪었는지 대신관의 흰 예복은 붉은 피와 더러운 얼룩이 잔뜩 묻은 상태였다.

척척, 들어온 대신관이 레온하르트와 율리아나 앞에 섰다.

"늙은이가 팔을 잃어 한 팔로 인사드림을 용서하십시오."

"아닙니다."

"그런데 어쩌다가……."

"시종장의 습격을 받았습니다. 시종장이 타락하여 마물이 되었더군요."

그 말에 그 자리에 있던 사람들 모두가 놀랐다. 시종장의 타락이라니, 시종장의 궁내 영향력을 생각해 볼 때 그의 마수가 어디까지 뻗어 있는지 가늠하기도 어려웠다.

"시종장이 교황 성하를 해하고 달아났습니다. 황제 폐하께서 위험하실지도 모릅니다."

"그래. 얼른 가 봐야겠군."

사실 레온하르트는 알마예르 후작과 함께 황궁 외벽의 마물들을 처리하고 황제에게 갈 수도 있었다.

'그러고 싶지 않아. 황제보다 율리아나가 소중하니까.'

레온하르트는 율리아나를 보았다. 젖어 있는 속눈썹, 아직 눈물이 다

마르지 않은 뺨. 율리아나의 눈물이 마치 독처럼 심장을 문드러지게 만들었다.

이곳에 먼저 오길 잘했다는 생각이 든다. 황태자의 의무를 생각하여 황제에게 먼저 갔더라면 율리아나는 결국 파벨을 잃고 평생 슬퍼했을 테니까.

"한데, 그것은?"

레온하르트가 대신관이 들고 있는 것을 보고 물었다. 회귀 전에는 없었던 물건이다. 마족들은 결계 안에 들어오자마자 신관들을 학살하고 신전을 불태웠다. 신전이 남긴 유산은 없었다.

"성하께서 마지막까지 지키신 물건입니다."

그렇게 말한 대신관이 그 자리에서 두 무릎을 꿇고 머리를 조아렸다. 완벽한 복종을 뜻하는 제스처에 모든 사람이 깜짝 놀랐다.

대신관은 아랑곳하지 않고 성홀의 주인에게 성홀을 올렸다.

"이 성홀을 쥐어 주십시오, 율리아나 성녀님."

"저, 저요? 저는 성녀가 아닌데……. 대신관님, 제가 아니에요. 레온 전하가 바로 성자세요."

율리아나가 화들짝 놀라며 대신관에게 설명했다. 대신관은 아직 모를 것이다. 레온하르트가 시간을 돌린 사람이란 걸 말이다. 그래서 설명하려는데, 대신관이 고개를 저었다.

"아닙니다, 성녀님. 제발 이 성홀을 쥐어 주십시오. 그러시면 아시게 될 겁니다."

대신관의 간곡한 부탁에 율리아나가 당황을 감추지 못했다. 그런데 레온하르트는 그를 말리기는커녕 대신관의 말을 받아서 그녀를 종용했다.

"한번 쥐어 보세요. 대신관도 무슨 생각이 있는 거겠지요."

"그, 그렇다면……."

율리아나는 조심스럽게 손을 뻗었다.

성홀은 자신 따위가 만져도 되나 싶을 정도로 아름다웠다. 하얗게 빛나는 몸체 위로 아주 작은 빛조차 수백, 수천의 반짝임으로 산란시키는 영롱한 광물들이 매달려 있었다.

조심스럽게 손을 뻗어 성홀을 쥐었을 때.

"아……!"

율리아나는 아득한 공간으로 빨려 들어갔다.

Chapter 15. 모두를 위한 가이드

아득한 공허.

율리아나는 끝없이, 끝없이 떨어졌다.

그렇게 얼마나 긴 시간 동안 떨어졌는지, 대체 어디까지 떨어질지 가늠하기도 어려워졌을 때쯤 도착한 곳에.

그곳에 신이 있었다.

초라할 정도로 작은 신이.

— 드디어 닿았구나.

"누구세요? 아니, 당신은……."

누구세요가 아니라, '무엇이세요?'라고 물어야 할 것 같은 존재였다.

희끄무레한 빛의 덩어리. 영혼이나 유령처럼 보이는 존재.

— 유령이라. 그래, 유령이 맞을지도 몰라. 나는 '존재한다'라고 말할 수 없는 상태니까.

상대는 율리아나의 생각을 읽었는지 작게 몸을 진동하며 웃음을 터트렸다.

율리아나는 그런 생각을 한 게 미안해서 얼른 사과했다.

"미, 미안해요. 들을 줄은 몰랐어요."

─ 괜찮단다. 네 말이 틀린 것도 아니고…….

빛 덩어리에게도 표정이 있다면, 그것은 지금 율리아나를 향해 배시시 웃고 있었다. 인자하고 자애로운 표정으로.

─ 나를 소개하마. 나는 데우스. 패배한 신이란다.

"신? 신께 이름이 있었나요?"

자신을 데우스라고 소개한 빛은 천천히 율리아나의 주위를 맴돌았다.

─ 그럼. 모든 존재에겐 이름이 있지.

"그럼 왜 우리는 몰랐나요?"

─ 그건…….

데우스는 천천히 설명했다. 그리고 율리아나의 눈앞에서 당시의 일들이 생생하게 펼쳐졌다.

이 세계에는 여러 신이 있었다. 그러나 신들도 전지전능하지는 않기에 신들 사이에 다툼이 있었고, 그중 한 신은 그 다툼 끝에 자신이 승리하면 상대 신을 흡수했다.

그 신의 이름은 피데스. 파괴적이고 탐욕스러운 신이었다.

다른 약한 신들은 피데스의 힘이 되느니 데우스에게 흡수되기를 원했고, 결국 피데스와 데우스만이 남아 서로를 견제했다.

강대해진 데우스를 흡수할 수 없다고 판단한 피데스는 다른 방법을 강구했다.

바로, 세계의 피조물들을 이용한 대리 전쟁이었다.

피데스는 데우스가 지구의 생명체들을 보살피는 것을 알고 한 종족에게 자신의 힘과 함께 파괴 욕구를 부여했다.

─ *피데스. 제발!*

― 왜 그래? 나도 내 종족을 돌보는 것뿐이야. 내 종족이 더욱 번성하길 원하니까 힘을 준 거라고. 그게 싫으면 너도 네 힘을 나눠 주든가.

피데스는 데우스에게 빈정거렸고 인간들이 죽고 땅이 황폐화되는 것을 볼 수 없던 데우스는 큰 힘을 들여서 세계를 분리했다.
마계와 인간계로.

― 이건 반칙이야!

피데스는 길길이 날뛰며 데우스에게 화를 내었다. 데우스는 세계를 분리하면서 제 힘을 많이 소모한 것을 티내지 않았다.

― 평생 싸우기만 할 수는 없어. 살아 있는 동안 의미 있는 것들을 추구해야지.

데우스는 피데스가 돌보는 마족을 싫어하지 않았다. 그들이 죽기를 바라지도 않았다. 그저, 마족보다 약한 생물들이 다르게 살아갈 수 있는 방법을 찾고 싶었다. 각자의 삶을 살아갈 수 있다면 그것으로 족하니까.
그러나 피데스는 독존하길 원했다.

― 흥, 그건 약한 것들의 궤변이야. 승자는 모든 걸 독식해야 해. 삶은 승리하기 위해 존재하는 거야!

마계는 피데스의 논리에 따라 서로를 잡아먹고, 강해지는 생태계로 진화했다. 마족과 마물들은 개체별로 점점 강한 것들만 살아남았다.
불안함을 느낀 데우스는 인간들에게 자신의 힘을 나누어 주었다. 그러나 강함만을 추구하지 않았기 때문에 모두가 강한 것은 아니었다.

게다가 이미 세계를 분리하면서 써버린 힘 때문에 데우스가 나눠 줄 수 있는 힘에는 한계가 있었다.

─ 그러던 어느날, 피데스가 깨달았지. 내가 자신보다 명백히 약하다는 것을.

데우스가 약해지자 마계와 인간계를 분리하는 차원의 문 자체가 약해졌다. 피데스는 마족들이 차원의 문을 넘도록 종용했고, 마족들은 인간계를 침공하여 인간들을 도륙했다.

─ *아, 안 돼! 이대로는……!*

데우스는 자신의 마지막 힘을 인간들에게 흩뿌린 후 가장 강대한 힘을 지닌 이에게 깃들어 인간들이 최후의 결계를 만들 수 있도록 도왔다.

그렇게 제대로 된 신격(神格)도 유지할 수 없게 되자 인간들 사이에서 자연스럽게 잊혀졌다.

인간들은 자신들을 돕는 신이 있었다는 사실을 알기는 했지만 제대로 알지는 못했다. 인간을 멸족시키고 싶어 하는 피데스의 힘이 너무 강대했기에.

데우스는 율리아나에게 이 모든 것을 보여 주었다. 율리아나는 너무 방대한 양의 지식을 받아들이기 어려워서 어지러움을 느꼈다.

신의 시점에서 바라본 지구의 역사와 인마대전이라니. 인간이 온전히 이해하기엔 격이 높았다.

'지금 다 이해할 필요는 없어. 이것보다 중요한 건……'

생존이었다.

율리아나는 금방이라도 허물어질 것 같은 빛 덩어리, 데우스에게 물었다.

"그러면 데우스 신께서 힘을 잃는 동안 피데스는 아무런 타격도 없었나요?"

─ 그건 아니란다. 피데스는 모르고 있어. 각 우주에는 에너지의 총량이

정해져 있고 이를 빨리 소모하면 우주의 종말이 가까워진다는 것을 피데스는 이 에너지를 너무 빨리 소모했고 본인의 힘도 많이 약해졌지.

"종말이라면……."

– 모든 것의 끝이지.

데우스는 우울한 표정을 짓다가 곧 결연하게 말했다.

– 그러나 나와 피데스가 사라진다면, 종말은 멀어질 거야. 신과 인간이 소모하는 에너지량은 엄청나게 차이가 나니까.

"사, 사라진다고요? 신께서요? 싫어요!"

율리아나가 깜짝 놀라 외쳤다.

데우스의 시점으로 인간들을 볼 때, 그가 인간들을 너무도 사랑한다는 것을 절절히 느낄 수 있었다. 이렇게까지 인간을 사랑하는구나. 강대했던 힘을 모두 잃어도 아깝지 않을 정도로.

이제야 인간을 이렇게 사랑하고 돌본 신이 있다는 것을 알았는데, 사라지다니? 상상하는 것만으로 부모님을 잃는 것보다 더한 허전함과 고통을 느꼈다.

– 오, 율리아나. 다정한 아이야.

포르르, 흰빛이 율리아나를 위로하듯 감쌌다. 율리아나는 데우스를 꽉 끌어안았다. 마치 어머니의 품에 감싸인 듯, 포근하고 따뜻했다. 이대로 영영 잠들어 버리고 싶을 정도로 안락했다.

– 너는 내가 흩뿌린 힘들이 모인 가장 큰 조각이다. 아마도 인간들의 '살고 싶다'는 소원이 네게로 모인 것이겠지.

"…무슨 뜻인지 모르겠어요."

– 인간의 소원에는 힘이 있단다. 피데스가 마족들이 강함을 추구하게 했다면, 나는 인간의 소원이 이루어지도록 했지. 물론 바라기만 한다고 이루어지는 것은 아니란다. 그러나 많은 사람이 바라는 것은 천천히, 조금씩이라도 이루어지지.

데우스가 율리아나의 젖은 눈가를 쓸어 주며 말했다.

― 그게 바로 너란다.

"네……? 제가요……?"

― 일기장은 내가 네게 보내는 메시지였다. 너는 모든 힘을 흡수할 수 있어.

"아, 그래서 일기장이 보통의 이론과 달랐군요!"

아카데미에 들어가서 수년간 연구했지만, 일기장에서 말한 센티넬과 가이드 이론을 주장하는 사람은 아무도 없었다. 그래서 이상하다고 생각했다. 자신은 그 일기장 속 글을 보고서 바이델의 힘을 흡수했는데 말이다. 그리고 자신처럼 센티넬의 힘을 흡수할 수 있다는 가이드도 단 한 명도 보지 못했다.

― 너는 모든 센티넬의 가이드이며 모든 인간들의 가이드란다. 인간들을 인도(guide)할 수 있는 힘이 있지.

희미했던 데우스가 강하게 빛을 발하기 시작했다. 그리고 그의 주위로 거센 바람이 불었다.

― 너를 잃어버린 세계와 내가 마지막 황제에게 힘을 부여했지. 그가 시간을 돌렸고 너는 흐름을 바꾸었다. 홀로 독존하길 바랐던 피데스는 힘을 잃고 마왕과 융합하여 마지막으로 인간계를 파괴하려 하고 있다.

거센 바람이 휘몰아치며 공간이 작아졌다. 아득하게 가라앉았던 몸이 다시 떠오르고, 데우스가 율리아나를 보며 웃었다.

― 너는 내 마지막 희망이다. 네가 성홀을 들면 세상에 흩뿌린 내 모든 힘이 네게 응답할 거란다. 인간들을 더 나은 세상으로 인도해 주렴.

그 말과 함께 데우스는 율리아나에게 몸을 던졌다.

"아아!"

파아아앗―!

온몸이 뜨거웠다. 율리아나는 제 안에서 휘몰아치는 신의 힘을 감당하지 못하고 의식을 잃었다.

* * *

"율리아나, 율리아나!"

레온하르트는 성홀을 쥐자마자 쓰러진 율리아나를 받쳐 안고 그녀를 불렀다. 그는 형형한 눈빛으로 대신관을 노려보았다.

"대신관. 이게 대체 무슨 일이지? 네 말을 믿고 성홀을 쥐게 한 것이었는데!"

레온하르트가 격노하자 주변 공기가 단박에 달아올랐다. 시선만으로 자신을 태워 버릴 것 같은 레온하르트의 기세에 대신관이 식은땀을 흘리며 답했다.

"아마 성녀님께서는 지금, 신의 존재를 느끼고 계시지 않을까 싶습니다."

"성홀에 그런 기능이 있다고 들은 바 없다."

"당연합니다. 성홀은 초대 황제께서 사용하신 이후로 행방불명이 되었지 않았습니까."

대신관은 다급히 설명을 덧붙였다.

"교황 성하께서 예언의 능력과 특별한 힘을 지니셨던 것도 이 성홀 때문일 것입니다."

"다 추측일 뿐이지 않나!"

평소 감정의 고저가 없던 레온하르트가 불같이 화를 내니 주변에서도 그를 말리려 나서는 사람이 없었다.

"화를 내시려거든 율리아나와 멀리 떨어진 곳에서 내십시오. 아니면 율리아나를 제게 주시든가요."

보다 못한 바이델이 나섰다. 대신관이나 주변 사람들을 위해서가 아니라 율리아나를 위해서였다.

레온하르트는 바이델의 말을 못 들은 척하며 율리아나를 안정적으로 안아 들었다.

"편히 누우시도록 자리를 옮겨야겠군."

"황제궁으로 가셔야 합니다."

알마예르 후작이 단호히 말했다.

"황제궁? 어째서?"

황제궁의 상황은 아직 보고되지 않았다. 마물들이 얼마나 있는지도 모른다. 그런데 왜 알마예르 후작이 이런 말을 할까.

"그곳에, 니엘라가 있습니다."

* * *

다행히 황제궁은 그 어떤 마물에게도 침노당하지 않고 있었다.

알브레히트 황제가 황태자 책봉식이 끝나고 침실에 틀어박혀 바깥을 내다보지도 않고 있긴 했지만, 황제궁에는 가장 강력한 결계가 있어 황제와 결계 제어 장치를 지키고 있기 때문이다.

그 절망스러웠던 시간선에서도 마족들은 이 마지막 결계를 뚫고 들어가지 못했다. 그저 외부 결계가 유명무실해졌을 뿐.

그러나 아무리 황제궁의 결계라 해도 아직 마족이 되지 못한 존재를 걸러 낼 수는 없었다.

바로, 몸속에서 마족의 씨앗을 키우고 있는 알렉산더를.

"폐하께서 대체 왜 저러시는지 모르겠네."

미하일은 굳게 닫힌 침궁 밖에서 한숨을 내쉬었다. 침궁 밖도 외부는 아니었고, 있을 건 다 있는 화려한 궁 내부였지만 황제가 저러는 이유를 알기 어려웠다.

미하일은 회귀 전 율리아나와 관계된 일이 전혀 없었기에 교황이 빛을 발했을 때도 아무것도 기억하지 못했다. 뭔가, 미래가 밝지 않다는 느낌만 어렴풋이 들 뿐.

"시종장은 또 어디 간 거야?"

차를 마시며 한숨을 쉬고 있는데, 크게 소란이 일었다.

"백작님, 지금 황제궁에 마물이 나타났다고 합니다!"

"뭐라고? 마물?"

"네. 친위대가 막고 있기는 하지만, 그 수가 적지 않습니다!"

시종이 전해 온 말에 미하일은 아득해졌다. 황궁도 아니고, 황제궁에 마물이라니? 어떻게 이곳까지 마물이 들어올 수 있었단 말인가?

미하일은 재빨리 상황 판단을 했다. 가이드인 자신이 가 봐야 아무런 도움도 되지 않는다. 차라리 지금 해야 하는 건.

'니엘라.'

미하일은 알마예르 후작과 협의하여 니엘라를 황제궁에 두었다. 병에 관한 연구를 위해 니엘라를 마탑에 둘 때도 있었으나 진전이 없으니 가장 안전한 곳에 두기로 한 결정한 것이었다.

황궁에 있으면 궁의의 진료도 받을 수 있고, 마탑과 황궁 사이의 포탈이 있어 머르딘도 빠르게 이동해 올 수 있다. 이것도 미하일이 황제의 가이드로서 황제궁에 작은 별실을 갖고 있기 때문에 가능한 일이었다.

자리에서 벌떡 일어난 미하일이 니엘라에게로 달려가다가 멈칫, 제자리에 섰다.

'아마도 황제궁이 뚫리는 일은 없겠지만⋯⋯.'

만약 황제궁이 뚫린다면 이 세상에 안전한 곳은 없다고 봐도 무방하다. 그렇다면 차라리 니엘라에게 가는 것보다, 황제를 설득해서 마물들과 싸우도록 하는 편이 낫지 않을까?

미하일은 그렇게 고민하며 침궁으로 발걸음을 옮겼다.

침궁 내부까지는 들어갈 수 있으나 침실 문은 굳게 닫혀 있었다. 그런데 침궁에 찾아온 사람이 자신뿐만이 아니라는 사실에 미하일이 놀랐다.

"알렉산더 전하?"

그 사람이 알렉산더일 때는 더더욱.

"발라고프 백작."

알렉산더가 창백하고 퀭한 얼굴로 미하일에게 목례했다.

"여기는 어쩐 일이십니까?"

"아들이 아버지를 보러 온 게 이상한가?"

"이상하지는 않지만, 피곤해 보이십니다. 쉬시는 게 낫지 않겠습니까?"

'말하는 뉘앙스를 보니 황제궁에 마물이 나타났다는 이야기는 모르는 것 같군.'

알렉산더에게 마물 이야기를 해서 고기 방패로라도 쓸까 하다가, 괜히 쓸데없이 폭주라도 하는 게 더 위험하겠다 싶어서 말을 말았다.

"맞아. 피곤하긴 해. 그렇지만⋯⋯. 으윽!"

알렉산더가 머리를 잡으며 끙끙거렸다. 복도 쪽에서 안젤리카가 화들짝 놀라며 달려왔다.

"전하. 약을 가져왔어요."

"됐어. 약으로 나을 게 아니야."

"그렇지만 궁의가⋯⋯."

"됐다니까!"

쨍그랑!

알렉산더가 안젤리카의 손을 거세게 뿌리치자 그녀의 손에 들고 있던 물 컵이 그대로 바닥으로 떨어져 박살이 났다.

"아⋯⋯. 미안. 이러려던 건 아니었는데."

안젤리카는 알렉산더의 말에 더 이상 참을 수가 없었다.

"전하! 대체 왜 그러세요? 그렇게 그 여자가 좋으세요?"

'그 여자?'

몇 걸음 떨어져서 두 사람을 관전하던 미하일은 쉽게 지나칠 수 없는 단어를 듣고 귀를 기울였다. 왠지 안젤리카가 말하는 '그 여자'가 율리아나일 거라는 강렬한 예감이 들었기 때문이다.

"그게 아니라고 했잖아."

"그럼요? 제가 본 건 뭔데요?"

안젤리카는 씩씩거리며 알렉산더에게 따졌고 알렉산더도 짜증이 나기 시작했다. 몸도 좋지 않고 머리도 아프고, 이상한 기억들 때문에 혼란스러워 죽겠는데 안젤리카가 도무지 자신을 놔두지 않으니 화가 났다.

"그게 맞으면 네가 어쩔건데? 내가 율리아나가 좋다고 하면?"

알렉산더의 반격에 안젤리카가 어이가 없다는 듯 입을 벙긋벙긋하며 말을 잇지 못했다. 알렉산더는 부글부글 끓는 화를 안젤리카에게 퍼부었다.

"율리아나가 너와 비교나 할 수 있는 수준인가? 가문이며 미모며 성격까지 훨씬 낫지. 그뿐인가? 가이딩은 또 얼마나 잘하는데. 그 애를 안고 있으면 모든 게 다ㅡ."

"아버지로서 간과할 수 없는 이야기가 들리는군요, 황자 전하. 율리아나를 안고 있으면, 이라고 하셨습니까?"

"……실언이네."

알렉산더가 제정신을 차렸지만 이미 미하일의 눈초리는 싸늘했다.

"무슨 일이 있었는지 설명해 주셔야겠습니다."

"그럴 필요 없다."

그때, 침실 문이 열리며 황제가 나왔다.

"황제 폐하."

"폐하를 뵙습니다."

각자 황제에게 인사를 올렸고, 황제는 몇 년은 늙은 듯 지친 얼굴로 말했다.

"도무지 시끄러워서 쉴 수가 없구나. 시종장은 어디 있느냐?"

황제가 두리번거렸지만, 시종장은 보이지 않았다. 황제는 한숨을 내쉬고 알렉산더를 보았다.

초췌하기는 하지만 이제는 오지 않을 미래의 기억보다 어린 얼굴이다. 그러나 예전처럼 기특하거나 안쓰러워 보이지 않았다.

'알렉산더도 기억을 되찾았을까?'

그저 그것이 궁금했다. 자신을 죽였던 기억을 지니고 있는지가.

알브레히트는 알렉산더에게만 집중하다가 안젤리카가 곁에 있는 것을 뒤늦게 알아차렸다.

"안젤리카? 네가 왜 여기에 있느냐."

"네? 아, 저는 황자 전하와 함께……."

"내가 이유를 물은 줄 아느냐? 썩 나가거라!"

"네?"

"꼴도 보기 싫으니 내 궁에서 나가라고 했다."

갑작스러운 황제의 축객령에 안젤리카가 당황하여 눈물을 글썽거렸다.

"제, 제가 실수한 것이 있다면 시정하겠습니다."

"실수? 하!"

알브레히트는 방향이 그릇된 분노를 안젤리카에게 터트렸다.

"네 존재 자체가 실수다! 네가 알렉산더를 만나지만 않았더라면……!"

안젤리카가 없었더라면 알렉산더와 율리아나가 잘 이어졌을까? 그랬더라면 알렉산더가 비뚤어지지 않고 착한 아들로 자랐을까?

'부질없는 가정이지.'

이미 돌이킬 수 없는 일이다. 알브레히트는 한숨을 내쉬었다. 한숨과 함께 기력이 쭉쭉 빠져나가는 것 같았다.

"……되었다. 널 탓할 일이 아닌 것을."

알브레히트는 사과에 익숙하지 않아서 말을 돌렸다. 죄 없는 소녀에게 화풀이를 했다는 생각에 자괴감을 느끼며 다시 침실로 들어가려 하던 때.

끼기기긱! 알렉산더의 목이 마치 고장 난 기계처럼 부자연스럽게 돌아갔다.

"……맞아. 처음부터 안젤리카, 너만 없었더라면 이렇게 꼬이는 일은 없었을 텐데."

"……네?"

섬뜩! 갑자기 온몸의 털이 곤두서는 것처럼 불길한 예감이 들었다. 알브레히트가 뒤를 돌았다.

"알렉산더……?"

처음 보는 표정을 한 알렉산더가 눈을 빛내며 안젤리카를 보고 있었다. 마치 먹잇감을 탐색하는 듯한 포식자의 눈으로.

'인간이, 아니야.'

본능적으로 알 수 있었다. 방금 전과 달리, 지금의 알렉산더는 선을 넘었다.

"폐하의 말씀이 맞아. 네 존재 자체가 잘못이야. 네가 없었더라면 이렇게 꼬일 일은 없었을 거야. 아니, 최소한 황후 자리를 탐내지만 않았어도 율리아나가 죽지 않았겠지!"

알렉산더의 말에 미하일은 의아함을 느꼈다. 율리아나가 죽다니 이게 무슨 소리인가? 그런데 그걸 물을 수 없었다.

"저, 전하. 몸에서 검은 기운이……!"

알렉산더의 몸에서 검은 기운이 스멀스멀 흘러나오고 있었다. 보통의 인간이라면 절대 뿜어낼 수 없는 사특한 기운이었다.

"폐하!"

미하일은 얼른 황제를 침실로 밀어 넣고 함께 들어갔다.

문을 닫는데, 문틈 사이로 알렉산더의 몸집이 커지고 기괴하게 비틀리는 것이 보였다.

쾅!

문이 닫히고, 안젤리카는 홀로 남았다. 아득한 절망과 공포가 그녀를 덮쳤다.

"까아아악! 전하, 정신 차리세요! 저예요, 리카에요!"

"리카, 이 욕심 많은 여자야……. 네가 모든 걸 망쳤어……."

알렉산더가 중얼거렸다.

하나하나 기억을 되짚어 보니, 안젤리카가 아니었으면 모든 게 다 잘되었을 것 같다.

사실 모든 걸 망쳤다고 하기엔 조금 과장이 있었지만, 지금의 알렉산더만큼은 안젤리카가 망친 것이 맞았다.

타락한 시종장의 꼬임에 넘어간 안젤리카가 사타나키아와 계약했고, 사타나키아가 안젤리카의 몸을 이용하여 알렉산더의 몸에 마족의 씨앗을 심었으니.

사타나키아가 안젤리카의 몸을 이용하여 잡아먹은 인간의 숫자도 한둘이 아니었다. 그러나 기억을 잃은 안젤리카는 그저 자신을 피해자라고 여겼다.

"까아악! 알렉, 살려 줘, 살려 줘어어!"

알렉산더는 안젤리카의 꽥꽥거리는 목소리가 더 이상 듣고 싶지 않았다. 우는 모습도 더 이상 예쁘지 않았다. 시끄럽고, 볼품없고, 꼴사나웠다.

'내가 왜 안젤리카를 사랑했더라.'

기억도 나지 않았다.

알렉산더는 사랑에 대한 마지막 예의로, 안젤리카를 뼈째 삼키기로 했다.

쩌억! 입이 커다랗게 벌어졌다. 안젤리카가 마지막으로 본 것은 새카만 동굴 같은 목구멍이었다.

조금 뒤 알렉산더는 옷자락을 퉤, 뱉어냈다. 그리고 자신의 배를 두드리며 기기묘묘한 미소를 지었다.

"너도 나와 하나가 되니 기쁘지?"

하하하! 알렉산더의 웃음소리가 황제궁에 쩌렁쩌렁하게 퍼졌다.

온몸에 힘이 넘쳐흐른다. 알렉산더는 제 두 손을 내려보며 기뻐했다. 이 힘을 더 빨리 갖게 되었다면 얼마나 좋았을까. 그럼 자신은 지금도 여전히 황태자일 텐데. 황제가 되었을 텐데.

'아니지. 난 황제인걸?'

과거와 현재가 뒤섞였다. 들끓는 악의 힘은 알렉산더의 머릿속을 진탕으로 만들었고 알렉산더는 자신에게 좋은 기억만 취사 선택 했다.

"난 황제로서 백성들을 희생하다 죽었어. 그러니 내게 두 번째 기회가 주어진 거야. 그런데 감히 퇴물 따위가 내 자리를 빼앗아?"

알브레히트에 대한 분노가 치솟았다. 자신은 정당한 황제다. 이미 황제로 제국을 호령하기도 했다. 알브레히트 따위가 뭐라고 자신을 끌어내린단 말인가?

전생에서도 알브레히트를 암살한 기억이 돌아온 알렉산더는 알브레히트가 무섭지 않았다. 아니, 황태자에서 폐위되며 알브레히트가 자신을 죽일지도 모른다는 공포를 겪었던 만큼 그에 대한 반감이 더 커졌다.

"알브레히트. 죽여 버리겠어……!"

알렉산더의 눈은 황금빛으로 빛나지 않았다. 흰자위는 검게 물들었고 눈동자는 새빨갛게 이글거렸다.

"어디 있지?"

알브레히트가 사라진 곳을 찾아 눈알을 굴리는 알렉산더는 더 이상 인간도 아니었다.

쩌저적! 황제궁의 결계에 금이 갔다.

* * *

율리아나를 안은 레온하르트와 일행이 황제궁 쪽으로 가자 전투 소리가 들려왔다.

"저, 저렇게 많다니……."

바이델의 목소리가 떨렸다.

황제궁 앞은 마물로 가득했다. 어림짐작으로도 50마리는 될 것 같았다. 다행히 황제 친위대의 기사들이 제법 활약하고 있어 전열이 밀리지는 않았다.

레온하르트와 알마예르 후작 다음 가는 센티넬 기사들은 모두 친위대에 있다고 해도 과언이 아니었으니 마물들에 쉽게 당하지 않았다.

"콜록! 더 이상은……!"

한 기사가 공간을 일그러트리다가 피를 토했다. 아무리 강한 센티넬이라 해도 영원히 싸울 수는 없다. 인간에게 주어진 한계였다. 강함만을 추구하는 피데스는 마족들이 서로를 잡아먹으며 강해지도록 만들었지만 데우스는 그러지 않았다.

아니, 그럴 수 없었다. 모든 인간들을 강하게 만들 수도 없었고 강한 인간들이 다른 인간을 지키게 하려면 제약이 필요했다.

그게 바로 가이드였다.

동료가 피를 토하는 걸 본 다른 기사가 외쳤다.

"가이딩을 받아야 해! 아니면 폭주할 지도 몰라!"

"거기 막아! 으윽! 가이드한테 갈 시간이 없어!"

황궁의 가이드들은 보통의 가이드병보다 훨씬 귀한 몸이다. 그들은 근무 시간 외엔 황궁 밖의 숙소에 머물렀고 전투에 나가지 않았다. 지금 당장 가이딩을 해줄 가이드가 없었다.

"제기랄…!"

기사들이 한탄하며 절망하던 때.

쐐애애애액!

수십이 넘는 물의 창이 나타나 마물들의 목줄기를 꿰뚫었다. 물의 창은 마물들의 몸속에서 물방울로 화하여 내장을 난도질했다.

캬아악! 마물들이 순식간에 절명했다. 이 한 번의 공격으로 수십의 마물이 죽었다. 커다란 도마뱀처럼 생긴 마물들은 두 발로 서서 자신들을 공격한 상대를 찾았다.

키에에! 캬아아악!

위협하듯 벌린 주둥이에 다시 물의 창이 내리꽂혔다.

아까와 달리 물의 창은 물방울로 화하는 대신 꽂힌 자리에서 회전하여 마물의 내장을 진탕으로 만들었다.

'괴물이야.'

휴렌은 질린 얼굴을 하며 알마예르 후작을 보았다. 따라 해보려 해도 되지 않는다.

기억을 되찾은 알마예르 후작은 그야말로 마물 도살 기계. 적은 힘으로 가장 많은 마물을 죽일 수 있도록 효율을 극한으로 끌어올렸다.

"알마예르 후작!"

"소후작과 기사 바이델도 있어!"

알마예르의 세 기사가 나타나 상황을 정리하자 친위대들의 얼굴에 안도감이 어렸다.

마물의 수가 순식간에 반절 이하로 떨어지자 나머지도 빠르게 정리되었다. 그때 한 기사가 두리번거리며 다가왔다.

"혹시 알마예르 영애도 계십니까? 여기 폭주 직전의 기사가 있어서요."

레온하르트는 품에 안은 율리아나까지 전투에 휘말릴까 봐 로브를 쓰고 뒤로 빠져 있었다. 바이델이 앞으로 나서서 미간을 찌푸렸다.

"있으면? 네가 뭐라고 알마예르 영애에게 가이딩을 요구하지?"

"가이딩을 요구하는 건 절대 아닙니다! 가이드석이라는 것만이라도 얻을 수 있을까 싶어서……."

"쯧!"

바이델이 혀를 차며 자신이 갖고 있는 가이드석을 던져 주었다.

율리아나에게 받은 것이라 소중히 간직하고 있었지만 율리아나보다 소중한 것은 아니었다.

"감사합니다!"

기사는 가이드석을 받아 동료에게로 달려갔고 알마예르 후작은 친위대장에게 상황에 관해 물었다.

"황제궁 내부의 인원 배치는 어떻게 되었지?"

"없습니다. 마물이 황제궁을 공격한다는 말에 내부의 인원을 모두 소집하여 나온 것입니다."

"내부에 기사들이 한 명도 없다는 뜻인가?"

심각해진 알마예르 후작을 보며 친위대장이 의아한 얼굴을 했다.

"황제 폐하는 가장 강력한 센티넬이십니다만……."

뒤에 있던 레온하르트가 참지 못하고 나섰다.

"그게 불사라는 뜻은 아니다."

친위대장이 놀라며 인사를 올렸다.

"황태자 전하를 뵈옵니다. 물론 폐하께서 홀로 계신 것은 아닙니다. 황자 전하도 계시니 무슨 일이 일어나더라도 제압이 가능하실 겁니다."

"뭐?"

알렉산더가 있다는 말에 레온하르트의 얼굴이 굳었다.

현재 알브레히트에게 가장 위험한 사람이 바로 알렉산더였다.

* * *

미하일은 사교도와 마물 실험에 관한 일은 잘 모르지만, 검은 기운을 뿜는 알렉산더가 범상치 않다는 것만큼은 알았다.

'알렉산더에게서 멀리 떨어져야 한다.'

미하일은 황제의 침실과 연결된 내부 통로를 열었다.

"알렉에게 대체 무슨……."

"황제 폐하! 정신 차리십시오!"

미하일은 알브레히트를 다그치며 통로 안으로 들어갔다.

"어디로 가는 것이냐."

"일단 황제궁 밖으로 나가서 친위대들과—."

"안 돼!"

알브레히트가 발작하듯 소리치며 미하일의 손을 뿌리쳤다. 미하일은 영문도 모른 채 새하얗게 질린 알브레히트를 보았다.

"폐하?"

"안 된다. 나는 황제. 황제의 의무는 결계를 유지하고 지키는 것."

알브레히트가 중얼거렸다.

"알렉산더는 내가 죽은 후에도 살아 있었겠지. 그렇다면 결계 제어 장치에 들어가는 법도 알 텐데, 결계를 이대로 두고 갈 순 없다."

"……대체 무슨 말씀을 하시는 겁니까?"

미하일은 도무지 이해할 수가 없었다.

안젤리카만 아니면 율리아나가 죽지 않았을 거라고 화를 낸 알렉산더나, 알렉산더가 자신이 죽은 후에도 살아 있었을 거라고 하는 알브레히트나.

망상이라고 하기엔 뭔가 확신에 찬 어조라서 혼란스러웠다. 그렇지만 두 사람의 말을 조합하면.

"폐하와 율리아나가 죽은 뒤, 알렉산더 전하가 황제가 된 적이 있기라도 하단 말씀입니까?"

미하일의 물음에 알브레히트가 끄덕였다.

"그래. 누군가 시간을 돌렸다. 누군지는 알 수 없지만, 아마도 레온하르트겠지."

"……."

미하일은 한동안 답을 하지 못했다. 시간을 돌렸다는 말 자체도 믿기 어려운데, 그 돌리기 전의 시간선에서 있던 일도 그랬다.

"……율리아나가 죽었습니까? 무슨 이유로?"

"내가 죽은 후의 일이다."

"알렉산더 전하가 황제가 되고 난 후의 일이겠군요. 그리고 전하는 그게 안젤리카의 탓이라고 했으니……."

알렉산더가 율리아나에게 호감이 있다는 것은 알았다. 황제가 알렉산더에게 율리아나를 찍어다 붙이려고 했을 때 크게 반발하지 않고, 그후로 안젤리카와 약혼하겠다는 말도 하지 않았으니까.

'그러면 알렉산더와 무슨 일이 있었다는 건가?'

지금의 알렉산더가 사특한 기운을 뿜으며 날뛰고 있는 것을 보면 쉬이 짐작할 수 있었다. 사람의 본성은 변하지 않는 법이니까.

'죽여버리고 싶군.'

미하일은 분노를 조용히 삭이며 우선 이곳에서 이동하고자 했다.

"그럼 일단 결계로—."

콰앙!

검은 불덩어리가 날아와 육중한 문이 반파되었다.

"어디, 가십니까? 폐하."

"……알렉산더?"

황제는 눈을 감았다 다시 떴다. 그래도 변하는 것은 없었다.

"맙소사……."

미하일이 눈 앞에 선 마족을 보고 탄식했다.

훨씬 커진 몸집과 피부에 돋아난 검은 비늘, 파충류의 것과 닮은 긴 꼬리.

금빛 눈은 핏빛으로 물들었고 그 안에 세로로 찢어진 검은 동공은 뱀과 같았다. 누가 봐도 인간이 아니었다. 그러나 알렉산더였다.

황제는 침실 벽에 걸어둔 보검을 꺼내 들었다. 스르릉, 검이 검집을 빠져나오는 소리가 섬뜩했다.

"미샤. 통로로 도망가게."

"폐하, 그건……!"

"레온하르트를 불러 와. 최대한 빨리."

"……예."

미하일은 떠나기 전 알브레히트를 와락 끌어안았다. 오랜 시간 동안 황제의 가이드였지만 이렇게까지 친밀한 접촉은 한 적이 없었다. 미하일은 자신이 할 수 있는 최대한의 인도력을 황제에게 불어넣었다.

"금방 돌아오겠습니다!"

미하일이 통로로 들어간 것을 확인한 황제가 검을 고쳐 잡았다. 오랜만에 잡은 검은 제법 묵직했다.

"알렉산더, 너를 잘못 키워 미안하구나."

"아하하하! 퇴물 주제에 혓바닥은 기네. 눈치란 게 있다면 적당한 때 알아서 죽어주셨어야죠, 폐하. 이렇게 내가 직접 손을 대기 전에!"

알렉산더가 손을 들어 올리자 허공에서 검은 불덩이들이 쏟아졌다. 알브레히트는 검에 화염을 씌워 그 불덩이들을 갈랐다.

"크윽!"

갈라진 불덩이들은 사라지지 않고 다시 합쳐져 알브레히트를 공격했다. 알브레히트는 불꽃의 방어막을 치고 알렉산더를 향해 달려갔다.

"미안하다, 알렉!"

높게 치솟은 검이 알렉산더의 목을 겨냥했다.

쐐애액!

빠르게 휘둘러진 불의 검이 정확히 목표물을 두 덩이로 분리했다.

텅, 터엉, 텅!

몸에서 떨어져나온 목이 바닥으로 떨어졌다.

피는 나지 않았다. 검날을 감싼 불꽃이 살을 가르는 동시에 지져버려서 피가 날 새도 없기 때문이다.

"하……."

알브레히트는 고개를 돌려 바닥을 구르는 머리를 외면했다. 부릅뜬 눈은 원래의 아들과 달리 마족의 형상을 하고 있었지만 그래도 보기 괴로웠다.

쩔그렁!

손에 힘이 빠져 검이 바닥으로 떨어졌다. 동시에 알브레히트의 눈에서 눈물이 주르륵 흘러내렸다.

"알렉산더……."

못난 아들이지만 아끼고 사랑했다. 그래도 자신이 낳은 과오를 자신이 처리하였으니 다행이라고 해야 할까.

알브레히트는 평생 자신이 일구었던 모든 것들이 손가락 사이로 빠져나가는 것 같은 허무함을 느꼈다. 그래도 남은 것이 없진 않지만.

"이제 내게 남은 아들은 레온하르트 뿐이구나……."

"그게 무슨 말이야? 레온하르트가 아들이라고?"

갑자기 들려온 목소리에 알브레히트가 뒤를 돌았다. 뒤를 돌자 머리가 없는 알렉산더의 몸통이 삐걱삐걱, 고장 난 인형처럼 기괴하게 움직이고 있었다.

"내가 유일한 아들이라더니. 그것조차 거짓말이었네."

검은 사기가 뿜어져 나와 분리된 머리를 채찍처럼 휘감아 철썩! 목에 붙였다.

"아, 알렉산더! 알렉산더를 내버려 둬, 이 괴물아!"

알브레히트가 경악하며 바닥에 떨어트린 검을 들려는 순간.

"히히히히히! 하하하하하하!"

알렉산더가 쩌렁쩌렁하게 웃으며 도마뱀처럼 바닥을 네발로 빠르게 기었다. 그의 긴 꼬리가 알브레히트의 손목을 낚아채었고 알브레히트는 검을 놓쳤다.

"아아악!"

긴 꼬리가 알브레히트의 목을 졸랐다. 숨통을 막는 강한 힘에 알브레히트는 본능적으로 이능을 사용했다.

화르륵! 주변 공기가 뜨겁게 달아오르며 알렉산더가 화염에 휩싸였다.

"킬킬킬. 네 아들이 너와 같은 계열의 이능자라는 것도 기억하지 못하는 거냐?"

비슷한 계열의 이능을 지닌 센티넬끼리는 이능 공격에 받는 타격이 덜하다. 황족의 이능은 강하게 부계 유전되는 데다가 알브레히트와 알렉산더는 부자지간이라 더욱 상쇄하기 수월했다.

그렇지만 알렉산더가 공격할 때는 다르다. 그의 힘에는 마족의 사기가 깃들어 있기 때문이다.

알렉산더를 감쌌던 붉은 화염이 점점 검게 물들어갔다. 검은 불꽃이 알브레히트에게로 번져가 그를 태우기 시작했다.

"아아악! 그만, 그만!"

뼛속까지 침식하는 듯한 사악한 기운에 알브레히트가 몸부림쳤지만 그럴수록 목을 조이는 압박감이 더 심해졌다.

"킬킬킬킬킬. 멍청한 알브레히트. 너는 최악의 황제로 기억될 것이다. 아니지. 인류가 사라질 테니 기억될 수도 없겠구나!"

검은 불꽃이 알브레히트와 알렉산더를 모두 감싼 뒤 활활 타올랐다.

"황제 폐하!"

레온하르트와 알마예르들이 달려왔을 땐 이미 둘은 한 덩어리가 되었다.

"저, 저건 뭐지? 뭐가 타고 있는 거지?"

"불꽃의 색이 검다. 가까이 가지 마라!"

알마예르 후작이 수룡을 불러내어 검은 불꽃을 삼키려 했다. 그러나 수

룡은 불을 식히지 못하고 수증기가 되어 사라졌다.

물의 폭탄도, 물의 창도 땅이 녹을 정도로 압도적인 온도로 타오르는 불꽃 앞에선 무용지물이었다.

"시간을 돌려보겠다."

레온하르트가 손을 뻗어 불꽃 덩어리를 신성력으로 덮으려 했다. 신성력에 반발하듯 불꽃이 일렁이며 강한 사기를 내뿜었다.

"크윽…!"

레온하르트가 뒤로 물러선 순간, 불꽃에서 폭발적으로 강한 사기가 뿜어져 나왔다. 함께 따라온 티모테오가 얼른 신성력을 이용한 방어막을 쳐 주었다.

"으윽!"

"저게 열리고 있어!"

알이 깨지듯, 불꽃 덩어리가 천천히 갈라졌다. 안에서 칠흑의 어둠이 뿜어져 나왔다.

"저, 저건…!"

티모테오가 경악했다. 아무리 마족이라 해도 저런 어둠을 불러올 수는 없다. 저건 최소한 마왕, 혹은—.

"마신 피데스……!"

알렉산더에게 심어진 씨앗은 보통 마족의 씨앗이 아니었다.

칠흑의 어둠은 점점 뻗어 나가기 시작했다. 레온하르트는 천장을 뒤덮는 어둠을 보며 가장 중요한 것을 떠올렸다.

"율리아나!"

의식을 잃은 율리아나를 니엘라가 있는 방으로 옮기던 중 미하일을 만나서 싸울 수 있는 인원만 이곳으로 온 것이었다. 니엘라의 방에는 가이드인 미하일과 마법 동면 중인 니엘라와 의식을 잃은 율리아나, 대신관 뿐.

레온하르트의 외침에 그 사실을 깨달은 휴렌과 바이델, 알마예르 후작이 몸을 돌리려던 때.

화아악!

어둠이 그들을 덮치는 것이 더 빨랐다.

* * *

율리아나는 어둠 속에 잠겨 있었다.

어둠은 나쁘지 않다. 어둠은 그저 어둠이다. 세상에 밤이 없다면 아침이 올 수 없듯이, 어둠은 그저 존재할 뿐이다. 마치 빛처럼.

율리아나는 아무것도 존재하지 않았던 태초의 어둠 속에서 둥둥 떠서 자신의 품 안에 들어온 태초의 빛을 끌어안고 보듬었다.

따스하고 포근했다. 이대로 이 빛을 영원히 끌어안고 있고만 싶었다.

그러나 어디선가 그녀를 부르는 목소리가 있었다.

"······리아나. 율리아나!"

어딘가 익숙한 목소리. 그렇지만 이 포근함을 포기하고 그 목소리를 따라가고 싶지는 않았다.

"율리. 율리, 어디 있어!"

역시 익숙한 목소리. 바이델일까? 고개를 돌려 목소리가 들린 곳을 보았다. 어린 바이델이 율리아나를 찾으며 발을 동동 구르고 있었다.

"언니! 언니, 나 무서워!"

비비를 보았을 때는 뛰쳐나갈 뻔했지만, 비앙카는 이제 언니가 필요 없을 정도로 의젓해졌기에 참아줄 거라 생각했다.

"어디 계신가요, 누님."

이제 제법 남자 태가 나는 파샤. 비앙카와 어울린다고 하면 화를 낼까? 비앙카를 잘 부탁해.

그렇게 한 명, 또 한 명.

사랑하는 이들의 목소리를 듣고 있는데, 너무도 그리운 목소리가 들려왔다.

"율리, 내 보물. 내 천사."

"⋯⋯엄마?"

율리아나가 고개를 들자 니엘라가 미소를 짓고 있었다. 그리고 그 옆에는 미하일이 있었다. 니엘라가 율리아나에게 두 팔을 벌렸다.

"너무 보고 싶었어, 우리 딸."

"엄마!"

율리아나는 안고 있던 빛도 잊은 채 그 자리를 박찼다. 그리운 엄마의 품으로 뛰어들었다. 19살의 율리아나는 다시 12살처럼 작아졌다. 니엘라는 율리아나를 안아 들고 미하일은 니엘라와 율리아나를 함께 끌어안았다.

"엄마, 아빠⋯!"

어느새 미하일의 품에는 어린 파벨까지 안겨 있었다.

엄마와 아빠, 그리고 착한 동생까지. 율리아나가 꿈꿔오던 완벽한 가정의 모습이다.

"이제 우리 넷이 행복하게 살자꾸나."

"평생."

"영원히."

엄마와 아빠, 동생이 말했다. 율리아나는 고개를 끄덕이려다가 누군가의 시선을 느끼고 옆을 돌아보았다.

"⋯⋯너는!"

"안녕, 율리아나."

소리를 지를 뻔했다. 율리아나에게 인사를 건넨 사람은, 머리가 깨져 피투성이가 된 회귀 전의 율리아나였다.

회귀 전의 나 자신과 마주치다니. 전신에 소름이 돋는 기분이었다. 율리아나는 엄마 품에 더 꼭 안기며 방어적으로 물었다.

"왜 나타난 거야?"

율리아나는 회귀한 후로 언제나 불안했다.

모든 게 너무도 잘 풀려서. 노력을 하지 않은 건 아니지만, 회귀 전에도 노력했는데도 불행한 삶을 살았으니까, 노력하면 모든 게 이루어지지 않는다는 사실 따윈 너무도 잘 알고 있다. 그래서 다시 시작한 삶의 모든 걸음걸음이 두려웠다. 언제 깨질지 모르는 살얼음판 위를 걷는 기분이었다.

어느 순간부터는 회귀 전의 자신과 지금의 자신이 너무 다른 사람 같다는 생각도 들었다. 그래서, 회귀 전의 율리아나가 자신을 원망할 것 같다는 두려움이 있었다.

'왜 너만 행복해? 불공평해.'

그 두려움이 현실이 된 것일까. 율리아나는 우울한 얼굴을 한, 자신이지만 지금의 자신과는 너무 다른 피투성이 율리아나를 외면하고 싶었다.

"왜 내 앞에 나타났어! 왜!"

"사실을 왜곡하지마, 율리아나."

"뭐?"

"너, 그런 가족을 원한 적 없잖아."

피투성이의 율리아나가 말을 이어 갔다.

"넌 이런 가족을 원했던 적이 없어. 가진 적이 없으니까. 너는 파벨 같은 남동생을 원한 적도, 미하일 같은 아버지를 원한 적도 없지."

피투성이의 율리아나가 한마디, 한마디 할 때마다 파벨이 사라지고 미하일이 사라졌다. 율리아나는 비명을 지르며 두 사람이 사라진 허공을 움켜쥐었다.

"아버지! 파샤!"

"네가 바란 건 엄마가 살아 돌아오는 것과, 누군가의 사랑을 받는 것이었어."

멈칫, 그녀를 원망하려던 율리아나가 그 말을 경청했다.

피에 젖은 머리카락을 걷어내며, 율리아나가 율리아나를 마주 보았다.

"그 소원은 이루어졌어."

소원이 이루어졌는데 넌 대체 왜 허황된 꿈을 좇느냐는 힐난의 눈빛이었다. 율리아나는 깨달았다.

두 사람이자 한 사람의 율리아나가 중얼거렸다.

"레온하르트는 어디 있지?"

그 순간, 바닥에 내팽개쳐 두었던 포근한 빛이 눈부시게 빛나기 시작했다.

파아앗―!

빛이 안온한 어둠을 삼키자 니엘라와 율리아나가 점점 흐릿하게 변했다.

"어, 엄마!"

율리아나가 사라지는 엄마를 꽉 붙잡았다. 니엘라는 율리아나를 꽉 안아주었다.

"곧 보게 될 거란다, 내 천사."

스르륵, 니엘라가 허공으로 흩어지고 그 다음은 피투성이의 율리아나였다. 율리아나는 머뭇거리다가 그녀를 직시했다.

"나 혼자… 행복해져서 미안."

방긋, 계속 우울한 표정이던 율리아나가 웃었다.

"너와 나는 다르지 않아."

회귀를 했다고 다른 사람이 되는 것이 아니다. 우리가 겪었던 모든 것은 허상이 아니며 영혼에 새겨져 있다. 지금 행복하다 해서 과거의 고통이 사라지는 게 아니니까.

그렇지만, 고통의 기억 위로 행복의 기억이 쌓일 수는 있다.

고통이 사라지는 것은 아니겠지만, 사소한 행복과 기쁨을 느끼며, 고통이 희미해질 수는 있다.

고통을 잊게 된다고 해서 그 고통의 기억이 가짜가 되는 것이 아니다. 그저 켜켜이 쌓여가는 것이다.

고통과 기쁨을 반복하며 살아가고, 그것은 삶이 되고 인생이 된다. 살아 있다면 언젠가는 행복해진다.

'그때 포기하지 말걸 그랬어.'

율리아나는 그것을 깨닫고 눈물을 터트렸다. 죽음을 택했던 자신에게 미안했다. 그러나 피투성이가 된 율리아나는 그녀를 탓하기보다는, 현재의 행복에 기뻐해주었다.

"우리가 행복해져서 기뻐. 앞으로도 포기하지 말고 행복해지자."

"응. 응, 꼭 그렇게."

율리아나는 과거의 자신을 꼭 끌어안았다. 과거의 자신이 흩어지고 난 자리에는 아름다운 성흘이 있었다.

율리아나는 성흘을 번쩍 들어 올렸다. 성흘이 빛을 흡수하였다가 단박에 터트렸다.

화아아악!

빛이 온 사방을 밝히자, 어둠을 퍼트린 근원이 보였다. 이제는 알렉산더의 흔적조차 보이지 않는 거대한 어둠 갑주를 두른 파괴의 신이었다.

"피데스!"

"저주스러운 데우스! 이까짓 인간이 네 마지막 승부수냐? 웃음도 안 나오는구나!"

피데스가 율리아나를 보며 코웃음을 쳤다. 그러나 율리아나는 데우스의 안배를 보았다.

율리아나는 성흘을 더 높게 들어 올렸다. 성흘이 길어지며 더 높은 곳에서 빛이 발했다. 빛이 어둠을 비추자 바닥에 쓰러져 있는 사람들이 보였다.

미하일, 레온하르트. 그리고 알마예르들.

모두 사랑하는 사람들이었다. 쓰러져 있는 사람들을 보자 피가 식는 기분이었다.

"레오! 파샤, 비비!"

이름을 불러도 그들은 일어나지 않았다. 당장 성홀을 놓고 달려가 흔들어 깨우고 싶었지만, 꾹 참았다.

'여기서 피데스를 몰아내야 해.'

피데스를 몰아내지 못한다면 인간계는 끝이 난다. 데우스가 남아 있는 모든 힘을 써서 시간을 되돌렸기에 이제 남은 기회는 없다.

바로 지금뿐.

율리아나는 요동치는 감정을 다잡으며 성홀을 꽉 쥐었다. 성홀에서 흘러나오는 신성력이 그녀를 따뜻하게 격려해 주었다.

피데스가 비웃었다.

"뭘 어쩌려느냐? 고작 빛이 나는 지팡이를 휘두른다고 내가 죽을 성싶으냐? 데우스조차 나를 어쩌지 못했는데 네깟 인간이?"

"그래. 성홀을 휘두른다고 네가 죽진 않겠지."

율리아나는 눈을 감았다.

데우스와 융합한 신들은 평화롭게 진리를 탐구하며 우주를 돌보는 신들이 대부분이었다. 그들은 우주의 균형과 창조 원리에 관해 골몰했고, 데우스는 그 모든 지식을 정리했다.

그건 너무도 방대하고 고차원의 지식이었다. 율리아나는 데우스가 전수해 준 지식을 모두 이해할 수는 없었다.

우주의 원리와 다른 차원의 이야기들, 격이 높은 신들의 역사 등은 듣는 것만으로도 벅찼다.

그래서 율리아나는 그 모든 것들을 흘리고 중요한 것만 취했다. 그건 바로 이 세계를 구성하는 에테르의 작동 원리와 사용법이었다.

율리아나는 눈을 감고 감각을 열었다. 데우스의 지식 세례를 받을 때처럼, 모든 자아와 아집을 내려놓고 세계를 받아들였다.

'아······!'

눈을 감았는데도 주변 모든 것이 생생하게 느껴졌다. 거리와 공간에 상관없이, 세상이 그대로 그녀에게 다가와 펼쳐졌다.

피데스의 어둠은 이 황제궁을 넘어서 수도로 퍼져 가고 있었다. 사람들이 비명을 지르며 도망치는 것이 보였다.

사교도의 잔당들이 마물들을 풀어 사람들을 죽였고 본인들 역시 사람들을 먹으며 마물화되고 있었다.

단 한 걸음만 내디디면 지옥이 될 것만 같은 광경.

그러나 율리아나는 절망하지 않았다. 율리아나는 감각을 마탑으로 확장했다.

"머르딘."

마탑주 머르딘은 혼란스러운 상황을 진정시키고자 마탑의 마법사들을 이끌고 나가려던 중이었다.

"······율리아나?"

머르딘은 바로 옆에서 부르는 듯한 율리아나의 목소리에 화들짝 놀랐다.

"머르딘. 내게 힘을 빌려주세요."

"율리아나! 너 지금 어디야?"

"저는 황제궁에 있어요. 힘을 빌려준다고 하세요. 얼른요."

"이게 무슨 조화인지 모르겠다만, 당연하지! 힘이든 뭐든 필요한 건 다 가져가!"

그렇게 외치는 순간, 머르딘은 자신의 마력이 쑤욱 빠져나가는 걸 느꼈다. 갑작스러운 마력 소진에 현기증을 느끼는데, 주변 마법사들도 머리를 잡으며 비틀거렸다.

"그 목소리는 누구지?"

"모, 모르겠습니다. 힘을 빌린다는 말밖에는······."

혼란스러워하는 마법사들을 보며 머르딘이 피식 웃었다.

"그나마 나한테는 물어보기라도 한 거군."

무슨 원리인지는 모르겠지만 나중에 물어보면 된다. 마탑의 모든 마법사들의 힘을 가져가더라도 율리아나라면 괜찮다. 나쁜 곳에 쓸 아이가 아니란 걸 아니까.

"도와주지 못해 미안하다. 힘내라."

머르딘은 허공을 향해 주먹을 쥐고서 바닥에 주저앉은 마법사들에게 호통을 쳤다.

"누운 김에 자는 거냐? 마탑을 개방하고 부상자들을 안으로 옮겨라!"

"그, 그치만 마법을 쓸 수가 없는데요……."

"마도구들은 뒀다 어디에 쓸 거냐?"

마력이 고갈되어서 마법으로 도와줄 수는 없지만, 마도구를 사용하면 부상자를 옮기는 정도는 할 수 있다. 마법사들은 체력이 약하지만 마탑 내부에 일꾼들도 있으니까.

"빨리 움직여, 빨리!"

머르딘은 엉덩이 무거운 마법사들을 일으키며 창밖을 내다보았다. 빨강, 노랑, 파랑, 보라. 시간대를 짐작할 수도 없게 온갖 색이 뒤섞인 하늘은 보기만 해도 두려움이 몰려든다.

심지어 황궁 쪽의 하늘은 시커먼 어둠이 주변을 삼키고 있어서, 금방이라도 세상이 멸망할 것처럼 불길했다. 머르딘이 불안한 눈빛으로 황궁을 보았다.

"걱정 마세요, 머르딘."

율리아나는 작게 읊조리며 눈을 떴다. 그러나 눈앞에는 피데스가 없었다.

"피데스!"

피데스가 향한 곳이 짐작이 갔다.

'결계 제어 장치!'

데우스가 초대 황제를 통해 만들어 낸 최후의 보호막. 피데스는 회귀 전에도 결계를 부수지는 못했다. 이번에야말로 결계를 부수면 완벽하게 이길 것이라고 생각할 터.

율리아나는 사기가 느껴지는 곳으로 달렸다.

강력한 사기 때문에 황제궁에 의식이 있는 사람은 없었다. 바닥에 쓰러진 사람들을 지나치며 일부러 밝게 외쳤다.

"다녀올게요!"

꼭 이겨서 돌아올게요!

율리아나는 피데스가 파괴하며 지나간 구멍으로 뛰어들었다.

조금 시간이 흐른 후, 비틀거리며 걸어온 레온하르트가 그 구멍으로 몸을 던졌다.

* * *

결계 제어 장치가 있는 방은 크지 않았다. 그러나 이 세상의 공간이 아닌 것처럼 환상적이었다.

어두운 방 안에 커다란 의자가 하나 있었고 그 앞으로 허공에 빛나는 삼차원 설계도가 펼쳐져 있었다. 제국을 둥그렇게 감싼 결계의 모습이 빛나는 선으로 표시되고 있었다.

'이게 결계 제어 장치……'

율리아나가 감탄하는데 성난 목소리가 들렸다.

"제기랄!"

피데스였다. 율리아나는 화들짝 정신을 차리고 성흔로 의자를 겨누었다.

"왜 안 되는 거냐. 왜!"

피데스는 화를 내며 벌떡 일어났다.

'어? 뭔가……. 알렉산더의 얼굴이 보이는데?'

아까까지는 알렉산더의 흔적도 보이지 않는, 그저 두려운 마신 피데스로만 보였다. 그런데 이곳으로 오자 어둠이 조금 씻겨 나가고 알렉산더의 얼굴이 비쳐 보였다.

"내가 황제를 둘이나 먹어 치웠는데 왜 열리지 않느냔 말이다! 내가 황제다!"

"그건 네가 인간이 아니니까 그렇겠지."

피데스가 뒤를 돌아 율리아나를 보았다. 율리아나는 마탑의 마법사들에게서 빌린 힘으로 성흔이 강해졌다는 것을 느낄 수 있었다.

'하지만 아직 부족해.'

결계 제어 장치가 있는 이곳은 아마도 데우스가 만들어낸 공간. 그 덕에 피데스의 어둠이 조금 씻겨 나갔어도 아직 턱도 없이 부족했다.

'다들, 도와줘요.'

율리아나는 속으로 중얼거리며 피데스를 보았다. 피데스는 그녀를 비웃었다.

"웃기는 소리. 이 몸은 황자의 것이다. 그리고 황제를 먹어 치웠지."

"인간을 마족과 똑같은 취급하지 마. 인간은 인간을 먹는 존재를 같은 인간으로 생각하지 않아."

"순진한 척하지 마라. 인간들 때문에 자살한 주제에. 인간은 인간 때문에 죽는다. 인간이 마족과 다른 게 뭐지?"

피데스가 비웃으며 율리아나에게 다가왔다.

"오, 율리아나. 네가 데우스의 조각인 걸 알았더라면 널 좀 더 상냥하게 안는 거였는데. 안젤리카를 안을 때처럼 말이야."

킬킬킬, 피데스는 알렉산더의 목소리를 내며 그녀를 희롱했다.

"차라리 나를 돕는 건 어떻겠느냐? 나를 도와 제국을 멸망시킨다면 네가 원하는 인간 몇 명쯤은 살려 주마. 또한 아름다운 남자들을 노예로 붙여 영원한 쾌락을 즐기도록 해 주겠다."

율리아나가 피식 웃었다.

"안 됐네. 내 약혼자가 세상에서 제일 잘생기지만 않았더라면, 네 유혹에 흔들렸을 수도 있는데."

태양처럼 붉은 머리칼과 황금처럼 빛나는 눈동자를 지닌, 그 어떤 존재보다 더 고귀하고 사랑스러운 나의 약혼자.

율리아나는 레온하르트를 떠올리며 성홀에 집중했다. 힘이 거의 다 모이고 있었다.

피데스는 분노하며 힘을 개방했다.

"제어할 수 없는 건 파괴하면 그만이다!"

콰과광! 폭발적인 힘이 제어 장치로 쏟아졌다.

"아, 안 돼!"

율리아나는 성홀을 뻗어 아직 다 모이지 않은 힘의 일부를 사용했다.

제어 장치를 감싼 성력이 피데스의 힘을 튕겨내었다. 튕겨 나간 힘이 벽을 부수며 멀리 뻗어나갔다.

"어리석은 인간. 어디까지 막을 수 있는지 보마!"

"으윽!"

피데스는 두 손을 모아 더 강한 힘을 쏘아 보냈다. 율리아나는 당황했다.

'어떡하지? 이 힘을 다 쓰면, 피데스를 몰아낼 힘이 부족해. 그렇지만 결계가 깨지면…….'

그때, 세찬 불꽃이 피데스를 공격했다.

"크악!"

"레온!"

"율리."

레온하르트가 신성력을 섞은 불꽃으로 피데스를 후려갈겼다. 피데스는 분노하며 허공을 후려쳤다. 그 움직임을 따라 사기가 움직이며 레온하르트를 강타했다.

"크윽!"

"레온!"

율리아나는 갈피를 잡지 못하고 고민했다. 힘을 다 소진하더라도 결계를 지키는 게 옳은가? 아니면 데우스의 계획을 따라가야 하나?

그러나 고민은 오래 이어지지 못했다.

"감히 인간 따위가!"

분노한 피데스가 포효하자, 그의 위로 검은 벼락이 내리꽂혔다.

파지직, 파지지직!

검은 전류가 피데스의 몸을 타고 흘렀고, 그는 다시 알렉산더의 흔적이 보이지 않는 압도적인 모습이 되었다.

"설마, 그 모습은……!"

"하하. 설마 아까 그 모습이 내 본모습이라고 여기진 않았겠지? 이것은 내 일부에 불과하다. 네가 데우스의 조각인 것처럼, 이곳의 나 역시 본체가 아니지."

더욱 거대하고 압도적인 힘을 두른 피데스를 보자 율리아나는 망연해졌다.

'막을 수 없어.'

피데스는 율리아나가 반격할 새도 없이 검은 번개를 뿜어 결계 제어 장치를 후려쳤다.

"하지마!"

콰과광!

커다란 파공음과 함께, 제어 장치가 부서졌다.

"하하하하! 최후의 인간까지 모두 죽여라!"

피데스가 날개를 펼치고 날아올랐다. 천장을 부수며 하늘 높이 치솟은 피데스는 가장 짙은 어둠을 주변에 흩뿌렸다.

감각을 열고 있는 율리아나는 느낄 수 있었다. 피데스가 뿌린 어둠이 황도 내의 마물들에게 강력한 힘을 주고 있다는 걸. 제어 장치가 부서지자 제국을 감싼 결계가 사라지고 마족과 마물들이 다가오고 있다는 걸.

"아, 안 돼……!"

더 이상 희망이 없다.

율리아나가 성홀을 놓쳤다. 그리고 레온하르트가 성홀이 바닥으로 쓰러지기 전에 낚아챘다.

"율리아나."

"레온, 어떡하죠? 내가, 내가 다 망쳤어요. 역시 나 같은 게 신의 조각이면 안 됐어요. 다른 사람이었어야……. 레온이었으면 잘 해냈을 텐데."

절망에 빠진 율리아나가 주저앉아 흐느꼈다.

"율리. 내 말 좀 들어 봐요."

"흐흑……. 이젠 끝났어……."

"율리!"

자신의 말을 듣지 못하는 율리아나를 보며 레온하르트가 최후의 수단을 사용했다.

"미안해요."

"나 때문에……. 으읍!"

율리아나는 깜짝 놀라 우는 것조차 잊었다. 거친 입술이었다. 그러나 그 안은 거칠지 않았다.

레온하르트는 부드러운 움직임으로 율리아나를 위로하듯 감싼다. 진정하라고, 다 끝난 것은 아니라고 다독여 주었다.

'아…….'

율리아나는 잠시 주변 상황을 잊고 레온하르트가 주는 달콤함에 정신없이 빠져들었다.

조금 뒤, 레온하르트의 입술이 떨어졌다.

"……미안해요. 진정시키려고 했는데, 사심을 채웠군요."

"아니, 아니에요. 저도 그랬어요."

율리아나는 얼른 소매로 눈물 젖은 뺨과 촉촉한 입술을 닦아 내고 레온하르트를 보았다.

"무슨 방법이라도 있어요?"

"아니오."

"네?"

너무도 평온한 얼굴로 다른 방법이 없다고 말하다니 황당했다. 율리아나가 눈을 동그랗게 뜨며 설명을 요구하자 그가 말했다.

"다 끝나지 않았습니다. 피데스의 말을 들으셨지요. 최후의 인간이 죽을 때까지 끝난 게 아닙니다."

"……너무 긍정적인 거 아닌가요?"

그러나 율리아나는 이어진 말에 입을 다물 수밖에 없었다.

"지난 생의 최후의 인간이 바로 저였으니까요."

레온하르트가 희미하게 웃었다.

시간 회귀는 단번에 성공하지 못했다. 첫 시도에서 알마예르 후작은 죽었고, 레온하르트는 그 뒤로도 살아 있었다.

'이렇게 사는 게 무슨 의미가 있을까.'

레온하르트가 평생 동안 해 왔던 생각이었다. 알브레히트의 위협에서 비굴하게 목숨을 부지할 때도, 마족의 추적을 피하며 가까스로 도망칠 때도.

그러나 끈질기게 살아남았고 그렇게 살아남은 결과, 시간을 거슬러 율리아나와 만났다.

마음이, 통했다.

"삶은 번번이 우리 예상을 비껴갑니다. 그래도 살아나가야 합니다. 그게 살아 있는 자의 의무니까요."

"……맞아요. 내가 잠시 그걸 잊었어요."

포기하지 말자고 해 놓고, 금세 포기할 뻔했다. 또다시 어리석은 짓을 할 뻔했다.

율리아나는 용기를 내서 레온하르트의 입술에 제 입술을 겹쳤다.

초옥! 짧게 닿았다가 떨어지는 두 입술.

율리아나는 자리에서 벌떡 일어나서 성흘을 들었다.

"고마워요. 우리 얼른 나가요. 마침 좋은 생각이 났어요!"

율리아나는 얼른 방을 뛰어나갔다. 레온하르트는 제 입술을 가리고 잠시 여운에 잠겼다.

"……."

조금만 더 길게 해 주지. 율리아나가 먼저 해 준 입맞춤은 너무 다디달았다.

* * *

"피데스!"

율리아나는 황제궁 밖으로 나갔다. 피데스는 하늘 높이 떠 있었고, 그의 주위로 검은 사기가 흘러나와 퍼지고 있었다. 율리아나는 피데스의 힘을 가늠해보았다.

'본체가 아니라고 했지만, 이제 본체보다 이쪽이 더 큰 힘을 가져온 것 같은데.'

본체보다 더 큰 힘을 가진 일부라면, 그 일부를 본체라고 불러야 하는 것 아닐까.

'역시 자신의 힘이 얼마나 남았는지 모르고 있어.'

피데스는 파괴를 통해 압도적인 힘을 추구하는 마신. 그러다 보니 다른 신에 비해 우주의 원리와 균형에 관해서는 무지한 편이었다.

율리아나는 데우스에게서 전수받은 지식을 떠올렸다. 그 지식은 우주에 관한 지식과 이 세계에 관한 지식.

즉, 인간뿐만 아니라 마족과 마물에게도 예외 없이 적용되는 법칙이다.

율리아나는 힘을 소진한 성홀에 다시 힘을 모으기 시작했다. 이전에는 마법사와 센티넬들에게서 힘을 빌려 온 것이었다. 그리고 지금은 다른 존재들에게서 힘을 빌려 왔다.

바로 마족과 마물들이었다.

"나는 에테르를 인도(guide)할 수 있는 존재. 에테르여, 내게로 모여 나의 힘이 되어라!"

율리아나가 외쳤다.

결계가 사라진 덕에 마물과 마족에게 접촉하기 더욱 수월해졌다. 율리아나는 그들에게서 강제로 힘을 빼앗아 왔다.

결계 생성에 대부분의 힘을 소진한 데우스와는 달리 피데스는 넘치는 힘을 마족과 마물들에게 나누어 주었다. 그래서 지금 율리아나에게 흡수되는 힘도 대단히 많았다. 결국 피데스의 힘이 율리아나의 힘이 되는 셈이었다.

사방에서 흘러들어오는 힘이 율리아나를 허공으로 띄웠다. 율리아나는 피데스가 떠 있는 하늘로 가 그를 마주했다.

"아직도 내게 대적할 여력이 있다니. 인간치고는 제법이구나."

"인정해 주는 건가요? 그럼 나도 인정하죠. 아까 당신이 인간이 아니라고 했던 걸 취소하겠어요. 당신은 인간이에요."

"뭐? 나는 인간 따위가 아니라 위대한 마신이다!"

아까는 결계 제어 장치를 조작하기 위해서였을 뿐, 피데스는 인간이 되고 싶은 마음은 눈곱만큼도 없었다. 뭉쳐야만 뭔가를 이루어 내는 열등한 존재 따위가 되고 싶을 리 없지 않은가.

그러나 율리아나는 고개를 저었다.

"인간의 몸을 토대로 쓴 순간부터 당신의 일부는 인간이 되었어요."

그리고 나머지 본체 역시, 신이 아니다. 피데스는 마왕과 결합한 순간부터 마족으로 격하되었고 지금은 인간으로까지 내려왔다.

차근차근, 더 약한 존재가 되고 있다.

본인의 의지로 택한 것이겠지만, 우주의 균형이 유도한 거대한 흐름이기도 했다.

'탄생 초기가 지나면 신은 점점 피조물의 세계에 관여하면 안 된다. 한 세계에서 쓸 수 있는 에너지가 한정되기 때문에.'

피데스는 그 법칙을 위배했고, 이 세계는 점점 더 멸망을 향해 달려가고 있었다. 그래서 피데스의 본능이 그를 점점 더 약한 존재로 의태하게 했으리라.

'이게 바로 데우스께서 오랜 기간 공들여 준비한 덫이구나.'

율리아나는 덫에 걸린 피데스에게 날리는 최후의 일격이다.

그러나 계획은 계획을 세운 것만으로 실행되지 않는다. 레온하르트가 시간을 돌리지 않았더라면, 율리아나가 에테르에 관해 공부하지 않았더라면, 혹은 피데스의 유혹에 넘어갔더라면. 조금만 어긋났어도 이 계획은 영영 실행되지 못했을 것이다.

'레온하르트가 레온하르트라서 다행이야.'

레온하르트가 아니었다면 데우스의 계획을 깨닫기 전에 포기할 뻔했다.

율리아나는 생긋 웃으며 피데스를 향해 성홀을 겨누었다.

"피데스. 나의 인도(guide)를 받아라."

율리아나는 에테르를 인도하는 가이드.

그리고 이 세계의 모든 생물은 에테르를 지닌다. 피데스 역시 마찬가지였다.

율리아나의 인도에 따라, 피데스가 흩어지기 시작했다.

"아, 아아악! 내 힘이…!"

피데스는 제 몸에서 힘이 빠져나가는 것을 느끼며 경악했다.

자신에게서 빠져나간 사기가 에테르로 변화되어 성홀에 흡수되었다. 그리고 방출될 때는 성력의 모습을 하겠지.

"보, 본체로 되돌아가야……!"

끔찍한 미래를 예감한 피데스가 날개를 퍼덕이며 도망치려 했다. 그러나 율리아나가 빨랐다.

"느껴지지 않나요? 본체 역시 내게 힘을 빼앗겼는데."

"뭐? 아악!"

성홀에서 뿜어져 나온 성력이 피데스를 가두었다. 율리아나가 피데스에게 가까이 가자 피데스가 발광하며 울부짖었다.

"빌어먹을 데우스! 차라리 네가 직접 나를 죽여라! 감히 인간 따위가 나를…!"

"정말 모르셨군요. 데우스께서는 이미…… 소멸하셨답니다."

"……뭐?"

율리아나의 말에 피데스가 멍한 얼굴을 했다. 율리아나가 설명했다.

"시간을 돌린 게 그분의 마지막 힘이에요. 그분은 무(無)로 돌아가셨습니다."

"……거짓말이다! 신이 고작 인간 따위를 위해서 희생하다니. 그럴 리 없어! 우리는 신이다. 한낱 피조물 따위보다 고귀하단 말이다!"

피데스는 발광했고 율리아나는 설명을 포기한 채 성홀에 남은 힘을 모두 응축시켰다.

"피조물 없이 신만 살아남은 세계가 무슨 의미가 있을까. 데우스의 유언입니다."

중첩, 압축, 발사.

파아아앗! 수없이 중첩되고 압축되어 발사된 순수한 에테르는 우주에 구멍을 낼 정도로 강했다.

"아아악!"

피데스는 비명을 지르며 우주의 구멍으로 빨려 들어가며 소멸했다. 그 구멍이 스스로 메워지는 동안 주변에 있던 사기가 함께 빨려 나갔다.

마침내 끝이었다.

"아…… 해냈, 어……."

끝났다고 생각하자 온몸의 힘이 쭉 빠졌다. 스르륵 눈이 감겼다.

의식을 잃자 율리아나를 감쌌던 힘이 사라졌다. 그녀는 높은 하늘에서부터 추락했다.

"율리아나!"

근처의 높은 지붕 위에서 율리아나를 보고 있던 레온하르트가 제일 먼저 달려 나갔다. 공간을 접어 하늘을 달렸다.

레온하르트가 떨어지는 율리아나를 받아 내자 그의 발밑에 단단한 얼음이 생성되었다.

"……알마예르."

아래에서 두 사람을 올려 보고 있는 남자들. 휴렌과 바이델이었다.

레온하르트는 알마예르의 힘을 빌려 무사히 율리아나를 안고 땅으로 내려왔다.

사람들이 몰려와 정신을 잃은 율리아나를 살폈다.

"누님. 누님, 정신 좀 차려 보세요."

"언니, 죽는 거 아니지?"

파벨과 비앙카의 뒤로 한 사람이 비틀거리며 다가왔다. 그 사람의 양옆으로 알마예르 후작과 미하일이 바짝 붙어서 부축했다. 엉엉 우는 여인은 율리아나와 꼭 닮은 얼굴을 하고 있었다.

"율리, 내 딸!"

율리아나의 엄마, 니엘라였다.

바이델과 휴렌은 한 걸음 뒤에서 율리아나를 걱정하는 이들을 바라보았다. 저곳에 낄 자격이 없다고 생각했기 때문이었다.

두 사람은 몰랐다. 율리아나가 피데스를 쫓아 달릴 때, 그들의 얼굴을 보면서 "다녀올게요!"라고 말했던 것을.

두 사람도 율리아나에게 사랑하는 사람들이라는 사실을 말이다.

'……알려 주지 않을 거다.'

두 사람의 어두운 얼굴을 보며 레온하르트는 입을 다물었다. 율리아나는 용서했을지 몰라도 그는 아니었다.

레온하르트는 율리아나와 관련한 일이라면, 한없이 속이 좁아질 수 있는 남자였다.

Chapter 16. 파랑새를 찾아서

해냈다.

모두를 구했다.

'그러니까 좀 쉬어도 되지 않을까?'

지금까지의 시간들을 되짚어 보니 쉴 새 없이 달리기만 한 기분이다.

물론 즐거웠던 일도 많지만, 회귀 전과 다른 삶을 살기 위하여, 뭔가 해내기 위하여 죽어라 애쓰기만 했다.

'그러니까 조금만 쉬자…….'

율리아나는 눈을 감았다. 평온한 어둠이 의식을 감쌌다.

* * *

"대체 왜 깨어나지 않는 거지?"

새 황제의 서슬 퍼런 독촉에 궁의는 땀을 뻘뻘 흘렸다.

"그, 글쎄요. 신체적으로는 완벽하신 상태이신데…… 정신적으로 많이 고되셔서 그런 게 아니겠습니까."

"신을 만나고 계신 것일 수도 있지요."

티모테오가 덧붙인 말에 레온하르트가 코웃음을 쳤다.

"율리아나의 말을 듣지 못했나? 데우스 신께선 이미 소멸하셨다."

"말투가 불손하군요! 그분께서 성홀에 힘을 남겨 두신 덕에 우리가 이렇게 살아 있다는 것을 모르시는 겁니까?"

"그 힘을 이용하여 우리를 살린 게 율리아나니까 고마움은 율리아나에게 돌리도록."

차갑게 일갈한 레온하르트는 다 귀찮다는 듯 나가라고 손짓했다.

궁의와 신관들이 모두 나가고, 방에는 인형처럼 미동 없이 잠만 자는 율리아나와 레온하르트만이 남았다.

"율리아나……."

레온하르트는 한숨을 내쉬며 율리아나를 보았다. 그러다 조곤조곤 설명했다.

"피데스가 소멸하고 일주일이 되었습니다. 그동안 우리는 제국민의 피해 상황을 확인하고 복구에 힘쓰고 있습니다."

피데스와의 전투로 인해 황궁은 반파되었지만, 제국민의 생활에 필요한 것은 황궁이 아니다. 레온하르트는 다른 귀족들의 항의를 무시하고 황궁보다 백성들의 삶을 돌보는 쪽을 택했다.

"결계는 사라졌습니다. 그러나 다행히도 마족과 마물의 힘이 약해졌습니다."

율리아나는 최후 전투에서 마족과 마물의 힘도 빌려 썼다. 아마도 그 과정에서 마족과 마물의 근간이 바뀐 게 아닐까.

'마치 니엘라가 깨어난 것처럼.'

이능 회로가 끊기는 희귀병을 앓던 니엘라가 깨어났다. 그것으로 유추하면 율리아나의 손길이 닿은 생물들이 더 좋은 쪽으로 바뀌었다고 볼 수 있을 것이다.

'살육보다는 상생에 더 적합한 쪽으로.'

레온하르트는 여러 사례를 통해 이를 확인할 때마다 놀라움을 금치 못했다.

율리아나가 얼마나 다정한지, 상냥한지. 만약 레온하르트가 그런 힘을 지녔다면 그는 모두의 힘을 빼앗고 평등한 상태로 되돌렸을 것이다.

그러나 율리아나는 그러지 않았다.

똑똑.

노크 소리에 고개를 들자 문이 열리고 니엘라가 들어왔다. 미하일이 그녀의 뒤를 따라 들어왔다.

"……레이디 알마예르."

"레이디라니, 당치 않습니다. 딸도 있는 몸인걸요. 말씀 낮추세요."

꽃을 가득 꽂은 화병을 들고 온 니엘라는 율리아나의 옆에 화병을 두었다.

"우리 딸. 얼른 일어나야지."

니엘라가 율리아나의 손을 꼭 잡았다. 미하일이 니엘라의 어깨를 감싸 안으며 다독였다.

"금방 일어날 거야."

"그렇지만……."

니엘라의 눈에 눈물이 맺혔다. 죽음을 예감하며 눈을 감았었는데, 눈을 뜨니 딸 아이가 세상을 구하고 잠들었다고 한다. 가슴이 찢어지는 것처럼 아팠다.

"내가 대신 아플 수 있다면 좋을걸."

"그런 말씀 마십시오. 율리아나는 끝까지 어머님을 포기하지 않았습니다. 율리아나가 깨어났을 때 어머님을 보면 얼마나 기뻐하겠습니까."

"흑……."

니엘라가 눈물을 흘리자 미하일이 손수건을 건넸다.

"율리아나가 수놓은 손수건이야. 예쁘지? 일어나면 당신 것도 만들어 달라고 하자."

그 말에 손수건으로 눈물을 닦던 니엘라가 미하일을 째려보았다.

"그런 건 엄마가 딸에게 해 줘야 하는 거예요."

"그, 그런가?"

"그래요. 혼수도 내가 직접 해 줄 거예요. 괜찮으시죠, 폐하?"

니엘라가 갑자기 자신을 부르자 레온하르트가 당황하며 고개를 끄덕였다.

"물론입니다. 직접 준비하셔야죠."

"허락해 주시니 다행이에요!"

니엘라가 활짝 웃었다. 신부의 어머니가 혼수를 준비한다는 핑계로 몇 년을 질질 끌 수 있는지, 이 순진한 황제는 모르는 것 같다.

'우리 율리아나는 엄마랑 살 거야.'

깨어나자마자 결혼을 시키라고? 절대 그럴 수 없지.

니엘라가 율리아나의 손을 꼭 잡은 채 결심하는 사이, 레온하르트는 아무것도 모른 채 작게 미소 지었다.

그렇게 며칠이 또 흐르고.

과중한 업무 때문에 레온하르트가 침대 곁에서 꾸벅꾸벅 조는 사이.

깜빡깜빡.

기다란 은빛 속눈썹이 파르르 떨리며 올라가자, 하늘의 색을 띤 눈동자가 드러났다. 깨어난 율리아나가 주변을 두리번거리다 레온하르트가 조는 것을 발견하곤 조심히 몸을 일으켰다.

수척해 보이는 그를 보자 안쓰러운 마음부터 들었다.

"편히 주무시지, 왜 여기 앉아서…… 아."

그리고 자신이 누워 있던 주변으로 꽃이며 인형이며 여러 선물들이 잔뜩 쌓여 있는 것을 보았다.

'나 설마, 좀 오래 잤나?'

당황한 율리아나는 일단 레온하르트부터 눕혔다.

자연스럽게 레온하르트의 힘을 빌려와서 그를 침대에 눕히고 이불을 덮어 주었다. 그리고 손을 잡았다.

"푹 자요. 좋은 꿈 꾸세요."

이전보다 더 섬세하고 깊어진 가이딩으로 그의 피로를 날려 버린 율리아나는 조용히 방을 나섰다.

황궁은 그 어느 때보다 활력이 넘쳤다.

센티넬 기사들이 인부들의 지시에 따라 커다란 바위와 잔해들을 치우고 마물을 데려와 대지를 다졌다.

마물의 종류에 따라 아직 난폭한 종류도 있었지만, 이 마물은 무척 순했고 무해했다. 먹는 것이라곤 고작 나무의 풀 따위였다.

네 다리가 엄청나게 두꺼운, 귀가 커다래서 꼭 부채를 닮은 마물이었다. 코가 엄청 길어서 누군가는 그 마물을 코끼리라고 부르기도 했다. 입 옆에 난 커다란 뿔은 살벌했지만, 먼저 공격하지 않는 이상 무척 온순하다고 한다.

"이쪽으로. 옳지! 그래, 잘했다."

코끼리가 밟고 지나간 대지 위로 기초를 쌓는데, 누군가 율리아나를 발견했다.

"어, 어! 성녀님!"

"뭐? 성녀님이 깨어나셨어?"

"성녀님! 이봐, 누가 가서 바이델을 불러와!"

가만히 구경 중이었던 율리아나는 화들짝 놀라서 도망칠 뻔했다. 어디서 이야기를 듣고 바이델이 오지 않았다면 말이다.

"율리아나!"

물의 원반을 타고 하늘을 날아온 바이델이 훌쩍 뛰어내렸다. 거의 구르는 것처럼 빠르게 달려온 그가 율리아나를 보며 숨을 몰아쉬었다.

"하아…. 하아……."

어떤 말을 해야 할지 알 수 없는 표정. 율리아나는 피식 웃으며 그를 가볍게 안았다 놔주었다.

"다녀왔어."

아니, 놔주려고 했다. 와락! 바이델이 거세게 안아 오지만 않았더라면.

"율리. 너 정말……! 너 혼자서 다 책임지려고 하면 어떡해!"

벅찬 목소리를 들으니 지금 무슨 표정을 짓고 있는지 안 봐도 알 것 같다. 율리아나는 바이델의 등을 토닥였다.

"그래. 걱정했겠네."

"대강 넘기지 말고!"

율리아나가 깨어났다는 소리가 어디까지 퍼진 것인지, 금세 휴렌과 파벨, 비앙카도 달려왔다.

"누님!"

"언니!"

품에 안겨 드는 두 사람을 꽉 끌어안자 휴렌이 어색하게 지켜보고 있었다.

"……율리아나."

율리아나는 고민했다. 여기서 소후작님이라고 부를까?

'심술은 나중에 부려도 되겠지.'

지금은 감동적인 재회의 순간이니까, 심술은 넣어 두자.

율리아나는 활짝 웃으며 휴렌을 불렀다.

"휴렌 오라버니."

"율리아나……!"

휴렌이 얼굴을 일그러트리며 다가와 그녀를 꽉 안았다. 그 사이에 낀 비앙카가 꽥 소리를 질렀다.

"나 여기 있거든요? 숨 막혀!"

"눈치 좀 챙겨."

"뭐? 너는 이제 다 컸다 이거지?"

비앙카와 파벨이 티격태격하는 걸 듣자 모든 게 끝이 났다는 실감이 들었다. 율리아나가 까르르 웃음을 터트리는데―.

"율리! 내 딸!"

꿈에서도 잊을 수 없는 목소리가 들렸다.

"……엄마?"

아주 천천히, 율리아나가 뒤를 돌았다.

눈물을 줄줄 흘리는 니엘라, 엄마가 자신을 향해 두 팔을 벌리고 있었다.

"엄마!"

율리아나는 있는 힘껏 니엘라에게 달려갔다. 속도를 줄이지 못해서 그대로 꽉 안기면서, 율리아나는 엉엉 울음을 터트렸다.

"엄마. 엄마아…! 흐엉, 엄마……."

힘들지 않다고 생각했다. 자신에게 세상을 구할 힘이 주어졌다면 감사할 일이라고, 영광으로 여겨야 한다고 생각했다.

그러나 버거웠다.

나 때문에 세상이 이대로 끝나 버리면 어떡하지? 나는 대단할 것 없는 앤데, 왜 나한테 이런 힘이 주어졌을까. 원망하고 싶었다.

응석 부리고 싶었다. 누군가에게 투정 부리고 싶었다.

그러나 아무에게도 그럴 수 없었다. 레온하르트에게도. 그는 한평생 열심히 노력해 온 사람이 아니던가. 그런 사람에게 사실은 노력하고 싶지 않다고 말하면 자신에게 실망할 것만 같았다.

내가 어떤 선택을 해도 실망하지 않을 사람이 필요했다. 그 사람은 바로……. 엄마였다.

"흐흐흑. 엄마. 엄마아……. 왜 이제 깨어났어. 흐어어엉. 내가 얼마나 힘들었는데……."

율리아나는 니엘라의 품에 안겨서 아이처럼 울었다. 니엘라는 율리아나를 꽉 안아 보듬고, 쉴 새 없이 뺨과 이마에 입 맞추며 그녀를 얼렀다.

"미안해, 우리 딸. 엄마가 너무 미안해."

"흑! 아니야. 아니야… 깨어나 줘서 고마워. 흐엉!"

엄마의 품에서 울고 웃으며, 율리아나는 감사의 기도를 올렸다.

감사해요. 정말 감사해요.

저 먼 우주에서 그 기도에 응답해 작은 별이 반짝인 것도 같았다.

"으음……."

포근하게 몸을 감싸 오는 이불의 감촉에 레온하르트가 소스라치게 놀라 눈을 떴다.

"율리아나!"

방을 뛰쳐나온 레온하르트는 건물 안으로 들어오는 사람들과 마주쳤다.

"어, 레온. 일어났어요?"

"율리아나…? 눈이……."

"아, 이거요. 부끄럽네요."

율리아나는 퉁퉁 부은 눈을 비비며 어색하게 웃었다. 옆에서 바이델과 휴렌이 그녀를 말렸다.

"손 대지 마라."

"그래. 가만히 놔둬."

금붕어 저리 가라 할 정도로 퉁퉁 부은 눈 주변에는 차가운 물방울들이 달라붙어 달아오른 피부를 식혀 주고 있었다.

마찬가지로 눈이 퉁퉁 부은 니엘라가 말했다.

"괜찮으시면 들어가서 얘기할까요? 더 이상 구경거리가 되는 건 사양하고 싶네요."

"구경거리라니…. 다들 흐뭇하게 본 것뿐입니다."

"맞아요, 숙모님!"

휴렌과 바이델의 항의에도 니엘라는 단호했다.

"씁. 레이디의 눈물은 봐도 못 본 척해 주는 게 예의야. 일단 들어가자."

니엘라의 말에 다들 착한 아이가 되어 졸졸졸 뒤를 쫓는다.

'저희 엄마 대단하죠?'

율리아나가 작게 속삭이며 방긋방긋 웃는 걸 보자, 레온하르트는 '아무렴 어때.'라는 생각을 하게 되었다.

* * *

시종장과 많은 수의 궁인들이 사라진 황궁은 아주 난리가 따로 없었다.

그래도 궁내부를 총괄하는 시종장만 사라졌을 뿐, 황태자궁의 시종장은 남아 있었기에 그가 모든 일을 총괄하고 있었다.

그나마 자이거 기사단의 바네사가 레온하르트의 최측근으로서 머리 쓰는 일을 도맡아 주니 제법 일이 일답게 돌아갔다.

지금도 그랬다.

아직 즉위식은 치르지 않았지만, 황제인 레온하르트가 시종처럼 율리아나와 니엘라를 모시는 광경에 시종장이 어쩔 줄을 모르자, 바네사가 나섰다.

뜨거운 물과 차, 다과를 담은 카트를 밀고 들어간 바네사가 적당히 융통성 있는 순서로 찻잔을 배부했다.

레온하르트 다음으로 율리아나, 니엘라, 발라고프 백작에게 찻잔을 올렸다.

"저는 작위도 없는데……."

"황후 폐하의 어머님 되실 분이신데 작위 소지 여부는 중요하지 않습니다."

"콜록, 콜록!"

바네사의 능청에 율리아나가 놀라서 기침을 했다. 레온하르트가 율리아나의 등을 살살 두드리며 바네사를 노려보자 바네사는 어깨를 들썩이며 '제가 뭘요?' 하는 표정을 지었다.

"황후 폐하……. 그렇죠, 이야기를 듣긴 했죠."

화르륵, 율리아나보다 짙은 니엘라의 하늘색 눈동자 속에서 불꽃이 이글이글거리는 듯했다. 레온하르트가 당황하며 뭐라 말하려 하는데.

"어머님."

"우리 율리아나가 가장 뛰어난 가이드라서 약혼녀가 됐다고 하던데, 이제 바뀌어야 하는 거 아닌가?"

"어, 엄마. 그건⋯⋯."

율리아나가 나서서 설명했다.

마족과 마물들이 변한 만큼, 센티넬들에게도 변화가 있다. 이제 센티넬들은 전처럼 큰 힘을 지니지 못할 것이다. 가이드가 필요할 만큼 강한 힘을 쓸 수 없었고, 갖고 있던 힘마저도 쇠퇴할 것이다.

"데우스께서 마족과 마물에게 대항할 수 있도록 주신 힘이 이능이에요. 그러니까 마족과 마물이 약해졌으니 센티넬도 쇠퇴하겠죠. 바로는 아니지만요."

'바로 쇠퇴하진 않는다'는 말은 율리아나가 레온하르트의 약혼녀로 있어야 한다는 뜻이다.

레온하르트가 율리아나를 보며 뜨거운 눈길을 보냈지만, 다행히 다른 사람들은 율리아나의 말에 더 집중했다.

"하긴. 전만큼 큰 힘을 쓸 수 없더라고."

바이델이 끄덕이자 비앙카는 갸웃거렸다.

"파벨은 여전히 강하던데? 힘도 세고."

"파벨은 센티넬이 아니라 후천적으로 훈련한 거니까 약해지지 않을 거야. 마나 감응력은 떨어질 수도 있겠네. 가이드는 기본적으로 에테르 감지력이 뛰어나니까."

미하일이 율리아나 대신 설명했다.

모든 가이드가 율리아나와 같은 수준의 에테르 감응력을 지닌 것은 아니지만, 마법을 수련한다면 간단한 보조 마법을 쓸 정도는 될 것이다.

미하일 자신도 젊을 때 마법사가 되려다가 효율이 좋지 않아 포기했었다.

그렇지만 이제 가이드가 사양길에 접어들게 되었으니, 어쩔 수 없이 마법을 다시 배우는 수밖에.

'머르딘이 의기양양해하겠군.'

"이제 검과 마법의 시대가 오겠네요."

파벨의 눈이 반짝이자 율리아나가 그에게 웃어 보였다.

"응. 마족과 함께 살아가는 시대가 올 거야."

"으, 그건 싫다!"

비앙카가 볼을 부풀리며 볼멘소리를 하자 모두가 웃음을 터트렸다.

니엘라는 새삼 신기하다는 눈으로 주변을 둘러보았다. 발라고프 쪽에서는 미하일과 파벨이, 알마예르 쪽에서는 휴렌, 바이델, 비앙카. 지금 여기 없는 퀴센까지.

원래 자신과 율리아나만 있던 단 둘뿐인 조촐한 가족이었는데 이제는 엄청나게 수가 늘었다.

"갑자기 대가족이 됐네……."

"많이 모자라지만 저희 폐하를 잘 부탁드립니다."

니엘라의 혼잣말을 들은 바네사가 놓치지 않고 끼어들었다. 니엘라는 눈을 크게 떴다.

"정말 충신이네요. 폐하께 금일봉이라도 달라고 하세요."

"폐하, 들으셨죠?"

"바네사."

레온하르트가 바네사를 노려보았지만 바네사는 꿈쩍도 하지 않았다. 율리아나가 먼저 입을 열었다.

"제가 일주일도 넘게 깨어나지 못했다고 들었어요. 별로 실감은 안 나는데, 일단 집으로 가서 뭔가를 먹고 싶어요."

"딩연하지. 얼른 가자, 우리 집에!"

"그래. 후작님도 네가 오길 기다리고 계신다."

휴렌의 말에 율리아나가 조금 놀랐다.

'후작님이 나를? 뭐…. 고생했다고 하시려나.'

고개를 끄덕인 율리아나가 자리에서 일어났다. 에테르의 품에 잠겨 있었지만 신체적으로는 아무것도 먹지 못한 것이 맞기 때문에, 순간 몸이 휘청거렸다.

"아…!"

레온하르트가 번개보다 빠르게 움직여 율리아나를 부축했다.

"잠깐 쉬었다 가시는 건 어떻겠습니까?"

"괜찮아요. 잠깐 어지러워서 그런 거예요."

"…역시, 집이 편하시겠지요?"

시무룩. 기운 없이 묻는 레온하르트의 머리 위로 축 처진 강아지 귀가 보이는 듯했다. 율리아나는 쿡쿡 웃으면서 속삭였다.

"집에 있을 시간도 얼마 안 남았는걸요."

"네?"

율리아나의 말 뜻을 해석하느라 잠깐 멈춰 있던 레온하르트가 뒤늦게 고개를 들자, 율리아나가 눈부신 얼굴로 환하게 웃고 있었다.

"다녀올게요."

다녀올게요.

레온하르트는 이 말이 몸서리치게 싫으면서도, 너무 좋았다. 어디로 가든 자신에게로 돌아오겠다는 이 말이 너무 좋지만, 한편으로는 자신이 없는 곳에서 율리아나가 겪을 고난이 걱정이 되었기 때문이다.

'다녀올게요!'

피데스의 사기에 쓰러진 채 몽롱한 의식 속에서 들었던 말.

그 말만 믿고 그녀를 따라가지 않았더라면, 율리아나는 지금 이곳에 없을지도 모른다.

그러니까 나는.

"네. 데리러 가겠습니다."

당신을 데리러 갈 거야. 당신이 어디에 있든, 어떤 생각을 하든. 시간을 넘고 어둠을 넘어서, 당신에게로 갈 것이다.

레온하르트가 율리아나를 향해 마주 웃었다.

그리고 율리아나 일행이 떠난 뒤, 시종장에게 명했다.

"황실의 패물들은 어디서 보관하고 있지?"

데리러 갈 때 굳이 빈손으로 갈 필요가 있을까?

지금도 바이델이나 휴렌의 눈에서 묘하게 선을 넘는 애정의 크기가 보이는데, 뭐라도 보여 줘야 행동을 똑바로 하지 않을까?

레온하르트의 눈이 묘하게 광기로 번득이는 것을 보며, 시종장이 땀을 뻘뻘 흘렸다. 곧 그는 귀한 보물을 보관하는 곳간의 열쇠를 가져와 황제에게 바쳤다.

* * *

집. 부정하고 싶지만, 율리아나에게 집은 알마예르 후작저였다.

엄마와의 집은 엄마가 돌아가신 후부터 상징성을 잃었고, 미우나 고우나 전생과 현생을 통틀어 가장 시간을 많이 보낸 알마예르 후작저가 그녀의 집이었다.

집으로 돌아오자 율리아나는 크게 숨을 들이쉬었다.

불 냄새가 나는 황궁과는 달리, 깊은 물 속에 들어온 것처럼 콧속부터 촉촉한 느낌이 편안했다.

율리아나가 후작저에 도착했을 땐, 미리 전령을 받은 저택에서 푸짐한 성찬을 준비해 두었다.

"와! 이건 다 언제 준비했어요?"

율리아나가 자리에 앉자 니엘라가 싱글벙글 웃으며 솥에서 뜨끈뜨끈한 포타주를 퍼 왔다.

"네가 언제 깨어날지 몰라서 계속 준비해 두고 있었지. 이것 좀 먹어 보렴.

엄마가 자주 해 주던 포타주야. 여기 재료가 좋아서 그 맛이 날지는 모르겠지만."

"아이고, 아가씨. 이런 일은 아랫것들에게 맡기시라니까요."

하녀장 지나가 니엘라를 만류했지만 니엘라는 기분 좋은 웃음을 지으며 고개를 저었다.

"딸한테 이런 것도 못 해 주면 내가 더 섭섭해요."

율리아나가 숟가락으로 포타주를 떠서 호호 불어 마셨다. 호록! 확실히 재료가 좋아서 더 고급스러운 맛이 났지만, 엄마가 만들어 주던 포타주 그대로였다.

"맛있어요!"

"누가 만든 건데, 당연하지. 어서 먹어. 빵도 먹고. 물도 마시고."

니엘라는 율리아나의 옆에 앉아서 아예 턱을 괴고 딸이 밥을 먹는 것을 지켜보았다. 이것보다 더 중요한 게 없다는 듯.

"……."

"……."

그 모습을 보며 휴렌과 바이델은 아무말도 하지 못했다.

율리아나와 니엘라가 서로를 얼마나 아끼는지 알면 알수록, 심장 위로 돌덩이가 떨어지는 기분이었다.

어린 날의 율리아나는 저렇게 사랑하던 엄마를 잃고 난 뒤 자신들에게 왔던 것이다. 그런데 자신들은 율리아나에게 어떻게 굴었나.

"비앙카. 왜 거기서 구경만 하고 있니? 이리 와서 먹으렴."

"그, 그래도 돼요?"

"물론이지."

니엘라는 식당 문 근처에서 서성이는 비앙카를 불러 옆자리에 앉혔다. 그리고 율리아나에게 하듯 입에 포타주를 떠먹여 주었다.

"헤헤. 맛있어요."

"오구, 잘 먹네. 이것도 먹어 보렴."

"네!"

비앙카의 뺨이 발그레하게 달아올랐다. 부모님이 이혼한 후로 어머니를 보지 못하고 있던 비앙카도 어머니의 정이 많이 고플 것이다.

"휴렌, 바이델! 거기서 구경하면 재밌니? 너희들도 이리 오렴."

니엘라는 그 시절에 딸아이를 혼자 키워 낸 여장부답게 호탕한 태도로 휴렌과 바이델을 불러 모았다.

"우리가 한 번에 먹어 줘야 고용인들이 두 번 일하지 않고 편하지. 아, 오빠도 불러와야겠다."

"푸흡!"

"후, 후작님을요?"

비앙카와 바이델이 켁켁, 사레에 들려서 기침하는데 식당 문 쪽에서 대답이 들렸다.

"안 그래도 왔다."

엄마가 썰어 준 스테이크를 입 안 가득 넣고 씹던 율리아나가 고개를 들어 알마예르 후작을 보았다.

'와······.'

알마예르 후작은 한 번도 본 적 없는 부드러운 얼굴을 하고 있었다.

'저런 얼굴도 할 줄 아는 사람이었나?'

냉막하기 그지없던 퓌센 알마예르의 얼굴은 봄바람을 맞은 얼음 조각처럼 뾰족하던 모서리가 모조리 둥글둥글해져 있었다. 사람 얼굴이 실제로 녹을 리 없으니 그만큼 그의 날 선 기세가 가라앉았다는 뜻이었다.

"오빠도 식사해야지."

"생각 없다. 율리아나, 식사 마치고 내 서재로 오도록."

"아, 네."

퓌센은 용건만 간단히 말하고 다시 식당을 나갔다. 그러나 용건을 말하기 위해 식당에 들렀다는 것조차 놀라운 일이었다.

"식사도 안 하실 거면 굳이 직접 내려오실 필요 없지 않나?"

"그러게."

비앙카와 바이델이 중얼거리는 걸 들으며 니엘라가 혀를 찼다.

"평소 애들에게 어떻게 굴었는지 안 봐도 훤하네. 찬바람 쌩쌩 불었겠지."

"찬바람……."

"그정도가 아닌데……."

바이델과 비앙카가 설명하려다가 포기했다. 율리아나는 묵묵히 그릇을 비웠다.

'내게 무슨 말을 하시려는지 알 것 같아.'

그래서 차라리 얼른 듣고 싶었다. 매도 먼저 맞는 게 나으니까.

"잘 먹었습니다."

"좀 더 먹지, 왜."

"이제 배불러요."

"그래. 한꺼번에 먹고 탈 나는 것보단 자주 자주 먹는 게 나을지도 모르겠네."

니엘라는 끄덕이며 머릿속으로 몇 종류의 간식거리를 떠올렸다.

고기와 야채를 잘게 다진 것을 밀반죽으로 감싸서 찐 밀전병, 반죽 위로 계란을 풀지 않고 그대로 올려 보기에도 재밌는 계란빵, 반죽 안에 치즈와 옥수수를 넣어 구워서 하나만 먹어도 속이 든든해지는 빵 등.

식어도 맛있는 것들이니 언제든 집어먹을 수 있도록 미리 만들어 둬야겠다.

'먹이는 김에 애들도 잔뜩 먹이고.'

율리아나만 챙기기엔 애들이 너무 많았다.

비앙카, 파벨, 바이델, 휴렌. 바이델과 휴렌은 어른이라고는 하지만 니엘라의 눈에는 애들처럼 보였다.

퓌센이 아이들을 사랑으로 키웠을까? 절대 그럴 리 없다.

'발라고프 백작저로 가기 전까지 양껏 먹여야지.'

긴 잠에서 깨어난 후, 쓰러진 율리아나 곁을 지키고 있을 때. 미하일은 조심스럽게 니엘라에게 율리아나가 깨어나면 함께 살지 않겠느냐고 물었었다.

니엘라는 지금 그런 말을 할 때냐고 화를 냈지만 그 청을 거절할 생각은 없었다.

'그때는 미하일에게 결혼할 상대가 있었지만 지금은……. 아니지. 우선 율리아나의 회복이 먼저지!'

그렇게 생각하며 율리아나를 찾는데 율리아나는 이미 자리를 비운 뒤였다.

"율리아나는?"

"언니는 서재로 갔어요."

"그래. 비비는 언니보다 더 많이 먹으렴. 그래야 저렇게 픽픽 안 쓰러지지."

"그게 뭐예요."

까르륵, 비앙카가 맑은 소리를 내며 웃었다. 니엘라는 비앙카를 따라 웃으며 고민을 뒤로 미뤘다.

* * *

똑똑.

노크를 하고 들어간 서재는 이전과 다를 바가 없었다.

'이젠 이 서재에 들어와도 큰 느낌이 없네.'

데우스의 지식을 전해 받으며 시야가 크게 넓혀진 덕분일까.

그녀를 괴롭히던 전생의 기억들은 이제 옛날이야기처럼 멀게만 느껴졌다.

퓌센이 율리아나에게 자리를 권했다.

"앉거라."

그리고 티 포트를 가져와 차를 따랐다. 그는 손도 대지 않고 티 포트 안의 물을 끓일 수 있었다. 서재 안에 향긋한 차향이 퍼졌다. 율리아나는 찻잔을 들어 차를 마셨다. 아카데미에서 졸업을 위해 찻잔의 바닥이 보이지 않을 정도로 진하게 우린 차와 커피를 마셔 댄 그녀였으나, 차를 마시는 자세만큼은 언제나 완벽했다.

전생에서 황태자의 약혼녀로서 예법을 혹독하게 배웠기에, 자신도 모르게 나오는 것이었다.

퓌센은 이제야 율리아나의 뒷사정을 짐작하게 되었다. 기억이 돌아왔기 때문에.

'나를 알아본 것도, 비앙카를 위해 내게 반기를 들었던 것도, 황태자는 절대 싫다고 했던 것도. 그 모든 게 전생의 기억 때문이었군.'

찌르르한 고통이, 가슴가에서 느껴졌다. 퓌센은 그런 자신에게 놀라웠다. 니엘라 외의 다른 사람에게 일정 수준 이상의 감정을 느낄 줄은 몰랐는데.

그래서 이 부분까지 솔직하게 말하기로 했다. 용서를 하는 것은 율리아나의 선택이겠지만, 율리아나는 알 권리가 있으니까.

"황태자 책봉식 때를 기억하느냐. 교황이 신성력을 발하여 황태자를 축복했던 때를."

"기억해요. 교황 성하께서는 성흘을 지키시느라 희생하셨죠. 안타까워요."

"성하의 이야기를 하는 게 아니다. 그때 나와 몇 명이 네가 회귀하기 전의 기억을 되찾았다."

"……네?"

율리아나의 동공이 흔들렸다.

'레오만 기억을 찾은 줄 알았는데……!'

파벨이 다쳤을 때 레온하르트가 상처 부위의 시간을 되돌려 없던 일로 되돌렸을 때, 그가 회귀 전을 기억한다는 걸 알게 되었다.

'성하께서 빛을 뿜었을 때 기억을 찾았다고?'

황태자 책봉식을 위해 대다수의 귀족들이 모인 자리다. 만약 그들이 모두 기억을 찾았다면…….

"극소수만이다. 아마도 폐하와 끝까지 살아남았던 몇 명만 기억을 지닌 것 같더구나."

"폐하와 살아남은 사람이요? 폐하는 제가 죽기 전에 붕어하셨는데요."

"알브레히트가 아니라 레온하르트 폐하를 말하는 거다. 먼저 즉위했던 알렉산더가 죽고 그 뒤를 이으시고 멸망하는 제국을 위해 끝까지 포기하지 않으셨지."

"아⋯⋯."

데우스가 설명해 줄 때 파괴된 제국을 보았었다.

'그때를 말하는 거구나.'

율리아나에겐 겪지 않은 가상의 일처럼 느껴지지만 퓌센과 레온하르트에게는 바로 어제 일처럼 생생하게 느껴지는 기억일 터.

"그럼 회귀 전을 기억하는 사람이⋯⋯ 레오와 후작님, 그리고 또 누가 있나요?"

"아마도 휴렌과 바이델."

"⋯⋯그렇군요."

율리아나가 찻잔을 꼭 쥐었다.

과거의 일이 더 이상 자신을 괴롭히지 않는다고 여겼는데 동요하게 된다. 다른 이유 때문은 아니었다. 아주 하찮은 이유 때문에 마음이 심란했다. 바로.

'두 사람이⋯⋯ 회귀 전의 일을 후회하지 않으면, 어떡하지?'

만약 휴렌과 바이델이—

'결과적으로 잘된 거잖아? 만약 우리가 회귀 전에 너에게 잘 대해 줬으면 이렇게 피데스를 죽이지 못했을지도 모르잖아.'

'맞는 말이다. 그리고 회귀 전에는 우리가 너를 미워할 충분한 이유가 있었으니 어쩔 수 없지.'

―라고 말한다면.

'물론 그렇게 생각할 수 있어. 그렇지만, 그러면 너무…… 가슴 아플 것 같아.'

회귀한 후, 율리아나는 몇 년 동안 부정하려고 했다. 휴렌과 바이델을 가족이 아니라고 여기려 애를 썼다.

그렇지만 가족이었다. 가족이 되어 버렸다.

알마예르 후작저가 율리아나의 집이 된 것처럼, 휴렌과 바이델 역시 그녀의 가족이 되었다.

회귀 전의 일들을 이미 없던 일로 치부하고 있었는데 두 사람에게 기억이 돌아왔다니. 그들의 반응이 어떨지 가늠이 되지 않았다.

"왜 제게 이런 말씀을 해 주시는 거죠?"

그냥 모르고 지나갈 수도 있었는데.

약간 원망의 마음을 담아서 퓌센을 바라본 율리아나는, 깜짝 놀라 찻잔을 엎었다.

"어머!"

퓌센은 가벼운 손동작으로 쏟아진 차를 그대로 움직여 다시 찻잔에 담았다. 바닥에 무릎 꿇은 채로.

"후, 후작님. 왜 이러세요. 일어나세요."

율리아나는 일어나서 허둥지둥 퓌센을 일으키려 했다. 그러나 퓌센은 고개를 저었다.

"나만큼은 네게 무릎 꿇고 사죄해야지."

자신이 잘못 끼운 첫 단추를 기억한다. 실수가 아니라 고의였기에 똑똑히 기억한다.

"미안하다."

율리아나는 고개 숙인 퓌센을 보며 조심히 물었다.

"……제게 어떤 것이 미안하세요?"

"너를 집에 소개할 때 니엘라의 딸이라고 제대로 이야기하지 않은 것을 사죄한다."

"대체 왜, 그러셨어요?"

율리아나의 목소리가 떨렸다. 그것만. 그것만 아니었다면 전생에서 그렇게 비참하지 않았을 것이다.

퓌센은 눈을 질끈 감았다가 떴다. 눈을 감아 봤자 저지른 죄는 사라지지 않았기에. 대신 자신의 죄 때문에 고통에 몸부림치다가 되살아난 아이를 눈에 담았다.

깨끗하고 아름다웠다. 감당할 수 없을 만큼.

"너를 내내 미워했다. 너만 아니었다면 니엘라가 내 곁을 떠나지 않았을 거라 여겨서 원망했고, 니엘라가 죽던 순간에 그녀의 곁을 지키지도 않은 너를 증오했다."

"……."

"네 잘못이 아니라는 것을 알면서도, 니엘라가 죽고 원망할 상대가 필요해서 네게 다 쏟아부었다. 미안하다."

율리아나는 회귀한 후부터 계속 고민해 온 질문을 던졌다.

"……어머니를, 사랑하세요?"

"그래. 사랑한다. 이 세상 그 무엇보다."

퓌센은 망설임 없이 긍정했다. 마치 우주의 진리인 것처럼, 태초부터 정해진 법칙처럼.

율리아나는 맥이 탁 풀렸다.

설마 그런 게 아닐까 의심하긴 했는데 진짜였다니. 허무해서 눈물이 날 것 같았지만, 꾹 참았다. 어차피 자신의 눈물 따위, 퓌센에겐 하나도 중요하지 않을 테니까.

율리아나는 눈물을 흘리지 않기 위해 눈을 부릅뜨고 최대한 매정한 목소리를 냈다.

"이유를 듣는다고 용서할 수 있는 건 아니에요."

"용서를 바라는 건 아니다. 다만, 네겐 알 권리가 있으니 말한 것뿐이다."

율리아나는 제 앞에 무릎 꿇은 남자에게 선언했다.

"용서 못 해. 아니, 용서 안 해."

"네겐 그럴 권리가 있다."

"입 다무세요."

"……."

율리아나는 그대로 서재를 나가려고 했다. 그러나, 발이 떨어지지 않았다.

"……읏!"

율리아나는 걸음을 돌려 퓌센에게 달려갔다. 그리고 아직 무릎을 꿇고 있는 그의 등을 와락 끌어안았다. 타인과의 스킨십을 몹시 꺼리는 그가 딱딱하게 굳는 게 느껴졌지만, 알 바 아니었다.

"이렇게, 한 번만 안아 보고 싶었어요."

"……."

"……아버지."

이제는 아니라는 것을 알지만, 한때 율리아나에게 퓌센 알마예르는 아버지였다. 사랑받고 싶고, 인정받고 싶어 몸부림을 쳤던.

뚝, 뚝. 율리아나의 눈에서 떨어진 눈물이 퓌센의 등을 적셨고, 율리아나는 그대로 서재를 뛰쳐나갔다.

홀로 남은 퓌센이 누구에게도 닿지 않을 진심을 말했다.

"……나도 네가 내 딸이길 바랐다."

공허한 메아리였다.

* * *

며칠 후, 발라고프 백작저.

"그래서. 집에는 언제 올 건데?"

"글쎄? 엄마가 아버지 프러포즈를 받아 주면?"

"뭐? 아직도 수락 안 하셨어?"

"어. 어제는 엄마가 봉사하는 곳으로 돈다발을 보내셨다던데."

"어휴. 꽃다발보다는 낫기는 하지만 딱히 로맨틱하지는 않네."

"내 말이."

가제보 안에서 돗자리를 깐 율리아나가 이리 뒹굴, 저리 뒹굴거리며 쿠키를 씹었다.

요즘 율리아나는 누구보다 방탕한 나날을 보내는 중이었다.

퓌센과 대화를 한 후 휴렌과 바이델의 얼굴을 보기가 껄끄러워 알마예르저를 뛰쳐나와 발라고프 백작저로 향한 율리아나는 아예 며칠째 이곳에서 묵는 중이었다. 미하일도 파벨도 회귀 전 기억이 없었기에 너무 마음이 편했다.

처음엔 니엘라도 율리아나를 따라왔지만, 미하일이 "그럼 우리 가족 다 같이 사는 거야?"라고 묻는 바람에 다시 알마예르저로 돌아갔다.

'제대로 된 프러포즈도 없이, 뭐? 얼렁뚱땅 이렇게 같이 살자고? 꿈도 꾸지 마!'

니엘라가 씩씩거리며 한 말 이후로 미하일은 이틀에 한 번꼴로 니엘라에게 색다른 프러포즈를 하느라 바빴다.

반면 율리아나는? 아주 팔자가 좋았다.

원래대로라면 군의 지휘를 받으며 시가지와 황궁 복구 활동에 힘써야 했지만, 율리아나가 누구인가. 구국의 성녀가 아닌가.

제국을 구한 성녀라는 사유로 모든 의무에서 면제된 율리아나는 발라고프 백작저에서 배를 깔고 누워 아무것도 하지 않는 중이었다.

심지어 쿠키를 집어서 입에 넣는 것도 직접 하지 않았다!

좌 비앙카, 우 파벨. 양쪽에서 쿠키를 먹여 주고 있기 때문이다. 한 번은 초코 쿠키, 한 번은 버터 쿠키.

"파샤. 너는 어디 안 나가도 되니?"

"저야 뭐, 학생 신분인걸요. 원래는 가이드 부대로 들어갈 계획이었는데, 군 편재를 다시 짜야 하는 상황에서 굳이? 어차피 백작가를 이을 건데요."

"그래. 그런 한량 같은 마음가짐, 너무 좋다."

율리아나의 말에 파벨이 피식 웃었다. 미하일과 똑 닮은 얼굴이지만, 학자 같은 분위기가 나는 미하일보다 더 다부지고 선이 진한 미남이다. 비앙카의 뺨이 붉어졌다.

"누님이야말로, 깨어나면 약혼식 준비 때문에 바쁠 줄 알았는데."

"……딸이 엄마보다 먼저 식을 올릴 수는 없잖니."

"결혼식이 아니라 약혼식인데요?"

"어쨌거나 '식'이니까."

민망함에 율리아나의 뺨이 사과처럼 붉게 달아올랐다.

율리아나가 큼큼, 괜히 헛기침을 하며 일어나서 음료수를 마시는데 파벨이 냉큼 그녀의 무릎에 머리를 디밀었다.

"왜 어리광이야?"

"그냥요."

"나도, 나도!"

비앙카도 파벨을 따라 율리아나의 무릎을 베고 누웠다.

율리아나는 두 동생의 머리칼을 쓰다듬어 주며 생각했다.

'레오를 못 본 지도 좀 됐네. 보고 싶다. 매일 편지를 보내 주기는 하지만.'

황제의 빈자리를 채우랴, 부서진 황궁을 복구하랴, 제국의 피해 상황을 파악하고 지원을 보내라. 듣기로 레온하르트는 하루가 48시간이어도 모자랄 일정을 소화하고 있다고 한다.

'그런 와중에 편지는 꼭 보내 주고……. 너무 다정한 것 같아.'

후후훗, 율리아나는 작게 웃음 지으며 편지 내용을 떠올렸다.

편지는 레온하르트의 일상과 일상 속에서 느끼는 소회를 담고 있었다.

예를 들면 '힘이 약해진 마족들은 생각보다 더 인간과 닮았습니다. 지금은 내분을 겪고 있지만 다툼이 끝나면 그들이 어떤 문화를 만들어 나갈지 궁금하군요.'라는 내용이 그랬다.

레온하르트의 말처럼 마족은 왕위를 두고 저들끼리 다투기 시작했는데, 그건 마왕과 융합했던 마신 피데스가 사라져서 우두머리가 사라졌기 때문이었다.

힘이 약해졌다고 해서 바로 평화가 찾아오는 것은 아니다. 지성이 있기에 분쟁이 일어난다.

동시에, 지성이 있기에 그들만의 문화가 생겨날 것이다.

'어쩌면 그들이 왕국을 세워 전열을 정비하고 나면 또 전쟁이 일어날지도 모르지.'

그러나 그 전쟁은 이전의 전쟁과는 다른 양상을 띨 것이다. 신들이 개입한 전쟁이 아니라, 동등한 피조물끼리의 전쟁일 테니까.

'너무 나쁜 쪽으로만 생각했나? 전쟁 대신 문화 교류가 일어날지도 몰라.'

율리아나는 발라고프 백작저에서 제국식이 아닌 발라고프 가문이 속했었던 옛 왕국의 음식과 건축 양식, 관습을 경험했다.

다양한 문화와 경험은 시야를 넓혀 준다. 마족과의 관계도 그렇게 되면 좋을 것 같았다.

'레오의 책임이 정말 막중하네.'

전쟁이 끝난 후의 첫 황제로서 그의 어깨가 무거울 것이다.

"그러고 보니 다음 주가 대관식이지?"

"이미 황제나 다름없지만, 대관식이 주는 상징성이 중요하니까."

파벨과 비앙카의 말에 율리아나가 끄덕였다.

"레오의 대관식은 새로운 시대의 상징이 될 거야."

레온하르트가 시작이었다. 그가 시간을 되돌렸기에 모두가 새 기회를 얻은 것이다.

율리아나는 레온하르트가 새 시대를 준 황제로서, 희망으로서, 우뚝 서기를 바랐다.

'하필 황태자 책봉식에서 그 일이 터져서.'

레온하르트는 신경 쓰지 않겠지만 율리아나는 신경이 쓰였다. 그러니 이번에는 모두에게 축복을 받는 대관식이 되면 좋겠다.

그렇게 생각하던 중에, 저택 2층 창문에서 미하일이 율리아나를 불렀다.

"율리, 이리 좀 와 줄래?"

"네!"

율리아나의 무릎에서 몸을 일으킨 파벨이 투덜거렸다.

"또 프러포즈 아이디어를 달라고 저러시나."

"……난 숙모님이랑 계속 같이 살고 싶은데."

시무룩한 비앙카를 보자 장난기가 샘솟았다. 율리아나는 고개를 저으며 근엄하게 말했다.

"엄마랑 계속 같이 살 방법이 있지."

"그게 뭔데?"

"바로, 너랑 파샤가 결혼하는 거."

"언니!"

"누님!"

"이크. 나는 아버지께 가 볼게."

양쪽에서 빽 외치는 통에 귀가 아파진 율리아나는 얼른 자리에서 일어나서 저택 안으로 들어갔다.

'파샤를 좋아하면서 아닌 척하기는.'

파벨의 마음까지는 모르겠지만, 일단 17살이 되도록 친한 영애도 없는 것으로 보아 따로 마음에 둔 사람은 없는 것 같으니 비앙카와 잘되면 좋을 것 같은데 말이다.

발걸음도 가볍게 2층으로 올라가는데, 복도에 미하일이 나와 있었다.

"오, 율리. 이리 오렴."

"아버지? 여긴 서재가 아니라 응접실인데요?"

"널 위한 선물이 있단다."

"갑자기 선물이요? 뇌물 주셔도 저는 엄마 못 설득해요."

"으윽. 아픈 곳을 찌르다니."

미하일이 가슴을 부여잡는 시늉을 하며 응접실 문을 열었다.

"뇌물은 아니지만 네가 좋아할 거란다."

율리아나가 의아해하며 응접실로 들어가자 미하일이 밖에서 문을 닫았다.

'어떤 선물이기에 저러시지?'

고개를 갸우뚱한 율리아나는 응접실 안으로 몇 걸음 걷고 나서야 선물의 정체를 알게 되었다.

"레오…!"

응접실 소파에는, 레온하르트가 자고 있었다.

살금살금, 혹시라도 레온하르트가 깰까 봐 발뒤꿈치를 들고 걸어간 율리아나는 카펫 위에 주저앉아 그를 살폈다.

눈 밑이 거뭇하고 얼굴은 창백하다. 제대로 잠도 못 잔 걸까?

'황제를 얼마나 혹사시키는 거야.'

레온하르트를 대체할 인력이 없다는 걸 알면서도 속이 상했다.

도움은 별로 안 되겠지만 자신이라도 일손으로 가야 하나, 고민이 되었다.

그러던 중.

"아……."

'내가 언제 레오의 손을 잡고 있었지?'

매번 레온하르트를 만날 때마다 가이딩을 해 주기 위해 손을 잡았던 탓에 의식도 하지 못하고 손을 잡아 버렸나 보다.

'이능도 많이 썼나 봐. 피곤하겠다.'

마주 잡은 손을 통해 인도력이 흘러 들어갔다. 율리아나는 눈을 감고 레온하르트를 가이딩했다.

지친 이능 회로에 활력을 불어넣고, 몸속에 축적된 에테르를 활성화시켰다.

데우스의 성흔은 피데스를 소멸시키고 난 뒤 사라졌지만, 율리아나의 능력은 아직 남아 있었다.

'남용하지 않으려고 했지만, 레온하르트에게 쓰는 건 괜찮겠지.'

피로에 지쳐 있던 레온하르트의 얼굴이 점점 부드럽게 풀리는 게 보였다.

그 모습을 보며 율리아나도 미소 지었다.

'아직 식을 올리진 않았지만, 내 약혼자야.'

갑자기 가슴이 벅찼다.

이렇게 대단한 남자가, 이렇게 훌륭한 남자가 자신의 약혼자라는 게 믿기지 않았다.

'내가 이 사람을…… 독점해도 될까?'

망설임이 들기도 했다. 마음이야 물론 그러고 싶다. 율리아나에게 레온하르트보다 더 좋은 사람은 없을 테니까.

그렇지만, 레온하르트에게도 그럴까?

'내가 당신에게 제일 좋은 상대라면 좋을 텐데.'

하아. 작게 한숨을 내쉰 율리아나가 레온하르트의 얼굴을 보았다.

피곤한 상태에도 더없이 잘생긴 얼굴이다. 회귀 전, 알렉산더의 약혼녀였을 때에도 율리아나는 알렉산더의 얼굴보다 레온하르트의 얼굴이 더 좋았다.

진중하면서도 불꽃 같은 열정을 숨기고 있는 남자.

붉은 머리칼 아래로 짙은 속눈썹이 나붓하게 흔들렸다. 율리아나의 시선이 흐르듯 아래로 향했다.

중력을 거스르는 것처럼 높이 치솟은 코, 얼굴을 균형 있게 잡아 주는 남성적인 턱, 굳게 닫혀 있는 입술까지.

'……입술이 다 텄어.'

안타까운 마음이 들었다. 사실은 안타까움보다…….

천천히, 아주 천천히. 율리아나가 레온하르트의 입술 위로 제 입술을 겹쳤다.

초옥. 메마른 입술 위로 달콤한 쿠키 향이 나는 입술이 포개졌다.

몇 초의 시간이 흐른 뒤, 율리아나가 퍼뜩 정신을 차리고 고개를 들려고 했다.

"으음!"

팔을 뻗어 율리아나를 꽉 끌어안은 레온하르트가 아니었다면.

"음, 레오―. 흐음……."

율리아나가 뭐라 변명하려 했지만, 레온하르트는 듣지 않았다. 그저 더 뜨겁게, 더 깊이 율리아나를 머금었다. 메마른 입술이 금세 촉촉하게 젖어들었다.

율리아나의 머릿속도 마찬가지였다. 해일처럼 레온하르트가 밀려 들어와서, 정신을 차릴 수 없었다.

뜨겁고 달콤했다.

율리아나는 두 팔을 뻗어 레온하르트의 목을 끌어안았다. 레온하르트는 기꺼이 율리아나에게 더 다가가며, 바닥에 앉은 그녀를 번쩍 들어 제 위로 올렸다. 율리아나는 부끄러움도 잊은 채 레온하르트에게 빠져들었다.

한참의 시간이 지난 후.

율리아나가 그세 통통하게 부은 입술을 떼고 숨을 몰아쉬었다.

"하아, 하아……."

"매일 이렇게 잠에서 깨고 싶네요."

레온하르트가 한숨처럼 말했다. 평소보다 낮은 목소리가 관능적으로 느껴졌다.

귀까지 화끈거리는 것을 무시하며, 율리아나가 핀잔을 주었다.

"설마 그게 프러포즈는 아니죠?"

"그럴 리가요. 발라고프 백작의 이야기를 듣고 교훈을 얻었죠."

레온하르트는 율리아나의 손을 잡고 쪽쪽 입 맞추며 그녀를 보았다. 마주 보기 힘들 정도로 달콤한 눈빛이었다.

"그냥, 보고 싶어서 왔어요. 더 안 보고는 견딜 수가 없어서."

"……나도 보고 싶었어요. 그 생각을 하자마자 레오가 왔어요."

율리아나는 레온하르트의 어깨에 고개를 묻으며 작게 웅얼거렸다. 하하하! 레온하르트는 기쁜 웃음을 터트렸다.

"왜 웃어요?"

민망함에 핀잔을 주자 레온하르트가 그녀의 이마에 제 이마를 맞대며 고백했다.

"내가 진짜 단순한 놈이라는 생각이 들어서요."

"단순한 놈이요?"

레온하르트가 고개를 끄덕이며 율리아나의 뺨을 쓰다듬었다.

손바닥으로 느껴지는 따뜻한 온기와 부드러운 살갗. 살아 있기에 느낄 수 있는 것들.

레온하르트는 죽어 가던 율리아나의 얼굴 위로 지금의 율리아나의 얼굴을 덧씌웠다.

피투성이의 당신은, 절대 보고 싶지 않아.

"내가 시간을 돌린 이유. 당신이 보고 싶어서였어요."

레온하르트가 율리아나의 입술에 수없이 키스했다. 그녀의 숨결이 더없이 소중했다.

"다른 이유는 없었어요. 그냥, 한 번 더 보고 싶어서."

그래, 고작 그 이유였다. 그렇지만, 내게는 가장 중요한 이유였다.

회귀 전과 회귀 후. 두 레온하르트가 하나의 목소리로 고백했다.

"사랑해요, 율리아나."

율리아나는 눈물이 가득 고인 눈으로 레온하르트를 보았다. 그녀는 그제서야 깨달았다.

'그게, 당신이었구나.'

죽어 가던 나를 그토록 애달프게 불러 주었던 사람이.

율리아나는 두 팔을 벌려 레온하르트를 온몸으로 끌어안았다.

"사랑해요, 레온하르트."

"사랑해요."

"사랑해요……."

두 사람은 수없이 사랑을 고백했다.

데우스가 안배하지 않았던, 아주 작고 사소한 이유가 세상을 구했다.

한때 멸망했던 세상이 두 사람을 향해 미소 지었다.

<그 개들의 목줄을 손에 쥐고> 完

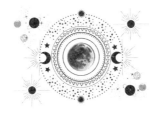

외 전

외전 1. 결혼이 먼저

제국의 정 반대편에 우뚝 서 있는 붉은 성.

이곳에서는 마족들이 위계를 이루어 살고 있었다.

마왕과 융합되어 있던 피데스가 사라지고 나자 마족들 사이에도 혼란이 일어났으나 이는 빠르게 정리되었다. 이인자였던 마공작이 새로운 마왕으로 등극하고 혼란을 종식했기 때문이다.

피데스가 소멸할 때 율리아나가 에테르를 가이드한 덕분에 마족들의 호전적인 성향이 다소 누그러진 것도 있었다.

붉은 성의 서열 마귀족들은 그들의 마왕과 함께 한 가지 화제에 관하여 이야기하고 있었다.

"인간의 황제가 성녀와 결혼한다고 하더군요."

"성녀, 말인가."

마왕은 자신의 검은 보좌에 앉아서 성녀를 떠올렸다.

성녀라고 해야 할지, 악녀라고 해야 할지.

본래 마족의 신은 피데스이며 마족의 입장에서 데우스는 그들의 신을 빼앗은 악신이다.

그렇지만 모두가 알고 있다. 진정한 악신이 누구인지.

지성이 있는 마족들은 느낄 수 있었다.

곁에서 숨을 쉬던 모든 존재를 잡아먹고 살해하고 싶던 충동이 사라졌음을. 견딜 수 없던 파괴 욕구가 사라졌음을.

고통에서 벗어난 뒤에야 그들은 제대로 된 생각을 할 수가 있었다.

영혼이 타들어 갈 것처럼 괴롭던 욕망이 사라진 마족들은 더는 인간과, 혹은 마족 자신과의 무의미한 전쟁을 할 필요가 없음을 인정했다.

먹고 먹히는, 아무리 강해져도 절대 사라지지 않는 끝없는 고통의 굴레를 만든 존재가 바로 그들의 신 피데스였다.

그런 피데스를 무찔러 주었으니 아무리 데우스의 대리인이라 해도 성녀는 성녀임이 틀림없었다.

'성녀……'

최후의 전쟁 당시, 마공작은 마왕 다음으로 마계에서 가장 강력한 존재였기에, 결계가 사라진 순간 황궁으로 빠르게 침입할 수 있었다.

마공작은 신이 죽을 때를 엿보았다.

"피데스. 나의 인도(guide)를 받아라."

푸른 하늘을 머금은 것 같은 하늘빛 머리칼을 휘날리는 성녀는 긴 성홀을 쥐고 외쳤다. 고요한 얼굴로 최후의 신에게 마지막 판결을 선고하는 그녀는, 인간이 아니라 한 단계 너머의 존재로 보였다.

그런 성녀가 황제와 성혼을 올린다니. 어쩐지 아깝다는 생각이 들었다.

'고작 인간의 황제가 감당할 수 있는 존재가 아닐 텐데. 내 두 눈으로 직접 확인해야겠군.'

마왕은 검은 보좌에서 일어나서 명령했다.

"황제에게 칙서를 보내겠다. 내가 마왕이 되었음을 알리고, 마왕으로서 결혼식에 참석한다는 내용을 담을 것이다."

"존명!"

마족들은 깊이 상체를 숙여 마왕의 명에 복종했다.

성녀의 결혼식은 한 달 뒤, 황제의 대관식과 같은 날이었다.

* * *

대관식 날.

레온하르트는 날짜를 헤아려 보았다.

'황태자가 된 지 얼마 되지도 않아서 바로 황제가 되는군.'

너무도 많은 일이 일어났기에 체감 상 몇 년이 지난 기분이었지만, 실제로는 몇 달도 되지 않았다.

황태자 자리에 오르는 것도 예상치 못했던 일인데 황제라니.

전생에서야 알브레히트와 알렉산더가 모두 죽은 후인 데다가 세상이 멸망한 수준이었기에 딱히 큰 소회를 느끼지 않았다.

그러나 지금의 자리는 달랐다.

'앞으로 살아갈 사람들이 행복할 수 있도록… 길을 닦아야지.'

어깨가 무거워지도록 책임감이 막중한 자리였다.

그리고 레온하르트는 그런 자리에 혼자 앉을 생각 따위 없었다. 자신에게 그럴 자격도 없다고 생각했고.

그래서 이렇게 준비했다.

"폐하."

시종들이 암적색의 길고 긴 망토를 땅에 닿지 않도록 조심스럽게 가져왔다. 망토에는 초대 황제가 세운 건국의 시초부터 역대 황제의 역사를 수놓아져 있었다.

그리고 그 뒤로 시종들이 암청색의 새 망토를 가져왔다. 그 망토는 제일 윗부분을 제외하고는 기본적인 무늬만 수놓아져 있어 깨끗했다.

제일 윗부분에 수놓인 장면은 바로, 율리아나가 성홀을 들고 피데스를 무찌르는 순간이었다.

"시간이 촉박하였는데 잘 완성되었구나."

"침모들이 들으면 황공해할 겁니다."

"가자."

레온하르트는 직접 새 망토를 들고 망토의 주인이 있는 곳으로 향했다.

문이 열리고, 율리아나가 레온하르트를 향해 몸을 돌리며 웃었다. 커다란 창문을 투과한 빛이 율리아나의 흰 뺨을 부드럽게 비췄다. 동그랗게 올라온 뺨이 장밋빛으로 사랑스러웠다.

"레오."

"……율리."

레온하르트는 성큼성큼 걸어 율리아나의 뺨에 입 맞추었다. 입술에 하고 싶었으나, 아침부터 정성껏 화장했을 텐데 흐트러뜨렸다간 곤란해질 것 같았다. 자신 말고 율리아나가.

"아직 더 해야 하나요?"

"아니에요. 거의 끝났어요."

"이걸 직접 입혀 주고 싶어서."

레온하르트는 망토를 들고 율리아나의 치장이 완전히 마치기를 기다렸다.

율리아나의 얼굴 위로 부드러운 붓이 몇 번 더 오간 뒤, 시녀들이 뒤로 물러났다. 드레스에 얼룩이 질까 봐 상의를 덮고 있던 천을 풀어내었다.

사라락. 천이 풀어지면서 치장을 마친 율리아나의 모습이 온전히 드러났다.

매끄러운 하늘색 머리칼을 수십 갈래로 땋아 뒤에 고정하여 목선이 우아하게 강조되었다. 뺨 옆에서 살랑살랑 흔들리는 옆머리는 마치 그녀가 바람의 여신인 것처럼 보이게 했다.

최고급 실크 위로 청금실로 빽빽하게 자수를 놓은 웨딩드레스의 상의는 재킷 형태, 하의는 풍성히 퍼지는 드레스 형태의 투피스로 나뉘었다. 보통의 드레스보다는 더 격식 있는 모양이었다.

보통과 다른 게 당연했다. 오늘 율리아나는 결혼과 동시에 황제가 될 테니까.

레온하르트는 망토를 들고 율리아나에게로 다가갔다. 한 걸음, 두 걸음. 레온하르트는 조금 뒤의 대관식 때도 이보다 떨지 않을 것이라 확신했다.

웨딩드레스를 입은 율리아나라니. 가슴이 벅찼다.

새 망토를 율리아나의 어깨에 두르고 금 단추를 채웠다.

"그럼 레오 것은 내가 입혀 줄게요."

율리아나는 시종에게서 암적색 망토를 받은 뒤 잠시 고민했다. 레온하르트의 키가 자신보다 훨씬 큰 탓에 그의 어깨에 망토를 어떻게 둘러 줘야 할지 몰랐기 때문이다.

그 고민을 깨달은 레온하르트가 얼른 율리아나의 앞에 무릎을 꿇었다.

"레오! 일어나요."

"괜찮으니 이대로 입혀 주세요."

아직 대관식을 치르지 않았다지만 제국의 황제인데, 이렇게 서슴없이 무릎을 꿇다니. 주변의 시종들이 민망해하며 못 본 척 고개를 돌렸다.

율리아나는 한숨을 내쉬며 레온하르트의 어깨에 망토를 둘러 주었다.

레온하르트의 붉은 머리칼과 아주 잘 어울리는 암적색의 망토. 이 망토는 역대 황제가 대관식에서 썼던 망토다.

불은 황제의 힘이고 붉은색은 황제와 황실을 상징한다. 그러나 이제 붉은색과 한 쌍이 되는 푸른 망토가 생겼다.

"이제 일어나요."

레온하르트가 율리아나가 내민 손을 잡아서 그녀의 손등에 입 맞췄다.

"그럼 가실까요."

"네."

레온하르트가 일어나서 율리아나의 손을 잡았다.

두 사람은 속도를 맞춰 긴 복도를 걸어 나갔다. 에스코트라고 하기엔, 누가 누구를 리드하는 일없이 손을 마주 잡고 나란히 걷는 모양새였다.

앞으로의 나날을 예고하는 걸음이었다.

* * *

대관식 날.

원래 대관식은 황실의 엠퍼러 홀에서 열려야 하지만 이번 대관식은 달랐다.

"사람들에게 희망을 보여 줘야 해요. 건국 이래로 황제는 인간의 희망이었으니까, 대관식을 모두에게 공개하고 황제가 제국민을 굽어살피고 있단 걸 알려야 해요."

대관식에 관해 이야기를 하던 중, 율리아나는 그렇게 말했고 레온하르트도 동의했다.

레온하르트는 전쟁으로 파괴된 지역들을 수복하며 여러 보고서를 받아 보았다. 큰 피해를 받은 지역도 있었으나 사람들은 예상보다 절망하지 않고 있었다.

율리아나와 피데스의 전투가 많은 이들의 입을 타고 퍼져 나갔기에 사람들은 '성녀님이 악신 피데스를 무찔렀대!'라며 기뻐했다.

사람들에게 필요한 것은 희망이었다.

"황궁의 성벽 위는 어때요? 높으니까 사람들에게도 잘 보여서 좋을 것 같은데."

"멀리 있는 사람들도 볼 수 있도록 마탑의 힘을 빌려도 되겠지요."

"오! 그거 좋은 생각이에요!"

기뻐하는 율리아나를 보며 레온하르트는 길고 길었던 고민에 결론을 내렸다. 희망이 필요한 지금, 제국민에게 가장 필요한 것은 율리아나라고.

그렇게 그는 율리아나에게 물어보았다.

"율리. 내게 소원이 있는데, 들어줄 수 있을까요?"

"소원이요? 제가 들어줄 수 있다면 얼마든지요."

"그럼 저와 함께 황제가 되어 주시겠습니까?"

"……네?"

지금 무슨 소리를 들었는지 모르겠다는 듯 멍한 얼굴을 보며 레온하르트는 또박또박 다시 말했다.

"공동 황제가 되어 주세요."

말도 안 된다는 율리아나를 설득하고 또 설득하여서, 레온하르트는 원하는 바를 쟁취해 냈다.

그렇게 지금.

"와아아아!"

황실의 성벽 아래에서 제국민들의 함성이 크게 울려 퍼졌다.

마탑의 도움을 받은 덕에 오케스트라와 합창단의 연주와 노래가 성벽 안팎으로 쩌렁쩌렁하게 퍼져 나갔다.

넓은 성벽에는 주변의 전경이 비치고 있었다.

성벽 바깥쪽은 평민들을 위한 자리였고, 안쪽의 귀족과 다른 나라에서 온 귀빈, 즉 마왕과 그 일행을 위한 자리였다.

성벽 위에 세운 단상 위로 대신관 피에트로가 섰다. 피에트로는 교황이 죽은 자리에 본인이 오르는 짓 따윈 하지 않았다. 어차피 데우스가 소멸한 것을 안 이상, 신전과 신관은 자연스럽게 사라지게 될 테니까.

그는 그저 새로운 시대를 여는 역할을 맡게 된 것이 감격스러울 뿐이었다.

피에트로는 입술을 열어 새 시대를 열어 갈 두 사람의 이름을 불렀다.

"레온하르트 자이거 카를. 그리고 율리아나 알마예르 발라고프."

레온하르트와 율리아나가 천천히 단상을 향해 걸어왔다.

이보다 위대한 한 쌍이 있을까.

한 남자는 한 여자를 구했고, 그 여자는 세상을 구했다.

두 사람은 색깔과 형태가 다르지만 한 쌍임이 분명한 옷을 입고 있었다. 부부의 옷이기도 했고, 황제의 옷이기도 했다.

오늘은 역사에 길이길이 남을 것이다.

'하지만.'

피에트로는 흐뭇한 얼굴로 엄숙히 외쳤다.

"두 사람은 이곳에 모인 제국민과 귀빈 앞에서 일생 동안 기쁨과 슬픔을 함께 할 부부가 되기로 맹세하십시오."

'그래도, 대관식보다는 결혼이 먼저지!'

앞으로의 카를 제국의 대관식 순서가 결정된 순간이었다.

레온하르트는 단상에 놓인 성서에 손을 얹고 율리아나를 바라보았다.

"나, 레온하르트 자이거 카를은 율리아나 알마예르 발라고프를 나의 반려로 맞아 일생을 함께 걸을 것을 맹세합니다."

준비된 맹세의 말은 여기까지였다. 그러나 레온하르트는 자신의 진심을 덧붙이고 싶었다. 그래서 자신의 서약을 읊으려는 율리아나를 멈추게 했다.

나란히 대신관을 보고 있던 레온하르트가 율리아나를 향해 몸을 돌렸다.

한 걸음, 레온하르트가 율리아나에게 다가가며 그녀의 앞에 무릎을 꿇었다. 아무리 반려라 해도 황제가 무릎을 꿇다니, 지켜보는 사람들 사이에서 웅성거리는 소리가 퍼졌다.

"율리아나 알마예르 발라고프. 당신은 데우스의 대리인으로서 악신 피데스를 처단하고 인류에. 아니, 이 세계에 새로운 지평을 열었습니다. 나는 내 삶과 이 제국과 미래를 당신께 빚졌고 이는 어떤 것으로도 갚을 수 없습니다."

레온하르트의 말은 마탑에서 준비한 아티팩트를 통해 크고 멀리까지 퍼져 나갔다.

사람들은 율리아나의 얼굴을 보았다.

이제 막 어른이 된 것 같은, 아직 앳된 얼굴.

저런 가녀린 소녀가 악신에게서 세상을 구했다니, 믿기지 않았다.

그러나 보통 사람과는 풍기는 분위기가 달랐다. 티끌 하나 없는 푸른 눈에서 보통 사람에게는 없는 현기가 느껴졌고 말간 얼굴에서는 은은히 빛이 나는 것 같았다.

신이 인간에게 남겨 준 마지막 보석 같았다.

사람들은 레온하르트를 보았다.

율리아나에 비해 나이가 조금 더 많을 뿐, 역시 젊은 얼굴이었지만, 진중하게 가라앉은 금빛 눈동자는 꺼지지 않을 불꽃을 머금고 있었다.

이 제국을 밝게 비출 빛이었다.

사람들은 레온하르트의 입술에 집중했다.

레온하르트는 대신관의 선언 전에, 자신이 분명히 말하고 싶었다.

이 공동 황제 제도가 훗날 어떻게 자리 잡힐지는 알 수 없다. 악법이 될지, 이름만 남은 채 유명무실해질지는 예상할 수 없다.

그러나 이것만은 확신했다.

'한 사람보다는 두 사람이 낫다.'

황제라는 절대자가 홀로 제국을 통치하다 보면 그 자체로 새로운 신(神)이 될 것이다. 자신의 통치력을 강화하기 위해 제국 밖의 세력들을 악마화 하여 또 새로운 전쟁을 시작하고 끊임없이 다툼을 반복할지도 모른다.

그렇다 해서 바로 황제의 권력을 모든 귀족에게 나눌 수는 없기에, 레온하르트는 자신의 모든 것을 맡길 수 있는 상대에게 자신의 관을 쥐여 주기로 했다.

내 반려, 나의 반신, 나의 율리아나에게.

"그러니 나의 몸과 영혼, 내 미래는 모두 당신 것입니다. 내가 가진 모든 것을 당신께 바치겠습니다."

레온하르트가 자신의 손에서 황태자의 인장 반지를 빼 율리아나의 손가락에 끼웠다. 그리고 그 위로 예물 반지를 끼웠다.

율리아나는 놀란 마음을 가라앉히며 레온하르트를 보았다.

이 남자는 어떻게 이렇게까지 솔직하게 온몸으로 부딪혀 오는 걸까.

거절할 리 없지만, 절대 거절당할 리 없다는 듯이— 아니, 아니다. 레온하르트는 거절당해도 상관없다는 마음으로 이런 말을 하는 것이리라.

'내가 거절하든 말든, 이미 자신을 내게 주기로… 결정한 거야.'

그리고 율리아나는 레온하르트를 거절하고 싶지 않았다. 거절할 수가 없다.

이미 율리아나 역시 레온하르트의 것이었으므로.

율리아나는 레온하르트의 손을 잡고 자신도 무릎을 꿇었다.

"유, 율리아나."

"레온하르트 자이거 카를. 당신은 내가 희망을 버리고 세상을 포기하려 했을 때 단단한 방패와 기둥이 되어 나를 바로 세워 주었습니다. 당신이 내게 빚을 진 것이 있다면 당신은 이미 그것을 모두 갚았습니다."

우리는 서로에게 빚진 것이 없다.

전생에서부터 지금에 이르기까지 서로를 바라보고, 안타까워하고, 동경하며, 구원했다.

그러니 우리에게 남은 것은 빚이 아니라 사랑뿐이다.

"나의 몸과 영혼, 미래 역시 당신의 것입니다. 그러니 우리는 서로를 한 몸처럼 아끼고 돌보며 사랑할 것입니다. 하늘이 우리를 부르는 날까지."

율리아나는 부케에 넣어 두었던 예물 반지를 레온하르트에게 끼워 주었다.

서로를 향해 무릎 꿇은 채 웃고 있는 두 사람을 보고 대신관이 선포했다.

"두 사람이 부부가 되었음을 선포하노라."

성벽 안팎에서 우레와 같은 박수 소리가 터져 나왔다.

어째서 황제의 대관식을 결혼식과 함께 거행하느냐며 볼멘소리를 했던 자들의 입이 꾹 닫혔다.

그러나 그게 끝이 아니었다.

대신관이 신관들을 향해 손짓하자 그들이 다이아몬드 베일로 감싼 두 관을 가져왔다.

원래 하나였던 황제의 관을 분리하여 두 개로 나눈 것이었다.

"부부가 서로 하나 되기를 맹세하였으니 오늘 이 자리에서 두 사람의 황제가 즉위하였음을 선언하노라."

대신관은 두 관을 각각 레온하르트와 율리아나의 머리 위에 씌웠다.

공동 황제라니? 전대미문의 일에 사람들이 경악하였으나 레온하르트는 율리아나의 손을 잡고 웃을 뿐이었다.

레온하르트는 마음 같아선 율리아나에게 황제의 자리를 넘기고 싶었다. 율리아나가 세상을 구했으니 그녀가 세상의 주인이라 해도 다르지 않다. 그런데 어째서 자신이 황제의 자리에 있어야 한단 말인가? 그러나 이미 크나큰 부담을 졌던 율리아나에게 전후 복구 같은 힘든 일을 맡기고 싶지 않아

제안한 게 바로 공동 황제의 자리였다.

'공동 황제라니 제게 너무 무거운 자리 같아요.'

율리아나는 한사코 거절하고 싶어 했으나 레온하르트는 고집을 부렸다.

'너무 어렵게만 생각하지 마세요. 부담을 주려는 게 아니라, 당신이 나와 동등하기를 바라서 권하는 것입니다. 부부는 서로 한 몸이지 않습니까.'

진심이었다.

레온하르트는 율리아나가 자신보다 더 높은 자리에 앉기를 바랐으나, 그런 자리가 없으니 최소한 동등하기라도 한 자리에 앉기를 바란 것이었다.

황후가 황제보다 낮은 자리는 아니었으나, 황제가 없다면 황후라는 자리는 존재하지 않는다.

레온하르트는 자신이 없이도 율리아나 홀로 오롯이 제국의 주인이라고 생각했고, 오히려 자신이 율리아나의 옆자리에 앉는 것이라고 생각했다.

'황제 부부가 제국을 공동 통치한다면 더 좋지 않겠습니까? 그게 우리 대에서 끝나도 상관없지만 대를 이어 내려가도 좋겠지요.'

'공동 통치…….'

'결혼에 대해서도 더 신중해지겠지요. 새로운 황제를 뽑는 것이나 마찬가지니까요.'

혈통을 따라 즉위하는 황제와, 결혼을 통해 새롭게 황제가 되는 통치 제도.

새로운 시대에 걸맞은 제도일지는 두고 봐야겠지만, 레온하르트는 나쁘지 않은 시도라고 생각했다.

'하긴. 이제 센티넬이 점점 태어나지 않을 테니 귀족의 힘도 줄어들겠죠. 예전처럼 절대 권력은 필요하지 않아질 거예요.'

귀족들은 이미 레온하르트에게 이 이야기를 듣고 몇 차례 반대하였으나 레온하르트는 절대 물러날 생각이 없었기에 결국 백기를 들었다.

사실 생각해 보면 귀족들에게도 나쁜 제도도 아니었다. 결혼을 통해 황제가 될 수 있다니, 황후의 자리보다 더 값진 자리 아니겠는가?

물론 레온하르트는 황제가 결혼할 상대가 꼭 귀족이어야 한다고 말하진 않았지만 말이다.

언젠가 평민 출신 황제가 나타날 수도 있겠지. 레온하르트와 율리아나는 먼 미래를 그려 보았다.

두 사람은 서로의 손을 잡고 일어섰다.

모양이 다른, 원래 하나였던 황제의 관이 두 사람의 머리에서 빛났다.

레온하르트가 하늘을 향해 손을 뻗었다.

푸른 하늘에 하나둘씩 작은 불의 공이 생겨났다.

순간, 귀빈석에 앉아 있던 마왕과 그 일행은 갑작스러운 에테르의 움직임에 놀라 경계 태세를 갖추었다. 그러나 이후에 펼쳐지는 광경에 이내 긴장을 풀었다.

펑, 퍼벙, 펑!

핑그르르 제자리에서 돌던 불의 공들은 화려하게 터지며 사방으로 색색 가지의 불꽃을 뿌리기 시작했다. 공격력은 하나도 없는, 그저 화려한 폭죽의 불꽃이었다.

오케스트라의 트럼펫이 쩌렁쩌렁하게 울리고, 곧이어 국민들의 축하와 환호성이 터져 나왔다.

"와아아아, 황제 폐하 만세!"

"성녀 황제 만세! 만만세!"

귀가 먹먹해질 정도의 큰 호응이었다.

국민들은 부부 황제의 공동 통치니, 계승권이니 하는 문제는 부차적으로 여겼다. 그저, 새로 즉위한 황제가 성녀를 존경하는 것을 넘어, 제 몸처럼 아끼며 모든 것을 주고 싶어 할 정도로 사랑하는 것에 기뻐할 뿐이었다. 황제의 관마저 나눠 가질 정도로 말이다.

서로를 사랑하는 이 부부가 앞으로 제국을 훌륭하게 이끌어갈 것임을, 국민들은 믿었다.

"……인간의 황제가 아주 교활하군."

귀빈석에서 마왕이 중얼거렸다.

황제와 성녀 사이에 유대관계가 있다는 것은 피데스와의 전투 때 보았다. 그렇지만 결혼은 또 다른 문제다.

황제가 자신의 정권 강화를 위해 성녀를 제 옆에 붙잡아 두려 억지로 결혼을 하는 것은 아닐까 마왕은 의심했었다. 만약 그런 낌새가 보인다면 그는 전쟁을 불사하더라도 율리아나를 데려가려 했다.

'쓸데없는 걱정이었군.'

그러나 서로를 향해 환하게 웃는 율리아나와 레온하르트를 보니 자신이 얼마나 쓸모없는 계획을 세웠는지 알게 됐다.

뜨거운 눈길로 율리아나를 바라보던 레온하르트의 몸이 점점 기울었다.

"와아아아!"

국민들은 손뼉을 치며 함성을 내질렀다. 생각보다 짙은 입맞춤에 아이의 눈을 가리는 부모도 있었다.

* * *

결혼식이 끝난 뒤 궁에서는 긴 피로연이 열렸다.

전쟁이 끝난 뒤 처음으로 열리는 연회였기에 참석한 귀족들의 얼굴이 무척 밝았다.

황궁 밖에서도 축제가 벌어졌다. 궁에서 황제의 결혼과 즉위를 기념하며 술과 음식들을 넉넉하게 풀었고, 귀족들도 황제의 의도를 헤아려 보조를 맞추었다.

"이제야 전쟁이 끝났다는 실감이 나는군요."

"그러게요. 폐하의 대관식에 마왕이 오다니. 내 생전에 그런 광경을 볼 줄은 상상도 못 했습니다."

"폐하께서 두 분인 것도 마찬가지죠."

귀족들은 술에 불콰하게 취한 채 허물없이 이야기를 나누었다. 연회의 주인공이 없기에 가능한 일이었다.

연회의 주인공인 레온하르트와 율리아나는 일찍 자리를 떠났다. 결혼식을 올린 부부의 의무인 첫날밤을 치르기 위해서.

* * *

쏴아아아. 율리아나가 욕조에서 일어나자 하녀들이 율리아나의 젖은 몸을 부드러운 수건으로 감쌌다.

물기를 닦아 내고 그 위로 부드러운 크림과 오일을 발랐다. 제비꽃 향, 아몬드 향, 달콤한 꿀 향기가 적절한 배합으로 뒤섞여 향긋했다.

하녀들의 손에 이끌려 거울 앞으로 간 율리아나는 멍한 얼굴로 거울 속 자신을 보았다.

아주 얇은 슬립 가운을 입은 자신은 몇 시간 전의 황제로서 제국민 앞에 섰던 모습과는 전혀 달랐다.

목욕 때문에 발갛게 달아오른 뺨, 촉촉이 젖은 머리카락, 매끈거리는 팔다리.

그야말로 첫날밤을 준비하는 신부의 모습이라 율리아나는 제 모습이 낯설었다.

"이만 나가 보겠습니다."

하녀들은 작은 테이블에 꿀 와인과 간단한 다과까지 마련해 둔 뒤 방을 나갔다.

곳곳에 켜둔 향초가 타오르며 은은히 빛났다.

율리아나는 장미 꽃잎이 잔뜩 뿌려진 침대를 차마 쳐다보지 못하고 고개를 돌렸다.

"음…… 뭐라도, 마셔야겠어."

테이블 앞의 의자에 앉아서 물을 마실까, 와인을 마실까 고민하는데 똑똑 노크 소리와 함께 문이 열렸다.

"……접니다."

문 틈새로 빼꼼히 고개를 내민 사람은, 마찬가지로 어색해 보이는 레온하르트였다.

"들어오세요."

괜히 슬립 위의 가운을 여미며 레온하르트를 힐끔 바라보았다.

레온하르트도 씻었는지 말간 얼굴을 하고 있었다.

그는 무릎을 덮는 긴 나이트 셔츠를 입고 위에 느슨하게 가운을 걸치고 있었는데, 여성의 것보단 두껍지만 그래도 살결이 약간 비칠 정도도 얇아서 율리아나는 눈을 둘 곳이 없었다.

율리아나가 앉은 테이블 곁으로 온 레온하르트가 와인을 열어 잔에 따랐다. 꿀을 섞어 보통의 와인보다 점도가 높은 와인이 꿀렁거리며 잔을 채웠다.

레온하르트가 율리아나의 잔에 제 잔을 부딪쳤다. 챙, 맑은 소리가 울렸다.

"…행복한 결혼 생활을 위하여?"

어색하게 꺼내는 말에 율리아나는 참지 못하고 웃음을 터트렸다.

"그게 뭐예요."

"이런 거에 약해요."

"자이거 기사단에선 누가 건배사를 하는데요?"

"당연히 칼로스나 바네사죠. 저는 아닙니다."

봐달라는 듯 눈썹을 찡긋거리며 웃는 레온하르트는 위엄 있는 황제가 아니라 제 나이대의 풋풋한 청년으로 보였다.

율리아나는 새삼 가슴이 벅찼다. 레온하르트가 가끔씩 메마른 얼굴을 할 때면 전생에서 대체 어떤 힘든 일을 겪었을까 마음이 아프곤 했다.

그는 공식 석상에선 마치 바위처럼 단단하고 얼음처럼 차가운 얼굴을 했다. 제 이익을 위해 화를 내는 귀족들을 한 손으로 휘어잡고 조금이라도 더 백성들을 위한 길을 모색한다.

그러나 자신의 앞에서만큼은, 이렇게 사랑스러운 얼굴을 한다.

'그래도, 맨 정신으로는⋯⋯.'

율리아나는 잔을 들고 입술로 가져갔다. 꼴깍꼴깍, 단박에 잔을 비웠다. 아무리 꿀을 타도 도수 자체가 높기 때문에 와인이 식도를 타고 배속을 홧홧하게 데우는 것이 느껴졌다. 꼭 달콤한 불덩어리를 삼킨 것 같았다.

"그렇게 한 번에 마시면 어지러워요. 물 좀 마셔요."

레온하르트가 당황해서 물을 권하는데 율리아나는 고개를 저었다. 입술에 남은 와인을 핥으며 레온하르트에게 손을 뻗었다.

"율리?"

레온하르트는 가만히 율리아나의 손바닥에 제 뺨을 대었다. 마치 잘 길든 늑대처럼 순하고 충성스러웠다.

'그러니까, 말해야지.'

율리아나는 심호흡을 하고 천천히 입을 열었다. 숨을 내쉴 때마다 와

인향이 풍기는 것 같았다. 술기운에 한 말로 느껴지지 않으면 좋겠는데…….

"레온. 나는…… 밤을 보내는 게 좀, 무서워요. 그리 좋은 기억이 없어서……."

율리아나는 차마 레온하르트의 눈을 바라보지 못하고 고개를 떨궜다.

"노력하겠지만, 좋은 아내가 되지 못할지도 몰라요. 그렇다고 해서 내가 레온하르트를 사랑하지 않는다는 뜻은 아니에요. 그걸 분명히 하고 싶었어요."

결혼을 준비하면서 율리아나는 때때로 고민에 빠졌다. 레온하르트를 너무 사랑하지만, 사랑만으로 부부 관계가 이어지지는 않을 텐데. 괜찮을까? 우리가 행복하게 살 수 있을까?

'그래도 노력할 거야. 고민한다고 바뀌는 건 없어.'

그렇게 결심하고 결혼했지만, 눈앞에 닥치니 두려움이 몰려왔다.

목석같은 여자, 안을 맛도 나지 않는 몸, 가이딩이 아니었다면 쳐다보지도 않았을 거라던 폭언들이 머리를 스치고 지나갔다.

율리아나는 덜덜 떨리는 손으로 가운을 벗었다.

실크 가운이 부드럽게 몸을 스치고 바닥으로 떨어졌다. 실내는 따뜻했지만 그래도 입고 있던 가운이 사라져서인지 어깨에 미약하게 소름이 돋았다.

'왜 아무 말도 없을까.'

그때, 맨 어깨에 따스한 온기가 닿아 왔다. 옆으로 다가온 레온하르트가 자신의 가운을 벗어서 어깨에 걸쳐 준 것이었다.

레온하르트는 조심스럽게 율리아나의 뺨을 쓸었다. 술기운이 올라오는지 뜨거웠다.

"율리. 부부는 함께 노력하는 겁니다. 혼자 모든 짐을 지려고 하지 않아도 돼요."

그렇게 말한 레온하르트가 자신의 잠옷을 휙 걷어 올렸다. 갑자기 드러난 살결에 율리아나가 깜짝 놀라 고개를 돌렸다.

"레, 레온?"

"여길 봐 주세요, 율리."

그래. 이제 몸을 보아도 되는 사이지. 어색하게 고개를 돌리자 자신의 것과 피부색도, 모양도, 두께까지 모조리 다른 허벅지가 보였다.

율리아나는 레온하르트가 자신에게 보여 주려 한 게 뭔지 알아차렸다. 잘 짜인 근육으로 덮인 두꺼운 허벅지 옆쪽에는 긴 흉터가 있었다.

"몸에 난 상처는 잘 치료해도 흉터가 남습니다. 그렇지만 마음에 난 상처는 잘 보이지 않으니 치료도 어렵고, 다 나았는지 알기도 어렵습니다. 다 나았다 해도 흉터가 생기는 게 당연하겠죠."

레온하르트는 율리아나의 손을 잡아서 제 흉터와 주변 피부를 만지게 했다.

"다 나았습니다. 그래도 주변 피부보다는 약하죠. 어쩔 수 없는 겁니다."

최대한의 다정함으로, 레온하르트가 율리아나를 위로했다.

"그러니까 내게 미안해하지 않아도 됩니다."

"……."

율리아나는 대답하는 대신 손을 더 움직였다. 손바닥 아래에서 꿈틀거리는 근육이 단단했다.

레온하르트는 당황하며 자신의 허벅지를 더듬는 손길에 얼굴을 빨갛게 물들였다.

"유, 율리?"

말랑하고 따끈한 손바닥이 잘 발달한 대퇴직근을 쓰다듬으며 내려가 허벅지 바깥쪽의 외측광근을 어루만졌다.

자신의 몸과는 명백히 다른 신체에 율리아나는 호기심을 느꼈다.

"정말 다르네요."

호기심만 느낀 것은 아니었다. 더 알고 싶고, 더 만져 보고 싶었다. 누구에게도 생기지 않았던 욕망이었다.

레온하르트는 초조함에 입술을 깨물다가 자신도 와인을 벌컥 들이켰다. 술에 강한 편이라 이 정도로는 취하지도 않지만, 술을 핑계를 대지 않으면 여기서 뻔뻔하게 굴지 못할 것 같았다.

"제일 다른 곳은 따로 있지요."

혀로 제 입술을 축이며 레온하르트가 율리아나를 번쩍 안아 들었다. 두 사람 모두 얇은 옷을 입고 있어 뜨거운 체온과 살결이 고스란히 느껴졌다.

"침대에서…… 보여 드리겠습니다."

"좋아요."

율리아나는 레온하르트의 목에 제 팔을 감으며 그의 입술에 제 입술을 겹쳤다. 얽혀 드는 숨결이 뜨거웠다.

레온하르트는 거의 날듯이 침대로 향했다. 율리아나를 눕히는 순간에도 두 사람의 입술은 떨어지지 않았다.

강하게 빨아 댄 탓에 벌써 탱탱하게 부푼 입술이 매끄러웠다. 레온하르트는 조급함을 참지 못하고 고개를 꺾어 더 깊은 키스를 퍼부었다. 율리아나가 할딱거릴 때마다 가슴팍이 부풀며 레온하르트의 단단한 몸에 닿아 왔다. 이런 걸 옷이라고 부를 수 있는지, 슬립 아래로 말랑한 감촉과 뜨거운 온도가 고스란히 느껴졌다. 레온하르트는 체온이 끝도 없이 올라갔다.

"음, 으음……."

레온하르트의 목을 끌어안고 있는 율리아나의 손이 그의 단단한 등과 어깨를 더듬었다. 넓은 등은 마치 산맥처럼 울룩불룩 근육과 날개뼈가 융기해 있었고 자신이 레온하르트의 혀에 응해서 얽을 때마다 움찔거리며 뛰었다. 진한 흥분감이 몰려왔다.

"하아…. 율리……."

차마 다른 곳을 만지지 못하고 어깨와 팔뚝만 쓰다듬고 있던 레온하르트의 손이 조심스럽게 율리아나의 어깨끈을 쥐었다. 율리아나가 팔을 빼 주려

하기도 전에 그는 간단히 끈을 끊어 버렸다.

뚝! 천이 끊기는 소리와 함께 몸을 가리고 있던 최후의 천이 침대 밖으로 던져졌다. 아까 걸쳐 주었던 가운은 침대로 오는 길에 바닥에 떨어진 지 오래였다.

"부, 부끄러워요. 나만……."

"잠시만."

율리아나가 부끄러움에 움츠러들자 레온하르트가 얼른 상체를 일으켜 제 셔츠를 벗어 던졌다.

두꺼운 팔을 교차해 옷을 벗는 동작 때문에 그의 단단한 복근과 발달한 흉근이 관능적으로 움직이는 것이 보였다. 그리고 그 아래로, 남성과 여성의 가장 결정적인 차이가 드러났다.

"어……."

율리아나는 말을 잃었다. 부부 관계가, 불가능하지 않을까.

당황한 율리아나를 눈치 채지 못한 채, 레온하르트는 율리아나의 위로 몸을 기울였다.

커다란 침대 근처에서 작은 향초들이 타오르고 있었고, 일렁이는 불빛들이 율리아나의 흰 피부를 은은하게 비추었다.

"율리……."

레온하르트가 조심히 율리아나의 뺨을 쓰다듬었다. 율리아나는 그 손바닥에 제 얼굴을 묻으며 수줍게 눈을 내리깔았다.

화르륵, 어색함에 잠시 움츠러들었던 흥분이 세차게 불타올랐다.

레온하르트가 다시 율리아나의 입술에 제 입술을 붙였다. 자연스럽게 벌어지며 환영하는 모습에 심장이 뛰었다.

"으응……."

끈적하게 얽히는 입술 사이로 작은 신음이 흘러나오자 레온하르트가 움직이기 시작했다.

조심히 율리아나의 다리 사이를 파고들어 자리를 만들고 손으로 율리아나의 어깨를 쓰다듬었다. 자신의 반도 되지 않는 가늘고 말랑한 팔뚝을 쓰다듬다가 잘록한 허리로 옮겼다.

"하아, 으음."

깊어지는 키스에 호흡이 모자랐다. 율리아나는 살살 쥐고 있던 레온하르트의 어깨에 제 팔을 뻗어 목을 세게 끌어안았다. 상체를 지탱하고 있던 중심이 허물어져 율리아나의 위로 바짝 엎드리게 되었다.

"아……."

레온하르트의 얼굴이 새빨갛게 달아올랐다. 가슴과 가슴이 맞닿으며 서로의 심장 소리가 쿵쿵쿵쿵 크게 울렸다.

율리아나는 제 코를 레온하르트의 코에 살짝 비비며 젖은 목소리로 속삭였다.

"만져도… 돼요……."

실오라기 하나 걸치지 않은 상태에서도 조심스럽고 신사다운 레온하르트가 좋으면서도 너무 떨려서 죽을 것 같았다. 차라리 격하게 몰아붙여 줬으면 하는 마음이 들었다.

그 말이 기름이 되어 레온하르트의 눈 안에서 불꽃이 거세게 불탔다. 꿀꺽, 남자다운 목울대가 흔들리며 그의 손이 조심스럽게 올라왔다.

굳은살이 박인 딱딱한 손바닥이 율리아나의 잘록한 허리, 가쁘게 오르내리는 갈비뼈를 지나 말랑한 가슴 둔덕에 닿았다.

율리아나의 얼굴이 새빨갛게 달아올랐다. 큰 손을 꽉 채우지 못하는 부피감이 부끄러웠고 동시에 고작 이정도 가슴에 홀린 듯이 멍한 얼굴을 하는 레온하르트 때문에 민망해서 죽을 것 같았다. 좀 만진다고 닳는 것도 아닌데 손에 쥔 채로 석상이 되어 버린 것처럼 굳어 있다.

"저기, 레온……. 아!"

뭐라 하기도 전에 레온하르트가 먼저 움직였다. 조심히 주무르고 어루만지는 손길. 뜨겁고 딱딱한 손바닥이 근육이라곤 하나도 없는 가슴을 누르고 주무를 때마다 봉긋하던 모양이 변했다. 긴장으로 살짝 심지가 서 있던 유두가 자극에 더 존재감이 뚜렷해졌다. 그것을 느꼈는지 레온하르트의 눈에 이채가 서렸다.

"정말, 다르군요."

율리아나가 했던 말을 따라 하며 레온하르트가 손끝으로 유두를 슬쩍 꼬집듯 쥐었다. 경험이 없는 그이지만 이곳이 여성의 보편적인 성감대라는 것은 알았다.

"아! 으응."

신음에 고통이 섞이지 않은 것을 확인한 레온하르트에게서 조금씩 머뭇거림이 사라져 갔다. 양손으로 가슴을 주무르고 입술로는 끊임없이 율리아나의 숨결을 머금었다.

"하아…. 으음……."

정신이 없는 탓에 입가에 타액이 번졌다. 레온하르트는 그것을 핥으며 점점 입술을 내렸다.

여린 목선을 핥으며 내려와 쇄골을 빨았다. 입에 닿는 살결마다 달았다. 살결이 여리고 예민해서 조금 오래 빠는 것만으로도 붉게 달아올랐다. 레온하르트는 그 입술 자국이 제 흔적이라는 걸 알게 되자 입 안에 침이 고였다. 이대로 율리아나를 통째로 먹어 치울 수 있을 것만 같았다.

그리고 곧, 여태껏 손으로 계속 괴롭히던 부위에 입술이 닿았다. 민망해서 제대로 보지 못하고 손으로만 만지던 가슴이었다.

손을 떼고 두 눈으로 마주하자 더 예뻤다. 좁은 흉통 위로 소담히 얹혀 있는 앙가슴은 티 없이 하얬지만 자신이 계속 주무른 탓에 약간 핑크빛으로 물들어 있었다. 그 정점의 붉은 유륜과 유두 역시 손끝으로 튕기고 꼬집어서 약간 부풀었다. 레온하르트는 저도 모르게 제 입술을 핥았다.

'왜일까. 맛있어 보여.'

숨을 쉴 때마다 잘게 진동하는, 말랑말랑한 가슴.

"그, 그만 봐요."

율리아나가 부끄러움을 참지 못하고 레온하르트의 머리를 끌어당겼다. 레온하르트는 버티지 않고 그대로 입을 벌려 가슴을 물었다.

"흐윽!"

율리아나의 몸이 흠칫 튕겨 올랐다. 레온하르트는 몇 주를 굶주린 것처럼 허겁지겁 입술을 움직였다. 입 안으로 빨아 당기고 혀로 간질이자 작은 유두가 꼿꼿하게 솟았다. 율리아나는 할딱거리며 레온하르트의 머리를 꽉 끌어안았다.

"아, 음, 흐응……."

귓가에 달라붙는 신음이 다디달았고 입 안에 머금은 살결 역시 마찬가지였다. 마치 솜사탕처럼 녹아내릴까 봐 걱정이 될 정도였다.

그러다 다른 쪽 가슴으로 옮겨 갔다. 바쁘게 혀를 놀리며 타액으로 범벅이 된 가슴을 손으로 주무르고 꼬집자 율리아나가 잘게 떨었다.

"앗, 아! 응, 으응."

움직일 때마다 자연스럽게 맞닿아 비벼지는 하체 때문에 레온하르트는 머리끝까지 흥분 상태였다. 율리아나의 몸 안쪽이 습해지는 것이 느껴졌다. 그러지 말아야지, 무섭게 하지 말아야지 하는데도 본능적으로 하체를 치대게 되었다. 말랑하고 촉촉한 살결이 제 단단한 몸에 착착 달라붙는 것 같아 저절로 허리가 움직였다.

"율리아나."

레온하르트는 숨을 헐떡이며 손을 움직였다. 흥분으로 덜덜 떨리는 손이 잘록한 허리, 납작한 배를 쓰다듬으며 내려가 옅은 음모 아래로 뜨거운 열기를 뿜어내는 음부에 닿았다.

"흐윽!"

율리아나는 흠칫, 몸을 떨었다. 온몸과 신경이 예민했다. 다가올 고통을 생각하니 몸이 굳었으나, 레온하르트라면 괜찮을 것 같다는 막연한 안도감에 다시 몸이 풀어졌다.

다리 사이에 자리 잡은 레온하르트 때문에 저절로 허벅지. 그 때문에 꽉 닫혀 있어야 하는 음부 역시 살짝 벌어진 상태였다. 딱딱한 손끝이 조심스럽게 살결을 어루만지다가 벌어진 꽃잎 사이를 더듬었다.

온몸이 새빨갛게 달아올랐다. 저 스스로도 느껴질 정도로 음부가 축축하게 젖어 있었다. 짙은 키스와 서툴지만 오랜 애무에 젖어 든 것이었다.

"하아⋯⋯."

가슴에 파묻혀 있던 레온하르트가 고개를 들었다. 고작 와인 한 잔에 취할 주량이 아닌 걸 아는데 그의 얼굴은 취한 사람 같았다. 뺨은 붉었고 눈빛은 몽롱했다. 꼭, 자신에게 취한 것처럼.

"아프면 언제든 멈추십시오."

레온하르트는 율리아나의 입술에 꾹 도장을 찍듯이 입 맞추었다.

"네⋯⋯. 으응!"

대답하는데 아래에 닿은 손이 움직였다. 아직 열리지 않은 꽃잎을 부드럽게 젖히며 축축한 점막을 쓸어내렸다. 제일 예민한 부위를 만져지는 감각에 저절로 몸이 떨렸다.

마치 모양을 확인하듯 위아래로 조심히 쓸어내리는 손길이었다. 딱딱한 손끝이 꿀을 흘리고 있는 축축한 질구와 아직 살결에 파묻혀 있는 음핵의 위치를 확인했다. 그 단순한 동작에 율리아나는 흠칫거리며 침대 시트를 꽉 쥐었다.

곧, 레온하르트의 얼굴이 내려갔다. 뭘 하려는 건지 몰랐던 율리아나가 경악했다.

"잠깐, 레온─! 아아!"

츄읍, 레온하르트는 망설임 없이 율리아나의 음부에 입술을 붙였다. 어디부터 빨아야 하는지 몰라서 우선 꿀이 흐르는 곳에 입술을 대었다. 이곳에 자신의 것이 들어가야 하는데 지금은 손가락 하나 들어가기 힘들어 보였기 때문이었다.

녹진녹진하게 풀리면 들어갈 수 있을까. 우선 긴장을 풀어 주고 싶었다.

혀를 넓게 써서 개처럼 핥아 올리자 율리아나가 다리를 바동거렸다.

"잠깐, 아, 그만! 거기는… 더러워서, 으응!"

"아프지 않으면 괜찮습니다."

아픈 게 아니라 부끄러운 거라면 괜찮지 않을까. 레온하르트는 율리아나의 저항을 간단히 무시하고 애무를 이어 나갔다. 허벅지를 더 벌려서 붉게 달아오른 점막을 마구 핥으며 질구에 입술을 붙이고 빨았다.

"아아! 흐아앗!"

율리아나의 허리가 둥글게 떠오르며 발끝에 힘이 들어갔다. 레온하르트가 주는 낯선 감각에 율리아나는 자기도 모르게 울며 헐떡거렸다. 확실히, 고통은 아니었다. 그렇지만 이렇게 견딜 수 없는 감각이 쾌감이라고? 머릿속이 뜨겁게 달아올라서 녹아 버릴 것만 같은데.

율리아나는 허리를 비틀며 벗어나려고 애를 썼다. 그렇지만 레온하르트는 끈질기게 입을 떼지 않았다. 오히려 더 힘을 주어 빠는 감각에 아랫배 안쪽에서부터 뜨거운 게 왈칵 쏟아졌다.

"흐아앙!"

처음 맛을 보는 애액은 약간 비릿하면서도 어딘가 달콤했다. 레온하르트는 걸신들린 것처럼 율리아나의 다리 사이에 얼굴을 처박고 애액을 빨아먹었다.

더, 더. 더 맛보고 싶어. 그 욕망 하나로 혀를 내어 최대한 깊이 헤집자, 뜨겁고 축축한 점막이 잘게 경련하며 왈칵 애액을 쏟아 내었다. 입가가 애액에 푹 젖는 것으로 모자라 턱으로 줄줄 흘렀다.

'충분히 풀렸나?'

자신의 턱을 닦아 내며 입을 뗀 후 손가락으로 가늠했다. 파르르 경련하는 입구는 여전히 좁아 보였다. 레온하르트는 조심스럽게 중지를 밀어 넣었다.

"하윽."

푸욱, 부드럽게 꽂히는 느낌이었지만 율리아나의 목소리에선 약간의 두려움과 고통이 느껴졌다. 레온하르트는 고민하다가 낯선 것을 발견했다. 음부 사이에서, 아까까지만 해도 없던 작은 살점이 도드라져 있었다.

'이게 뭐지?'

엄지로 조심히 쓸어 올리자 흠칫, 율리아나의 몸 안이 조여들었다. 뭔지는 모르지만, 예민한 부위인 것은 확실하군. 레온하르트는 망설임 없이 입을 가져갔다. 콩알보다 작은 살점을 입에 넣고 혀로 굴렸다.

"아, 잠깐, 아아아!"

번쩍! 눈앞에 흰 불꽃이 퍼졌다가 점멸했다. 율리아나는 파드득 몸을 떨었지만 레온하르트는 거침없었다.

레온하르트는 몸으로 하는 것은 뭐든 잘했다. 상대방의 반응을 감지하고 그에 대응하는 속도가 가공할 만큼 빨랐다.

그건 침대 위에서도 마찬가지였다. 율리아나의 반응이 결코 부정적이지 않다는 것을 깨닫자 거침이 없었다.

"으응, 흑, 흐앙! 거기, 이상…. 흐윽!"

혀로 음핵을 굴리며 손가락으로 몸속을 헤집었다. 축축하게 젖은 점막이 손가락을 자를 듯이 조여 와서, 조금 뒤로 뺐다가 다시 깊이 넣어 진퇴를 반복했더니 점점 부드럽게 풀어지는 것이 느껴졌다.

레온하르트는 기민하게 율리아나의 반응을 살피며 손가락을 하나 더 넣었다. 일부러 타이밍을 맞춰 음핵을 강하게 빨았다.

"아아앗!"

율리아나가 허리를 튕기며 발가락을 꽉 오므렸다. 자신이 주는 자극에 반응하는 것을 보고 있으니 몸이 절절 끓었다.

"율리. 율리아나⋯⋯."

레온하르트는 숨을 헐떡이며 몸을 일으켜 율리아나의 입술을 찾았다. 율리아나 역시 그를 반기며 목을 끌어안고 입을 벌렸다.

레온하르트가 질척하게 혀를 얽어 오는 동시에 손가락으로 몸 안쪽을 찔러 왔다. 딱딱한 손끝이 두드리는 곳마다 쾌락의 세포가 생겨나는 기분이었다. 혀는 머릿속을, 손가락은 배 속을 온통 헤집어 놓는다. 율리아나는 더 이상 견딜 수가 없었다.

"흐윽, 이제, 이제 더는⋯⋯."

"나도 더는 못 참겠어요."

그 말과 함께 손가락이 쑤욱 빠졌다. 그마저도 너무 큰 자극이라 율리아나는 고개를 도리질 쳤다.

바로 뜨거운 살덩이가 질구에 닿았다. 율리아나는 눈을 꼭 감았다.

"율리아나. 들어갈게요."

레온하르트가 율리아나를 부드럽게 달래며 천천히 삽입했다. 두꺼운 귀두가 좁은 질구를 잡아 벌렸다.

"으윽⋯!"

녹진하게 녹은 몸이지만 처음으로 길을 내는 과정이니 당연히 아플 수밖에 없었다. 율리아나는 눈을 질끈 감았다.

"눈을 뜨고 날 봐 줘요."

레온하르트가 율리아나의 얼굴 위로 부드러운 키스를 퍼부었다. 그러면서도 움직임은 멈추지 않았다. 끝없이 밀고 들어오는 감각에 율리아나는 배꼽 아래까지 레온하르트가 꽉 차오르는 것 같아 두려울 정도였다.

"윽, 그만, 어디까지⋯⋯."

"다 됐어요. 조금만. 조금만 더. 응?"

그렇지만 레온하르트는 끝까지 넣지는 못했다. 율리아나가 창백해져서 두려워하는 것을 보이는데 제 욕심만 차릴 수는 없었다.

"하아, 하아……."

"이제 눈 떠 봐요."

어느 정도 몸이 풀리자 율리아나는 레온하르트를 보았다. 아프지 않은 것은 아니었다. 그러나 예상보다 아프지 않았다. 분명히 예전엔 더 작은데도 훨씬 더 아팠는데. 레온하르트는 더 거대한데도 아프지 않았다.

사랑받는 기분, 존중받는 기분을 느끼게 해 주었고 율리아나가 최대한 이 과정을 즐길 수 있도록 배려해 주었다. 그러나 배려만은 아니었다. 레온하르트가 제게 푹 빠졌다는 것을 모든 과정에서 알 수 있었으니까.

지금도 자신을 바라보는 금빛 눈에는 애정과 욕망이 가득했다. 율리아나는 그 눈에 비치는 자신이 더없이 아름다워 보여서 말을 잇지 못했다.

"이제… 움직일게요."

더 이상 참기 힘들었던 레온하르트가 조금씩 움직이기 시작했다. 몸속을 꽉 채웠던 성기가 뒤로 빠지자 점막이 딸려가듯 달라붙었다. 레온하르트는 짙은 신음을 잇새로 뱉으며 허리를 다시 처박았다.

"아! 흐응…. 으응!"

처음엔 아팠다. 그런데 점점… 배 속에서 간질거리는 감각이 피어올랐다. 레온하르트가 몸속에서 진퇴를 반복하며 질벽을 문지르자 마찰열 때문일까, 온몸이 뜨거워지는 기분이었다. 뜨거운 육봉이 눅진하게 풀린 점막을 녹녹하게 두드리다가 세차게 몰아쳤다. 도무지 적응할 수 없는 격정이었다.

그 열기에 율리아나는 몸을 가만히 둘 수가 없어서 레온하르트의 등에 매달렸다.

"앗, 아, 레온, 흐앗…!"

"율리, 힘을 좀…. 크윽!"

레온하르트가 헐떡이며 율리아나를 꽉 끌어안았다. 그 거대한 품에 꽉 안기자 율리아나는 자신이 그의 것이 된 것을 실감할 수 있었다. 실오라기 하나 없는 맨몸으로 그에게 안겨서 그를 받아 낸다니. 이것보다 더 확실한 증거는 없으리라.

"하앗, 아, 아응! 으응!"

자신에게서 나는 게 아닌 것 같은 신음이 마구 쏟아졌다. 레온하르트가 빠르게 허릿짓하며 율리아나의 목을 깨물었다. 그녀를 더 갖고 싶은데 방법을 모르는 사람처럼, 깊이 갈구하며 욕망했다.

삐걱삐걱, 격한 움직임에 커다란 침대가 비명을 질렀다. 율리아나는 자신도 모르게 엉엉 울며 레온하르트의 등을 긁었다.

더는 견딜 수 없었다. 끝도 없이 상승하는 쾌감이 두려울 지경이었다. 레온하르트가 율리아나의 입술을 찾으며 그녀의 숨결을 빼앗았다.

"으음, 흐으읏!"

"크윽…!"

가장 결합이 깊어지는 순간, 두 입술 사이로 신음이 쏟아졌다. 율리아나는 몸 안쪽에 퍼지는 뜨거움에 파르르 경련했다.

충만했다.

마치 따뜻한 소나기가 온몸을 적시는 것만 같았다.

"율리아나."

극도로 예민해졌던 몸에 긴장이 풀리며 의식이 멀어졌다. 의식을 잃기 전에 눈앞을 가득 채운 건 자신을 보며 따스하게 웃는 레온하르트였다.

그래서 좋았다.

그여서 좋았다.

* * *

다시 눈을 뜬 건 어스름한 새벽이었다.

율리아나의 허리에는 레온하르트의 팔이 단단하게 감겨 있었다. 등 뒤로 따뜻한 체온이 느껴졌다. 몸은 보송했고 침대 시트 역시 깨끗했다.

전신에선 둔통이 느껴졌지만 괜히 움직여서 그를 깨우고 싶지 않았다.

앞으로 할 일이 많다.

전후 복구는 어느 정도 진행이 되었으나 그것만이 전부는 아니다. 지금껏 제국은 생존만을 위해 달려왔으니 이제 마족과 함께 공존할 방향을 모색해야 한다.

큰 방향이 그렇고, 작게는 할 일이 수도 없이 많다.

당장 집안만 봐도 그렇다.

휴렌와 바이델은 전 제국을 돌아다니며 시찰 중이었다. 어머니 니엘라는 고민하다가 이런 상황에서 결혼은 사치인 것 같다며 미뤘다. 비앙카도 기뻐하며 손뼉을 쳤으니 아버지 미하엘만 안 된 일이었다.

'음. 그런데 왠지 파벨은 좀 좋아하지 않는 거 같기도 하고.'

비앙카와 뭔가 진전이 생긴 걸까? 나중에 얘기해 봐야겠다.

그렇지만 이 품 안에 있으니 모든 근심과 시름이 잊힌다. 아무것도 생각하고 싶지 않아진다.

마음속에 남은 상처는 옛일처럼 아득하고 그저 몽글몽글 사랑과 행복만이 피어오른다.

언제나 오늘처럼 행복할 수는 없을 것이다.

힘든 날도 있고 싸우는 날도 있겠지.

그렇지만, 그때도 이렇게 한 침대를 쓰며 서로 끌어안고 잘 수 있다면 모든 고난은 그저 스쳐 가는 일일 것이다.

율리아나는 몸을 돌려서 레온하르트를 마주 보았다.

눈을 감은 얼굴이 마치 신이 공들여 만든 작품 같았다. 어스름했던 새벽이 걷히며 커튼 틈새로 들어오는 빛이 레온하르트의 얼굴을 훑었다.

율리아나는 눈도 깜빡이지 않고 레온하르트의 얼굴을 구경했다. 근사한 턱선에서 넓은 어깨로 내려오는 선과 단단하게 부푼 흉곽을 따라 내려오는 시선에, 반짝. 레온하르트가 눈을 떴다.

"너무 보시는 거 아닙니까?"

레온하르트가 율리아나를 꽉 끌어안으며 입을 맞추었다. 율리아나는 민망함에 얼굴을 붉혔다.

"어, 언제부터 깨 있었어요?"

"아까부터요. 어제 너무 힘들어서 봐주려고 했는데, 봐줄 필요가 없겠네요."

"그게 아니라…. 꺅!"

레온하르트가 풀썩거리며 이불을 걷어 내고 율리아나의 몸 위에 올라탔다. 흉터가 많은 몸이 햇볕을 받아 짙은 상아색으로 빛났다. 율리아나는 멍하니 레온하르트의 몸을 보다가 손을 뻗었다.

레온하르트는 율리아나의 손길에 웃으며 손바닥에 얼굴을 비볐다. 그리고 끈적하게 혀로 손바닥을 핥았다. 율리아나의 얼굴이 새빨개지고, 곧 침대가 규칙적으로 진동하기 시작했다.

그러니 모든 일보다, 결혼이 먼저.

사랑이 먼저.

외전 2. What if : 레온하르트의 폭주

율리아나 알마예르, 알마예르 후작의 사생아이자 센티넬 기사 가문인 알마예르 후작가의 유일한 가이드인 여자.

그녀는 이복 오빠인 휴렌의 권유에 따라 경계 지역의 전쟁터로 향하는 중이었다.

'*현재 자이거 대공이 폭주할지도 모르는 위급 상황이라고 하니 네가 가서 도우거라.*'

분명 휴렌은 황태자 알렉산더의 편이며 계승 서열 2위인 자이거 대공과는 은근한 적대 관계일 텐데 그를 도우라는 말이 의아했다.

그러나 경계 지역에 도착해 마차에서 내려 자이거 대공이 있는 곳으로 향할수록 휴렌의 의도는 뚜렷해졌다.

공기 중에서 짙은 불의 냄새가 났다. 적군과 아군을 가리지 않고 다 태워 버릴 것 같은 위험한 냄새였다.

'…가이딩에 실패하면 자이거 대공과 같이 죽으라는 뜻이구나.'

자이거 대공의 처소는 다른 병사들의 천막과 멀리 떨어진 돌산의 동굴 안에 있었다. 지휘관인 그가 원래 이렇게 동떨어진 곳에서 머물지 않았을 테니, 폭주 때문에 자리를 옮긴 듯했다.

"이쪽으로 들어가시면 됩니다."

눈 밑이 거뭇한 여기사와 덩치가 커다랗고 야성적인 기사가 율리아나를 동굴로 안내했다. 그들은 절박한 눈으로 율리아나를 보았다.

"제발… 제발 단장님을 진정시켜 주십시오."

"부탁드립니다."

그들은 깊이 머리를 조아리며 무릎을 꿇을 기세로 율리아나에게 부탁했다. 율리아나는 당황해서 손을 내저었다.

"미약한 힘이지만 최대한 노력하겠습니다."

"그 강대한 알마예르 가문의 가이드신 걸요. 부탁드립니다."

"……노력하겠습니다."

율리아나는 고개를 푹 숙이고 동굴 안으로 들어갔다. 동굴 안은 절절 끓는 것처럼 뜨거웠다.

아니, 실제로도 절절 끓고 있었다. 동굴 가장 안쪽, 급하게 꾸며 놓은 침실 쪽으로 가자 침대 주위에 이능으로 만들어 낸 거대한 얼음들이 부서진 채 녹아 가는 것이 보였다. 얼음이 없는 땅은 열기를 오래 쐬어 마치 용암처럼 흐물거렸다.

율리아나는 로브를 벗어 바위 위에 올려두었다. 그리고 침을 꼴깍 삼켰다.

침대 위에는 탈진한 자이거 대공이 쓰러져 있었다. 아마도 폭주하지 않기 위해 일부러 의식을 닫아 놓은 상태일 것이다.

'내가… 잘할 수 있을까?'

알마예르의 센티넬들은 모두 물의 이능을 지니고 있다. 언제나 축축하고 습한 감각을 느끼다가 온몸의 수분이 날아갈 것 같은 뜨거움을 느끼자 원래도 별로 없던 자신감이 바닥났다.

'그래도 해야 해. 안 그러면 이 사람은…… 죽어.'

그것도 혼자만 죽는 것이 아니라 주변에 큰 피해를 입히며 죽게 될 것이다.

존경받는 지휘관이라고 알려진 자이거 대공이 이렇게 외따로 떨어진 곳에서 홀로 괴로워하고 있는 것만 봐도 폭주할 경우의 피해 규모를 짐작할 수 있었다.

실패할 때는 자신도 함께 죽을지 모른다.

'내가 죽는 건 상관없어. 그렇지만, 실패한 채로 집에 돌아가면…… 나는 정말 쓸모없는 애가 되겠지.'

그나마 가이드로 발현하고 나서 천덕꾸러기 신세를 면했는데 가이딩마저 실패할 수는 없었다.

율리아나는 침을 꿀꺽 삼키고 한 발짝, 두 발짝 침대로 향했다.

조심히 침대에 걸터앉은 뒤 쓰러진 자이거 대공을 향해 손을 뻗었다. 이마에 흥건한 식은땀이라도 닦아 줄 생각이었다.

"아!"

탁, 커다란 손이 제 손을 쳐 냈다. 그리고 이글거리는 금안과 마주했다.

몸을 일으킨 자이거 대공은 그야말로 폭주 직전의 맹수나 마찬가지였다. 인간이라고 믿을 수 없는 강한 기운을 뿜어내고 있었지만 지독히 위태로웠다.

평생을 단련해 온 거대한 몸은 부들부들 떨렸고 단정하게 잘생긴 얼굴은 고통으로 일그러져 숨을 헐떡이고 있었다. 체온을 조금이라도 낮추기 위해 얇은 셔츠 한 장만 입고 있었으나 그마저도 땀에 푹 젖어 살결이 비쳐 보였다.

레온하르트가 다 터 버린 입술을 열었다.

"……당신은."

"저, 저는 율리아나 알마예르입니다. 각하께 폭주의 전조가 보인다고 전해 들고 미령한 힘이나마 보태기 위해서—."

"그게, 무슨 뜻인지. 알고 오신 겁니까?"

"네?"

으득, 단단한 턱에 힘이 들어갔다. 레온하르트는 마치 고통을 인내하는 얼굴을 했다.

"폭주 직전의 센티넬을…… 가라앉히려면, 보통의 가이딩으로는 안 됩니다."

"그, 그래도 혹시 모르잖아요. 일단 가이딩부터—."

율리아나가 레온하르트의 손을 잡으려고 손을 뻗자 레온하르트가 뒤로 물러났다. 그러나 그의 시선은 율리아나의 손끝에 고정되어 있었다.

'당장 잡고 싶은 사람처럼 굴면서, 왜 참는 거지?'

율리아나가 의아해하는데 레온하르트의 입술 사이로 붉은 피가 주룩 흘렀다.

"대공님!"

"하아, 더… 못 참겠으니까, 얼른 나가십시오."

"왜 참으시는 거예요. 가이딩을 받으세요, 제발요!"

율리아나가 간곡하게 부탁하는 말에 레온하르트가 벽 쪽으로 몸을 물리며 소리쳤다.

"한번 닿으면 참지 못할 것 같단 말입니다! 레이디, 제발 나가세요…!"

율리아나는 놀란 얼굴로 레온하르트를 보았다.

자이거 대공이 황제의 검으로서 제국을 위해 헌신한다는 것은 5살짜리 어린아이도 아는 사실이다.

사람들이 말하길, 그는 공명정대하고 사치를 모르며 마물과 마족을 죽이기 위해 태어난 사람인 것 같다고 했다.

그렇지만 한낱 가이드인 자신에게도 이렇게 정중하게 나올 줄은 몰랐다.

율리아나는 이곳으로 오며 어느 정도 각오했다. 가족이 아닌 다른 남자를 가이딩할 때 따르는 추문은 부차적인 것이다. 오히려 그 가이딩의 과정이 문제였다.

아무런 보호 장치 없이 가족이 아닌 남자에게, 그것도 폭주 직전의 센티넬에게 가라는 뜻은 몸을 바치라는 뜻이나 다름없었다.

'자이거 대공은 가족들도 나를 버린 나를 걱정하고 있어. 죽기 직전의 상황인데도.'

여유가 있을 때는 관대할 수 있다. 남을 배려할 수도 있고 위선을 떨 수도 있다. 그렇지만 자신의 목숨이 경각에 달렸는데 자신보다 훨씬 하찮은 상대를 걱정하다니.

율리아나는 제발 자이거 대공을 살려달라고 부탁하던 기사들이 어떤 마음으로 제게 머리를 조아렸는지 알 것 같은 기분이었다.

'이런 분이라면…… 얼마든지.'

율리아나는 벽에 붙어서 숨을 몰아쉬는 레온하르트에게 다가갔다. 그는 더 물러날 곳이 없어 눈을 질끈 감았다.

율리아나의 흰 손이 레온하르트의 손등 위로 겹쳐졌다. 혈관이 툭툭 불거진 커다란 손이 주먹을 꽉 쥐며 부들부들 떨렸다.

"각하께서 괜찮아지실 수 있다면 얼마든지 저를 사용하세요. 저 같은 것의 명예보단 각하의 신변이 더 가치 있으니까요."

꽉 쥔 주먹을 살살 풀어내고 두꺼운 손가락 사이사이로 제 손가락을 끼웠다. 맞닿은 피부로 인도력이 흘러나가는 것이 느껴졌다.

그때, 강한 힘에 몸이 당겨졌다. 눈을 깜빡하기도 전에 율리아나는 레온하르트의 품에 안기게 되었다. 두꺼운 두 팔과 단단한 가슴이 율리아나를 빈틈없이 끌어안았다.

각오한 일이지만 두려움이 밀려들어서 눈을 꽉 감았다. 차라리 기절하면 좋겠다. 눈을 떴을 때 모든 일이 끝나 있도록.

덜덜 떨리는 몸을 진정시켜 준 것은, 레온하르트의 말이었다.

"레이디 율리아나. 그런 말은… 하지 마십시오. 제가 레이디를 사용하는 게 아닙니다. 사람은 사용하는 게 아닙니다."

율리아나는 알지 못했으나, 레온하르트는 율리아나에게 자신의 모습을 투영하고 있었다. 율리아나가 '저를 사용하세요.'라고 말할 때, 그녀의 위로 언제나 황제의 목적을 위해 사용되는 자기 자신의 모습을 보았다.

레온하르트는 절대 황제와 같은 인간이 되고 싶지 않았다. 아무렇지 않게 남을 사용하고, 용도를 다하면 가차 없이 폐기해 버리는 인간이 되고 싶지 않았다.

그래서 그는 결심했다. 율리아나를 제 아내로 맞이하기로. 폭주 후에 어쩔 수 없이 맞이하는 것이 아니라, 지금 모든 일이 벌어지기 전에 그러기로 결심했다.

"그렇지만 그 도움의 과정에서 레이디의 명예가 훼손되는 것은 불가피합니다. 그래서 레이디께 제안하고 싶습니다."

"제안이요?"

"네. 레이디 율리아나."

레온하르트가 율리아나를 바라보았다.

'아, 이 사람의 눈은 꼭… 깨끗한 하늘을 그대로 담은 것 같아.'

어쩐지 시선을 맞추는 것만으로 절절 끓던 머릿속이 조금이나마 시원해지는 기분이다.

레온하르트는 최대한 얼굴 근육을 움직여서 무뚝뚝한 표정 대신 부드러운 미소를 지으려 애를 썼다.

"저와 결혼해 주시겠습니까?"

"…네?"

"궤변이지만, 우리가 부부가 되면 앞으로의 일은 자연스러운 행위가 될 테니까요."

"아……."

갑작스러운 청혼에 놀란 율리아나는 상황을 이해하고 고개를 끄덕였다.

놀라운 일이었다. 남자 쪽에서 레이디의 명예를 걱정하며 이렇게 먼저 제안해 주다니, 고마움을 넘어서 감동적이기까지 했다.

"기꺼이, 받아들일게요."

"감사합니다. 그럼…… 부인."

부인이란 말이 자신을 부르는 말이란 걸 깨닫기도 전에, 레온하르트가 율리아나를 침대로 눕혔다. 율리아나를 내려다보는 레온하르트의 얼굴에서 더 이상 참을성이라곤 찾아볼 수 없었다.

"다짜고짜 죄송합니다. 더는, 못 버팁니다."

레온하르트의 얼굴이 가까워지며 입술이 닿았다. 아니, 그의 입술이 율리아나의 입술을 삼켰다. 놀라 벌어진 입술 사이를 뜨거운 혀가 다급하게 침범했다. 율리아나는 눈을 감았다. 온몸을 덮쳐 오는 이 열기가, 싫지 않았다.

* * *

키스에서 시작된 행위는 물 흐르듯 진행되었다. 경험 없는 두 사람이었으나 본능이 이끄는 대로 행동했다.

레온하르트는 몇 없는 제 옷가지를 벗어 낸 뒤 율리아나의 드레스를 벗겼다. 거의 찢어발겼다고 해도 과언이 아니었다. 레온하르트는 레이디의 드레스가 얼마나 복잡한지 몰랐고 올바른 순서로 벗기는 법 따위를 알 리가 없었다.

덜덜 떨리는 손은 이미 통제를 벗어나 조금만 힘을 줘도 드레스의 연결부를 부우욱 찢었다. 율리아나는 자수로 무늬까지 넣은 두꺼운 옷감이 이렇게 휴지처럼 쉽게 찢어질 수 있다는 사실에 몹시 놀랐다.

그러나 두렵지는 않았다.

누구에게도 보여 준 적 없는 살결이 드러나는 지금 이 순간에도, 레온하르트는 자신을 다치게 할까 봐 필사적으로 자신을 제어하려 노력하고 있었으니까.

스르륵.

율리아나의 몸을 가리고 있던 마지막 천이 침대 아래로 떨어지고, 레온하르트가 율리아나의 다리 사이로 자리를 잡으며 그녀를 내려다보았다.

레온하르트는 손을 뻗어 율리아나의 뺨을 쓸었다. 태연한 척하지만 벌벌 떨고 있는 얼굴이 안쓰러웠다.

미안했다.

레이디의 첫날밤이란 이렇게 고되고 열악한 환경에서 이루어져야 할 게 아닐 텐데.

그렇지만 너무도 원했다.

이렇게 뺨을 쥔 것만으로, 몸을 조금 붙이고 있는 것만으로도 온몸이 으스러지는 것 같던 고통이 사라지고 있으니까.

전신의 세포가 율리아나를 원하고 있었으니까.

레온하르트는 홀린 듯 맹세했다. 이대로 홀로 죽어가던 자신을 살리기 위해 기꺼이 몸을 던진 어린 레이디를 위해, 오늘부터 자신의 반려가 된 이를 위해.

"아껴드리겠습니다. 내 목숨보다, 그 어떤 것보다……."

율리아나는 몰랐으나 레온하르트가 말한 '그 어떤 것'은 바로 황제였다.

'율리아나가 내 목숨을 살렸다. 나는 평생을 황제의 개로 살았으나 이제부터는 그 목줄을 벗고 아내를 위해 살리라.'

레온하르트는 속으로 거듭 맹세하며 율리아나의 입술을 삼켰다. 자연스레 벌거벗은 두 몸이 맞붙었다.

닿은 면적이 넓어질수록 고통은 줄고 쾌감이 일었다.

레온하르트는 두 팔로 율리아나를 꽉 안았다. 품에 안은 그녀만이 세상이고 우주인 것 같았다.

"으음, 응…… 하아……."

율리아나는 헐떡이며 조심스레 레온하르트의 팔뚝을 쥐었다.

뜨겁다. 그리고 거칠다.

아무것도 모르지만 그것만은 알 수 있었다. 레온하르트는 게걸스럽게 자신의 입술을 삼키고 맛보았다.

그의 혀가 닿지 않은 곳은 없어야 한다는 듯이 입 안 곳곳을 헤집었고 혀를 빨아 당겨 얽어 댔다. 서툰 그 몸짓은 거칠었지만 절박했다. 율리아나는 어쩔 줄 모르고 그대로 휩쓸렸다.

"더, 더 만져 주십시오."

"하아, 네? 네……. 아, 대공님……."

붙잡을 것이라곤 레온하르트뿐이었기에 그의 팔을 잡은 것이었다. 이런 접촉으로도 가이딩이 되니 다행이다 싶은데, 그의 손이 자신을 어루만지기 시작하자 부끄러움에 몸이 달아올랐다.

커다랗고 뜨거운 손이 평생 누군가에게 드러내 본 적 없는 은밀한 부위들을 더듬었다. 크지 않은 가슴의 모양을 확인하듯 쥐고 쓰다듬었다. 갈비뼈를 세어 보듯이 내려가다가 말랑한 허벅지를 벌려 다리 사이에 도착했다.

옅게 난 음모를 헤집으며 내려가 음부를 가린 문을 열고 입구를 더듬었다. 습기가 뿜어져 나오는 곳을 손끝으로 문지르자 율리아나의 몸이 가볍게 튀었다.

"흐으……."

"너무, 너무 좁은데……."

레온하르트는 당황하며 손가락을 꾸욱 눌러 넣었다. 평생을 검을 잡아온 사내의 손은 손가락 하나도 제법 두꺼웠다. 율리아나는 이물감에 눈을 질끈 감았다.

"그냥, 하세요. 이게 중요한 게 아니잖아요."

"그렇지만ㅡ."

"제발요. 아니면 제가⋯ 부끄러워 죽을 것 같아요."

율리아나의 말에 레온하르트는 머뭇거리다가 고개를 끄덕였다. 그러나 이대로는 너무 아플 것 같았다. 그는 이미 한계까지 발기한 자신의 성기를 쥐고 흔들었다.

율리아나는 묘한 소리와 함께 레온하르트의 움직임이 멈추자 슬그머니 눈을 떴다.

"아⋯⋯."

얼굴이 새빨갛게 달아올랐다. 상체를 일으킨 레온하르트가 커다란 손으로 자신의 성기를 쥐고 흔들고 있는 모습이, 지독하게 배덕했다.

그것이 자위라는 것을 정확히 알지는 못했지만, 미간을 찌푸린 레온하르트의 얼굴이 야릇하고 관능적이어서 괜히 아랫배 안쪽이 찌르르하게 진동했다.

"크읏⋯."

레온하르트의 목적은 자위가 아니라 그로 인한 분비물이었기 때문에 행위는 금방 끝났다. 손바닥에 배출한 정액은 진하고 양도 많았다.

레온하르트는 그걸 자신의 성기에 펴 바르고 율리아나의 다리 사이에도 묻혔다.

"이대로는 아플 것 같아서⋯⋯. 그럼, 이제 하겠습니다."

자신의 위로 상체가 기울어지는 것은 마치 거대한 그림자가 자신을 내려다보는 것 같았다. 알마예르 저택에 간 후부터 율리아나는 언제나 자신보다 큰 남자들에게 위압감을 느껴 왔다. 그러나 레온하르트가 만들어 내는 그늘은 이상하게 안도하게 되었다. 자신이 고통스러운 와중에도 그녀가 다칠까 봐 걱정하는 사람이라서일까.

율리아나는 대답 없이 레온하르트의 어깨 위로 손을 올렸다. 허락의 뜻이었다.

뜨겁고 축축한 선단이 조금 헤매다가 곧 좁은 질구를 찾았다. 레온하르트는 조심스럽게, 그러나 무자비하게 밀고 들어왔다.

"아흐윽! 아파…!"

눈이 번쩍 뜨이는 고통이었다. 율리아나는 이를 악물며 고통을 견디려 애를 썼다. 저절로 손에 힘이 들어가서 레온하르트의 어깨에 손톱을 박았다.

"크윽!"

레온하르트 역시 가장 예민한 곳을 쥐어 짜이는 압박감에 숨을 헐떡였다. 그러나 고통은 없었다. 오히려 말도 안 되는 감각에 충격을 받고 몸을 제어하기 위해 애를 써야 했다.

뇌가 하얗게 물들 것 같은 쾌감이었다. 율리아나의 몸으로 진입한 순간, 모든 고통이 사라졌다. 물론 그 순간이었을 뿐, 욱신거리는 두통처럼 다시 고통이 찾아왔으나, 그 순간의 환희를 잊을 수 없었다.

으드득, 이를 꽉 물고 입 안의 살을 씹었지만 더 이상은 참을 수 없었다. 그녀의 안에 전부 처박고 미친 듯이 흔들어 대야만 이 갈증이 사라질 것만 같았다.

"율리아나, 죄송합니다."

인간의 언어를 뱉은 마지막 순간이었다. 레온하르트는 그대로 반 넘게 남았던 성기를 율리아나의 안으로 박아 넣었다.

"흐아아아!"

율리아나는 허리를 휘며 고개를 저었다. 불의 창에 몸이 꿰뚫린 것처럼 다리 사이부터 뱃속이 화끈거렸다.

저항은 소용없었다. 레온하르트는 두꺼운 팔로 율리아나를 꽉 안고 온몸을 붙인 상태였다. 그러면서도 허리를 움직여 안으로 처박는 것이 신기할 정도였다.

쿵, 쿵, 쿵.

육중한 바위가 부딪쳐 오는 듯한 감각이었다. 율리아나는 울며 레온하르트에게 매달렸다. 뜨거운 체온과 땀에 젖은 살결이 그가 인간이라는 것을 알려 주었다.

"흐윽, 윽! 대공님, 조금만… 천천히, 아!"

레온하르트는 쉴 새 없이 몰아붙였다. 강대한 힘을 지닌 그는 만족할 만큼 가이딩을 받아 온 적도 없었다. 율리아나는 최고의 가이드인 동시에 그의 반려가 될 여자였다. 평생 억누른 애정과 생존 욕구가 뒤엉켜 그녀를 안는 것에만 몰두했다.

힘없이 흔들리던 율리아나는 어느 순간 레온하르트가 제 안에 파정하는 것을 느꼈으나, 레온하르트의 열기는 한두 번의 파정으로 사그라질 수준이 아니었다.

다행히 질척하게 싼 정액은 그녀의 몸이 분비해 낸 애액과 섞여 안을 충분히 적셨다.

그렇게 점점, 율리아나도 오묘한 감각을 느끼기 시작했다.

"하아, 응, 음…!"

두려움이 사라지고 고통이 잦아들자 묘한 쾌감이 그 빈자리를 차지하기 시작했다. 젖은 질 안을 두꺼운 성기가 수없이 진퇴를 반복해 감각이 극도로 예민해진 상태. 좁았던 길을 억지로 넓혀 놓은 탓에 뱃속이 화끈거렸지만, 적응하니 그 열기마저 기분이 좋았다.

알마예르 남자들의 차갑고 축축한 물기를 단박에 날려 주는 뜨거운 화기. 율리아나의 입술에서 점점 달콤한 신음이 흘러나왔다.

"아… 아앗, 응, 흐응."

짐승처럼 날뛰던 레온하르트가 눈을 희번덕이며 그녀의 숨결을 훔쳤다. 자신의 키스로 부은 입술 사이로 다시 혀를 넣어 무참히 헤집으며 허릿짓 했다.

입 안과 몸속을 동시에 범하는 그 행위에 율리아나는 전율했다. 유두가 빳빳하게 일어서자 레온하르트의 단단한 흉부에 짓눌려 비벼졌다.

"으음! 흐앙, 아앗!"

레온하르트가 그 변화에 민감하게 반응했다. 골반을 쥐고 있던 큰 손이 율리아나의 가슴을 쥐었다. 굳은살이 잔뜩 박인 딱딱한 손끝이 유두를 꼬집자 율리아나는 허리를 튕겼다.

"흐응, 앙, 앗!"

왈칵, 배 안쪽에서 뜨거운 애액이 왈칵 흘러나오는 것을 율리아나와 그녀의 몸에 성기를 처박고 있던 레온하르트 모두 느꼈다. 레온하르트는 숨을 헐떡이며 그녀의 허리를 받쳐 올렸다.

"자, 잠깐…. 흐아앙, 아아!"

쪽쪽, 며칠 굶은 아이가 어미의 젖을 빨 듯 레온하르트가 율리아나의 가슴을 요령 없이 빨아댔다. 애무라기보단 입질에 가까운 행위였다.

그래도 자극은 자극이었다. 아플 정도로 빨리는 감각은 온몸을 지배하는 쾌감 때문에 강제로 쾌감으로 치환되었다. 이 모든 행위를 할 때도 레온하르트는 허릿짓을 멈추지 않고 있기 때문이었다.

정액과 애액, 그리고 약간의 혈액으로 흠뻑 젖은 질구를 드나드는 몸짓에 찔꺽거리는 소리가 요란하게 울렸다.

"아아…. 흐아아…….."

쪼옥, 입술에서 풀려난 유두는 피가 몰려 새빨갛게 부어 있었다. 그러나 곧 다른 쪽 유두가 입 안으로 빨려 들어갔다. 율리아나는 몽롱한 머리로 생각했다. 레온하르트와 닿은 순간에도 계속 인도력이 그에게로 흘러 들어가고 있으니 이건 가이딩이 맞았다.

그러나 이토록 지독한 정사가 과연 가이딩이 맞을까?

레온하르트는 자신의 모든 걸 삼키고 싶다는 듯이 굴고 있었다. 사실 율리아나는 그게 못 견딜 정도로 좋았다. 그녀를 사랑하던 유일한 존재인 니엘라가 죽은 후로 율리아나는 애정결핍에 지친 상태였다. 타인이 자신을 이토록 원해 준다니, 너무 기뻤다.

"흐으, 대공, 대공님…. 대공님……!"

율리아나는 레온하르트의 등을 끌어안고 연신 그를 불렀다. 레온하르트는 이성을 잃은 상태였으나 절박한 부름에 반응해 가슴에서 입술을 떼고 그녀에게 키스해 주었다.

"으응, 음……."

초옥, 촉. 젖은 입술끼리 부딪히며 혀가 얽혔다. 가장 내밀한 부위가 맞닿고 문질러지며 몸이 뒤섞였다.

반쯤 죽을 각오를 하고 왔는데 이런 행운을 만날 줄이야.

이대로 레온하르트를 받아 내다가 온몸이 부서져도 좋았다.

* * *

눈을 떴을 땐 모든 것이 변해 있었다.

덜컹덜컹, 불규칙적으로 흔들리는 감각에 눈을 뜨자 시야가 번졌다.

"일어나셨습니까."

낯선 목소리에 화들짝 놀라 몸을 일으키려는데 큰 손이 저지했다.

"좀 더 누워 계시지요."

"네?"

"곧 포털에 도착합니다. 그러면 수도로 가서 푹 쉬실 수 있을 겁니다."

그 말에 율리아나는 자신이 현재 마차에 타고 있으며, 자신을 살뜰히 보살피는 상대가 바로 자이거 대공이라는 사실을 깨달았다.

"무, 무례를— 아!"

허겁지겁 일어나려 했으나 비명을 지르며 다시 고꾸라졌다. 온몸이 아팠다. 허리, 엉덩이를 가릴 것 없이 온 하체에서 욱신거리는 둔통이 느껴졌고 계속 신음을 내지르느라 부어 버린 목이 따끔거렸으며, 센 힘에 꽉 쥐어진 가슴이며 팔도 아팠다.

레온하르트가 고개를 푹 숙이며 면목 없다는 얼굴을 했다.

"하루를 꼬박 몸살로 앓으셨습니다. 격한… 활동을 한 데다가 너무 강도 높은 가이딩을 한 후유증이 겹쳤다고 하더군요. 약을 먹어서 몸살은 가라앉은 것 같은데 근육통은, 수도로 가서 마사지를 받는 것이 나을 것 같습니다."

격한 활동과 강도 높은 가이딩.

하나로 얽혀 쉴 새 없이 몰아치던 그 날.

속속들이 떠오르는 기억에 율리아나의 얼굴이 새빨갛게 물들었다.

"네……."

"제가 잘 아는 곳이 있습니다. 수도에 도착하면 그곳으로 모시겠습니다. 이대로 저택으로 보내는 건 제 면이 안 섭니다."

면이 안 선다고? 율리아나가 제 몸을 보았다.

율리아나는 자이거 기사단의 단복을 입고 있었다. 사이즈가 넉넉하기는 했지만 여성의 것으로 보이는 단복이었다.

'그 여기사님의 옷일까.'

율리아나는 급하게 경계 지역으로 오느라 제대로 된 짐을 가져오지 못했다. 그나마 입고 있던 드레스가 제일 좋은 것이었는데, 그걸 레온하르트가 찢어발겼으니 갈아입힐 만한 옷이 없다고 생각했을 것이다.

"푹 쉬시고 옷을 고르고 계시면 가겠습니다. 저는 폐하께 보고를 하러 잠시 황궁에 들러야 해서요."

"네……."

뭐라고 대답할 말이 없었다. 율리아나는 다른 사람과 쇼핑을 해 본 적이 없는 데다가 레온하르트가 만날 사람이 황제라는데 뭐라고 할 수 있겠는가.

"조금 더 주무십시오. 다시 눈을 뜨면 수도에 도착해 있을 겁니다."

레온하르트가 조심히 손을 뻗어 율리아나의 눈을 가렸다.

혼란스러운 의식을 안온한 어둠이 덮쳤다.

포털을 통해 수도로 입성했다. 마차가 대로를 따라 달리자 분명 개선 행렬이 아니었음에도 문장을 알아보고 따라붙는 사람들이 있었다.

"대공 각하!"

"얼굴을 보여 주세요!"

마차 주변을 맴도는 아이들을 보던 레온하르트가 창문 사이로 손을 뻗었다.

펑, 퍼벙, 펑!

그의 손에서부터 생성된 불꽃이 아이들의 머리 위에서 터지며 반짝이는 불티를 흩뿌렸다. 아이들은 소리를 지르며 즐거워했다.

'생각보다 다정한 분이시구나.'

율리아나는 마차 안에서 레온하르트를 힐끔거렸다. 하긴, 자신의 명예를 걱정하여 가이딩 전에 청혼까지 해 준 걸 떠올리면 그가 얼마나 다정하고 배려가 깊은지 짐작이 갔다.

"그럼 조금 뒤에 뵙겠습니다."

레온하르트가 마차에서 내리기 전에 조심스레 율리아나의 뺨에 입을 맞추었다. 율리아나는 깜짝 놀라 두 손으로 제 입을 막았다. 레온하르트는 쑥스러운 얼굴을 하더니 곧 말을 타고 황궁으로 향했다.

율리아나는 마차 안에서 멀어지는 레온하르트의 뒷모습을 보며 한숨을 터트렸다.

'맙소사. 이건 꼭…….'

평범한 연인 사이 같지 않은가.

심장이 두근거렸다. 희망이 깃들었다. 엄마가 죽은 후로 계속 불행하기만 했던 삶이지만, 어쩌면 자신도…….

'행복해질지도 몰라. 아냐, 너무 기대하면 안 돼. 그냥 평범한 것도 내겐 과분하잖아.'

율리아나는 쿵쾅거리는 심장 위를 토닥였다. 진정하라는 뜻이었다.

수행원은 율리아나를 마사지 샵으로 데려갔다. 여성 센티넬 기사들이 자주 애용하는 곳으로, 그들은 율리아나가 센티넬이 아니라 가이드라는 사실에 당황해했지만 공손히 뭉친 근육들을 풀어 주었다.

수행원은 노곤노곤하게 풀린 율리아나를 의상실로 데려갔다.

"여긴……."

수도에서 가장 유명한 의상실의 이름은 율리아나도 알았다. 분명 최소 반년 전에 예약하지 않으면 들어갈 수 없다고 들었는데, 문전박대당할까 봐 걱정하는데 수행원은 거침없이 의상실 안으로 율리아나를 에스코트했다.

"예약하셨습니까?"

직원이 수행원의 에스코트를 받으며 들어오는 율리아나의 위아래를 훑으며 물었다. 수행원은 품에서 뭔가를 꺼내며 말했다.

"예약이 필요하신 분이 아닙니다."

"이, 이건… 자이거 대공가의……!"

수행원이 내민 것은 자이거 대공가의 문장이었다. 자이거라는 성을 쓰는 이는 레온하르트 한 명뿐이었기에 자이거 대공가의 문장을 쓰는 사람은 레온하르트의 보증을 받은 사람이라는 뜻이다.

"무례를 용서하십시오. 아주 잠시만 기다려 주시면 귀빈을 모실 준비를 마치겠습니다."

직원은 숨이 넘어갈 것 같은 얼굴로 안으로 가더니 의상실의 사장을 데려왔다.

"대공 각하의 문장을 지니신 레이디라니, 부족함 없이 모시겠습니다."

헐레벌떡 달려온 사장은 율리아나를 에스코트하여 가장 좋은 방으로 모신 뒤 그녀의 신체 사이즈를 아주 정중하게 측정했다.

그리고 의상실에서 가장 좋은 드레스를 모조리 가져왔다. 이미 예약이 끝난 드레스들이었으나 상관없었다. 대공가의 안주인이 될 레이디를 위해서라면 못할 게 없었다.

'특히…… 안젤리카 그것의 얼굴이 일그러지는 걸 꼭 봐야겠어!'

사장은 속으로 이를 득득 갈았다. 황태자의 약혼자도 아니고 애인인 주제에, 벌써부터 태자비 행세를 하며 갑질을 해 대는 것이 아주 꼴을 보기 싫었다.

일부러 안젤리카가 예약하고 간 드레스들을 율리아나에게 선보이던 중 사장이 고개를 갸웃거렸다. 뭐라고 불러야 할지 알 수 없었기 때문이다.

'단복을 입은 것을 보면 자이거 기사단의 기사인가? 새로운 여기사가 들어갔다는 이야기는 못 들었는데.'

혹시나 자이거 대공비가 될 여자가 아니라 그냥 여기사일 뿐인가 불안해진 사장이 조심스레 물었다.

"그런데 레이디의 존함을 알 수 있을까요…?"

"아, 저는…….."

율리아나는 바로 대답하지 못하고 입술을 달싹거렸다. 이곳에서 알마예르라고 말했다가 휴렌이나 바이델의 귀에 들어가서 그들이 화를 내면 어쩌나 걱정이 되었기 때문이다.

'설마 평민인가?'

사장이 눈을 가늘게 뜨며 율리아나의 위아래를 훑던 순간.

"율리아나. 제가 늦었습니다."

불의 향기와 함께 레온하르트가 방 안으로 들어왔다.

"대, 대공 각하를 뵙습니다."

사장은 대경실색해서 상체를 수그렸다. 레온하르트가 그녀의 의상실에서 옷을 구매하기는 했지만 모두 집사를 통해서였지 그가 직접 의상실까지 행차한 적은 없었다.

손에 꼽히는 대귀족도 상대하는 사장이지만, 레온하르트가 뿜어내는 기세는 차원이 달랐다. 인신(人神)이라 불리는 황제에 비견되는 센티넬인 만큼 평범한 그녀로선 숨 막히는 압박감을 느꼈다.

레온하르트는 일부러 천천히 기세를 거두며 율리아나의 곁으로 갔다.

"드레스는 좀 보셨습니까?"

"아, 네. 그런데 예쁜 게 너무 많아서……."

"그럼 모두 가져가지요. 아무래도 처녀 적에 입던 드레스를 귀부인이 입을 수는 없지 않겠습니까."

'귀, 귀부인…! 저 영애가 자이거 대공비가 되는구나!'

사장은 속으로 비명을 지르며 제일 좋은 드레스들을 가져온 자신을 칭찬했다.

레온하르트가 고개를 까딱이자 문밖에서 대기하던 직원들이 커다란 상자들을 들고 들어왔다. 어리둥절한 율리아나와 달리 사장은 그 상자에 새겨진 로고들을 정확히 알아봤다.

"이건 뭔가요?"

"숙녀께 옷을 선물할 때는 그에 맞는 보석을 함께 선물해야 하는 법이죠."

레온하르트는 황궁에 다녀오는 길에 보석상에 들러 가장 좋은 세트들을 모두 구매한 것이었다.

척척척, 상자들이 열리고 그 안에서 귀걸이와 목걸이, 반지와 티아라 세트가 영롱하게 빛을 발했다. 율리아나는 번쩍이는 광채에 기겁하며 레온하르트를 보았다.

"대공님……."

"언제나 먼지 나는 전장만 돌아다니고 있지만 이래 봬도 대공입니다. 제 체면을 생각해 주신다면 편히 받아 주세요."

율리아나는 머뭇거리다가 고개를 끄덕였다. 만져 본 적도 없는 화려한 드레스에다가 잘못 착용했다가 흠집이라도 날까 두려운 보석 세트라니. 이런 귀물들을 받아도 될까.

그렇지만 율리아나에게 다른 선택지는 없었다.

레온하르트가 연한 물빛의 사파이어 목걸이를 율리아나의 목에 걸어 주었다. 하나하나의 알이 크지는 않았지만 깨알 다이아몬드들이 손톱만 한 사파이어들을 감싼 디자인이 여리여리한 율리아나의 분위기를 더욱 돋보이게 해 주었다. 처음부터 그녀의 물건인 것처럼 무척 잘 어울렸다.

"잘 어울립니다."

"……감사해요."

율리아나는 부끄러움에 고개를 숙였다. 마사지를 받은 뒤 그곳에서 약간의 화장을 받기는 했지만 그리 꾸민 얼굴도 아니고 화려한 드레스를 자주 입지 않은 터라 서툰 태도가 그대로 드러났을 것이다.

여러모로 자격 미달의 레이디인데도, 레온하르트는 그녀를 보고 황홀하다는 듯이 웃고 있었다.

'율리아나, 율리아나라……. 어디서 들어 봤지?'

몇 걸음 뒤에서 그 광경을 지켜보고 있던 사장은 머리를 바쁘게 굴렸다.

'아! 율리아나라면, 알마예르 후작의 사생아잖아?'

한때 사교계를 들썩이게 만든 이름이라 기억에 남아 있었다. 그 알마예르 후작의 딸이라니 혹시라도 자신의 의상실의 단골이 될까 기대했는데 아무런 소식이 없어서 잊고 있었다.

분명 별 볼일 없는 레이디라고 들었는데, 소심해 보이는 성격이야 그렇다 치고 제법 아름다운 얼굴이라 놀라웠다.

'알마예르의 딸이 자이거 대공비가 된다니. 혹시 정치 판도가 바뀌려나?'

사장은 갸웃거리며 급하게 메모를 휘갈겨서 자신이 아는 신문사로 보냈다. 아마 이 정보를 넘긴 덕에 신문에 자신의 의상실 광고가 대단히 크게 걸릴 것이었다.

다그닥다그닥, 마차 안에서 율리아나는 불안한 마음을 숨기지 못하고 손을 꼼지락거렸다.

레온하르트가 조심히 손을 뻗어 율리아나의 손을 잡았다. 걱정 어린 금빛 눈이 다정했다.

"너무 걱정하지 마세요."

"이게 최선이라는 건 알아요. 대공 전하께서도 제게 너무 잘해 주고 계시고……. 그렇지만, 조금 두렵네요. 아버지께서 몹시 엄하셔서요."

엄하다는 말보다는, 율리아나가 하는 모든 일을 못마땅하게 본다고 해야 맞을 것이다.

그러나 율리아나는 레온하르트에게 자신이 그저 구박데기, 천덕꾸러기라는 사실을 알리고 싶지 않았다. 이미 알지도 모르지만, 그래도 최대한 숨기고 싶었다.

'부끄러우니까…….'

진짜 후작가의 영애라면 그런 선물쯤은 도도하게 받아야 했는지도 모른다. 그러나 레온하르트가 주는 모든 것들이 처음이라서, 율리아나는 태연할 수가 없었다.

마주 앉아 있던 레온하르트가 율리아나의 옆으로 자리를 옮겼다.

"이미 황제 폐하의 승인을 받은 일입니다. 알마예르 후작이 아무리 엄해도 황제 폐하를 이길 수는 없지요."

"화, 황제 폐하의 승인이요?"

"네. 그리고……."

레온하르트가 약간 장난꾸러기 소년처럼 웃었다.

"황제 폐하의 승인 없이도, 알마예르 후작은 제게 당하지 못합니다. 그러니 걱정 마세요."

"풋. 그건 센티넬로서 말하시는 거예요? 아니면 신분으로서?"

"둘 다입니다."

레온하르트가 율리아나의 손을 꽉 잡으며 웃었다.

"웃는 걸 처음 보는 것 같군요. 아름다우십니다, 부인."

"부, 부인이라니……."

"부인이 맞지 않습니까? 아직 식전이긴 하지만. 그러니 부인께서도 저를 대공 각하가 아니라 이름으로 불러 주세요. 저는 이미 이름을 부르고 있었는걸요."

"제가 감히 그럴 수 있나요."

"모두 그럴 수 없을 때에도, 율리아나 당신은 그래도 됩니다."

레온하르트는 율리아나의 손등 위로 입술을 꾹 눌렀다.

처음 가져 보는 나만의 것. 나만의 가이드, 나만의 여자.

레온하르트의 눈이 위험하게 빛났다.

급하게 전보를 보내 조사한 결과, 율리아나가 알마예르 후작가에서 좋지 못한 대접을 받아 왔다는 것을 알게 되었다.

눈치를 보며 아래로 내리까는 시선, 심하게 위축된 태도, 끝을 흐리는 말투. 그 하나하나가 마음이 아팠다.

레온하르트는 자신이 대공이라는 사실에 처음으로 감사하게 되었다. 그 누구도 율리아나를 무시하게 두지 않을 것이다.

'그러니 가족이란 핑계로 가이딩하게 두지도 않을 거야. 율리아나의 모든 것은 다 내 것이다.'

레온하르트는 율리아나에게 최대한 다정한 목소리로 졸랐다.

"제발요, 부인. 저를 이름으로 불러 주세요."

"제발이라는 말은 하지 마세요……. 레, 레온하르트 님."

"님도 빼 주십시오. 부르기 어려우면 레오라고 부르셔도 됩니다."

"그, 그럼 레오라고……."

"네, 율리. 당신의 레오입니다."

화악, 율리아나의 얼굴이 새빨갛게 물들었다. 레온하르트는 당장 율리아나를 끌어안고 대공저의 침실로 가고 싶은 마음을 꾹 눌렀다.

곧 마차가 알마예르저에 도착했다.

대공가의 문장이 그려진 마차가 보일 때부터 신경을 곤두세우고 있던 집사가 재빨리 퓌셴 후작을 모셔왔다.

마침 알마예르 남자들이 함께 있던 터라 휴렌과 바이델도 퓌셴의 뒤를 따라 나왔다.

레온하르트는 마차에서 내려 율리아나를 에스코트했다.

또각, 또각.

굽이 높았으나 단단히 붙잡아 주는 레온하르트의 손이 있어서 율리아나는 조금도 휘청이지 않았다.

한 걸음, 한 걸음 내디딜 때마다 진주와 은가루를 뿌려 반짝이는 레이스가 풍성한 드레스 자락에 매달려 살랑거렸다.

보통의 사파이어보다 몇 배는 더 비싼 물빛 사파이어 귀걸이 한 쌍이 얼굴 옆에서 달랑거렸다.

"너……!"

허물을 벗은 것처럼 아름답게 치장한 율리아나를 보고 바이델이 입을 뻐끔거렸다.

율리아나는 두려워서 내리깔았던 눈을 살짝 들었다. 퓌셴과 휴렌, 바이델은 물론 그 뒤에 도열한 고용인들도 모두 놀란 얼굴이었다.

'너무 주제넘게 보이진 않을까?'

위축되는 어깨를 감싸 안아 준 사람은 레온하르트였다. 그가 귓가에 속삭였다.

"모두 대공비 아래에 무릎을 꿇어야 할 사람들입니다."

달콤한 목소리로 위압적인 말을 한 레온하르트는 싸늘하게 내려다보는 눈빛으로 알마예르의 남자들을 훑어보았다.

레온하르트가 한 걸음 나서며 그들의 시선으로부터 율리아나를 가렸다.

"나 레온하르트 자이거가 알마예르에 감사를 표한다. 알마예르의 귀한 딸을 보내 주었으니 남편으로서 평생 아끼고 섬기겠다. 카를의 피를 이은 자이거로서 맹세하지."

오만하게 찍어 누르는 말투에 거부감을 느끼기도 전에, 그 내용에 경악했다. 바이델이 기겁하며 외쳤다.

"나, 남편? 지금 이게 무슨 소리입니까?"

"대공 전하. 우선 안에서 말씀을 나누심이ㅡ."

"……풋!"

휴렌과 바이델의 당황한 얼굴을 보던 율리아나는 결국 참지 못하고 웃음을 터트리고 말았다.

그들에게서 날카로운 기세가 뿜어져 나왔으나 레온하르트는 가벼운 눈짓만으로 율리아나에게 닿기 전에 차단했다.

"괜찮습니다. 더 크게 웃으셔도 됩니다."

"네. 푸흡! 하하. 아하하!"

율리아나는 손으로 입을 가리고 크게 웃음을 터트렸다.

얼빠진 사람처럼 자신을 바라보는 휴렌과 바이델이 너무 웃겼다. 도무지 자신을 벼랑 끝으로 몰아가던 사람 같지 않고, 그저 바보 같았다.

왜 이들을 마치 절대적인 신처럼 두려워했을까. 똑같은 사람인데. 진작 말대꾸 한 번만이라도 해 볼걸, 후회되었다. 레온하르트 덕에 눈을 덮고 있던 비늘이 벗겨져 나간 것 같았다.

"아하하하!"

퓌센 역시 마찬가지였다. 낭랑한 웃음을 터트리는 자신을 멍하게 바라보는 그가, 율리아나는 이제 하나도 무섭지 않았다.

　율리아나는 레온하르트를 보며 환하게 웃었다. 레온하르트도 내내 자신을 보며 다정하게 웃어 주고 있었다.

　어쩌면 다른 세계에서 있었을 수도 있던 해피엔딩이었다.

외전 3. 비앙카의 일기

뚜벅뚜벅, 주인 없는 서재로 다부진 인영이 들어왔다.

서재는 주인의 취향에 맞춰 제법 낭만적이고 소녀다운 분위기였다. 책을 보호하기 위해 책장을 가린 것은 꽃 자수가 새겨진 하늘하늘한 레이스였고 눈에 닿는 곳마다 선물 받은 리본과 비즈 줄이 길게 늘어트려 장식되어 있었다.

긴 책상 위에는 지난번에 함께 다녀왔던 남부 해변의 모래를 넣은 유리병과 조개껍데기들이 널려 있었다.

그리고 그 가운데엔 두꺼운 책이 널브러져 있었다.

"얘는 사람을 불러 놓고 어디를 간 거야."

혀를 차며 책상을 훑어보던 파벨의 눈에 펼쳐진 책이 들어왔다.

"이건 뭐지. 스크랩북인가?"

비앙카가 팸플릿이나 신문들을 잘라 스크랩북을 만드는 것은 주변인들에게 익히 알려진 사실이었기에 파벨은 책장을 거침없이 넘겼다.

팔락, 팔락. 빈 페이지를 넘기던 파벨은 이 책이 스크랩북이 아니라는 사실을 깨달았다.

이 책은 비앙카의 일기장이었다.

'읽을까, 말까.'

파벨은 페이지를 빼곡히 채운 글씨를 보며 고민했다.

아무리 어릴 때부터 남매처럼 친밀하게 자라난 사이라고 해도 비앙카도 이제 다 큰 숙녀인데, 일기장을 읽어도 되나 고민이 되었다.

파벨은 곧 고민을 멈추고 푹신한 의자에 제 몸을 묻었다.

'도무지 얘가 요즘 무슨 생각을 하는지 알 수가 없어. 이걸 읽으면 좀 낫겠지.'

기껏 시간을 내서 만나도 온종일 짜증만 내고, 남들에게는 방긋방긋 웃다가도 자신만 보면 얼굴을 굳히는 비앙카 때문에 파벨은 골이 아플 지경이었다.

날짜를 보니 매일매일 쓰는 건 아닌 모양이었다. 일기를 한꺼번에 몰아 쓰다니, 역시 비앙카다. 파벨은 페이지를 넘겨서 가장 최근에 쓴 일기를 읽어 내려가기 시작했다.

「안녕, 일기장아. 오랜만에 쓰네. 몇 주만이지, 거의 3주만인가? 요즘 매일매일 똑같은 루틴이 반복되고 딱히 특별한 일이 없어서 너를 찾지 않았어. 그러니 섭섭해하지 말도록 해.」

파벨은 일기장을 마치 친구처럼 부르는 독특한 문체에 흥미를 느끼며 읽어 내려갔다.

「내가 율리 언니가 임신했다는 걸 얘기했던가? 안 했다면 잘 알아 두도록 해. 임신은 정말 힘든 일이야!

나는 임신이란 게 그렇게 힘든 일인 줄 몰랐어. 율리 언니는 원래 특별히 음식을 가리던 사람도 아닌데 요즘은 음식에서 조금만 누린내가 나면 입도 대지 못해. 비린내 나는 음식은 또 어떻고! 향이 심하지 않은 멀건 수프와 빵이나 좀 먹는 수준이야.

임산부는 잘 먹어야 한다던데, 아직 배는 커지지 않았지만 먹는 게 없는데 아이가 어떻게 자란다는 걸까? 정말 걱정이야.

그나마 이것도 레온 폐하가 입덧을 나눠서 하는 중이라 나은 거라지 뭐야? 나는 남편도 입덧을 같이 할 수 있다는 사실을 난생처음 알았어. 뭐, 내가 임신에 관해 뭘 알았겠어. 다 처음 아는 것들이지.

마왕을 상대로 한 협상에서도 팽팽하게 기세를 올리며 원하는 걸 당당하게 얻어 내던 폐하는 대체 어디 간 걸까.

요즘은 파리하게 질린 얼굴로 사방에서 냄새가 난다며 손수건으로 코를 막고 다니기 일쑤야. 손수건에 좋은 향수라도 뿌리고 다니나 했더니, 율리 언니가 평소 쓰는 손수건이라 언니 냄새가 난다나?

언니 냄새를 맡고 있으면 속이 진정되는 기분이래. 정말 이보다 더한 팔불출은 없을 거야. 미하일 아저씨는 언니가 결혼하고 1년도 안 되어서 아이를 갖게 되어서 처음엔 엄청 화를 냈었어. 뭐가 그리 급해서 애가 애를 갖게 하냐고 막 무서운 얼굴로 황제 폐하를 다그치더라.

그래 봤자 엘라 고모가 "내 사위를 왜 괴롭히느냐."고 뭐라고 하니까 입을 딱 다물었지만.

요즘 엘라 고모는 황궁에서 머물면서 율리 언니 수발을 드느라 정신이 없어. 나랑 함께하던 티타임도, 데이트도 사라져서 처음엔 좀 섭섭했는데 나도 우리 조카와 빨리 만나고 싶으니까 잘 참고 있는 중이야.

이가 없으면 잇몸으로 씹는다고, 고모가 없어서 오빠들을 괴롭히는 중인데 오빠들이 자주 집을 비워서 너무 심심해.

휴렌이나 바이델이나 임산부한테 좋은 음식들과 영약을 찾아다니느라 전

제국을 돌아다니고 있어.

덕분에 뭐 알마예르에서 운영하는 상단의 루트와 다루는 품목들이 더 다양해졌다고 하는데 상단을 키우기 위해 하는 행동들이 아닌 건 확실해.

원래 바이델 오빠야 율리 언니한테 지극정성이었으니까 이해하지만 휴렌 오빠는 왜 저런담? 게다가 아버지까지 은근슬쩍 둘을 도와주고 있어서 아주 웃겨. 만나기로 했는데 율리 언니가 컨디션이 안 좋아져서 못 만났을 때인가. 주인이 오늘은 바빠서 산책하러 못 간다는 말을 들은 강아지들처럼 축 처져 있었다니까?

그래도 그 덕에 나랑 하루 종일 놀아 줘서 좋았지만.

오히려 우리 집 사람들에 비해 파벨이 덜 팔불출짓을 해서 신기하긴 해. 원래도 의젓한 편이긴 하지만.

언제 한번 물어봤거든. 너는 왜 언니 옆에 딱 안 달라붙어 있냐고. 그러니까 뭐라고 한 줄 알아?

"저 호들갑이 좀 끝나면. 그리고 나까지 가 있으면 네가 외롭잖아."

진짜. 얘 좀…… 선수 아닌가? 나 너무 의심돼. 어디서 나 몰래 여자들 잔뜩 만나고 다닌 거 아닐까? 어떻게 이렇게 설레는 말을 하는지 몰라. 그것도 아무렇지 않은 얼굴로.」

'내가 언제 이런 말을 했지?'

파벨은 자신은 기억도 나지 않는 일을 비앙카가 일기장에 쓸 정도로 인상 깊게 받아들였다는 사실에 조금 당황했다.

그러고 보니 비앙카가 좀 시무룩해 보여서 그런 말을 했던 것 같기도 하고.

비앙카는 한참을 파벨에 관해 욕이라고 하기에도 칭찬이라고 하기에도 애매한 말들을 쏟아 냈다. 파벨은 괜히 민망해서 그 부분을 흐린 눈으로 읽으며 적당히 뛰어넘었다.

팔락, 페이지를 넘기는데 어떤 문장이 눈에 확 들어왔다.

「친구들이 나보고 너는 약혼 언제 하느냐고 물었어. 약혼식에 꼭 초대해
달라고. 알마예르의 막내딸이자 두 황제께서 예뻐하는 내가 대체 누구랑 약
혼할지 궁금하대.」

순간 울컥한 파벨이 혼잣말을 읊조렸다.
"약혼? 뭔 약혼이야. 아직 다 크지도 않은 꼬맹이가."
사실 비앙카가 꼬맹이는 아니었다. 파벨이 18살, 비앙카는 14살. 제국법
적으로 성인인 15살부터 결혼이 가능하니 비앙카의 친구들이 약혼자가 있
는 게 이상하지 않았다.
'이거 때문에 요즘 짜증이 는 건가?'
어차피 휴렌도 바이델도 아직 약혼녀가 없으니 비앙카가 스트레스 받을
일도 아닐 텐데 말이다.
'뭐, 외로움을 타는 모양이니 좋아하는 디저트라도 사다 줄까.'
파벨은 일기장을 덮고 서재를 나갔다.
제법 성숙해졌다고는 해도 파벨의 눈에 비앙카는 천방지축 꼬맹이였기
때문에, 파벨이 비앙카를 여자로 볼 날은 아직 멀기만 했다.

* * *

바람이 살랑이는 황궁의 정원.
율리아나는 커다란 버드나무 아래에 둔 긴 카우치에 나른하게 누워 있
었다.
마디뼈가 툭툭 불거져 나올 정도로 살이 내린 손이 아직은 크게 티가 나
지 않는 배를 감싸고 있었다.

저 멀리서 니엘라가 시녀들을 대동한 채로 걸어왔다.

"이것 좀 먹어 보렴. 냄새가 안 나도록 애를 썼단다."

"굳이 그러지 않으셔도 돼요. 와서 좀 쉬시지 계속 부엌에만 가 계시고."

"내 새끼가 밥도 못 먹는데 어떻게 가만히 쉬겠니?"

"저는 잘 먹는 편이에요. 못 먹는 건 레오지."

율리아나는 점점 말라 가는 레온하르트를 떠올리고 한숨을 내쉬었다.

그나마 율리아나는 입덧이 나아지고 있는데, 그에 반비례하듯 레온하르트의 입덧은 점점 심해지고 있었다.

레온하르트는 모든 냄새가 메슥거린다며 하루종일 코를 막고 다니다 못해 아예 코에 작은 솜을 넣고 다녔다. 그러다가 모든 정무가 끝난 후 율리아나에게 올 때만 그 솜을 빼냈다. 율리아나의 살냄새가 아니면 몸이 격렬하게 거부한다며 율리아나는 요즘 몸에 바르는 화장품도 모두 무취의 제품을 사용하고 있었다.

"폐하께 드릴 음식도 만들고 있단다. 사위 사랑은 장모라니까 어쩔 수 없지."

"그래요. 엄마라도 잘해 주세요. 아버지는 레오만 보면 싸우려고 들어서."

율리아나는 과일 젤리를 먹으며 입맛을 돋우기 위해 애를 썼다. 입맛이 돌지 않을 때 음식을 먹었다간 게워 내기 일쑤였다.

"얼마나 예민한 아기님께서 나올는지."

"누구를 닮아서 예민한지 궁금하기는 해요."

한숨을 내쉬는 니엘라에게 웃어 보인 율리아나가 늘어져 있던 몸을 일으키곤 테이블 앞에 앉았다.

최대한 향이 나지 않게 조리된 음식들을 먹는데, 저 멀리서 레온하르트가 한 무리의 사람들을 이끌고 오는 것이 보였다.

레온하르트와 동등한 율리아나를 제외한 모두가 기립하여 예법에 맞게 인사했다.

어쩐지 숨을 거칠게 쉬는 것 같은 레온하르트가 빠른 걸음으로 율리아나에게 직진해 왔다. 레온하르트를 따라온 관료들의 얼굴이 창백했다.

심각한 일인가? 율리아나가 손을 뻗어 자신을 안기 위해 몸을 수그리는 레온하르트를 마주 끌어안았다.

"하아, 이제 살 것 같아."

"레오. 정무 시간이 아니던가요? 무슨 일이에요?"

율리아나의 목덜미에 코를 박은 레온하르트가 크게 심호흡했다. 율리아나에게서 나는 특유의 체향이 레온하르트를 숨 쉬게 했다.

"별일은 없고, 재채기를 하다가 솜이 빠졌어요. 갑자기 냄새를 맡으니까 속이 역겨워져서 견딜 수가 없어서……."

마치 아이처럼 칭얼거리는 듯한 어조에 율리아나는 웃음을 꾹 참았다.

견딜 수가 없어서 그대로 정무를 내팽개치고 이곳으로 달려왔다는 이야기였다. 그래서 관료들이 당황한 것이고.

'정말 귀엽다니까.'

아직 결혼하고 1년이 안 된 시기라 그럴까. 아니, 10년이 지나도 이 무뚝뚝한 남자가 자신에게만 어리광을 부리는 모습은 귀여울 것 같았다.

율리아나는 레온하르트의 등을 쓸어 주며 그를 다독였다.

"뭐라도 좀 먹고 갈래요? 엄마가 냄새 안 나는 음식들을 만들었대요."

"장모님께서 만드셨다면 먹어야죠."

레온하르트는 율리아나의 목덜미에 얼굴을 박은 채로 고개를 끄덕였다.

두 황제의 애정 행각을 못 본 척하고 있던 니엘라가 궁인들에게 음식을 더 내오라고 손짓했다.

율리아나는 궁인들이 눈치껏 옮겨 온 긴 의자에 레온하르트와 함께 앉았다. 둘만 있는 공간이 아니라면 예법을 잘 지키는 레온하르트지만 어지간히 견디기 힘들었는지 그녀의 허리를 끌어안고 떨어지려 하지 않았다.

"아— 해 봐요."

율리아나는 수프를 떠서 레온하르트에게 먹여 주었다. 원래 이런 수발은 레온하르트가 전문이지만, 반대 상황도 제법 재밌었다.

아기 새처럼 수프를 받아먹는 레온하르트를 귀여워하던 율리아나는 배 속에서 미약한 움직임을 느꼈다.

"아."

"율리? 왜 그래요?"

"태동이······. 만져 봐요. 원래 나 혼자 있을 때만 움직이는데 오늘은 기분이 좋나 봐요."

율리아나는 레온하르트의 손을 잡아서 자신의 아랫배에 올려 두었다. 둥, 두웅. 배 속의 아기로부터 시작된 작은 진동이 손바닥으로 선명하게 느껴졌다.

"이게 태동, 이군요."

"네. 아빠가 잘 먹어서 기쁜가 봐요. 그러니까 조금 더 먹어요."

율리아나는 멍한 얼굴을 한 레온하르트의 입에 얼른 고기를 밀어 넣었다. 레온하르트는 자신이 뭘 씹는지도 모르는 것 같았다. 그저 턱을 움직여 기계적으로 씹어 넘긴 후 너무도 신기하다는 듯이 율리아나의 배를 살살 어루만지길 반복했다.

"머리로는 알고 있었지만 정말 신기합니다. 이 납작한 배에서 생명이 자라고 있다니."

"곧 크게 부풀 거예요."

"아이가 크면 산모가 힘들다던데 너무 크지는 않으면 좋겠습니다."

"레오를 닮으면 우량아일 것 같아요."

"그럼 율리아나를 닮아야겠군요."

율리아나는 꿈결같이 반짝이는 레온하르트의 눈을 마주했다.

요즘 하루하루가 믿기지 않을 정도로 행복했다. 눈을 뜨면 레온하르트가 있었고 배 속에는 그와의 아기가 튼튼하게 자라고 있었고 낮 동안 엄마와 비앙카, 파벨 등 소중한 사람들과 시간을 보냈다.

때때로 레온하르트에게 미안해지기도 했다. 너무 나만 행복한가 싶어서.

그런데 지금 레온하르트의 눈을 보니 그 모든 걱정이 녹아 사라졌다.

한때는 금속처럼 차가웠던 레온하르트의 금안이 지금은 꿀처럼 달콤하고 눅진하게 풀어져 있었다.

그 눈을 보면 레온하르트가 세상에서 제일 행복한 남자라는 걸 알 수 있었다.

율리아나는 벅찬 마음으로 레온하르트의 입술에 제 입술을 겹쳤다. 가볍게 붙었다 떨어져서 키스라고 말하기도 민망한 수준이었으나 탁 트인 야외 정원에선 이게 최선이었다.

"우리 세 사람은 세상에서 가장 행복한 가족이 될 거예요."

율리아나의 말에 레온하르트는 멍한 얼굴로 대답했다.

"네. 분명 그럴 겁니다."

고개를 끄덕이던 레온하르트가 눈을 반짝이며 고개를 저었다.

"우리 가족이 세 명일지는 아직 모르는 일이죠."

"네? 아이를 몇 명이나 더 갖고 싶으신데요?"

"글쎄요. 율리아나만 괜찮다면 저는 얼마든지 열려 있다고 말씀드리고 싶습니다."

레온하르트가 장난스레 웃으며 율리아나를 끌어안았다. 율리아나는 맑은 웃음을 터트리며 레온하르트의 어깨를 아프지 않게 때렸다.

전생의 괴로운 기억은 두 사람을 성숙하게 만들었지만, 두 사람은 함께 있을 때 딱 제 나이처럼 웃었다.

몇 년 뒤, 이 정원은 웃음과 울음을 터트리는 아이들로 인해 아주 시끄러워질 예정이다.

율리아나와 레온하르트는 현재가 가장 행복한 순간이라고 여겼지만, 최고의 행복은 아직 두 사람에게로 다가오는 중이었다.